U0367483

WASHINGTON IRVING
CHRONICLE OF
THE CONQUEST OF
GRANADA

征服格拉纳达

［美］华盛顿·欧文 著　刘荣跃 译

清华大学出版社
北京

内 容 简 介

本书所讲述的是基督徒征服格拉纳达的战争故事。这场战争以基督徒获胜告终，结束了摩尔人在西班牙人的领土上长达数百年的统治。欧文以特有的笔法，生动再现了当年的这场战争。作者紧扣旷日持久的战争过程中的许多关键细节，生动地描写了战争进程和战争双方的人物性格。基督徒为收复自己的领土战斗得非常英勇，摩尔人为坚守祖先留下来的、已经拥有数百年的美好之地也战斗得十分顽强勇敢。

图书在版编目（CIP）数据

征服格拉纳达 / （美）华盛顿·欧文著；刘荣跃译 . —北京：清华大学出版社，2021.8
ISBN 978-7-302-50115-2

Ⅰ . ①征… Ⅱ . ①华… ②刘… Ⅲ . ①散文集－美国－现代 Ⅳ . ① I712.65

中国版本图书馆 CIP 数据核字（2018）第 122906 号

责任编辑：纪海虹
封面设计：万墨轩图书·夏玮玮
责任校对：王荣静
责任印制：杨 艳

出版发行：清华大学出版社
　　　　　网　　址：http://www.tup.com.cn，http://www.wqbook.com
　　　　　地　　址：北京清华大学学研大厦 A 座　　邮　　编：100084
　　　　　社 总 机：010-62770175　　　　　邮　　购：010-62786544
　　　　　投稿与读者服务：010-62776969，c-service@tup.tsinghua.edu.cn
　　　　　质量反馈：010-62772015，zhiliang@tup.tsinghua.edu.cn
印 装 者：三河市东方印刷有限公司
经　　销：全国新华书店
开　　本：145mm×210mm　　**印　张：**15.875　　**字　数：**381 千字
版　　次：2021 年 9 月第 1 版　　　　　**印　次：**2021 年 9 月第 1 次印刷
定　　价：88.00 元

产品编号：075717-01

"美国文学之父·欧文作品系列"翻译说明

　　早在19世纪初，曾有一部叫作《见闻札记》（*The Sketch Book*）的书在英国出版并引起轰动，被誉为美国第一部真正富有想象力的杰作，"组成了它所属的那个民族文学的新时代"。该书中《瑞普·凡·温克尔》等篇章已成为不朽的杰作。作者因此成为第一个获得国际声誉的美国作家，美国文学的奠基人，被誉为"美国文学之父"。英国著名作家萨克雷称他为"新世界文坛送往旧世界的第一位使节"。美国人民为了怀念这位做出突出贡献的作家，在他去世后甚至在纽约下半旗志哀，使他享受到了罕有的荣誉。这位大作家的名字叫华盛顿·欧文。

　　然而对于这样一位著名作家，过去国内的译介、研究却"不够充分"（参见《中国翻译词典》第520页，湖北教育出版社2005年版）。就其作品的翻译而论主要集中在代表作《见闻札记》上，只偶尔有其他作品出版。有鉴于此，笔者近几年专门从事欧文作品的译介工作，并获得了一定突破。除笔者翻译的《见闻札记》多次重印、再版外，拙译《征服格拉纳达》和《欧美见闻录》也首次在国内出版。

　　然而，对于这样一位大家，仅仅翻译、出版他的几部作品显然是不够的，满足不了广大读者和研究者的需求。几年前就曾有欧文的研究者苦于找不到《纽约外史》的译著，向笔者求得电子版译稿从事研究！这位研究者坦言，欧文的文字十分古雅，有些地方甚至比较深奥，不是人人都能轻易把原文读透、读懂的。如果难以洞悉作品字里行间的韵味和意味，怎么能很好地认识欧文、研究欧文呢？因此系列翻译、出版欧文的作品就有了必要。

本系列第一辑包括《见闻札记》《纽约外史》《美国见闻录》和《美国文学之父的故事——华盛顿·欧文传》四部，其中后三部除《美国见闻录》中的《大草原之旅》外，均为在国内首次翻译出版。特别是此次出版的作者的成名作《纽约外史》，颇有阅读和研究价值。这是一部非常具有民族特色的作品，能够让我们更加全面、深入地认识欧文。他二十多岁就写下这部不乏诙谐讽刺和历史知识的书，拥有那么非凡的思考与想象，不能不令人赞叹！《美国见闻录》中的第一部《大草原之旅》，栩栩如生地讲述了欧文随狩猎队员去美国西部探险的情景，颇有情趣。第二部《美国纪事及其他》让我们再次欣喜地读到类似于，同时也并不逊色于《见闻札记》中的优美文章，如《睡谷重游》《春鸟》。作者的文采又一次从这些篇章中充分焕发出来。我们在文章中读到的是美感，是浪漫，是情趣，是梦幻，是对原始朴素之物的依恋。《美国文学之父的故事——华盛顿·欧文传》则让读者从另一个方面了解到欧文的人生经历，其中包含了某些鲜为人知或者不是十分了解的东西。不过本书比较侧重于介绍欧文的生活情况，对于他的重要作品的分析似乎薄弱一些，为此笔者在"附录"里补充了介绍作家作品的相关文章，或许在一定程度上弥补了书中的不足。此书虽然不是欧文的作品，但它是专门介绍欧文生活与创作的作品，所以此次也纳入了本系列。

读者也许要问：我们可以从欧文的作品中读到什么呢？个人觉得，一是他和他作品特有的个性，二是他那独特的创作艺术。我把欧文及其作品所具有的特性称为"欧文元素",并概括为富有文采、不乏幽默、抒情味浓、充满传奇、追求古朴、勇于探索、富于同情几个方面,在本系列的相关文章中对此作了阐述。就创作艺术而论,欧文无疑是一位值得学习的大作家。他在散文随笔的创作上尤其出类拔萃,独树一帜。基于大量翻译欧文作品的实践,我还认为他堪称游记大师,其众多的游记作品艺术高超,十分耐读,这在世界文学作品中是不多见的。

目前,笔者已翻译《布雷斯布里奇庄园》,拟与《欧美见闻录》《征服格拉纳达》和《阿尔罕布拉宫的故事》组成第二辑出版,以便为改变国内对欧文的译介、研究不够充分的局面做出一定贡献。

刘荣跃

2019 年 5 月于四川简阳

人类历史上不能忘记的战争

（译本序）

　　本书是美国文学之父华盛顿·欧文的一部重要著作。从"征服"二字，读者不难知道这是关于战争的历史故事。而这场战争，是不能、也不应忘记的，它像世界上其他的重大战争一样，极大地影响了人类的发展进程。了解它们，对于我们今天和今后的发展，必然会产生有益的作用，这便是历史所具有的积极意义。当然，这个意义需要我们去总结和分析。而欧文写的这段战争历史，是通过讲故事的方式传达给读者的，这就使作品显得更加生动，有了更加广泛的读者对象——从而使这场战争的历史为更多人所熟悉。加之欧文又是一位著名的小说家、讲故事的能手，因此本书便更显示出了文学的光彩和魅力。

　　要了解作品所讲述的征服格拉纳达的始末，有必要知道一些背景知识，这样才不会孤立地看待这场曾经举世瞩目的战争。

　　这里，笔者想先谈谈对战争的看法。像大家一样，我对战争是非常憎恶和痛恨的，它给人类造成的灾难简直无法想象！我们多么渴望和平、安宁的生活，能有这样的生活该是多么幸福啊！但从整个人类发展史来看，战争又似乎成了不可避免的一部分，时有发生，此起彼伏。看看人类历史上的战争，不能不让我们感叹、深思：中日甲午战争、八国联军侵华战争、日俄战争、第一次世界大战、西班牙内战、抗日战争、法西斯德国侵略欧洲大陆、大西洋海战、苏联反法西斯卫国战争、第二次世界大战、苏日战争、朝鲜战争、越南抗美救国战争、两伊战争、海湾战争……如果再加上一个个军事冲突，真可谓多如牛毛，数不胜数。我思考着，人为什么要相互残杀呢？难道这是人身上所具有的原始兽性所致吗？难道人生来就好斗，就是要为自己的利益而拼命争夺？当然，战争是双方的或甚至是多方的，而人们痛恨的自然是那些发动、挑起战争的战争分子。至于遭受侵略的一方，当然要维护自己的主权和尊严，不能任人践踏，这样的行为是值得肯定的。此外，由于种种邪恶的存在，有时又不得不依靠战争予以解决。于是，人类历史上就有了正义与非正义的战争。

而战争总是给人类带来无比深重的灾难，所造成的损失令人难以置信！使人震惊不已！它完全可以把一个国家弄得人财两空，遭到毁灭。仅以"抗日战争"为例，中国人民在战争中就付出了巨大代价。财产就不说了，最让我震惊、感叹、愤怒和深思的，是人宝贵的生命被任意践踏和摧残。战争是什么？说白了就是杀人，无论原始战争还是现代战争都离不开杀人这一目的。只要看看电影中的战争场面，你必然就会见到鲜活的生命一个个甚至一批批地倒下、消失。人的生命真的到了一钱不值、犹如草芥的地步。这就是战争，残酷无情的战争。即便在和平时期，战争的阴影也似乎时时笼罩着人类，世界仿佛就没有个安宁的时候。看看今天的世界局势，不仍然让人感受到战争的威胁吗？所以追求和平、避免战争的发生，仍然任重道远。

本书所讲述的是基督徒征服格拉纳达的战争，也是基督徒对穆斯林展开"圣战"的一场重要战争。格拉纳达战争的结束，宣告了北方的基督徒和南方的穆斯林持续将近八个世纪纷争的终止，阿拉伯人从此告别了这片被他们称为安达卢西亚[1]的土地。因而也可以说，征服格拉纳达是人类战争史上的一个里程碑。如今的格拉纳达已是西班牙南部一座繁华美丽的城市。可是在当年，它曾经历了一场怎样惊心动魄的、血与火的考验啊！

早在八世纪，西班牙的最后一个西哥特国王罗德里戈，曾遭到穆斯林的丹吉尔总督齐亚德的追击，在里奥巴尔瓦特附近被打败，从此西班牙的大部分领土被穆斯林占领。[2]而格拉纳达也就是在那时落入穆斯林手中的。之后西班牙人并不甘心领土被掠夺，于是基督徒与穆斯林连绵八个世纪的拉锯战就此展开。征服格拉纳达，就是西班牙的基督徒要把属于自己的领土从穆斯林手中夺回来。而格拉纳达又是最后一座收复的城市，不言而喻意义重大。同时，征服格拉纳达也比较集中地从一个方面反映出世界上宗教之间的矛盾和冲突。本来，各个宗教派别应该和睦相处、共同发展，然而事实上并非完全如此。当今世界有三大宗教：基督教、伊斯兰教和佛教。但"这三大宗教在世界各地的传播都经历过残酷的战争，历史上基督教与伊斯兰教之间的战争更是世界史上血腥的篇章之一。"[3]也正如书中所言："对于罗马教皇，他按照通常方式为这场战争辩护——他说这是为了收复被摩尔人侵占的古老领土，为了替基督徒们所遭受的一次次战争和暴行予以惩罚；最后，这是为了教会的荣耀和进步而展开的一场圣战。"这里说到的

1　西班牙南部的一地区。

2　参见《简明不列颠百科全书》第五卷第四百七十三页。

3　见辽宁教育出版社 2007 年出版的《中国读本》第二百二十六页。

摩尔人，是非洲西北部信仰伊斯兰教的一个民族，征服格拉纳达，也就是征服占领着格拉纳达的、信仰伊斯兰教的摩尔人。

这便是征服格拉纳达的历史背景。知道了这个背景，便能更加全面、深入地了解和认识本书所讲述的持续十年之久的战争故事。

这场战争以基督徒的获胜而告终，结束了摩尔人在西班牙人的领土上长达数百年的统治。而本书以其特有的笔法，生动地再现了当年征服格拉纳达的过程，一个个场面历历在目：基督徒为收复自己的领土战斗得非常英勇；摩尔人为坚守祖先留下来的、已经拥有数百年的美丽地方也战斗得十分勇敢。但是，由于两者的性质不同，也就有了不同的结局。格拉纳达之所以最后被征服，摩尔人之所以被打败，在作者看来主要有如下几个原因（当然也不是绝对的）。

最重要的一点，如前所说一个是正义的战争一个是非正义的战争。正义的战争终究要战胜非正义的战争，这是历史发展的必然规律和结果。纵观人类的战争史，我们不难发现这一事实。即便非正义的战争取胜，那也只是暂时的，不会长期如此。正如书里所说，"摩尔人为财富、自由和生命而战，基督徒则是为荣誉、复仇、神圣的信仰和夺取富裕的异教徒的财富而战"，两者有本质的区别。而有了正义和信仰，在战争中就必然会更加无所畏惧，更加愿意付出牺牲——这是缺乏正义和信仰的一方难以做到的，也是他们失败的根本原因。请看这段描述："虔诚的高级教士们就这样亲自投身战场，在此，可敬的教士阿加皮达忽然满怀喜悦地对他们加以称赞。由于这是一场圣战（他说），参加圣战是为了促进宗教信仰，使教会更加荣耀，所以它总是得到圣徒们的支持与援助；因为那些最信仰基督教的君王们取得胜利之后，并非像纯粹世俗的君王那样修筑城堡和塔楼、任命司令和装备驻军，而是建立修道院、大教堂和许多主教辖区。因此，无论在宫廷还是营地，在私人密室还是战场，都有一群宗教顾问在激励他们展开最正义的战争。不仅如此，这些教会的圣徒有时还毫不犹豫地把盔甲紧扣在袈裟上，把主教权杖换成长矛，就这样用肉体的双手和世俗的武器去为虔诚的信仰而战。"基督教高昂的战斗精神跃然纸上。

而摩尔人呢，在作者看来（尽管不一定正确），他们打仗似乎主要是为了个人的利益，一旦这个利益得到满足，他们就一定会丧失战斗力。这样的情况在书中随处可见。一个个摩尔人被收买，给基督徒充当向导，完全是因为个人利益在作祟。不少摩尔人甚至成为叛徒，叛依了基督教，因为这样能给他们带来好处。其实他们的这种叛依也只是表面的，并非真心实意，并没有真正的信仰。于是，他们内部又钩心斗角，人心涣散。首先在国王和贵族内部就矛盾重重，一会儿这个执政，一会儿那个掌权。上层社会如此，下层民众的情况可想而知。"布阿卜迪勒¹回来的消息传遍一条条街道，大量的钱被散发到民众当中。贵族们聚集在阿尔卡桑巴里，布阿卜迪勒向他们保证一旦自己稳坐王位后，他就将给他们授予勋章和奖赏。这些及时的措施取得了通常的效果，拂晓的时候阿尔巴辛各种各样的民众都武装起来了。"这充分说明了摩尔人是为金钱和财富而战，这样的精神状态如何能够取得最终胜利呢！

武器装备上的悬殊，也使基督徒占有了极大优势，尤其是他们威力强大的大炮让摩尔人坚固的城堡、要塞无法抵挡。摩尔人使用的武器主要有短弯刀、长矛、标枪等原始的东西，它们只能在较近的距离

1　摩尔国王。

内进行拼杀，一旦面对基督徒的炮火就无可奈何了。"摩尔人在保卫自己的城镇时，总是显示出巨大的勇气与坚定，他们在突围与遭遇战中的表现是令人敬畏的，在被包围的时候也很能忍耐饥渴；不过面对此种可怕的炮火——它轻易快速地就把他们的城墙摧毁了——他们惊慌无比，自己的一切抵抗都无济于事。大炮的威力深深打动了国王，他命令再增加炮的数量。从此，这种威力强大的武器对本次战争的命运产生了重大影响。"

再看看一些主要人物吧，从中也不难找到格拉纳达被征服的原因。从基督徒一方看，自始至终都是在国王费迪南德[1]和王后伊莎贝拉[2]的统治下展开战斗，人心齐，士气旺。费迪南德是勇敢坚强的，但作为一名统率他更多地表现出来的是机智，是谋略。他充满睿智，运筹帷幄，往往能作出正确的决断，而这不正是战争中获胜的至关重要的因素吗？不仅如此，他还与王后珠联璧合，彼此配合得相当完美、默契，恐怕这也是战争史上一个特别突出、十分少有的例子吧。因为有了王后的鼎力相助，基督军队的力量更是大增："在这场最为艰难持久的战争中，人们习惯于赞美费迪南德国王的一言一行，但贤明的阿加皮达则更愿意颂扬王后是如何出谋划策的。他指出，王后虽然在军事行动上不那么显眼，但她的确是这场伟大事业的灵魂和不可缺少的要素。就在国王于营地中忙于指挥打仗，与其英勇的骑士们大显身手时，她则置身于哈恩主教殿里圣洁的军师们中间，想方设法让国王和他的部

---

1 费迪南德，指费迪南德二世（1452—1516），阿拉贡国王。他奠定了西班牙国家统一的基础。
2 指伊莎贝拉一世（1451—1504），曾是卡斯蒂利亚女王和阿拉贡女王，与丈夫费迪南德二世实行联合统治。

队不致被打垮。她发誓要不断向国王提供兵力、金钱和粮食，直至攻下城市。尽管这次围攻十分艰苦，死伤惨重，但是就她所采取的措施而言，提供兵力是最为轻而易举的事。西班牙的骑士们非常爱戴王后，只要她一发出增援的号召，那么凡待在家里的大公或骑士不是亲自赶到营地，就是派出部队。"由此可见，作为王后的伊莎贝拉，确实是一位胆识和智慧都超凡出众的女人。

在两位君王的统率下，基督徒中涌现出一个个英勇善战的名将和骑士，如卡迪斯侯爵庞塞，他忠实的朋友、卓越的英雄阿隆索，云梯队队长普拉多，龙达城的司令官塞格里，胜迪拉伯爵，等等，他们在征服格拉纳达的战争中都立下了赫赫战功，显示出高大威武的形象。而摩尔人一方则截然不同。他们有的将领也非常英勇，但并不善战，或者处于孤军奋战的局面。从凶暴好战的国王哈桑，到他虽然勇猛却极力篡夺王位、不得民心的弟弟扎加尔，再到优柔寡断、缺乏持久的勇武精神的布阿卜迪勒，都让人看到摩尔人的上层处于怎样一种涣散动摇的状况。这样的状况，必将导致政权倒塌。我们看到在摩尔人当中也出现了一些威武不凡的名将，如负责守卫阿尔罕布拉宫的司令官科米克萨，扎加尔的表弟希阿亚，以及颇负盛名的穆扎。但是，即便他们个人勇猛无比，又怎能抵挡住基督徒强大的整体威力呢？你看那个科米克萨，为了个人利益竟然暗中帮助基督徒战胜摩尔人，这就是缺乏真正信仰的表现。

既然是战争，就必然少不了一个个血腥残酷的场面。这样的场面总是触目惊心，在书中随处可见。我们都看过不少古代的战争影片，对于那样的情景应该是非常熟悉的。而本书也再现了不少类似的场面。每当我阅读、翻译到这些地方时，总会为宝贵的生命被肆无忌惮地摧毁惋惜不已、感叹不已。人的生命只有一次，可是在残酷的战争中这仅仅属于自己一次的生命又是多么轻易地遭到摧毁啊。所以，战争的胜利完全是用鲜血和生命换来的。我们不能不为战争中死去的无数的人们惋惜，同时也对那些为了正义英勇献身的人们满怀崇敬。为此，我们没有理由不珍惜今天美好的和平生活。的确，生活在和平盛世的人是非常幸运的——今天的中国不正是处于这样的时期吗？所以说，今天的我们是幸运的！唯有珍惜，方能不辜负在战争中为维护和平与主权而英勇牺牲的烈士们！

本书作者华盛顿·欧文（1783—1859）是美国散文家和短篇小说家。他一生曾三次到欧洲，在英国、法国、德国和西班牙等国度过十七年。在这期间，他访问名胜古迹，了解风土人情，收集民间传说，积累了丰富的创作素材。从 1819 年起，他陆续发表许多散文、随笔和故事。1820 年汇集成《见闻札记》，在英国出版引起轰动，流传甚广，使他成为第一个获得国际声誉的美国作家，被誉为"美国文学之父"。司各特和拜伦等人成为他的知交，萨克雷称其为"新世界文坛送往旧世界的第一位使节"。其《见闻札记》被誉为美国富有想象力的第一部真正杰作，"组成了它所属的那个民族文学的新时代"。它以高超的艺术技巧，把浪漫主义奇想与日常生活场景的真实描写、幽默和抒情结合在一起。不少篇章富有传奇色彩，情真意切，引人启迪，动人心魄。笔者有幸翻译并先后在几家出版社出版了该书。[1] 欧文醉心于摩尔人

1　目前拙译有三个版本，即广西师范大学出版社 2003 年 12 月出版的；中国书籍出版社 2007 年 1 月出版的（英汉对照）；上海文艺出版社 2008 年 8 月出版的（此版书名为《英伦见闻录》）。

统治时期的传说，写了《征服格拉纳达》和《阿尔罕布拉宫》，它们是《见闻札记》的西班牙姊妹篇。在这些作品中，欧文以讲故事的形式，把读者带到西班牙特有的历史长河中，从而深切"看到"那血与火的或充满传奇浪漫的岁月。欧文的其他作品有：《纽约外史》《一个旅行者的故事》《哥伦布传》和《草原游记》等。笔者希望下一步继续译介欧文的其他优秀作品，在这方面作出更多的贡献。这是一项十分艰巨的任务，但由于它所具有的特殊意义，又让我深感荣幸和充实。的确，翻译这样一位大文学的作品对我是一种挑战，同时也使我收获良多。我因而乐意为之付出宝贵的精力和时光。

就翻译而论，笔者始终坚持直译与意译有机地相结合的原则，既不过"左"也不过"右"。也就是说既不"归化"得过分，也不"异化"得过多，力求把握好这个度。而这个度，就是读者的接受水准。过于归化了，读外国人写的东西就像读中国人写的一样，我并不赞成。我很赞同一位名家的观点：我们不仅要让读者知道原作说了什么，而且要知道是怎么说的。这"怎么说的"就是原作的表达方式，作为文学翻译就应该把好的形式（风格的重要特征）传达出来。如果全部都归化了，把那些很好的表达方式都化掉了，必然会失掉不少外国文学所特有的韵味，我对此不敢苟同。"武装到牙齿"好不好？它表达得多么形象，如果把它也归化，译成"全副武装"之类，二者的效果会一样吗？另外，如果过于异化了，难免又会造成生硬、死译等弊病。这个度确实不好把握，需要译者在大量的翻译实践中去摸索提高，不是说说或者读点别人的翻译理论就能解决的。

本书涉及的人物不少。为了便于阅读记忆，书前列出了一些主要人物的姓名。另外，第一次出现的人物均用全名，以后则只用简短的

姓或名，以免混淆不清。比如，摩尔老国王第一次出现时用全名穆勒·
阿布·哈桑，以后就用哈桑了。西班牙人的姓名常有三四节，前一二
节为本人名字，倒数第二节为父姓，最后一节为母姓。一般以父姓为
自己的姓，但少数人也有用母姓为本人的姓。如：Diego Rodrigueez
de Silva y Velasquez，译为迭戈·罗德里格斯·德·席尔瓦，贝拉斯
克斯，de 是介词，Silva 是父姓，y 是连接词"和"，Velasquez 是母姓。
男性最前面的堂（Don）指"先生"，女性最前面的多纳（Dona）指"夫
人、女士"。这么复杂的姓名如果都照译出来，中国读者一定觉得麻烦，
所以笔者对此做了上述处理，是否恰当可以探讨。名字就是一个代号，
重要的是要记起来方便，以免给阅读造成不便，弄得人物不清，以致
严重影响到阅读效果。

　　再就是对宗教问题的处理。我们阅读这部作品，是要了解当时征
服格拉纳达的历史故事（注意，本书是历史故事，不是历史书）。但
身为基督世界一员的作者，在观点立场上必然带有偏见，必然会用基
督徒的眼光认识一些问题。因此，读者需要全面、客观地看待这种情
况。笔者在翻译中，对特别带有作者主观意识或偏见之处（好在类似
地方并不多）做了适当处理。比如下面一句，括号中的词就省去未译：
"因为上帝使他得以将那个（accursed，该死的、可恶的）异教民族的
帝国和名字从西班牙根除，并将十字架竖立在长期以来都遵从穆罕默
德的教旨的城市里。"我们不会一味倾向于某一方，而只会力求客观
地看待历史。翻译绝不是一种完全被动的行为，译者不仅有权利选择
所翻译的作品，而且在具体的翻译中也可适当作点处理（实在要译出
来的，通过加注等也可表明自己的认识）。

　　翻译欧文的作品不容易——其实这个说法不对，应该说翻译任

何一部优秀的文学作品都不容易，都需要译者付出极大的努力。由于笔者知识有限，译作中难免存在不当之处，诚恳希望广大读者提出宝贵意见，以便不断使之完善。在此，也特别感谢四川大学的曹明伦教授和四川外语学院的杨全红教授，他们在笔者翻译本书的过程中给予了可贵、及时的帮助。也感谢美国友人玛丽琳·麦克迪维特（Marilyn McDivitt）的大力支持，是她帮助翻译、处理了书中涉及的西班牙文。一个人的能力毕竟是有限的，但有老师和朋友们的帮助不少问题即可迎刃而解。

本书根据 The Project Gutenberg EBook 的《Chronicle of the Conquest of Granada》翻译而成。

刘荣跃

2009 年 4 月于天府之国·简阳

2019 年 5 月修订

序言

本部历史故事，尽管有可敬的弗洛里·安东尼奥·阿加皮达的名义[1]，但确切地说，它是建立在该作者并不完整的零碎材料之上的"上层建筑"。有人会问，这位阿加皮达是何许人？他所写的东西既然被如此敬重地加以引用，然而他的名字在任何西班牙作家的名录中却无法找到？这个问题难以回答。西班牙有众多孜孜不倦的作家，他仿佛曾是其中之一；在一座座修道院和大教堂的藏书室中，不乏这些作家的一卷卷文稿，但他们却从未梦想过将自己的劳动成果印刷成书。显而易见，他对于同胞与摩尔人之间的战争细节了解得深刻而准确——不过那段历史已太多地滋生出神话的杂草。他虔诚地信奉基督教[2]，其巨大的激情使他得以成为一名非常杰出、老派正统的模范编年史者——他无比虔诚而喜悦地将十字架[3]与剑共同取得的胜利记录下来。但他存放于各修道院藏书室中的手稿已在西班牙最近的动乱中四处失散，现今人们所能见到的都不过是些支离破碎的材料，这的确令人深

1　指本书在不少地方采用了阿加皮达所编撰的内容。

2　公元11世纪基督教分裂为天主教和东正教。公元16世纪又陆续从天主教分裂出许多新的教派，全称"新教"。中国所称的基督教，多指新教。此处原文为"天主教"。本书为了统一名称，避免混淆，均使用"基督教"。

3　指象征基督教信仰的十字架。它与后面的"剑"喻指信仰与武力。

为遗憾。然而，这些材料又十分珍贵，不能被人遗忘，因为它们记录着许多在任何别的史学家那里无法见到的稀有事实。因此，就可敬的阿加皮达的手稿而言，凡是完整之处本书都会加以采纳，并且借助其他作家（包括论及此问题的西班牙与阿拉伯的作家）的引文予以充实、扩展、阐明和证实。希望了解本书在多大程度上受惠于阿加皮达的史稿的读者，可参考其精心保存于"埃斯科里亚尔[1]藏书室"的手稿，以满足自己的好奇心。

在深入了解这段历史以前，不妨留意一下以前某些与此战争相关、也最博学虔诚的史学家的观点。

马里纳斯·西库鲁斯是研究查理五世[2]的史学家，他指出基督徒们自古以来受到摩尔人的侵害，这场战争旨在为此报复，从而收复格拉纳达王国，使基督教的声誉与荣耀得以广为传播。[3]

埃斯特凡·德·加里贝是一位著名的西班牙史学家，他将这场战争视为对摩尔人采取的一种特别宽厚的行为，以便让许多世纪以来受穆罕默德[4]教派残酷压迫的人与异教徒们[5]最终信奉基督教。[6]

1　西班牙首都马德里附近的一处大理石建筑，包括宫殿、教堂、修道院、陵墓等。——原注（本书未标明的为译者注）

2　查理五世（1338—1380），曾任法兰西国王（1364—1380）。

3　见西班牙著名史学家卢西奥·马里诺·西库罗（Lucio Marino Siculo）所著的《值得纪念的西班牙大事记》第二十卷。——原注

4　伊斯兰教创始人。

5　作者在宗教信仰上难免带有偏见。我们应用历史的眼光（而不能只用作者的眼光）来看待一些问题。

6　见加里贝（Garibay）所著《西班牙史简编》第十八卷第二十二章。——原注

马里亚纳教士也是一位德高望重的耶稣会士[1]和最有名的西班牙史学家，他将过去摩尔人的统治视为对西班牙不端行为的惩罚；而征服格拉纳达则是上天对其伟大行为的奖赏，因为它建立了"令人抚慰、光彩荣耀"的宗教法庭[2]！这个宗教法庭一旦在西班牙公开（可敬的教士说），就焕发出灿烂的光辉。之后在神的保佑下，这个国家不断强大，完全能够将摩尔人的统治彻底推翻、颠覆。[3]

在此，笔者对高尚而可敬的权威人士的言论作了引证，将这场战争视为虔诚的英雄壮举之——它们被称为十字军东征[4]——我相信已说得够多，足以让读者跟随我们深入战场，一道看看这场战争的胜败情况具体如何。

1　天主教一修会的成员。

2　中世纪天主教审判异教徒的宗教法庭。

3　见马里亚纳所著《西班牙史》第二十五卷第一章。——原注

4　指西方基督教徒组织的几次军事东征。

修订版说明

　　本书曾有过几种版本，而上述序言对其多少有点不利。据查证，阿加皮达是个虚构的人物，因此他所记述的史实的可信性问题，便蒙上了一种令人疑惑的东西；而由于处处带有几分讽刺意味，并且对于某些事件和一些场面的浪漫色彩时时予以夸张，所以这种疑惑有增无减。这样在此作出一点说明也许不无益处。[1]

　　我在马德里[2]埋头写作《哥伦布传》时，便有了写作本书的念头。我追寻哥伦布早年的生活足迹，置身于格拉纳达战争的场景之中——在西班牙君王们的某些战役里，他曾跟随其后，并亲临了摩尔人的首府[3]被攻下的现场。实际上我将一些情景编写进传记里，但发现它们占用的篇幅过多，那种富于传奇的鲜明形象，与传记总体的叙述风格并不协调。然而，这场战争中一个个激动人心的事件和一个个浪漫的丰功伟绩，又使得我兴奋不已，以致我无法怀着平静的心情回到手头那部严肃的传记上。为了使自己的兴奋得到缓解，于是，我产生一个

1　此说明的不少言论已写入一篇解释性的文字里，在默里先生的要求下，笔者将那篇文字投给了《伦敦季评》。——原注（本书凡未标明原注的均为译者注）

2　西班牙首都。

3　指西班牙南部城市科尔多瓦，摩尔人文化的中心。摩尔人是非洲西北部阿拉伯人与柏柏尔人的混血后代，公元八世纪成为伊斯兰教徒，进入并统治西班牙。

想法，即先大体写出有关这一战争史的初稿，留待以后有空时进行修订和完善。我发现其真实的过程与特征，尚未充分展示在世人面前。弗洛里安写过一本浪漫故事叫《科尔多瓦[1]的贡萨尔沃》，日田[2]的吉内·佩雷斯也写过一本传奇叫《格拉纳达内战》，后者传说是阿拉伯的一位同代人写的虚构作品，但实际上是西班牙人写的一部书；世人根据其中一部，对这场战争产生出离奇的误解。它被编织进种种爱情故事，以及满怀情感的英勇场面，而这与本身的特性是截然相反的。因为事实上，这场战争是最严峻、残酷的冲突之一，由于"圣战"这一称号而变得神圣起来。实际上，战争的本质已使其远远不再需要任何情感上的修饰了。亚洲和欧洲的斗士们在信仰、服饰与习俗方面，在艰险而疯狂的英雄壮举方面，在富于浪漫的冒险方面，在山区里特有的突袭方面，以及在对悬崖上的城堡和陡峭的要塞展开勇猛进攻方面（这些方面一个个彼此相连，极其丰富多彩，这并非仅仅的虚构所能够实现），彼此都形成鲜明的对照，这当中已包含了足够的魅力。

　　这场战争所处的时代，也使其魅力得以增强。当时火药刚发明不久，一支支枪炮将现代战争的火光、硝烟与轰鸣同古代骑士壮丽的刀光剑影融合在一起，使战争显得无比壮观与崇高；一座座古老的摩尔式塔楼和城堡，长期以来均对攻城槌[3]和精湛的石弩不屑一顾，而这时却在西班牙工兵设计的射石炮的轰炸中纷纷倒塌。这便是历史高于小说的例子之一。

　　我越考虑这个问题，就越受到吸引，很想把它写出来；加之由于

1　西班牙南部城市。

2　日本本州大分县城市。

3　古代和中世纪的攻城器械，用以冲撞城门或城墙。

条件便利，我终于下定了决心。在马德里图书馆和美国领事里奇先生的专用书室里，我得以看到各种编年史和其他著作。它们有的被印刷成书，有的是手稿，系当时的目击者所写，有的则由亲自参加过记录之事的人所写，他们从不同角度、用不同细节进行描述。这些著作常显得冗长乏味，时而还染上那个年代固执迷信和极度偏狭的色彩。不过在那些一页页的书籍、稿子里，偶尔也有闪光点，让人看到，显露出崇高壮举、浪漫胸怀和英勇行为的一个个场面，仿佛在周围的黑暗之中又向读者闪现出一片光辉。我对各种各样的作品进行核实（它们有的从未印刷成书），并根据与各个英雄壮举相关的事实进行提炼，尽我所能明白清晰、有条不紊地将它们撰写出来，努力使其与所发生年代的风俗习惯彼此相连，从而产生出生动鲜明的效果。待初稿完成后，我便把它搁在一边，继续写作《哥伦布传》。完成传记后我即将它寄到出版社，随后我旅行前往安达卢西亚[1]，参观了一座座摩尔人的古镇、要塞、城堡、荒凉的山中关口与峡路的遗迹，它们曾经是最引人注目的战场；我在古老的阿尔罕布拉宫[2]里逗留一些时间，它曾是摩尔君王们特别喜爱的官邸。每到各处，只要能让所描写的场面显示出本地所具有的真实，获得栩栩如生的效果，我就无不从最有利的角度予以记录。我在塞维利亚[3]住下后，便继续完成手稿，借助我在旅行中记下的材料，以及在最近旅行中所得到的鲜明生动的印象，对初稿进行修改。我在构思自己的叙述中，采用了作为编年史者的西班牙僧侣所编撰的材料。我有意让阿加皮达成

1　西班牙南部的一地区。
2　摩尔人在西班牙最后的王国格拉纳达建造的一座辉煌的宫殿。
3　西班牙第四大城市和内地港市，塞维利亚省省会。

为僧侣中的狂热分子的化身，这些狂热分子在君王们的一个个战役中，曾徘徊于他们周围，用修道院的那种固执使营地的骑士精神受到损害，在编年史中竭尽全力对摩尔人采取偏狭态度。事实上，每当这位据称的僧侣突然对费迪南德不无私心的政策所采取的某个不凡行动大加称赞时，或者对英勇而忠诚的伊斯兰教徒的某个巨大灾难幸灾乐祸时，他所使用的一个个妙语都几乎原原本本取自于西班牙的这位或那位正统编年史学家的著作。

在整个这一伟大的英雄壮举中，都可看出治国之术和神职之道，以及许多最英勇大度的斗士被人误解的热情与自我妄想，而这一切无不具有讽刺意味。其中的浪漫色彩似乎与本主题的性质有关。我曾旅行穿越那一片片发生过战争的、充满诗意和传奇的地区，而那种浪漫色彩与我所见到的情景是协调一致的。除此之外，在所有实质性的问题上，本书均忠实于历史事实，以真实可靠的文献为依据。最初有人表示对本部史书的真实性有所怀疑，但我发现格拉纳达的米格尔·拉富恩特·阿尔坎塔拉先生在其最近关于他出生城市的、博学精湛的史书里，一次次地大量引用拙著，这使我深感满意——因为他在自己各种孜孜不倦的研究中，足可以判断本书与权威文献相吻合的程度。

而引用如下普雷斯科特先生的赞赏，又让我满意有加。为了进行研究，写出关于费迪南德和伊莎贝拉的令人赞赏的历史，他曾前往我走过的地方。他的赞赏写得开明而谦恭，那是他所特有的精神。只是在一定程度上缺乏颂扬的意味，若非由于我感到有关本书的真实准确的问题他可以作为重要的证明者，那么我是会羞于在此引用的：

　　欧文先生新近出版的《征服格拉纳达》一书，已使得诗歌再也没有了必要，并且对于史书[1]也是如此——这对我而言是不幸的。这是一个富于浪漫传奇的时代，其所有栩栩如生、充满活力的社会运动，他均加以充分利用。假如读者不辞辛劳，将本书与如今更为平淡、刻板的记事文字加以比较，便会看出它并非因为这是一个富有诗意的题材，而偏离历史的准确性。其作品虚构与浪漫的形式，使它得以更生动地表现出那个时代漂浮不定的观念和虚无空幻的想法，同时它又用戏剧性的光辉色彩把时代的画面展现出来，而这是严肃庄重的史书所难以办到的。[2]

　　在本版书里，我努力让拙著与普雷斯科特先生慷慨的赞美相称。尽管我仍然保留了僧侣作家阿加皮达所编撰的内容，但是我已让自己的叙述更加严格地限定在历史的范畴之内，并借助最近由阿尔坎塔拉和他人的研究所揭示的事实，对各部分进行了修订与充实，从而使本书对与其相关的那段浪漫的历史，展现出一幅忠实可靠、富有特性的画面。

华盛顿·欧文

1850 年于向阳屋

1　应指有关格拉纳达的诗歌与史书。

2　见普雷斯科特所著《费迪南德与伊莎贝拉史》第二卷第十五章。——原注

主要人物表

费迪南德：即费迪南德二世，阿拉贡国王。他奠定了西班牙国家统一的基础。

伊莎贝拉：即伊莎贝拉一世，曾是卡斯蒂利亚女王和阿拉贡女王，与丈夫费迪南德实行联合统治。

穆勒·阿布·哈桑：凶暴好战的老摩尔国王。本书简称哈桑。

堂·罗德里哥·庞塞·德·利昂：卡迪斯侯爵，西班牙的一位名将。

布阿卜迪勒：哈桑的儿子。别号埃尔·佐哥比或"不幸者"，格拉纳达王国末代国王。

穆勒·阿布杜拉：常称埃尔·扎加尔或"勇者"，哈桑的弟弟。本书简称扎加尔。

堂·阿隆索·德·阿吉拉尔：卡迪斯侯爵的忠实朋友。本书简称阿隆索。

阿克莎·拉·奥拉：布阿卜迪勒的母亲。本书简称奥拉。

莫里玛：布阿卜迪勒的妻子。

堂·迭戈·德·科尔多瓦：卡夫拉伯爵。

路易斯·费尔南德斯·普埃尔托·卡雷罗：帕尔马伯爵，勇武的司令。本书简称卡雷罗。

堂·佩德罗·恩里克斯：安达卢西亚的行政长官。本书简称恩里克斯。

佩德罗·德·巴尔加斯：直布罗陀的要塞司令。本书简称巴尔加斯。

堂·佩德罗·冈萨雷斯·门多萨：西班牙红衣主教。本书简称冈萨雷斯。

堂·伊尼戈·洛佩斯：英勇善战、十分著名的胜迪拉伯爵，伊方塔多公爵。本书简称伊尼戈。

奥尔特加·德·普拉多：是个机灵敏捷、勇猛顽强的人，云梯队队长。本书简称普拉多。

堂·迭戈·德·梅洛：塞维利亚司令。本书简称梅洛。

阿梅·泽利：别号叫埃尔·塞格里，龙达城勇武的司令官。本书简称塞格里。

阿文·科米克萨：负责守卫阿尔罕布拉宫的司令官。本书简称科米克萨。

雷杜安·德·瓦尼加斯：格拉纳达司令。本书简称雷杜安。

希阿亚：扎加尔的表弟。

穆扎·阿布·加赞：一位有名的骑士。本书简称穆扎。

目
录

第一章　格拉纳达王国及其敬献给卡斯蒂利亚[1] 国王的贡金

世上曾发生过一场场血腥悲惨的战争，它们将一些强大的帝国推翻（阿加皮达说），其历史被视为十分令人愉快、不乏可贵启迪的研究成果。那么，一次虔诚的"十字军东征"的历史又如何呢？——它由最为开明的基督君王们发动，目的在于从异教徒的政权中，将地球上一个最美丽也最黑暗[2]的地方收复。且听独处一室的我讲述征服格拉纳达的故事吧，在那儿，基督骑士与戴头巾的异教徒一点点地争夺安达卢西亚[3]美丽的土地，直到那新月形标志[4]——它是异教徒的象征——被抛弃一旁，用我们赎罪[5]的神圣的十字架取而代之。

自从阿拉伯人侵者打败最后一个西哥特国王堂·罗德里戈[6]，从

---

1 西班牙的一个王国，15 世纪末它与雷翁王国、阿拉贡王国合并后，其方言成为整个西班牙的标准语。

2 此处指社会的黑暗。

3 西班牙南部的一地区。

4 伊斯兰教的象征。

5 在基督教的教义中，认为人类有"原罪"，故人生来皆负有罪孽。其后耶稣基督被钉在十字架上，即代表流其宝血为世人赎罪，使世人免去其原罪。

6 罗德里戈(? —711)，710 年威帖萨国王死后，西哥特的贵族选举他为国王。"堂"在西班牙是置于男士名字前的尊称，指"先生"。

而使西班牙遭到毁灭之后，近八百年过去了。那是一个极其悲惨的事件，自此，这座半岛便一部分一部分地逐渐被一个个基督君王收复，直至最后，仅剩下格拉纳达这片强大而好战的领土仍处于摩尔人的统治之下。

这个声名显赫的王国位于西班牙南部，一面受着地中海的冲击，每一方都有峰峦起伏的山脉或连绵崎岖的高山，它们一片荒漠，多岩陡峭，因此几乎难以攻破；但在其贫瘠的四周以内，却隐藏着无比富饶青翠的深谷。

在王国的中心便是首府——美丽的格拉纳达城——它宛如掩蔽在内华达山脉[1]或"雪山"里面。其房屋共有七千座，它们耸立于两座高山之上，中间有山坡和一个深谷，达罗河从中流过。它的街道狭窄，这在摩尔人和阿拉伯人的城市里是常见的，不过时而也有小小的广场和开阔地方。一座座房屋带有花园和内庭，里面种着橘树、香橼和石榴，一处处喷泉使其充满生机；房屋彼此排列在山腰上，城市与树林交相辉映，呈现出一片可爱的景象。一座山上伫立着阿尔卡桑巴，它是俯瞰整个城市的坚固堡垒，在城堡与塔楼当中可容纳四万名驻军；不过它也有自己的后宫，那是摩尔君王们骄奢淫逸的住所，布置有庭院与花园、喷泉与游泳池，以及用最豪华奢侈的东方风格装饰的堂皇富丽的厅堂。依照摩尔人的传统，建造这些庞大宏伟的建筑群的君王必然精于神秘学，能够凭借炼金术为自己提供必要的资金。[2]这便是

1　位于西班牙南部。

2　见苏里塔所著《阿拉贡王国史》第二十卷第四十二章。——原注［苏里塔（1512—1580），西班牙的一位史学家，他创立了西班牙史学的现代传统。阿拉贡是西班牙东北部一地区，古时为一王国。——译注］

它极尽光辉之处，即便时至今日，外国人漫步穿行于寂静的庭院和荒废的厅堂里，凝视那些镀金的天花板和饰有格子纹的圆顶的辉煌与壮美之时——它们经受住了战争的兴衰变迁，以及数世纪以来默默的荒废——也会不无惊讶。

城市四面环绕着高高的围墙，长达 3 里格[1]，设有 12 扇大门和 1030 座塔楼。其高处和内华达山脉附近终年被白雪覆盖，使夏季炽热的阳光变得温和。因此，当三伏天其他城市闷热得气喘吁吁时，格拉纳达的一个个大理石厅堂却吹拂着颇为宜人的微风。

然而，这座城市的荣耀之处在于其开阔的平原，它方圆 37 里格，四周高山环抱，人们骄傲地将它比作大马士革[2]那片有名的平原。这是一个令人惬意的园地，众多喷泉和银色蜿蜒的克尼尔河使其清新宜人。摩尔人凭着辛勤的劳动与不凡的智慧，将河水引入上千条小溪，使之广泛分布于整个平原。的确，他们使这片让人喜悦的地方变得繁荣奇妙，并且自豪地对它进行装点，好像它是一位受到宠爱的情人。一座座小山上布满果树园和葡萄园，一处处山谷被镶饰上花园，宽阔的平原上覆盖着波浪般的谷物。这儿可见到大量橘树、香橼、无花果和石榴，另有大片大片的桑树——最精美的丝绸即用它制成。葡萄藤从一棵树爬到另一棵树，一串串鲜亮茂盛的葡萄悬挂在农舍周围，夜莺的歌声不绝于耳，让小树林充满喜气。总之，这儿的大地如此美丽，空气极为纯净，这片美妙的地方，天空无比宁静，以至摩尔人想象着他们先知[3]的天堂就在格拉纳达王国的上空。

1　旧时长度单位，约为三英里，五公里。

2　叙利亚首都。大马士革钢刀十分有名。

3　指穆罕默德。

这是一片得天独厚的王国，大自然给予了它丰富的恩赐，并且使它颇为坚固；就是在这片领地里，穆斯林的财富、英勇与机智曾经给西班牙带来耀眼的光彩，但这一切已渐渐衰退，只在格拉纳达还有最后的立身之地。穆斯林其余的王国土崩瓦解，反倒使格拉纳达辉煌起来，但也正因为如此，它才成了基督徒们唯一的眼中钉。这座摩尔人的首府于是便成为欧洲人奢华生活与高雅举止的唯一场所，同时混合着战争的刀光与喧嚣。人们仍然致力于文学，哲学与诗歌也有其流派与门徒，所讲语言据说是最雅致的阿拉伯语。所有阶层对于服饰都满怀热情。他们的一位叫卡蒂比的作家说，上层阶级的公主、小姐们对于奢华富贵所怀有的热情已上升到疯狂程度。她们穿戴着金银腰带、手镯和脚镯，这些饰物用高雅的艺术精美地制作而成，上面镶嵌有橘红宝石、贵橄榄石、绿宝石和其他珍贵宝石。她们喜欢辫着漂亮的长辫，并加以修饰；或者将辫子打成结，上面的珠宝光彩照人。她们身材优美，皮肤极其白皙，言谈举止优雅迷人；微笑时如卡蒂比说，显露出耀眼的皓齿，而且她们身上的气息也如花儿一般芳香。

摩尔骑士没有穿盔甲时，喜欢穿上具有波斯人风格的服饰，外衣用质地最精细的羊毛、丝绸或棉布做成，上面的条纹色彩各异，十分美观。他们冬天穿的外套，是非洲人穿的那种大氅，不过在炎热的夏天他们则穿上洁白的亚麻织品。同样的奢华也广泛用于军用装备上：他们的盔甲上面镶嵌着金银；短弯刀[1]的刀鞘经过精工制作，并饰以华贵的徽章；刀刃产于大马士革，上面刻有《可兰经》经文或有关军事

1　土耳其人、阿拉伯人等东方人用的一种刀。

的和爱情的格言；皮带为镶嵌着宝石的金色细工饰品；其非斯[1]匕首上有阿拉伯式的图形；长矛上面有鲜艳的飘带；他们的马身上披戴着绿色和红色的丝绒马衣，并织以丝绸，饰以金银，极尽富贵。这支年轻的骑士队伍拥有豪华的军事装备，摩尔国王们对此也予以鼓励，他们下令，凡用于这些装饰上的金银均不得征税，而格拉纳达骑士团的女成员们所穿戴的手镯和其余饰物，也享受同样待遇。

在数以千计流传至今的民歌里——这些民歌给西班牙的爱情文学、西班牙一切与爱情有关的事物，增添上了一种情调与色彩——我们可看出骑士们对女子所表现出的殷勤，此种殷勤在摩尔史上这段富于浪漫的时期，曾普遍盛行于男女之间。

战争是格拉纳达及其居民们常处的正常状态，普通人随时准备应召奔赴战场，整个上层阶级就是一支卓越的骑士团。一个个基督君王们，尽管收复这座半岛其余领地十分成功，但他们发现胜利在这个以山为界的王国却被阻碍。每座山峰都设有瞭望塔，时刻准备夜里点火或白天放烟，发出全国警惕的入侵信号。深入这危机四伏的国家的山隘狭谷，袭击一座边境上的堡垒，或在首府的眼皮底下去它平原上偷袭，匆忙进行一番掠夺，是卡斯蒂利亚的骑士们最喜欢采取的英勇行为。不过他们从不声称要占据遭到自己掠夺的地区，而只是洗劫、烧毁和抢夺之后跑掉。这些可怜的袭击，又受到摩尔骑士同样手段的报复，他们最大的乐趣就在于"破坏"，即侵入山那面基督徒的领地也掠夺一番。

像这样的游击战，长期在格拉纳达与其最强大的敌人卡斯蒂利亚

1　摩洛哥北部城市。

和莱昂[1]王国之间展开。在战斗中，基督与穆斯林骑士们进行着激烈而全面的对抗，一个个表现得英勇顽强、胆大机智。不过格拉纳达的资源却因此逐渐耗尽，力量也削弱下去。所以，在最后的一些国王中，有一位叫阿文·伊斯梅尔的国王曾遭到袭击，平原被毁，使他灰心丧气，他意识到战争对自己的王国不利，于是在 1457 年与卡斯蒂利亚和莱昂国王亨利四世作出休战协定，规定每年向亨利四世交纳 12000多卜拉或皮斯托尔[2]贡金，并释放六百名基督俘虏（假如没有俘虏，就得交出同样数量的摩尔人作为人质）——所有这些都将在科尔多瓦市敬献。[3]

然而，这一协定并不全面，有异常的保留权利。它并不包括与哈恩[4]接壤的摩尔人的边疆，两国于此地仍可有战事发生。协定也未禁止对城镇和城堡进行突袭，只要仅仅是暗中进行的袭击——没有号角声，没有飘扬的旗帜，没有安营扎寨，也没有正规的包围。所以这项协定只持续了 3 天。[5]

阿文·伊斯梅尔忠实地遵守着停止协定，可是他的长子穆勒·阿布·哈桑却对此难以忍受。哈桑是个暴躁好战的王子，喜欢身披盔甲、骑上战马。一次敬献贡金时他正好也在科尔多瓦，亲眼目睹了基

1　西班牙西北部一地区。

2　二者均为西班牙古金币。

3　见加里贝所著《西班牙史简编》第十七卷第三章。——原注

4　西班牙安达卢西亚地区哈恩省省会，曾先后被罗马人和摩尔人占据。

5　见苏里塔所著《阿拉贡王国史》第二十卷第四十二章；马里亚纳所著《西班牙史》第二十五卷第一章、《摩尔王布莱达》第五卷第三章，贝莱达所著《西班牙中的摩尔人克罗尼卡》。——原注

督徒们的嘲笑与奚落，一想到那令人羞辱的场面他就热血沸腾。1465年父王驾崩时，他彻底终止了敬献贡金，只要一提到这事就足以使他勃然大怒。

　　"他是一个凶猛好战的异教徒，"阿加皮达说，"他对神圣的基督教的怨恨，早在其父有生之年就有所表露，而这恶魔般的敌意，在他终止敬献最正当的贡金这件事上更是显而易见。"

第二章　唐璜大使带领随从要求摩尔君王继续敬献贡金

　　虽然哈桑对于协定令人难忍地不予履行，缺乏信誉，但在"无能的亨利"[1]统治的末期并未引起愤怒，并且在亨利的继任者费迪南德和伊莎贝拉统治的最初三年里，这项协定一方面默默地继续着，另一方面却没有强制执行。给人带来愉快而美好回忆的费迪南德和伊莎贝拉，难以再冒险与这位摩尔君王发生冲突，因自身领土内时有平民暴乱，加之葡萄牙国王又接着向他们开战，使他们没有了更多的精力。然而，当休战协定到期时哈桑要求重新签订，从而使骄傲而虔诚的卡斯蒂利亚的君王们意识到，这位异教徒国王违背诺言是无法容忍的；作为君王他们有自己的尊严，作为信仰的斗士他们有自己的神圣职责，因此他们感到受着召唤，需要正式提出延期支付贡金的要求。

　　所以，在公元 1478 年，唐璜大使——他是一位热心而虔诚的骑士，对信仰满怀激情，对君王极尽忠诚——为此以大使身份被派往摩尔人的领地。他全副武装，英武地骑在马上，同时带着虽然不多但却装备齐全的随从。他们就这样穿过了摩尔人的边境，缓缓进入其王国，边走边用老练的武士的眼睛环顾四周，密切注意一个个军事要点和潜

1　即指亨利四世。

力。他发现摩尔人为可能发生的战斗已做好充满准备。每座城镇都防守严密。那片平原上处处是为农民提供的藏身塔，山上的每一处通道都有防卫堡垒，每一个制高点都有瞭望塔。这些基督武士从堡垒墙下经过时，只见城垛上闪现出长矛与短弯刀来，摩尔哨兵们黑黑的眼里也投射出仇恨与挑战的目光。显然，与这个王国开战必须攻下一个个要塞，必须勇敢地面对重重危险，表现出不凡的英雄壮举；在这样的战斗中，每前进一步都得付出艰辛与鲜血，并且防守起来也相当困难。想到这些，基督骑士们的斗志被点燃，他们急不可待地要投入战斗。"这倒不是因为渴望掠夺和报复，"阿加皮达说，"而是因为每一个西班牙骑士目睹祖先美丽的领土被异教徒侵占、践踏时，满怀着纯洁、神圣的愤怒。注视着这片美好的国土，"他补充说，"怎么可能不渴望看到它重新回归到真正的信仰的天下，回归到基督君王们的统治之中。"

　　来到格拉纳达的大门，唐璜大使及其随从看到摩尔国王同样警惕地作好了准备。城墙与城堡威力强大，修缮完备，上面布置有伦巴第人[1]和重型武器。弹药库里贮备着充足的军需品，并且有大量步兵和一队队骑兵，他们随时准备冲向疆场，要么进行防守，要么前往掠夺。看见这些基督武士们并不惊慌，想到能与如此势均力敌的对手作战，一比高下，他们反倒容光焕发。他们昂首阔步地慢慢穿过格拉纳达的街道，满怀渴望地环顾一座座堂皇的宫殿和富丽的清真寺，看着堆满高级丝绸和布料的集市——集市上还有各种宝石，以及其他富贵的商品，各地的奢侈品。此刻他们便渴望着有朝一日，所有这些财富都将成为基督战士们的战利品，那时他们的战马每踩一步，脚上都会深深

1　系日耳曼民族之一。

地染上异教徒们的鲜血。

这一队西班牙骑士虽然人数不多但却骄傲自负，摩尔居民不无妒忌地目睹他们带着唯有西班牙骑士才具有的威严，威武雄壮地穿过著名的埃尔韦拉大门。唐璜大使严厉、高傲的风度和强壮的身躯，给他们留下了深刻印象。这显示出他已做好准备，要进行一番勇敢顽强的搏斗；他们还猜想，他是来向摩尔骑士挑战的，公开进行马上比武或用他们有名的刺枪较量，以便一决雌雄——因为在停战其间彼此开展礼貌而具有骑士风度的比赛，仍然是两国武士的传统习俗。然而，当得知他是来要求敬献贡金的——他们火爆的君王一听说贡金的事就极为反感——他们便说要完成这样一项外交重任，确实需要一位看起来有他那种胆识的武士。

哈桑庄重、正式地接见了大使。他坐在大使厅华丽的长沙发上，周围有一些朝中大臣；在阿尔罕布拉宫中有不少十分豪华的厅堂，大使厅便是其中之一。当唐璜将公函呈上去时，暴躁的君王嘴角显露出高傲、讽刺的笑容。"回去转告你们君王，"他说，"格拉纳达那些曾向卡斯蒂利亚国王交纳贡金的君王们，现在已经死了。我们的造币厂如今不铸造钱币，只铸造短弯刀和长矛头。"[1]

这高傲的回答中包含着蔑视，唐璜听见时暗自高兴，因为他是一位勇敢的军人，不无虔诚地对异教徒心怀憎恨；他看出这位摩尔君王的话里潜藏着残酷的战争。然而，他很精于各种礼节，保持着不屈不挠的风度，庄重而礼貌地退出了大厅。他所受到的待遇，与其高贵的

---

[1] 见加里贝所著《西班牙史简编》第四十卷第二十九章；孔代（Conde）所著《阿拉伯史》第三十四章第四页。——原注

地位和显赫的职务是相称的：国王在阿尔罕布拉宫堂皇富丽的大厅里接见了他，在他离去之前还送他一把短弯刀，其刀刃是最好的大马士革钢[1]，玛瑙刀柄镶嵌着宝石，护手盘也是金制的。唐璜拔出刀来，发现刀刃有极好的韧度，便露出阴险的笑意。"陛下赐给了我一把锋利的武器，"他说，"我相信有一天我会让您看见，我懂得如何使用您给我的最好礼物。"这回答当然被看作是一种恭维：旁观者很少知道隐含在下面的强烈的敌意。

　　唐璜回到科尔多瓦后，报告了摩尔君王的回复，同时也将其领地状况做了汇报。在亨利四世软弱的统治期间，以及在卡斯蒂利亚最近遇到动乱的时候，那些领地都增强了军事力量。许多与格拉纳达邻近的城市和坚固的地方，虽然至此已被基督徒征服，但是他们又重新对哈桑效忠起来，所以他的王国现在包括十四座城市，97个防守严密的据点，另有众多没有围墙、由难以攻克的城堡护卫着的城镇和村庄，而格拉纳达则作为大本营高耸于中央。

　　足智多谋的费迪南德国王听着唐璜做军情汇报，认识到眼下绝不是与一个崇尚武力、防卫严密的王国敌对的时候。卡斯蒂利亚国内仍然存在矛盾，并且又与葡萄牙进行着战争：在这样的情况下他克制着，没有坚持要求格拉纳达敬献贡金，同时默许继续休战。不过哈桑的回复中所包含的蔑视，仍然在他心头激起怨恨，使他想到未来定要向敌人开战。加之唐璜又描述说，格拉纳达是一系列要塞和石堡的中心，使他有了征服它的计划——采取对城镇和要塞一一攻破的办法，在攻打首府之前先逐步拔掉所有支柱。他对格拉纳达

1　一种表面带水纹的刀箭钢。

这个名字——它是石榴的意思[1]——用了一句令人难忘的双关语或玩笑话，以表示自己的决心。"我会把这个石榴的籽一粒粒拔出来。"冷静而精明的费迪南德说。

　　注：本书第一版里，笔者讲述了富有胆识的唐璜在执行此次外交任务时，所经历的特有冒险；经过进一步查阅权威的历史著作，笔者将继续讲述他在第二次执行外交任务中的冒险经历——读者会在后面的篇章中读到。[2]

1　"格拉纳达"的原文为 Granada，也指"石榴"。
2　指本书第四十六章所讲述的情况。

第三章　阿尔罕布拉宫的家族世仇——彼此抗衡的苏丹女眷[1]；有关布阿卜迪勒的预言；王位继承人——费迪南德谋划与格拉纳达开战，但被敌方抢先袭击

尽管此时哈桑与外国的关系处于平和，但其后宫里却展开了一场"内战"，这是应该予以注意的，因为它对于王国的命运造成了毁灭性的影响。哈桑虽然天生冷酷，可他却是个溺爱顺从老婆的人，易于受到妻妾们左右。他早年娶了自己的女眷奥拉（或阿萨），她是他舅公的女儿，舅公是苏丹穆罕默德七世，别号哈扎里或"左撇子"。她是个几乎有着男人的勇气与威力的女人，其德行完美得难以企及，以至她通常被人称为阿克莎·拉·奥拉或"纯贞者"。她给哈桑生了一个儿子，取名阿布·阿布杜拉，即史学家们一般所称的布阿卜迪勒。宫廷的占星家们按照习俗对婴儿推算八字，可他们看着孩子时不禁害怕得哆嗦起来。"安拉阿克巴尔[2]啊！万能的主啊！"他们大声叫道，"他将独自掌握帝国的命运。算命书上写着这孩子有一天会登上王位，不过在他统治期间王国将会毁灭。"从那时起，王子就让父王极为反感；

1　指王后、妃、母、女、姐、妹。"苏丹"是某些伊斯兰国家最高统治者或地位最高者的称号。

2　即后面一句的意思。安拉是伊斯兰教所信奉的神，也称真主。

那笼罩在他头上的预言和他所受到的虐待，使他有了埃尔·佐哥比或"不幸者"的别号。然而，在勇敢的母亲保护之下他长大了，母亲凭着她特有的威力，在后宫长期处于无可争辩的支配地位，直到她不再年轻美丽为止——这时后宫便发生了可怕的抗衡局面。

摩尔骑士时而对基督领地进行袭击，有一次他们突袭了由桑乔·希梅内斯·德·索利斯控制的一处边境要塞，索利斯是一位高贵、英勇的骑士，在勇敢地保卫要塞时阵亡。俘虏当中有他的女儿伊莎贝拉，她几乎还是个婴孩，就被带到了格拉纳达，受到精心抚养，并接受了伊斯兰教的教育。[1]将她俘虏的摩尔人给她取名为法蒂玛[2]，但她长大后由于美丽得超凡出众，因此有了"佐拉亚"即"晨星"的别号——而她就是以此闻名于历史的。她的魅力最终引起哈桑的注意，不久她就成为后宫中的一员了。有些人说她做了哈桑的妾；但另有人声称她成为了他的妻子之一，最后成为他宠爱的苏丹女眷，此说法更加真实。的确，有些地位很高、人也漂亮的女俘虏，在皈依伊斯兰教后与俘虏她们的最高傲自大的人联姻，这也是常有的事。

佐拉亚很快就完全左右了哈桑。她不但美丽而且雄心勃勃，在成为两个儿子的母亲后，盼望着让其中一个儿子将来登上格拉纳达的宝座。这种雄心壮志受到一个小集团的怂恿——如果不是由他们所暗示的话——这些人聚集在她周围，而她则受到同族感情的激励。阿布·卡西姆·瓦尼加斯是国王的大臣，对国王很有影响，他也像佐拉亚一样有着基督血统，属于高贵的卢克家族的人。他父亲是科尔多瓦的一

1　见萨拉扎所著《红衣主教史》第七十一章。——原注

2　原指穆罕默德的女儿（606—632）。

位瓦尼加斯家族的人，婴孩时就成了俘虏，并作为一名伊斯兰教徒被抚养成人。[1] 后来他有了大臣卡西姆和雷杜安·瓦尼加斯两个儿子，后者在哈桑的宫廷里同样身居高位——他们身边有许多势力强大的亲戚，个个都在宫廷里受到恩宠。尽管他们信仰伊斯兰教，但由于有着异国的基督血统这根纽带，他们无不被吸引到佐拉亚身边，力图抬举她和她的孩子们，从而贬低奥拉和她儿子布阿卜迪勒。而另一方面，布阿卜迪勒则受到十分高贵、一度颇有势力的阿文塞拉赫家族[2] 和阿文·科米克萨的支持，后者是负责守卫阿尔罕布拉宫的司令官。上述两派势力由彼此抗衡的苏丹女眷分别统领，致使哈桑的后宫产生出根深蒂固的忌妒与阴谋，最终导致全面的动乱和内战——这将在后面看到。[3]

女人们就这样相互争斗着，在国内给哈桑造成麻烦和灾祸，使他受到威胁；可虽然如此，生性邪恶的哈桑却要采取一个胆大妄为的行动，从而让他卷入来自国外的、高出 10 倍的危险。读者已经知道，在基督徒与摩尔人签订的停战协定中有一项奇特的条款，即允许彼此在短时间里冲进对方领地突袭城镇和要塞，只要仅仅是袭击而没有正规作战那种列队行进就行。然而过了很长时间，摩尔人并没有任何这样的袭击，因此基督徒们几乎忽略了一座座边疆上的城镇的安全。在一

1　见宫殿牧师所著《卡托尔国王史》第五十六章。——原注（"宫殿牧师"是当时一位最正直可敬的编年史学家，后面作者有注。——译注）

2　15 世纪西班牙格拉纳达王国的一个著名家族。

3　需要注意的是，有几位史学家错误指出布阿卜迪勒的母亲是佐拉亚，而不是阿克莎·拉·奥拉，并把阿文塞拉赫说成是布阿卜迪勒的对手而非强有力的追随者。本书中的陈述所根据的是最可信的权威著作。——原注

个不幸的时刻，哈桑受到诱惑，要对其中一个城镇发动袭击，因他得知位于龙达与麦地那 - 西杜尼亚之间边境上的扎哈拉要塞防守力量薄弱，军需供给也不足，要塞司令又玩忽职守。这个重要据点建筑在一座多岩的山顶上，它上方的悬崖上高居着一座坚固的城堡，据说它高得鸟儿都飞不过去，云块也难以飘过。街道和许多房屋都只是从现存的巨石中开凿出来的。这座城镇只有一道通向西面的大门，由高塔和壁垒防守着。要爬上这座多岩崎岖的要塞，唯一的通道是从岩石中开凿出来的路径，它们很多地方高低不平，犹如破烂的梯子。总之，全西班牙的人无不知道扎哈拉是一座无法攻破的安全之地，以至于有着美德令人难以企及的女人被称为"扎哈拉纳"。不过即使最坚固的要塞和最完美的美德也有其弱点，需要以高度的警惕毫不松懈地予以防守：让武士与武士团的女成员们从扎哈拉的命运中吸取教训吧。

第四章　哈桑出征袭击扎哈拉要塞

公元 1481 年，就在最神圣的圣诞节之后一两个晚上，扎哈拉的居民们正在酣睡着，连哨兵也擅离职守躲避暴风雨去了（这场暴风雨连续狂下了 3 个晚上），因为在这样一个风雨交加的天气，似乎敌人不太可能出现。然而，邪气就是在暴风雨中最为猖獗的。夜深的时候，扎哈拉城墙内响起一阵动乱，比凶猛的暴风雨更可怕。"摩尔人！摩尔人！"街上回响起这样的喊声，其中混杂着武器的撞击声、人发出的痛苦尖叫以及胜利的呐喊声。哈桑亲自带领一支强有力的部队冲出格拉纳达，在暴风雨的掩护下悄然穿过一座座山。趁暴风雨把哨兵赶离开岗位并猛烈地拍打着高塔与城垛时，摩尔人搭起了云梯，安然翻入城堡和城镇。直到城内战斗打响、大肆残杀起来之际，驻军部队才意识到危险降临。在惊恐的居民们看来，似乎一个个魔鬼乘着狂风从天而降，将城堡塔楼一一占领。从四面八方传来战斗的呐喊，彼此回应——这呐喊来自上面、下面、城垛之上，以及城镇的街道。敌人无处不在，他们笼罩在黑暗里，但却借助预定的信号统一行动。从睡梦中惊醒的士兵遭到拦截，他们冲出军营时被砍倒在地，或者即使跑掉也晕头转向，不知去何处集合或去何处攻击。凡是有光闪现之处，必然有人被短弯刀杀死，所有企图抵抗的人无不倒在它的刀刃之下。

不久战斗结束。没被杀死的人躲在房子里隐秘的角落，或者投降成为俘虏。兵器的撞击声停止了，暴风雨却仍在咆哮，同时间或传来摩尔军人的喊叫，他们正在四处搜寻战利品。居民们哆嗦着，为自己的命运担忧，这时街上响起号角声，让所有这些赤手空拳的人到广场上集中。在这儿敌军把他们团团围住，严密看守着，直到天亮。天破晓的时候，这个一度生活美好的群体看起来多么可怜，他们先前平安地躺下休息，现在却不分男女老少、地位高低，全部挤作一团，在这严冬的暴风雨中几乎没穿什么衣服。暴烈的哈桑对他们的一切祈求与抗议充耳不闻，下令将他们作为俘虏押回格拉纳达。他在城镇和城堡里留下一支强大的驻军，命令严加防守，然后得意洋洋地凯旋而归，回到首府。他行进在队伍前面，队伍满载着战利品，于胜利中扛着在扎哈拉夺取到的旗号和燕尾旗。

就在摩尔人为庆祝这场打败基督徒的胜利，准备马上标枪比武和其他欢庆时，扎哈拉的俘虏到达了——他们是长长的一队悲惨的男女和儿童，此时已精疲力竭，因绝望而憔悴不堪，像牲口一样被摩尔人的一支分遣队赶进城门。

格拉纳达的人民目睹这一残酷场面，深感悲痛和愤慨。那些经历过战争灾难的老人，预感到将会有灾难发生。母亲看见扎哈拉的一个个不幸妇女怀里的孩子奄奄一息，于是紧紧抱住了自己的婴儿。处处传来对这些受难者的怜悯声，这声音与残暴的国王的诅咒混在一起。人们不再为欢庆作准备，而是将本该用来犒劳征服者们的食物散发给了俘虏。

然而，贵族和神职人员们却前往阿尔罕布拉宫，向国王表示祝贺。因为不管在下层社会中卷起怎样的风暴，在威严显赫的宝座上升起的也只有供神所焚烧的香烟。可是眼下，就在那一群阿谀奉承的人当中忽然响起一个声音，像雷鸣般传入哈桑耳里。"悲哀！悲哀！格拉纳达的悲哀！"那声音高喊道，"它凄凉的时刻到了。扎哈拉的废墟将倒在我们的头上。我的灵魂告诉我，我们帝国的末日即将来临。"所有人都惊吓得退缩回去，只留下那个宣称悲哀的人独自站在大厅中央。他是个头发灰白的老人，穿着粗陋的苦修僧的服饰。岁月虽然使他的身躯衰弱下去，但却没有让他火一般的激情平息，那激情从他不祥的目光中闪现出来。他是一位神职人员，这些人士在寺院里度过一生，他们斋戒、默思、祈祷，直到变得像圣人一样纯洁，像先知一样富有远见。"他是魔鬼彼勒[1]的儿子，"愤怒的阿加皮达说，"一个让魔鬼迷住的疯狂的异教徒——他们有时被允许对信徒预示真情，但条件是他们的预言将毫无用处。"

神职人员的声音响彻阿尔罕布拉宫的大厅，使得宫廷的谄媚者们哑口无言，充满敬畏。只有哈桑一动不动：他无所畏惧地站在白发修士面前，用轻蔑的目光盯着他，把他的预言看作是一个疯子的胡言乱语。修士从国王眼前冲出去，来到下面的城里，急忙穿过街道和广场，发狂地做着手势。他那可怕的警告声处处能听见："和平被打破！毁灭性的战争开始了。悲哀！悲哀！格拉纳达的悲哀！它不久将陷落！一座座宫殿里将到处是凄凉，坚强的男人们会倒在屠刀之下，小孩和少女们也将成为俘虏。扎哈拉不过是格拉纳达的榜样而已！"

这使得民众十分恐怖，他们认为这些狂言有着预言的感召。在大家都觉得悲哀时，有的人隐藏在自己的住处，有的人则聚集在街道和广场，用凄惨的预感彼此警告，并对轻率、残忍的国王加以诅咒。

---

1 《圣经》中魔鬼的别名。

摩尔国王对他们的怨言不予理睬。他知道自己的英勇行动将导致基督徒报复，便不再谨慎克制下去，而是试图向卡斯特兰和埃尔韦拉两座要塞发起袭击，尽管没有成功。他还将神职人员派往各巴巴里[1]强国，告知它们剑已拔出，并请求它们从人力、物力上给予帮助，以便共同抵抗基督徒们的暴行，维护格拉纳达王国和穆罕默德所创立的宗教。

然而，就在民众们窃窃私语表示不满时，这种不满情绪又使贵族们产生了危险的谋反举动，哈桑惊讶地获悉有人图谋罢免他，要让他儿子布阿卜迪勒登上王位。于是，他首先将王子及其母亲奥拉监禁在科马雷斯塔里，之后他想起占星家的预言——即这个青年有朝一日将登上格拉纳达的宝座——亵渎地对星宿[2]不屑一顾。"刽子手的剑，"他说，"将证明那些占星术是一派胡言，将使得布阿卜迪勒不再有野心。"

奥拉得知儿子危在旦夕，便策划让他逃跑。一天深夜她来到关他的监狱，将自己与女随从们的围巾和头巾系在一起，把他从阿尔罕布拉宫的露台上吊到陡峭多岩的山腰上，这儿通向达罗河。她的一些忠诚随从在此等候着把布阿卜迪勒接走，他们让他骑上一匹千里马，使他迅速而神秘地逃到了阿普卡拉斯[3]的瓜迪克斯城。

1　除埃及外的北非伊斯兰教国家的总称。
2　指占星术中的星宿、命运。
3　格拉纳达王国一地区。

第五章 卡迪斯侯爵出征阿哈玛

　　费迪南德国王听说了扎哈拉卷起的风暴后愤怒不已，不过摩尔人的暴行来得正是时候。此时卡斯蒂利亚与葡萄牙的战争已经结束，西班牙贵族之间的派系斗争也大多被平息。因此，卡斯蒂利亚的君王们转而想到所怀有的雄心壮志，即征服格拉纳达。对基督教满怀虔诚的伊莎贝拉，也向往着看见整个半岛从异教徒手中被收复；而费迪南德——在他身上宗教的热情与现世的政策融为一体——则渴望地盯着摩尔人那片肥沃的领土，在这领土上布满了富饶的城镇。哈桑轻率或鲁莽地抛出了燃烧的木头，这将会引起熊熊大火。费迪南德是不会去扑灭这场大火的。他立即向边境上所有的州长和要塞司令发出命令，要求各处驻军保持高度警惕，准备将战火打到摩尔人的领地。

　　在费迪南德与伊莎贝拉共同的宝座周围，聚集有众多英勇无畏的骑士，其中之一便是卡迪斯[1]侯爵堂·罗德里哥·庞塞·德·利昂，他身居高位，有着远近闻名的高超武艺。由于他是这场圣战中出类拔萃的武士，指挥着许多冒险行动与战斗，所以应该对他做一点特别的介绍。他1443年出生于庞塞家族英勇的世家，刚成为青年的他就在战场上显示出了卓越的本领。他中等身材，肌肉发达，体格强健，力

1　西班牙西南部港口城市。

量无穷，很能吃苦耐劳。他那褐红色的头发和胡须卷曲着，面容显得坦率而慷慨，皮肤红红的，略有天花的印记。他善于克制，颇有节操，英勇而机警。他对属下公正无私、宽宏大量，对同级表现得率直而高尚，对朋友满怀爱心和忠诚，对敌人则既凶猛、威严又很有雅量。他被同时代的骑士视为榜样，当代的史学家把他比作不朽的熙德[1]。

　　这位卡迪斯的侯爵在安达卢西亚占据着十分广阔、最为富饶的区域，包括许多城镇和城堡，他可以从自己的属下和随从中组织一支队伍投入战斗。得到国王的命令后，他怒火中烧，渴望到格拉纳达王国里去进行突袭，大显一番身手，从而给这场战争一个辉煌的开端，也让在扎哈拉被占领中受到侮辱的君王们得到一些安慰。由于他的辖区靠近摩尔人的边境，容易遭到入侵，所以他总是收买不少暗探或向导，他们大多表面上归附摩尔人。他将这些人派往各处观察敌人的行动，以便提供种种边境防御的重要情报。一天有个暗探来到马切纳镇见侯爵，报告说摩尔人的阿哈玛镇驻军稀少，防守不严，可以袭击。这是一个人多富裕、地域广阔的地方，离格拉纳达仅有几里格远。它位于一个岩石众多的高处，周围几乎完全被一条河流包围，有一座要塞保卫着它，而且只有通过一处陡峭崎岖的山坡才能进入。由于卡迪斯地势险峻，加之它处于王国的中央，导致其防守松懈，所以现在它诱使着基督徒去进攻。

　　为充分探明这座要塞的情况，侯爵暗中派遣一位深受他信任的老练武士前往那里。他名叫奥尔特加·德·普拉多，是个机灵敏捷、勇猛顽强的人，是云梯队队长（进攻时专门爬上要塞墙壁的军队）。普

1　十一世纪与摩尔人作战的西班牙英雄鲁伊·迪亚斯（Ruy Diaz）的称号。

拉多在一个没有月光的夜晚到了阿哈玛，在它城墙下悄无声息地踱着步，时而把耳朵贴到地面或墙壁上。每次他都仔细辨别着哨兵有规律的步伐，以及换班时传来的口令。在发现城镇如此守卫后，他又攀登上城堡，这里一片寂静。他用望远镜全面观察高耸的城垛，看见没有任何哨兵值班。他还注意到一些可以用云梯爬上城墙的地方，并记住了换班时间，在做过一切必要的观察后便撤回了，丝毫没被发现。

普拉多回到马切纳镇后，确信地向卡迪斯侯爵报告说，借助云梯攀登上阿哈玛城堡进行突袭是可行的。于是，侯爵与安达卢西亚的行政长官堂·佩德罗·恩里克斯、塞维利亚司令堂·迭戈·德·梅洛、卡蒙拉要塞司令桑乔·德·阿维拉等召开了一个秘密会议，大家一致同意给侯爵提供增援。在指定的这天，几位司令官带领部队和侍从聚集在马切纳。只有首领才明白此次行动的目标或前往的目的地，不过仅仅知道将进入由来已久的敌军摩尔人的领地进行袭击，也足以激起安达卢西亚人的热情来。为了取得成功必须保守保密、行动迅速。很快他们带领三千轻骑兵和四千步兵出发了。他们选择了一条人迹罕至的路线，经由安提奎拉[1]，艰难地穿过峰峦起伏的山脉一处处崎岖荒寂的山隘，或阿雷塞菲连绵不断的高山，把所有行装留在叶加斯河岸，以便随后带去。这次行军主要在夜晚，整个白天他们都按兵不动；营地里不能有任何声音，也绝不能升火，以免让烟雾暴露。第三日天色暗下来时他们继续行军，在高低不平、危险重重的山道上能走多快走多快，终于在午夜时进入一个不大的深谷，这儿离阿哈玛镇只有半里格远。他们在此暂时停留，因为在二月底这个漫长的黑夜经过强行军

1　古西班牙的一座山镇。

后，都已十分疲乏。

卡迪斯侯爵这时才向部队说明此次出征的目的。他对武士们说这是为了维护最神圣信仰的荣誉，也是为了替在扎哈拉遭遇冤屈的同胞复仇；那有着丰富战利品的阿哈玛镇将是他们进攻的地方。部队听说这番话后产生了新激情，渴望立刻听从指挥展开袭击。大约拂晓前两小时他们到达离阿哈玛很近的地方，并埋伏下来，同时派遣300名士兵去攀上城墙，占领城堡。他们都是些精兵强将，其中有不少要塞司令和长官个个宁可为国捐躯也不蒙受耻辱。这支英勇的队伍共有30人，他们带着云梯，由云梯队队长普拉多指挥。他们悄然爬上通向城堡的斜坡，在塔楼阴影的掩护下秘密到达那里。看不到一丝光线，听不到一点声音，整个地方万籁俱寂。

他们固定好云梯，小心谨慎、悄无声息地爬上去。普拉多第一个爬上城垛，后面跟着马丁·加林多——这是一位不乏勇气、渴望大显身手的年轻骑士。他们悄悄地沿着胸墙向城堡入口移去，突然遇上了哨兵。普拉多一下抓住他的喉咙，在他眼前晃动着匕首，命令他指出警卫室在哪里。这个异教徒告诉了他们，随即被杀死，以免他报警。之后警卫室与其说是搏斗的地方，不如说是屠杀的场所。有的士兵在睡梦中就被杀掉，有的几乎在毫无抵抗中被砍倒，他们让这般突如其来的袭击弄得晕头转向：所有的士兵都被砍死了，因为云梯队的人数不多，无法捕获他们或饶他们一命。这时警报已传遍整个城堡，不过300名精兵已经爬上了城垛。驻军从睡梦中惊醒时，发现敌人已占领了城堡。有些摩尔人被立刻砍倒，有些则从一间屋到另一间屋拼命抵抗，整座城堡响起兵器的撞击声、武士的呐喊，以及伤员的呻吟。那支埋伏的部队，从喧嚣声中发现城堡已遭到袭击，于是从隐藏处冲向城墙，同时大声呐喊，用铜鼓和喇叭击打、吹出响亮的声音，使敌人更加混乱惊慌。城堡的庭院里展开了一场殊死搏斗，有几个云梯队的战士试图把大门打开让战友冲进去。有两个叫尼古拉斯和桑乔的、英勇的要塞司令战死在这儿，不过他们光荣地倒在一大堆被杀死的敌人身上。最后，普拉多成功地将一扇后门打开，让卡迪斯侯爵、安达卢西亚州长和塞维利亚司令梅洛带领属下穿过去，这样城堡便完全被基督徒占领了。

在西班牙骑士们一间间屋地搜索时，卡迪斯侯爵走进一间最为富丽华贵的屋子，借助一盏银色灯的光线看见一位美丽的摩尔女人——她是这座要塞司令的妻子，丈夫去马拉加[1]参加一个婚宴去了。见到一个基督武士进入自己房间，她本来要立即逃跑，可是盖着的被子让她一时脱不了身，她只好跌倒在侯爵脚下请求饶命。这位基督骑士对女人充满尊敬，十分礼貌，因此他把她从地板上扶起来，尽量让她别害怕；可是看到女侍们被西班牙军人赶进屋来，她的恐惧却有增无减。侯爵指责士兵们那样做缺少男子气概，提醒他们说，他们是在向男人开战而不是手无寸铁的妇女。然后，他答应对妇女给予得体的保护，并指定一支可信的护卫队守卫好她们的房间，这才使女人得到了安慰。

城堡虽然被攻下了，可是下面的城镇却武装起来。现在已是大白天，人们从惊慌中恢复过来，能够看见和估计到敌人的力量。居民多为各种大小商人，不过摩尔人全都懂得如何使用武器，个个勇敢善战。他们相信自己的一座座城墙十分牢固，并且格拉纳达肯定会迅速派兵救援，那儿有大约八里格远。他们向城垛和塔楼上增派兵员，只要城

1　西班牙南部省名及其首府名。

墙外面的基督军队企图靠近，他们就扔下、射下雨点般的石头和箭。他们也将通往城堡的一条条街道的入口阻塞，并让擅长使用石弓与火绳枪的士兵驻扎在那里。这些士兵对着城堡的大门不停地猛打，所以，凡是冲上去的人没有不被立即击毙的。有两个英勇的骑士不顾这猛烈的反击，企图带领一队士兵冲上前去，结果被打死在门口。

这时，基督徒们发现自己处于极度的危险中。敌人的援兵一定很快会从格拉纳达赶来，所以，除非他们在白天攻下城镇，否则，他们由于在城堡里得不到补给而可能遭到围攻。有些人指出即使他们攻下城镇也无法占领它，因此提议夺取一切有价值的东西，把城堡洗劫一空，再将它烧毁，最后撤回到塞维利亚。

对此卡迪斯侯爵有不同意见。"上帝已把城堡交到基督徒手里，"他说，"他无疑会让我们有力量占有它。我们流血牺牲好不容易攻下这个地方，假如担心遇到那些想象的危险，我们的荣誉会被玷污的。"州长和要塞司令梅洛同意他的看法，但假如不是他们真诚地共同予以反对，城堡就被放弃了——部队由于强行军和激烈的战斗已精疲力竭，并且大家也非常担忧格拉纳达的摩尔军队会赶来。

城堡内的部队得到了补给，在一定程度上又有了精神和力量。城下的基督军队吃过早饭后也振作起来，开始有力地向城墙发起进攻。他们安置好云梯，手里拿着剑蜂拥而上，与城墙上的摩尔士兵展开激烈拼杀。

与此同时，卡迪斯侯爵发现通向城镇的城堡大门完全被敌人的火炮控制着，便命令猛攻城墙，以便他带领部队穿过去打击敌人；在这危急时刻他向部队保证将会任他们对城镇大肆掠夺，俘虏居民，从而鼓舞了士气。

城墙被攻破后，侯爵带领部队手中持剑冲锋在前。同时在每个地方——城墙上面、大门口、房顶上和将城堡与城镇相连的城墙边——基督徒们都开始了进攻。摩尔人在街道上、窗口旁和房顶上也勇猛地反击着。就个人力量而言，他们不是基督徒的对手，因为他们大多是爱好和平的，勤劳地从事着各种职业。不过他们在人数上有着绝对优势，精神上也不可征服，无论老幼、强弱都一样拼死战斗。摩尔人为财富、自由和生命而战。他们在自己的家门口和炉子边拼搏，妻子和孩子的尖叫回响在耳际；他们战斗着，希望格拉纳达的援兵随时赶到。他们顾不了自己的伤口和死亡的同胞，而是一直战斗到倒下去，仿佛在无法拼搏的时候，也要用自己被砍倒的身躯堵住可爱的家门。基督徒则是为荣誉、复仇、神圣的信仰和夺取有钱的异教徒的财富而战。胜利会使他们得以占有一座富裕的城镇，失败则会让他们落入格拉纳达那个暴君手里。

这场激战从早晨持续到晚上，此时摩尔人开始退却。他们撤退到城墙附近一座很大的清真寺，凭着长矛、石弓和火绳枪负隅顽抗，让基督徒十分恼怒，一时间不敢接近。最后基督徒们用小圆盾和移动雉堞[1]作掩护，以便阻挡雨点般的致命打击，终于靠近了清真寺并放火烧毁大门。摩尔人被烟雾与火焰吞没，彻底放弃了。许多士兵拼命冲向敌方，马上被杀死，其余的则投降成了俘虏。

战斗现在结束了：城镇在基督徒的控制之下，男男女女的居民被俘虏后个个成了奴隶般的人。有少数人从矿井或通往河流的地下通道

1　一种用厚木板做成的移动的墙体状物，让部队在挖坑道逼近敌方或攻击某个被墙体保护的地方时，用作掩护。——原注

逃掉，与老婆孩子躲藏在洞穴和隐秘地方，但是三四天后由于饥饿被迫投降。

城镇任士兵们大肆掠夺，他们获得了丰厚的战利品。有大量金银、宝石、华丽的丝绸和各种昂贵的东西，以及马匹和牛肉、许多谷物、油和蜂蜜，还有这个富饶的王国所有的其他产物。因为在阿哈玛聚集了周围各地交纳的贡金、贡品，使它成了摩尔人领地里最富裕的城镇；它由于实力雄厚，地势独特，被称为格拉纳达的钥匙[1]。

西班牙军队展开了全面的损毁破坏，他们考虑到不可能占领这个地方，便着手将一切无法带走的东西摧毁。他们把大罐大罐的油砸破，贵重的家具打成碎片，将一座座粮仓撞开，把粮食统统抛掉。不少在扎哈拉抓获的基督俘虏被发现关在一座摩尔人的地牢里，他们因胜利而喜气洋洋地重见了光明，获得自由。有一个叛变的西班牙人，曾经常做摩尔人的向导，带领他们袭击基督领地，现在被绞死在最高的城垛上，让部队看到叛变者的下场。

1　即指关键、要害。

第六章　格拉纳达人得知阿哈玛被占领后遭受打击；摩尔国王率军前往企图夺回失地

有一个摩尔骑兵策马疾驰穿过了那片平原，直至到达阿尔罕布拉宫，他才让喘息的战马停住，自己在大门口下了马。他告诉哈桑阿哈玛遭到袭击的消息。"基督徒们，"他说，"进入了领地。他们袭击我们，也不知是从哪里或怎样进来的；他们夜里从云梯爬上城堡的外墙。塔楼和庭园里展开了可怕的搏斗和屠杀，我骑着马从阿哈玛的大门冲出来时，城堡已被基督徒占领了。"

哈桑一时觉得仿佛自己很快受到惩罚，因为他给扎哈拉带去了灾难。不过他自以为这只是一群士兵想要袭击掠夺一下罢了，给城里增派一点援兵就足以能把他们从城堡赶走，然后再驱逐出境。因此，他下令派出一千名精锐骑兵，让他们火速赶往阿哈玛增援。在阿哈玛遭到攻占的次日早上他们赶到了城堡墙下：只见基督徒的军旗在塔楼上飘扬着，一队骑兵从大门里冲出来，飞奔到平原上与他们迎战。

摩尔骑兵赶紧掉转马头，拼命跑回格拉纳达。他们大声叫嚷、七零八落地进入大门，报告了消息，使得恐怖与悲哀无处不在。"阿哈玛沦陷啦！阿哈玛沦陷啦！"他们高喊道，"基督徒驻守着城墙，格拉纳达的钥匙已掌握在敌人手中！"

人们听到这些话后，记起了那位穆斯林修士的谴责。他的预言仍然回响在每个人耳边，眼下就要成为现实了。整座城里只听见叹息与哀号。"我悲哀啊，阿哈玛！"人人都这样说道。此种深深的悲哀与令人忧伤的不祥之兆成为一支哀怨的民歌所表达的主题，它至今仍流传着。[1]

许多老人——他们从其他已落入基督徒手里的摩尔领地逃到格拉纳达——想到战争将随即降临这最后的藏身之处，摧毁这一片乐园，给他们的垂暮之年带来烦恼与悲痛，于是绝望地呻吟抱怨着。妇女更是伤心地大声哭泣，悲痛不已。她们发现不幸正落到自己孩子头上，有什么能够阻止母亲心中的巨大痛苦呢？她们不少人穿过阿尔罕布拉宫的一座座大厅，直接来到国王面前哭泣、哀号，并且拉扯自己的头发。"该死的天日，"她们叫道，"竟然把战火点到我们的领土上！愿神圣的先知在真主面前作证，我们和我们的孩子是无辜的！由于袭击扎哈拉而犯下罪过，你和你的子孙将为此承担后果，直至世界末日！"[2]

置身在这一切风暴当中哈桑却无动于衷，他变得像法老[3]一样冷酷无情（阿加皮达说），凭着盲目的暴行和狂热举动，他也许最终会将那片领土从敌方手中夺回来。事实上，他是一个勇敢无畏的骑士，相信不久将对敌人予以还击。他已查明攻占阿哈玛的敌军并不多，他们处在自己领地的中央，离首府不远。其军需品和其他供应品都不足，难以坚守。只要采取迅速行动，他就可以带领一支强大的军队将他们

1　那支悲伤的西班牙浪漫小曲《唉，我的阿哈玛》，被认为源自于摩尔人，意在表达格拉纳达人当时的忧伤。——原注

2　见加里贝所著《西班牙史简编》第四十卷第二十九章。——原注

3　古埃及君王称号。也喻指暴君。

包围，切断他们所有的增援，在敌人攻占的要塞里将他们俘获。

　　哈桑是个想到什么就立即行动的人，不过却容易过于仓促。他马上亲自带领三千骑兵和五万步兵出发，迫不及待地赶往战场，不愿等待准备好围攻所需的火炮和各种装备。"我这支数量庞大的部队，"他自信地说，"足以把敌人打垮。"

　　此时占领阿哈玛的卡迪斯侯爵，在最优秀卓越的基督骑士当中有一个最要好的朋友，也是忠实的战友。他是堂·阿隆索·德·科尔多瓦，阿吉拉尔家族的元老和贵族，也是科尔多瓦的贡莎尔沃的哥哥，贡莎尔沃后来成为西班牙有名的大将。到此为止，都是阿隆索在为他的姓氏和家族增光添彩，因为弟弟才当兵不久。在西班牙骑士里有不少英勇顽强、富有胆识的人，他便是其中之一，在所有充满危险的任务中他总是冲锋在前。朋友庞塞，即卡迪斯侯爵，在袭击摩尔领地时他没能一道前往，不过他急速集合起一支由骑兵和步兵组成的队伍，奋勇前进赶去参战。到达叶加斯河时，他发现部队的行装仍然放在岸边，便负责将它们带到阿哈玛。卡迪斯侯爵得知朋友正在赶来，但由于受行装拖累行动缓慢。就在他离阿哈玛只有几里格远时，一些侦察兵急忙跑来报告说，摩尔国王带领一支强大的军队已经逼近了。卡迪斯侯爵深感担忧，唯恐阿隆索落入敌人手中。他忘了自身的危险，只替朋友的安全着想，于是派遣了一个精于骑马的通信兵，让他火速前去告诫朋友不要靠近。

　　阿隆索得知摩尔国王就在不远处后，首先，他决定在山上占据一个强有力的阵地，等待敌人靠近。但有人激烈反对，他们指出用少数的兵力与强大的敌人作战是一个疯狂之举，他因此放弃了这个念头。然后，他想到一头冲进阿哈玛，和朋友生死与共，可已经来不及了。

摩尔人必然要拦截他，他只会给侯爵多增添一份痛苦，眼睁睁看见他在城墙下被捕。大家甚至催促他说，如果他为自身的安全着想，已经没有时间再拖下去了，他只能立即撤退到基督徒的领地内。有些侦察兵回来报告说，哈桑已注意到他的行动，正迅速前来追击，从而使最后的意见得到证实。对于大家一致提出来的充分理由，阿隆索极不情愿地接受了。他既骄傲又闷闷不乐地带着部队的行装撤离，并非心甘情愿地退往安提奎拉。哈桑穿过一座座山追踪了他一段距离，不久便放弃，转身前往阿哈玛。

部队到达城镇时，发现遍地是战友的尸体，他们在保卫城镇的战斗中阵亡，被基督徒扔出来抛弃在露天下。他们躺在那儿，个个被砍得皮开肉绽，暴露在光天化日之下任意受到侮辱；一群群半饥饿的狗正对他们的尸体进行掠夺，为了争到可怕的食物打斗着、嗥叫着。[1]见到这一情景摩尔人勃然大怒，一气之下，他们先猛打贪婪的动物，紧接着便把怒气发到基督徒身上。他们像疯子一样冲向城墙，在各个地方放上云梯，也不等到使用移动雉堞和其他防护物——他们想通过在各处突然袭击的办法转移敌人注意，凭着人数的优势战胜敌人。

卡迪斯侯爵与同盟的指挥官们分别置身于城墙边，指挥着部队严加防守，并给战士们鼓舞士气。摩尔人在盲目的愤怒中，常去攻击最困难、最危险的地方。飞镖、石头和各种各样的投射物猛打到他们毫无防护的头上。只要他们一爬上墙去就被砍倒，或者从城垛上抛下来，一把把云梯被掀翻，上面所有的人都头朝下跌落下来。

看到这番情况哈桑暴跳如雷：他派了一支又一支分队用云梯爬

1　见普尔加所著《天主教君王编年史》。——原注

墙，但都徒劳无益——他们像海浪冲击到礁石上一样，被撞得粉碎。
摩尔人一堆堆地倒在墙下面，其中就有许多格拉纳达最勇敢的骑士。
此外，基督徒还时时从门口冲出来，在众多杂乱不堪的敌群当中大
肆砍杀一番。

　　哈桑这时意识到自己的错误，因为他匆忙从格拉纳达猛扑过来，
连围攻应有的装备都没有。由于缺乏一切攻打城堡的手段，城镇仍然
安然无恙，公然蔑视着这支在它面前狂怒不已、茫然乱窜的强大军队。
这一挫败激怒了哈桑，他下令在城墙下面挖地道。于是摩尔人呐喊着，
试图冲上去进行挖掘。城墙上的敌军立即猛烈开火，把他们赶了回去。
他们一次次被打退，又一次次发起冲锋。基督徒不仅在城垛上打得他
们恼怒不堪，而且还冲出大门，在他们企图挖掘的坑道里将他们砍倒。
战斗持续了一整天，傍晚时死伤的摩尔人已达到两千。

　　哈桑现在放弃了一切想通过攻击取胜的希望，而是试图采取改变
城墙边那条河的河道，以此使城镇受到困扰，从而迫使敌人屈服。居
民们即依靠这条河得到用水，因这地方没有泉水和水塔——阿哈玛也
由于这样的环境被称为"旱地"。

　　河流两岸展开了一场激战，摩尔人极力要在河床里打入木栅，改
变河道，基督徒则予以阻止。西班牙指挥官们置身于最危险的地方鼓
舞战士们的士气，他们被一次次打回到城里。卡迪斯侯爵常常在齐膝
盖深的水里与摩尔人短兵相接。此时已血流成河，河里到处是尸体。
终于，摩尔人凭借势不可当的人数获得了优势，成功地将大部分河水
引开。基督徒不得不拼死搏斗，才能从剩下的细小水流中得到水。他
们通过一条隐秘的通道冲向河流，可摩尔弓箭手蹲守在河对岸，一旦
基督徒企图从稀少混浊的河里把水装入容器，他们就猛烈开火。因此

基督徒在装水的同时，还得让另一支队伍还击掩护。这场殊死搏斗持续了一天一夜，到最后，仿佛每一滴水都是用鲜血换来的一般。

与此同时，城里遭受着极大的痛苦。除了军人和马匹外，谁也不允许动用以高昂代价换来的珍贵的水，而即便这样，城里的水也难以满足需要，令人恼火。无法弄到水的伤员几乎快要渴死了，而关在清真寺里的一个个不幸的囚犯，也陷入极其可怕的境地。许多人变得精神错乱，想象着自己在无边的大海里畅游，但却难以解渴。不少士兵口干舌燥、气喘吁吁地躺在城垛边，再也无法拉动弓弦或扔出石头。而在一处可以俯瞰到部分城镇的岩石高处，驻扎着五千多摩尔人，他们用弹弓和弓箭不停地攻击，弄得基督徒恼怒不堪，卡迪斯侯爵因此被迫把一扇扇私人家的门拿来加高城垛。

基督骑士们面临着极度的危险，眼看就要落入敌人手中，于是他们派出通信兵火速赶往塞维利亚和科尔多瓦，请求安达卢西亚的骑士增援。他们又派出通信兵直奔国王和王后请求派兵，两位君王当时正在麦地那 - 德尔 - 坎波[1]临朝听政。就在万分危急时刻，他们有幸在城里发现了一座水池或蓄水的地方，暂时缓解了所处的困境。

1　西班牙的一座小镇，位于卡斯蒂利亚 - 莱昂自治区。

第七章　麦地那 - 西多尼亚公爵和安达卢西亚的
　　　　　骑士火速解救阿哈玛

　　基督骑士们被牢牢围困在阿哈玛城墙里，处境十分危险，从而将恐怖弥漫到了朋友们当中，使整个安达卢西亚都为之焦虑。然而，最为苦恼的莫过于卡迪斯侯爵夫人，即英勇的庞塞的妻子。她在万分苦恼中留意着周围，看看哪位强有力的贵族能够让全国来援助丈夫。她觉得除了那位麦地那 - 西多尼亚[1]的公爵有此能力外，别无他人。他是西班牙最富裕也最有势力的大公[2]之一，其领地遍及安达卢西亚部分最为富饶的地方，里面有一座座城镇、海港和无数的村庄。他像个小君王一般对领地实行封建统治，随时可以带领一支由诸侯和家臣组成的强大队伍投入战斗。

　　然而，麦地那 - 西多尼亚公爵和卡迪斯侯爵两人此时正是死敌，他们之间存在着世仇，这种世仇常常引起流血事件，甚至发生野战[3]。因为到目前为止，自负而强大的西班牙贵族之间的激烈争斗尚未被国王平息下去，他们于是凭借自己拥有的主权，率领诸侯公开与对方作战。

1　西班牙南部安达卢西亚的一个城镇。其公爵为西班牙的大公。

2　西班牙、葡萄牙的最高爵位。

3　在野外进行的战斗，区别于在要塞或城市的战斗。

在很多人看来，公爵是最不会受到请求去援助卡迪斯侯爵的人，但侯爵夫人却凭着自己高尚宽大的胸怀去衡量他。她知道，他是一位豪侠而礼貌的骑士，并且已经受到过他宽宏大量的待遇——前一次在丈夫的阿科斯要塞被摩尔人包围时，他就曾赶来援救。所以，在突然遭遇不幸的时刻她向公爵求救，恳请他前来解救自己的丈夫。这件事让人看到贵族们多么能够相互理解。公爵一接到对手的妻子的请求后，就慷慨大方地忘掉了一切仇恨，并决定亲自前往增援。他立即派人给侯爵夫人送去一封信，向她保证说，鉴于有这么一位高尚可敬的夫人提出请求，加之要从危险中营救的是像她丈夫那么英勇的骑士——其损失对于西班牙和整个基督世界都是巨大的——他因此愿意把过去所有的怨恨统统忘记，并很快全力以赴组织起部队前往救援。

公爵同时给各城镇和要塞的司令写信，命令他们立即带领能够从驻军中调集的一切力量，在塞维利亚与他会合。他还号召安达卢西亚所有骑士把援救被围困的基督战士作为一个共同的目标，并且对所有自愿带着马匹、盔甲和食物投向他的人均给予大量赏钱。这样，凡是受到荣誉、信仰和爱国心激励或渴望挣到钱的人都纷纷被吸引着投奔到他旗下，使他得以带领五千骑兵和五万步兵出征。[1] 很多声名显赫的骑士在这次慷慨的伟大行动中，与他并肩战斗。其中就有那位令人敬畏的阿隆索，即卡迪斯侯爵最好的朋友，以及他的弟弟贡莎尔沃——后来成为了有名的大将。此外，还有卡拉特拉瓦骑士团[2]团长堂·罗德里戈·吉龙，以及马丁-阿隆索·德·蒙特马约和比列纳侯爵——

1　见佩德罗的手稿《麦地那-西多尼亚公爵史》。——原注

2　西班牙最古老的军事和宗教集团。

他被认为是西班牙最优秀的标枪手。这是一支英勇杰出的军队，西班牙骑士的精华尽在其中；它高举着塞维利亚这座古老而著名的城市的大旗，威武雄壮地跨出了城门。

当阿哈玛被攻占的消息传来时，费迪南德和伊莎贝拉正在麦地那-德尔-坎波望弥撒，他下令吟唱《感恩赞美诗》，意在让神圣的信仰取得重大胜利。然后，最初胜利的喜悦渐渐趋于平静，[1]国王得知了英勇无畏的庞塞和他的战士们处境危急，那座要塞面临着巨大危险，有可能再次被夺走，这时他决定亲自赶往现场。他觉得情况非常紧急，趁准备马匹的时候匆匆吃了点儿东西，接着火速直奔安达卢西亚，让王后随后赶去。[2]随行的官员有阿布奎尔奎公爵堂·贝特拉姆·德·拉·奎瓦、胜迪拉伯爵伊尼戈·德·门多萨、特雷维罗伯爵堂·佩德罗·毛里奎斯，另有几位勇猛卓越的骑士。他马不停蹄地进行强行军，时常更换累得疲惫不堪的战马，迫切地想及时赶去指挥安达卢西亚的骑士们。就在他离科尔多瓦五里格远时，阿布奎尔奎公爵不赞同他如此轻率、匆忙地闯入敌人阵地。他对国王说，完全能调集起足够的部队去救援阿哈玛，用不着身为君王的他冒险去做可以让臣民们完成的事，尤其是他有那么一些骁勇老练的大将效劳。"此外，陛下，"公爵补充道，"你该想到将要出阵的全是安达卢西亚的人，而你之前的杰出的君王们每次袭击摩尔人的领地时，都必然有旧卡斯蒂利亚[3]那些由钢铁般坚强的武士组成的强大军队相助。"

就在费迪南德国王接近科尔多瓦时，领头的居民们前来迎接他。

---

1 指吟唱的赞美诗中表现的情景。

2 见伊莱斯卡斯所著《主教史》。——原注

3 西班牙北部一地区。

然而，当得知麦地那 - 西多尼亚公爵已经在行军途中正向摩尔人的阵地逼近时，国王激动不已，一心要赶上公爵，并亲自指挥救援阿哈玛的战斗。所以在他进入科尔多瓦之前，就把自己疲惫的马匹换给了前来迎接的居民们，然后向前方部队赶去。他还先派出了行动迅速的传令兵，要求麦地那 - 西多尼亚公爵等候着，以便他前去指挥部队。

可无论公爵还是他的战友们，都不想照国王的意愿去做，不想停下这次慷慨的出征行动。他们回信说自己已远在敌人境内，不管停下还是返回都是危险的。此外，他们又接到被围困的部队希望很快前去增援的紧迫请求，说部队陷入巨大的危难之中，随时有危险被敌人攻破。

国王是在庞顿 - 德尔 - 马埃斯特得到回信的。他怀着满腔热血，一心要取得这一伟大行动的胜利，甚至会带领身边不多的骑士打入格拉纳达王国；但是将领们指出，敌人的国土里密布着一座座城镇和城堡，而要穿过它那些多山的山隘狭谷是草率的。因此，他们费了不少力才说服国王放弃自己的意愿，等待边城安提奎拉的部队发回消息。

第八章　阿哈玛事件结局

正当整个安达卢西亚这样武装起来，并派出大量骑士穿过摩尔边境的山道时，阿哈玛的驻军陷入了极度困境，在应允增援的部队到达之前，因困难重重而面临着城镇被夺回的危险。由于缺少水源，众人口渴难忍；对于外面强大的敌人和里面大量的囚犯，必须时刻警惕防守；几乎每个士兵在不断的小冲突和袭击中都受了伤，这些无不极大地折磨着他们的身心。不过，贵族庞塞——即卡迪斯侯爵——仍然通过言传身教鼓舞士气，只要遇到危险他就身先士卒，树立榜样，让人看到一位优秀的司令官就是部队至关重要的精神支柱。

哈桑国王得知麦地那-西多尼亚公爵正率领大军逼近，费迪南德国王也亲自率领另外的部队赶来，他因此感到事不宜迟：必须通过强攻拿下阿哈玛，不然就得让它完全落到基督徒手中。

许多摩尔骑士——其中有些是格拉纳达最勇敢的青年——了解国王的心意，主动提出去参加这场铤而走险的行动，假如取得胜利就可把阿哈玛给夺回来。某日凌晨天刚蒙蒙亮，大约在哨兵换岗的时候，这些骑士从某个地点向城镇移近。此处由于岩石陡峭，被认为是无法通过的，而城堡的墙体就建造在岩石上面，人们以为这些岩石把城垛抬高了，即使最长的云梯也够不着。摩尔骑士在许多最强壮、最灵敏的云梯队队员帮助下，爬上了这些岩石，并在墙外搭起云梯，丝毫没被发现——为转移敌人的注意力哈桑在别处作了一次佯攻。

云梯队艰难地往上爬着，人数不多。站岗的哨兵被杀死，在警报发出前已有七十名摩尔人进入街上。警卫们冲向城垛，极力阻止仍在一批批涌进来的敌军。城垛上双方短兵相接，展开激烈厮杀，彼此倒下的人数都不少。受伤或被杀死的摩尔人，都让基督徒头朝前抛下墙外，云梯被掀翻，正在上面攀爬的士兵重重跌落到岩石上，再从那儿翻滚到平地上。这样，基督徒很快地把城墙上的敌人打退，而率领他们的便是卡迪斯侯爵的叔父——勇猛的骑士堂·阿隆索·庞塞和他的侄子——勇敢的佩德罗·皮内达先生。

墙上的敌人被清除后，两支同宗族的骑士马上去追击那 70 名已进入城镇的摩尔人。由于驻军主要的兵力都派出去抵抗摩尔国王的佯攻了，所以这支凶猛的异教徒队伍在街上几乎横行霸道，他们冲过去将一扇扇大门为自己的大军打开。[1]他们都是摩尔军队里的精兵，有几位还是格拉纳达最高贵的家族里的英勇骑士。他们穿过城镇的脚步从某种意义上说沾满了鲜血，他们身后也留下无数被自己杀死、杀伤的躯体。摩尔人到达大门，许多守卫倒在他们的短弯刀下，再过一会儿阿哈玛就将对敌军敞开。

就在这节骨眼上，阿隆索和皮内达带领部队赶到了。摩尔人前后受到敌人夹攻，他们背靠着背，把旗护在中间。他们就这样非常顽强地拼死战斗，用一具具尸体作抵挡。这时更多的基督部队赶来，将摩尔人团团围住，但他们仍坚持战斗，绝不求饶。死伤的人数越来越多，他们也围成圈彼此靠得更紧，并牢牢护卫着旗子，直到最后一个摩尔

1　见苏里塔所著《阿拉贡王国史》第二十卷第四十三章。——原注

人战死时还紧紧抓住先知的旗帜。之后，这面旗帜被展现在城墙上，摩尔人包着头巾的人头也被抛向围攻的军队。[1]

　　眼见自己的企图失败，并且如此多精锐的骑士阵亡，哈桑气得直扯胡子。他明白再作努力已徒劳无益，侦察兵报告说他们从高处看见基督徒正排成长长的纵队，举着飘扬的旗子从山那边穿过来。如果再拖延下去，他将会受到敌人两面夹攻。因此他急忙拔营，放弃围攻阿哈玛，迅速冲回格拉纳达。当最后的钹[2]声刚从远山上消失时，麦地那-西多尼亚公爵的旗子就出现在另一方狭隘的山道上。

　　阿哈玛的基督徒看见敌人从一边撤退，自己的战友们则从另一边赶来，他们高声欢呼着，并唱起感恩的圣歌——因为他们转眼间就从降临的死神中被救出。几个星期来他们一刻不停地守卫着、战斗着，深受困扰；同时由于缺少食物，几乎没有水喝，他们变得与其说是活人不如说像骷髅。而这之前一直是不共戴天的仇敌的麦地那-西多尼亚公爵和卡迪斯侯爵现在也相遇在一起，其场面真是高尚而美好。侯爵看到自己宽宏大量的救命恩人，感动得潸然泪下：所有过去的仇恨，都只是使他此时更觉得感激与钦佩。两个最近还是死敌的男人紧紧地拥抱在一起，从此成了忠实、真诚的朋友。

　　就在这慷慨的场面出现于两位指挥官之间时，他们的部队当中却发生了可鄙的争斗。前来救援的士兵要求得到一部分从阿哈玛夺来的战利品，双方争辩得十分激烈，以致抄起了武器。麦地那-西多尼亚公爵予以阻止，以他那特有的慷慨品质使问题得到解决。他指出战利

1　由于皮内达在此次行动中表现勇猛，费迪南德国王亲自授予他爵士称号（阿隆索已经是爵士）。见苏尼加1482年所著《塞维利亚史》第十二卷。——原注

2　一种打击乐器。

品应该属于攻下城镇的人。"我们参加战斗,"他说,"只是为了荣誉和信仰,为了援救我们的同胞与基督兄弟,而这一伟大行动取得成功就是对我们最充分、最荣耀的报偿。如果想得到战利品,还有许多足以使我们变得富裕的摩尔城镇可以攻打。"战士们让公爵这番坦诚而豪侠的话说服了,他们报以热烈的欢呼,这场暂时的争斗便被恰当地平息下去了。

卡迪斯侯爵早已想到自己的爱妻,于是,派遣他的男管家随部队给她带去大量食物。一张张桌子立即在帐篷下面摆好,侯爵设宴款待了公爵及其随行骑士——在这不久前还是痛苦与死亡的地方,此时却完全成了一个狂欢的场面。

现在,一支新的驻军驻扎在阿哈玛,先前英勇地攻下并保卫它的军人带着珍贵的缴获物回去了。侯爵和公爵则率领他们的同盟骑士前往安提奎拉,在此受到国王非同寻常的欢迎,他对卡迪斯侯爵显然大为赞赏。然后,公爵同最近的对手卡迪斯侯爵——不过现在已是最热诚感激的朋友——一起到了他的马切纳镇,并在此因为自己慷慨的行为得到侯爵夫人的感谢与祝福。侯爵举行了一个豪华盛宴款待贵宾,整整一天一夜他的宫殿都敞开着,始终呈现出狂欢喜庆的景象。公爵离开马切纳镇返回自己在圣卢卡的领地时,侯爵送了一程,他们分别的时候就像两个亲兄弟一样。这两位一度有名的对手,让西班牙的骑士们看到了多么崇高的场面。他们在这场战役中因各自的英雄壮举而声名远扬——侯爵袭击并夺取了格拉纳达王国最重要、也最难攻破的堡垒;公爵则以他那宽宏大量的伟大举动,与曾经是不共戴天的对手化敌为友。

第九章　格拉纳达事件与布阿卜迪勒王反叛

摩尔国王哈桑在阿哈玛的城墙前被挫败后，失望地回到了格拉纳达，人们唉声叹气，暗暗咒骂。那位修士的预言挂在每个人嘴上，好像将很快成为现实，因为就在王国心脏的阿哈玛的敌人，已经牢固地加强了防守。与此同时，贵族们也已密谋罢免老国王，以便让他的儿子布阿卜迪勒登上王位；他们有了成熟的计划，与王子相互呼应——身在瓜迪克斯城的王子已经拥有大量的追随者。不久出现了一个机会，使他们得以将计划付诸实践。

哈桑有一座称为阿利卡雷斯的高贵的乡村宫殿，里面有花园和喷泉，它坐落在塞罗-德尔-索尔或"太阳山"上，可以从阿尔罕布拉宫通往那一高处；它比那座堡垒[1]高出很多，仿佛从云层里俯瞰着它和下面的格拉纳达城。一个个摩尔国王们都特别喜欢退避到这里呼吸纯净的山风，将城里的喧哗与骚乱远远抛在下面。哈桑即陪着爱妻佐拉亚在这儿的凉亭之中度过了一天，傍晚时忽然听见城里传来异样的声音，像是越来越猛烈的暴风雨，又像是大海在发出沉闷的咆哮。他担心会有什么麻烦，于是命令警卫官迅速下去查明情况。警卫官带回来的消息令人震惊，原来城里正在爆发一场内战。布阿卜迪勒已被反叛

1　指阿尔罕布拉宫。

者们从瓜迪克斯城接回来，其中为首者就是英勇的阿文塞拉赫家族的人。布阿卜迪勒已胜利地进入阿尔瓦西，在该城那片人口众多的地方，人们欢天喜地向他致敬，同时他也被宣布为国王。大臣瓦尼加斯率领皇家警卫队向叛乱者发起了攻击，而引起国王警觉的杂音就是街上和广场上战斗的声音。

哈桑急忙返回下面的阿尔罕布拉宫，相信只要隐藏在那座坚不可摧的堡垒里，很快他就能平息这场鲁莽、轻率的暴乱。但他惊讶而沮丧地发现城垛上全是敌方的部队：连要塞司令科米克萨也已宣布支持布阿卜迪勒，并将他的旗帜高举在塔楼上。老国王就这样被切断了退路，无法进入自己坚强的据点，不得不回到阿利卡雷斯。

冲突持续了一整夜，双方死伤惨重。早晨卡西姆被赶出了城，他带着残兵败将来到老国王面前，说除逃走外别无安全之处。"安拉阿克巴尔啊！"（万能的主啊！）老哈桑大声喊道，"与算命书上所写的相对抗是没用的。现在注定了我儿子会登上王位——安拉阻止其余的预言吧。"说罢，他在卡西姆带领的部队护送下匆忙撤退，被带到洛克里谷中的蒙杜加城堡。护卫国王的有不少势力强大的骑士，有卡西姆的亲戚和佐拉亚的党徒，其中包括英勇的希阿亚、阿文·贾米和雷杜安，他们各自都能指挥一些要塞司令和诸侯，在阿尔梅里亚与巴萨颇有影响。还有国王的弟弟阿布杜拉——通常被称为埃尔·扎加尔或"勇者"——也加入到他一边，阿布杜拉在王国里的许多地方都受人欢迎。所以这些人均拥戴他，下定决心用武力把叛乱镇压下去。

等到力量充实后，哈桑决定采取突然袭击，以便收回王位，惩罚叛乱者。他以自己特有的性格，敏捷而大胆地采取措施，在一天晚上带领五百名精锐党徒赶到了格拉纳达城墙下。他们用云梯爬上阿尔罕布拉宫的高墙，国王凶猛、狂暴地冲入静静的庭院。里面睡着的人被惊醒，但都死在短弯刀下。愤怒的哈桑不分年龄、职位和性别，把遇到的人统统杀掉。一座座厅堂里回响起尖叫和呼喊声，泉水被血染得鲜红。要塞司令科米克萨带领少数卫兵和居民退回到一座坚固的塔楼里。狂怒的哈桑对他紧追不放，迫切要收回城市，对叛乱者进行报复。他又带领嗜杀的队伍进入街上，将手无寸铁的居民一个个砍倒——他们刚从睡梦中惊醒，冲出来想看看人们何以如此惊慌。不久全城的人都惊醒了，纷纷冲出去拿起武器。每条街上都照得通亮，让人看到黑夜里拼命报复的敌军数量并不多。哈桑国王先前估计错了：大量的人们被他的暴政所激怒，都积极支持他的儿子。在街道和广场上发生了猛烈、短暂的冲突，许多哈桑的追随者被杀死，其余的赶到城外；老君王带着残兵败将撤退到马拉加[1]帝王城。

由此开始了摩尔王国内部巨大的冲突与分歧，从而加速了格拉纳达的崩溃。摩尔人分裂成敌对的两派，分别由父子俩统率，后者被西班牙人称为"小国王"。不过，尽管双方会发生流血冲突，但只要一有机会，他们就总是联合起来抗击基督徒——他们共同的敌人。

1　西班牙南部省名及其首府名。

第十章　出征围攻洛克萨

　　费迪南德国王在科尔多瓦召开了一个军事会议，商讨如何处理阿哈玛的问题。多数与会者都建议将它摧毁，因为阿哈玛处于摩尔王国的中心，始终容易遭到袭击，并且必须派出强大的驻军和付出巨大的代价才能守住它。正当大家这样商议时，伊莎贝拉王后到达了科尔多瓦，她十分惊讶、急不可待地听取了他们的意见。"什么！"她说，"把我们最初获得的胜利果实给毁了？把我们从摩尔人手里夺来的第一个地盘放弃了？咱们千万不要有这样的念头。这会显示出畏惧或软弱来，从而让敌人增添新的勇气。你们说到守卫阿哈玛的艰难和代价问题，难道我们对开展这场战争缺乏信心吗——它必将让我们付出无限的代价、艰辛与鲜血？难道一旦我们取得胜利，唯一的问题只是要么守卫好它，要么放弃光辉的战果时，我们就要为所付出的代价而退缩吗？别再听信摧毁阿哈玛的事啦，让咱们守卫好那些神圣的高墙吧，它们是上天在这片敌对的中心地段赐予我们的堡垒，让咱们只考虑如何扩大征服的范围，将周围的城市一一夺取吧。"

　　王后这一番话，使得与会的王室成员又增添了崇高而勇武的精神。于是，他们不顾所有危险、不惜一切代价，着手准备守卫阿哈玛；国王任命路易斯·费尔南德斯·普埃尔托·卡雷罗为要塞司令——他是帕尔马家族的元老，助手有迭戈·洛佩斯·德·阿亚拉、佩罗·鲁伊斯·德·阿拉尔孔和阿隆索·奥尔蒂斯，他们统率着 400 名长矛骑兵和 1000 名步兵，并且获得 3 个月的军需品。

费迪南德还决心围攻洛克萨，或称洛加，这是一座兵力强大的城市，离阿哈玛不远，对于守卫好阿哈玛至关重要。事实上这是一座军事据点，它位于格拉纳达和卡斯蒂利亚王国之间的山中关口，控制着通往平原的主要入口。赫尼尔河从城墙下流过，在一块巨大的岩石上有一座坚强的堡垒和要塞。为准备围攻这个非常棘手的地方，费迪南德命令安达卢西亚和埃什特雷马杜拉的所有城镇，圣地亚哥[1]、卡拉特拉瓦和阿尔坎塔拉骑士团[2]的辖区，以及圣胡安修道院、托莱多领地和远至萨拉曼卡、托罗与巴利亚多利德这些城市，根据各自的分配，将一定数量的食物、酒和家畜送到洛克萨前的皇家营地——6 月末和 7 月各交纳一半。这些领地还与比斯开和吉普斯夸[3]一道，受令增援骑兵和步兵，每个城镇完成自己的配额；同时各地积极响应，将射石炮、火药和其他军需品提供出来。

摩尔人在备战方面也并不逊色，他们向非洲发出信函恳请支援物资，并呼吁北非伊斯兰教国家的君王们在这场圣战中给予支援。为了阻止所有的增援，卡斯蒂利亚的君王们在马丁·迪亚斯·德·米纳和卡洛斯·德·巴莱拉的统率下，于直布罗陀[4]海峡驻扎了一支由轮船与划艇组成的舰队，奉命搜索巴巴里海岸，将每一艘摩尔人的船从海

---

1 西班牙西北部城市，全称为圣地亚哥·德·孔波斯特拉。
2 这三个骑士团的建立都是为了抗击西班牙的穆斯林教徒，保卫基督教。它们是西班牙独立的基督教军人集团。
3 以上多为西班牙各省名称。
4 西班牙南端港市。

上除掉。

在作这些准备的同时，费迪南德率领部队袭击了格拉纳达境内，将平原摧毁，使得一座座村庄遭到破坏，谷田被掠夺，牲口也被赶走。

大约在 6 月末，费迪南德国王从科尔多瓦出发去围攻洛克萨。他对于获取胜利过于自信，甚至将很大一部分军队留在埃西哈[1]，只带领五千名骑兵和八千名步兵挺进。卡迪斯侯爵——这位既英勇又机智的武士——不同意用如此少的兵力去攻打，并且完全反对这一作战措施，认为它太轻率、鲁莽，缺少充分的准备。然而，塞维利亚司令梅洛的建议使费迪南德深受影响，国王迫不及待地要给予洛克萨一个坚决而漂亮的打击。此时，在西班牙骑士们当中也普遍存在着显得虚荣的自信，或者说他们低估小看了敌人。许多人认为，摩尔人看见基督部队前来攻打自己的城市时几乎会逃之夭夭。因此，西班牙骑士们英勇无畏、差不多随随便便地跨过了边境，缺少一支围攻的部队在敌国心脏所需的东西。他们在洛克萨驻扎下来时，也是同样疏忽和过分自信的。

周围一带多山起伏、凹凸不平，所以要搭建一个联合起来的营地非常困难。沿城镇流动的赫尼尔河两岸很高，水也较深，要想涉水过去极不容易，并且摩尔人又占据着桥梁。国王让人将帐篷搭建在河岸的一片橄榄树林里，部队分布于高处的各个营地，彼此被多岩的峡谷隔开，因此难以及时、迅速地相互增援。骑兵根本无法作战。炮兵也布置得很不明智，几乎毫无用处。阿拉贡[2]的阿隆索[3]——这位

1　安达卢西亚地区塞维利亚省城市。

2　西班牙东北部地名，古为一王国。

3　此人与卡迪斯侯爵的朋友阿隆索不是同一人。

比亚埃尔莫萨公爵，也是国王庶生[1]的兄弟——围攻时在场，他对整个部署都不赞成。他是当时最有才能的将军之一，尤其以擅长攻打坚强的堡垒而闻名。他建议改变营地的整个部署，并在河上临时搭起几座桥。他的建议虽然得到采纳，但是却执行得缓慢，并没有受到重视，所以没有什么效果。在这次仓促大意的出征行动中，除了别的疏漏之外，部队还缺少面包吃，在匆忙的扎营之中也没时间搭起炉灶。于是大家草草地把做出的饼直接在煤炭上烘烤，整整两天部队吃饭都这么不正常。

到了这个时候，费迪南德才感到自己处境危险，他极力采取权宜之计。在城市附近有一高处，它位于桥的前面，摩尔人称之为圣阿波哈森。国王命令几位最英勇的骑士占领这个制高点，并坚守住它，这样既可阻击敌人又能保护营地。那是一个显著而危险的地方，被挑选出来去占领它的骑士有卡迪斯侯爵、卡拉特拉瓦骑士团的团长吉龙、他的兄弟——一位乌雷纳伯爵、阿隆索。这些勇猛无畏、久经考验的战友率领各自的部队敏捷地前往占领制高点，那儿不久便闪现出一排排武器，同时升起尚武的西班牙几面令人十分敬畏的燕尾旗。

洛克萨此时由一位老练的摩尔要塞司令控制着，他女儿就是布阿卜迪勒的爱妻。这位摩尔人名叫易卜拉辛·阿里·阿塔，不过西班牙人大多知道他叫阿塔。他在边疆战斗中变老了，是基督徒们不可调和的敌人，其名字长期以来在边境上都令人生畏。他是扎格拉的君王，收取着丰厚的税款，将钱全部用来雇用侦探和间谍，维持着一支数量不多但却非常精良的队伍，时时袭击基督徒的领地。这些军事开支有

---

1 指妾所生的子女。

时弄得他相当拮据，以致女儿与布阿卜迪勒结婚时，所穿戴的婚纱珠宝都是借来的。他现在已 90 高龄，但仍然有着不屈不挠的精神、如火如荼的激情和强壮有力的体格；他极其精通战术，在整个毛里塔尼亚[1] 被认为是最厉害的标枪手。他手下拥有 3000 名骑兵，部队经验丰富——他常带领他们穿行在边境上，每天期待着年老的摩尔国王给自己增派兵力。

老练的阿塔从要塞里看到基督军队的一举一动，为其司令官们犯下的错误高兴不已：当注意到西班牙的精锐骑士闪现在阿波哈森高处时，他露出了喜悦的眼神。"安拉保佑，"他说，"我将为那些胡闹的骑士干杯。"

阿塔夜里暗中派出很大一支精兵强将的队伍埋伏于阿波哈森周围。在被包围的第四天他向桥那边突围，对高处进行佯攻。基督骑士急不可待地向他冲去迎战，使得营地几乎毫无防卫。这时阿塔突然转身逃跑，敌军紧追不舍。基督骑士们被引到离营地很远的地方后，听见身后传来巨大的呐喊声。他们回过头去，发现营地遭到埋伏的摩尔军队袭击，这支军队已爬上山的另一边。因此，基督骑士停止追击，急忙赶回去阻止摩尔人洗劫他们的帐篷。此刻阿塔又突然反过来追击他们，使其在山顶上腹背受敌。战斗持续了一个小时，阿波哈森山顶染红了鲜血，许多勇敢的骑士倒下，在大量的敌军当中断气。凶猛的阿塔像个魔鬼似的拼杀着，直到更多的基督部队赶来，迫使他退回到城里。在这场冲突中基督徒付出了最惨重的损失，他们失去了卡拉特拉瓦骑士团的大团长吉龙——他那闪亮的盔甲再饰以骑士团红色的十

---

1 北非古国。

字，使他成为敌军的众矢之的。就在他抬起胳膊准备攻击时，一支箭正好射入他肩头下面盔甲的开口处，标枪和缰绳从他手里落下去，他的身子在马鞍上摇晃着，要不是阿维拉的骑士佩德罗·加斯卡将他扶住，他就跌落到了地上。加斯卡将他送到帐篷后，他死在了那里。国王和王后以及整个王国都为他的死哀悼，因为他正值青春年华，才24岁，是一位英勇豪侠、思想不凡的骑士。在染满鲜血的阿波哈森山顶上，一群悲伤的人聚集在他的遗体旁：卡拉特拉瓦的骑士们哀悼他们的这位指挥官，山上扎营的骑士哀悼危险时刻为国捐躯的战友，而乌尔纳伯爵则怀着兄弟情谊为他难过不已。

费迪南德此时认识到卡迪斯侯爵的意见是明智的，知道自己的力量不足以采取这次冒险行动。要继续在目前不利的情况下扎营，将会使他最勇敢的骑士付出生命的代价——如果不会在敌军得到增援时彻底战败的话。他在星期六傍晚召开了一个军事会议，决定次日一大早将部队撤退到离城镇不远的里奥-费罗，在那儿等待科尔多瓦增派部队。

次日一大早，阿波哈森山顶的骑士们着手撤营。阿塔刚发现这一举动就冲过来对他们进行袭击。许多基督部队先前没得知转移营地的意图，加之又看见帐篷被拔掉，摩尔人冲过来，因而误以为敌人夜里增派了力量，部队要撤离。他们没等到弄清实情或者得到命令就仓皇逃跑，使营地里一片混乱；他们没有停下来，而是一直跑到离洛克萨约七里格的"情人岩"。[1]

国王和他的将领们眼见危险迫在眉睫，于是奋力迎战摩尔人，每

1　见普尔加所著《天主教君王编年史》。——原注

一位将领都守卫好自己的地盘，抗击敌人的进攻；与此同时撤除帐篷，运走炮火弹药。国王带领一小队骑士飞奔到一个高处，面临被敌人炮火击中的危险指挥着溃逃的部队，但却无法将它们重整起来。他和骑士们向摩尔人发起猛攻，打得一个中队仓皇逃跑，用箭和标枪杀死了不少敌人，又将其余的赶入河中淹死。但摩尔人不久得到增援，大规模地反扑过来。国王面临被包围的危险，两次在英勇的唐璜·德·里韦拉——他是蒙特马约家族的元老——的保护下化险为夷。

卡迪斯侯爵从远处看见君王有危险。他召集了大约七十名骑兵一起飞奔过去，把敌人挡住，用标枪狠狠刺倒一个最勇猛的摩尔人。有一段时间他手里只剩下了剑，马也被一支箭射伤，许多随从被杀死。不过他成功地击退了摩尔人，将国王从眼前的险情中救出，并说服他退回到较为安全的地方。

随后，侯爵一整天都面临着敌人一次次的进攻：他总是出现在最危险之处，由于有了他勇敢无畏的壮举，很大一部分军队和营地才免于遭到摧毁。[1]

对于指挥官们来说这是一个充满危险的日子，因为在这样的撤退中，一个个最高尚的骑士们为了解救自己的人民临危不惧：麦地那-切利公爵被击倒在地，不过得到部队营救；藤迪拉伯爵的帐篷离城镇最近，他身上几处受伤，许多最杰出的骑士面临着可怕的危险。整整一天他们都进行着血战，一个个王室家族中的贵族和骑士们英勇超群。营地终于全部撤除，多数炮火和行装被转移，阿波哈森那片染红了鲜血的高地被放弃，部队也从洛克萨附近撤退了。有几处帐篷、一些食

1　见宫殿牧师贝纳尔德斯所著《卡托尔国王史》第五十八章。——原注

物和少数炮火，由于缺少运载的马匹和骡子被留在了原地。

　　阿塔在撤离的部队后面紧追不舍，不断袭击，直至部队到达里奥 -
费罗河。费迪南德从此处回到科尔多瓦，他虽然深感懊恼，但却是大
有好处的，因为他得到了一个严重的教训——这教训使他在自己的作
战中变得更加谨慎，也使他在未来不会那么狂妄自大了。他向所有领
地发出信函，说明自己撤退的理由，把这归因于兵力不足，并且大多
是由各城按照分配的任务选派出来的，而非属于皇家的直辖部队。同
时，为了鼓舞士气，不让部队失望，他又对格拉纳达的那片平原展开
了一次偷袭。

第十一章 哈桑袭击麦地那 - 西多尼亚及其结局

哈桑召集起了一支部队前去解救洛克萨，但为时已晚，费迪南德的最后一支中队已经跨过边境。"他们像夏天的云一样，"他说，"来了又消失了，他们所有的吹嘘都不过是空洞无用的雷声而已。"他转而又向阿哈玛进攻，其驻军在费迪南德撤离时惊惶失措，若不是要塞司令卡雷罗勇敢坚定，他们早已放弃这个地方。这个忠诚无畏的司令鼓舞着军队的士气，弄得老摩尔王陷入困境，直至费迪南德再次赶来袭击平原，迫使摩尔王不情愿地退回到马拉加。

哈桑感到，用自己弱小的军力去抗击基督君王强大的部队是徒劳的，但无所作为地待着，眼睁睁看着自己的领土被糟蹋，又会使他在人民的心目中毁掉威信。"既然无法躲避，"他说，"发起进攻总是能够做到的。假如不能让自己的领土免遭掠夺，我们总可以去掠夺敌人的领土。"他作了调查，得知安达卢西亚的多数骑士迫切前去偷袭，已跟随国王出征，使自己的领地几乎毫无防备。麦地那 - 西多尼亚公爵的领地尤其缺少防守：那是一片广阔的草原，上面牛羊遍地，正是快速偷袭的好地方。公爵曾在阿哈玛挫败哈桑，让老君王怀恨在心。"我会给这位骑士一个教训，"他得意地说，"从而消除他喜欢打仗的毛病。"于是他准备对麦地那 - 西多尼亚发起一次闪电袭击。

哈桑率领 1500 名骑兵和 6000 名步兵从马拉加出发，沿着海岸前进，穿过埃斯蒂波尼亚，进入直布罗陀与卡斯尔拉之间的基督领地。
途中可能使他受阻的人只有一个叫巴尔加斯的，此人是个精明、勇敢
而机警的军人，是直布罗陀的要塞司令，他像隐藏在一座城堡里一般，
隐藏在那座古老巨大的"武士石"后面。哈桑知道他生性机警大胆，
不过也查明其驻军力量薄弱不足以出击，或至少让他取得任何胜利。
尽管如此，他仍然悄无声息、小心谨慎地前进着，预先派出一支支队
伍去探测每一处可能埋伏有敌人的通道，当直布罗陀那座顶部笼罩阴
云的古老巨石出现在左面远方时，他不禁多次焦虑不安地遥望着它。
在穿过卡斯尔拉崎岖多山的地段进入平原之前，他也并不完全放心。
他在西里明两岸扎下营，派出四百名手握标枪的闪电骑兵驻扎在阿尔
及兹拉斯附近，对海湾那面的直布罗陀要塞严加监视。如果那个要塞
司令试图出击，他们就将进行伏击——其兵力差不多是他可能有的四
倍——然后将消息迅速报告营地。同时派出了 200 名闪电骑兵，很快
通过那片称为坎皮纳 - 德 - 塔里法的、遍地是牛羊的广阔平原，再用
两百名骑兵掠夺麦地那 - 西多尼亚一带的领地。哈桑国王则把西里明
两岸作为聚集点，与主力部队留在此处。

　　一支支掠夺的队伍急速地搜寻着，把大量的牛羊赶走，足以弥
补先前从格拉纳达平原上被掠夺的那部分。一直监视直布罗陀那座
巨石的部队传回消息说，他们并没看见一个戴着头盔的基督徒有什
么动静。老国王因此庆幸自己此次袭击隐秘而迅速，挫败了十分机
警的巴尔加斯。

　　然而，他并不像自己想象得那么隐秘，机警的直布罗陀司令已经
注意到他的举动，只是自己的部队力量不够，难以防守驻地。幸运的事，
就在这节骨眼上几艘军舰赶到了，为首的是最近驻扎在这片海峡的卡

洛斯。巴尔加斯说服他，在自己暂时离开时直布罗陀由他负责，随即便带领 70 名精锐骑兵于午夜出发。他命令在山上点燃烽火，发出摩尔人掠夺的信号，农民们习惯一看见这个信号就会把牛羊赶走隐藏起来。他还派出传令兵奔向四面八方，号召所有能够拿起武器的人在卡斯尔拉与他会合。这是位于陡峭的高地上的一座城镇，防守牢固，摩尔国王将不得不从此处返回。

哈桑根据山上燃起的烽火，明白整个地方都奋起反击了。于是他撤出帐篷，尽可能快地冲向边境；但是那些战利品和从坎皮纳 - 德塔里法草原掠夺到的大量牛羊却拖累着他。侦察兵们又带回情报，说田间地头都有部队，可他不屑一顾，知道不过是直布罗陀那个司令的队伍，其驻军不超过一百名骑兵。他先派出两百五十名最勇敢的战士，由马拉贝拉和卡萨雷斯两位司令带领。在这支先头部队后面紧跟着大群的牲畜，哈桑则率领小部队的主力行进在最后。

这是一个闷热的夏日，临近中午时他们到达了卡斯尔拉。巴尔加斯密切注视着，根据扬起的一大团尘土，注意到摩尔人正从那个荒野崎岖的高处下来。先头部队与后卫部队相距半里格多远，中间隔着大量被掠夺来的牲畜，长长的密林又将他们彼此挡住。巴尔加斯看出，一旦遇到突然袭击他们相互增援不了什么，容易陷入混乱之中。于是，他挑了 50 名最勇敢的骑兵绕过去，悄然埋伏在一个狭小的山谷里，这儿是进入两座多岩的高山之间的一条山隘，摩尔人将不得不由此经过。他打算让那支先头部队和大群牲畜过去后对后卫部队发起进攻。

等这样埋伏好后，有六名摩尔侦察兵骑着精良的马，全副武装地进入了峡谷，查看着每一处可能隐藏敌人的地方。有些基督徒提出将这六人杀死，然后撤回到直布罗陀。"不，"巴尔加斯说，"我出来是要猎取更高级的猎物的。我希望在上帝和圣地亚哥城的护佑下，今天取得好的战果。我很了解这些摩尔人，毫不怀疑他们只会轻易陷入混乱之中。"

这时那六名骑兵已离得很近，很快就会发现基督伏兵。巴尔加斯发出命令，让10名骑兵向他们冲过去。随即有四名摩尔人翻滚在尘土中，另两名用靴刺踢着马，逃向自己部队，10名基督徒紧紧追击。约80名摩尔先头部队的骑兵飞奔上来解救战友，基督徒们则转身冲向自己的伏兵。巴尔加斯一直让部队隐藏着，直至被追击的和追击的骑兵传来嘚嘚的马蹄声一片混乱地冲入峡谷里。此刻他的骑兵听见号角声，猛冲而出，转眼出现在敌人面前。摩尔人还没发觉就几乎撞在了他们的刀枪上面。四十名异教徒被打翻在地，其余的转身逃跑。"冲上去！"巴尔加斯高喊道，"在后卫部队赶上来前，对先头部队展开攻击。"说罢，他把飞逃的摩尔人追下山去，其速度之快，以致猛然与前面的部队撞在一起，使不少人都被撞翻了。他带着自己的人马突然转身时，摩尔人投来标枪，于是他返身迎击，猛烈拼杀。摩尔人一时间英勇地战斗着，直到马拉贝拉和卡萨雷斯两位司令被杀死，这才冲向自己的后卫部队。他们逃跑时从一大群牲畜中穿过，把它们弄得混乱不堪，卷起一大团尘土，基督徒们再也看不清目标。他们担心敌人的国王和主力靠近，加之发现巴尔加斯伤势严重，因此只是对杀死的敌人劫掠一番，带走不少于28匹马，然后撤退到了卡斯尔拉。

这些沿着特定路线迅速撤退的摩尔人遇上后卫部队时，哈桑担心赫雷斯[1]（Xeres）的人也会武装起来。几位部下建议他放弃那群牛羊，

---

1 西班牙西南部城市。

从另一条路撤退。"不，"老国王说，"放弃战利品而不战斗的人，绝非真正的战士。"于是他用靴刺踢着马，从牛羊当中飞奔而过，把牲畜赶向两边。到达战场时，他发现这儿遍布了100多名摩尔人的尸体，其中就有两位司令的。这一情景把他给激怒了，他调集起所有以石弓为武器的士兵和骑兵，前进至卡斯尔拉的大门，放火烧毁城墙旁的两座房子。巴尔加斯由于伤势过重，无法亲自出击，不过他命令部队前去迎战，随即城墙下展开了激烈的战斗，直至摩尔国王撤离，回到刚才交过战的地方。在这儿他让人把主要将士的遗体放到骡子上，送回马拉加去隆重安葬，其余战死的士兵则就地掩埋。之后，他把分散的牛羊聚集在一起，让它们排着长长的队伍慢慢行进，从卡斯尔拉城墙下经过，以此来奚落敌人。

虽然老哈桑凶猛无比，但他也具有一点军人的礼貌，并赞赏巴尔加斯不乏英勇性格与将士风度。他叫来两个基督俘虏，问他们直布罗陀司令的税费如何。他们说除了其他收益外，凡经过边境的牲畜他都有资格从每一群中抽取一只。"这么一位如此勇敢的骑士，"老君王大声说，"但愿安拉不要让他受到欺骗，而让他得到自己应得的东西！"

他立即从此次一共12群牲畜中挑选了12只最好的，委托一位神职人员交给巴尔加斯。"告诉他吧，"他说，"我没能再早些把牛羊给他送去，恳求他原谅。不过我是这会儿才得知他有什么权利的，并赶紧及时照办，因为他是一位如此可敬的骑士。同时告诉他，我先前一点不知道直布罗陀的司令在收取过路税方面是这样积极和机警。"

勇敢无畏的司令欣赏老摩尔君王那种严厉苛刻、富有军人风度的幽默。司令吩咐把一件富贵的丝织背心和深红色的披风交给神职人员，彬彬有礼地把他送走。"请告诉陛下，"他说，"承蒙他赐予我恩惠，我吻他的双手以示敬意，后悔由于自己力量薄弱，没能对他的到来给予更隆重的接待。假如事先答应我从赫雷斯增派的三百名骑兵准时到达，我就可以用更适合这样一位君王的方式款待他。不过我相信他们会在夜里到达，那样陛下就一定能在拂晓时享受一下盛宴了。"

哈桑得到巴尔加斯的回复时摇摇头。"安拉保佑我们，"他说，"千万别遇上赫雷斯那些勇猛的骑兵！即便一小支熟悉那些荒野的山道的队伍，也会消灭掉像我们这样拖累着战利品的部队。"

然而让国王感到有些安慰的是，他获悉那个勇敢的直布罗陀司令伤势过重，无法亲自作战。他于是赶在天黑前全速撤退，行动极其仓促，以致一大批牲畜常常被打乱，四处分散在崎岖不平的峡谷里，有超过五千头的牛羊又返回去让基督徒们弄走了。哈桑带着其余的牲畜胜利回到马拉加，为从麦地那-西多尼亚公爵那里夺得战利品而得意扬扬。

费迪南德国王发现他虽然袭击了格拉纳达平原，但是自己的领土也同样遭到袭击，他因此感到有失颜面，并认识到战争的游戏存在着两个方面——正如所有其他的游戏一样。在这一系列的袭击与冲突中，唯一获得真正荣耀的人是巴尔加斯，即直布罗陀的那位勇敢无畏的司令。[1]

1　见阿隆索·德·帕伦西亚（Alonzo de Palencia）手稿第二十八卷第三章。——原注

第十二章　西班牙骑士在马拉加山中遭到袭击

　　老哈桑的偷袭行动已经触犯了安达卢西亚骑士们的自尊，他们决心要报复。为此，1843 年 3 月许多最超凡出众的骑士聚集在安提奎拉。率领这次冒险行动的人有那位英勇豪侠的卡迪斯侯爵、安达卢西亚的行政长官恩里克斯、西富恩特斯伯爵及皇家旗手唐璜·德·席尔瓦（他控制着塞维利亚）、圣地亚哥宗教界和军事界的首领堂·阿隆索·德·卡德纳斯，以及阿吉拉尔家族的阿隆索。另有几位著名的骑士也赶来参战，不久便有大约 2700 名骑兵和几个连的步兵聚集在处于战争中的安提奎拉这座古城，他们正是安达卢西亚骑士团的精华。

　　首领们召开了一个军事会议，商定从何处予以打击。彼此对抗的摩尔君王们正在格拉纳达周围展开内战，致使各地都易遭到袭击。各位骑士提出了种种计划。卡迪斯侯爵很希望利用云梯攻打扎哈拉的城墙，收复那座重要的要塞。但圣地亚哥骑士团团长则提议把范围扩大一些，选定的目标再重要一些。他从自己的向导——他们都是叛变的摩尔人——中获悉，在马拉加附近那片称为阿克萨奎亚的山区可以毫无危险地袭击一下。那儿有一些处处是牧场的山谷，遍地是牛羊，也有许多村庄，可轻而易举地进行掠夺。马拉加城的驻军势单力薄，几乎没什么骑兵可以前来抵抗。他又补充说，不仅如此，他们甚至还可袭击到大门口，或许攻下那个富有的地方。

骑士们勇于冒险的精神被这一提议激发起来：他们充满自信，仿佛已经把马拉加掌握在手里了，一心要采取行动。卡迪斯侯爵则极力提出一点冷静的告诫。他同样也有一些叛变的向导，他们在边境上最熟悉情况和富有经验。其中有个叫路易斯·阿玛尔的他特别信任，此人对那里的所有大山和山谷无不知晓。他已经就阿克萨奎亚那些山的情况向侯爵做了特别的报告。[1] 这些地方十分荒野，崎岖不平，足以让居住在里面的勇猛的人们得到防卫；他们由于控制着一处处岩石和一条条非凡的通道——它们常常不过是一些干枯了的深深的河床——所以会使得整个敌军部队都卷入战斗。即便被征服后，他们也让胜利者得不到任何战利品。他们的房屋比光秃秃的四壁好不了多少，本来不多的牲畜也会被赶到山里隐藏赶来。

然而，侯爵冷静严肃的告诫却被否决。习惯于山区作战的骑士们，认为任何荒野、崎岖的地方自己和马匹都能出征；他们想到最终会对马拉加展开一次漂亮的攻击而兴奋不已。

他们把所有重型装备和马无力弄上山去的东西留在安提奎拉，然后精神高涨、满怀自信地出发了。阿隆索和安达卢西亚的行政长官带领先遣部队，西富恩特斯伯爵则带领某些塞维利亚的骑兵跟随其后，接着是最英勇的卡迪斯侯爵庞塞的队伍。与侯爵一起的有几个兄弟、侄子和许多骑士，他们希望在他的旗下大显身手；这支家族成员组成的队伍威武地走过安提奎拉的街道时引起广泛注意，众人为之喝彩。后卫部队由圣地亚哥骑士团团长卡德纳斯率领，其中包括他自己的骑

---

1 普尔加在其《天主教君王编年史》中，把这一情况颠倒过来，指出是卡迪斯侯爵提议出征阿克萨奎亚的。不过阿加皮达的陈述，得到最可靠的同时代编年史学家、宫殿牧师安德烈斯·贝纳尔德斯的支持。——原注

士团的人员和埃塞加的骑士，另有一些被国王收编的"圣兄弟会"[1]的重骑兵。这支部队还带有不少驮着几天供给品的骡子，可以坚持到他们在摩尔人的村子里掠夺的时候。在这片土地上，他们是走过的一支最为英勇自信的小部队。骑士们一个个身强力壮，充满活力，在他们看来战争是一种消遣与乐趣。他们在装备的花费上不遗余力，因为骄傲的西班牙骑士在战争中所表现出的壮观气派是无与伦比的。他们身上的盔甲镶嵌着富丽的花样，并饰以种种堂皇的浮雕。此外，他们还披上华美的外衣，再饰以飘动的羽毛，气度不凡地骑在安达卢西亚战马上；他们高举着飘扬的旗帜意气洋洋地从安提奎拉出征，旗帜上面的各种图案与徽章惹人注目；他们满怀希望地向居民们保证，将用马拉加的战利品让他们富裕起来。

在这支壮观的军队后面还静静地跟随着另外一队人，他们一心要从预期的胜利中获得利益。他们并非是通常那些徘徊在部队周围，以便洗劫死尸的不幸者，而是从塞维利亚、科尔多瓦和其他商业城来的杰出、富有的商人。他们骑着毛发光滑的骡子，身穿漂亮的衣服，腰带上系着长长的皮革钱包，里面装满了皮斯托尔和其他金币。他们曾听说士兵们在攻占阿哈玛后把夺得的东西都毁了，于是带上金钱要全部买下从马拉加掠夺到的各种珠宝饰物、宝石和金银器皿，以及华丽的丝绸和布料。骄傲的骑士们非常鄙视地看着这些来自商业城的人，不过为了部队方便仍允许他们跟在后面，否则部队会受到战利品拖累的。

这次出征原本打算进行得十分迅速、隐秘，但他们准备作战的声

1　一支维护西班牙法律和治安的部队。

音还是传到了马拉加城。城里的军力确实薄弱，不过它却有一位本身就是一地之主的指挥官。此人便是穆勒·阿布杜拉，即常称的埃尔·扎加尔或"勇者"。他是哈桑的弟弟，也是仍然忠实于老君王的少数部队的将军。在凶猛方面他与哥哥不相上下，而在谋略与机警方面他却胜出一筹。在军队中，就连他的名字也是一种作战的呐喊，军人们对他的本领评价很高。

根据发出的嘈杂声，扎加尔猜想敌军出征的目标是马拉加。于是，他与老贝克斯尔商议对策——后者是一位统管着该城的老练的摩尔人。"如果那支前来掠夺的军队到达马拉加，"他说，"咱们是很难将他们阻挡在城墙外的。我会带领一小支部队进入山里，把农民鼓动起来，占领一处处通道，在路上好好款待一下那些西班牙骑士。"

这支装备漂亮、志气高涨的部队，于星期三迈出了安提奎拉古老的大门。他们行进了一天一夜，像自己以为的那样悄然穿行在大山的通道上。由于他们打算袭击的那片地方远在摩尔人的领土内，离地中海海岸不远，所以直到次日很晚了才到达。他们穿过一座座艰险的高山时，道路常常是在深峡谷底部，或者在岩石众多的深谷里——一条快要干涸的小溪冲击着松散的礁石和石块，然后在秋季涨大水时将它们冲垮卷走。有时道路只是成了干枯的溪谷，深入到大山里，路上尽是残石碎片。这些深峡谷和干枯的溪谷的上方便是巨大的悬崖绝壁，在摩尔人与西班牙人的战争中成为伏击的地方，后来它们又成了强盗喜欢伏击不幸的路人的场所。

太阳西沉的时候，骑士们到达山上一个高处，在右面遥望到马拉加的一部分美丽的平原，平原那边便是蓝色的地中海；他们为自己瞥见到那片乐土[1]而狂喜地欢呼起来。夜幕笼罩时，他们到了一座座小山谷和村庄，它们都深藏于多岩的高处，在摩尔人中称为"阿克萨奎亚"。在这儿，他们所夸耀的希望注定要遭到第一次挫败。当地居民们听说他们即将到来，已经把牲畜和财物弄走，带着妻子儿女躲避到了大山的塔楼和堡垒里。

这一挫败把部队激怒了，他们放火烧毁被遗弃的房屋，然后继续前进，希望会有更好的运气。阿隆索和先遣部队的其他骑士们派出部队摧毁这片地方，只捉住少数留在后面的牲畜和把它们赶到某个安全地方去的摩尔农民。

前去掠夺的部队手里拿着火与剑在前面挺进，把一座座村庄点燃，火光照亮了悬崖峭壁。这个时候，带领后卫部队的圣地亚哥骑士团团长严格执行着命令，让骑士们严阵以待，一旦敌人出现就展开进攻或防卫。"圣兄弟会"的重骑兵们四处搜寻战利品，被他叫了回去，并受到严厉斥责。

最后，他们来到大山的某一处，这儿由于又深又大的峡谷和干枯的溪谷而变得坑坑洼洼，处处是凌乱的岩石和峭壁。要保持行进的队列是不可能的，马根本无法行动，难以驾驭，它们不得不从一块块岩石上爬过去，在可怕的斜坡上面爬上爬下，这儿连一只山羊都难以有立足之地。部队经过一个燃烧的村庄时，火光把他们所处的困境暴露出来。一些躲避在高处悬崖上的瞭望塔里的摩尔人往下看到身穿光亮盔甲的骑士在岩石中绊倒挣扎，大声欢呼。他们从塔里冲出来，占领一处处峡谷上方的绝壁，向敌人投出飞镖和石头。仁慈的圣地亚哥骑

1　语出《圣经》。也指"福地""希望之乡"。

士团团长眼见勇敢的战士无助地倒在自己周围无法抵抗或报复，感到万分难过。摩尔人的呐喊声在每一处悬崖峭壁上回荡，把他的部队震得更加混乱，好像他们被无数的敌人包围着。他们对这个地方完全不熟，在极力摆脱困境时却又钻进了其他的峡谷和山隘。在这极度的困境中，这位圣地亚哥骑士团团长派出传令兵去寻求援兵。卡迪斯侯爵像个忠诚的战友，急忙带领骑兵赶去救援，从而阻止了敌人的进攻，使圣地亚哥骑士团团长最终得以让部队撤出山隘。

与此同时，阿隆索和他的战士们在急于前进当中也同样陷入深谷与干枯的河床里，并遭到悬崖上一小群摩尔农民侮辱性的攻击，他深为恼火。他有着阿吉拉尔家族的那种骄傲精神，此时给激怒了，因为战争的游戏转而对自己不利，英勇的部队竟然被一些山区的粗野农民压制着——而他先前是想把他们像牲畜一样赶到安提奎拉去的。然而，听到朋友卡迪斯侯爵和圣地亚哥骑士团团长正在与敌人交战，他便不顾自身的危险，召集起部队返回去增援他们，或者不如说是去分担他们的危险。骑士们再次汇聚到一起后，在飞来的乱石和嗖嗖的利箭当中急忙召开一个会议，并很快作出决定——因他们一次次见到某个英勇的战友倒下。他们断定，在这个地方根本没什么可以掠夺的东西值得冒如此大的危险，所以最好放弃已经夺得的牧群——它们只会妨碍部队行进——并全速撤退到危险小一些的地方。

向导们受命将部队从这片遭到残杀的地方带出去。他们力图选择一条最安全的路线带领部队穿过陡峭多岩的道路，这儿步兵也难以通过，骑士就几乎过不去了。只见上方是一处处悬崖，石头和利箭像雨点般地向他们落下来，同时伴有粗野的嚎叫，即便是最勇猛的人也会被吓着。在某些地方他们一次只能通过一人，常常被摩尔人的飞镖连人带马刺穿，在垂死的挣扎中阻碍着战友前进。周围的悬崖被上千堆烽火照亮：每一处峭壁都燃起火焰，借助火光他们看见敌人从一块岩石跳到另一块岩石，这些摩尔人与其说是凡人不如说更像魔鬼。

向导并没能把他们带出山去，而是将他们带入更加致命的偏僻之处，这要么是因为恐惧和混乱所致，要么是因为向导确实不熟悉这个地方。早晨时他们显露在一个狭小干枯的溪谷里，只见底部是一块块破裂的石头，这儿曾经咆哮着山中的急流；而在上方，荒芜的大悬崖向外突出着，他们看见顶端有一些包着头巾、凶猛狂喜的敌人。不幸的骑士们从安提奎拉出发时多么耀武扬威、英勇豪侠，而现在却有怎样的天壤之别！他们满身是尘土、血迹和伤口，因疲劳和恐惧变得憔悴不堪，看起来个个像是牺牲品而非武士。不少旗帜都弄丢了，也听不见鼓舞士气的号角声。战士们把一双双恳求的眼睛转向指挥官；看到忠诚的部下被无情地打得一片混乱，指挥官们无比愤怒和悲哀，心随时会爆炸了似的。

他们一整天都企图从大山中钻出去，却徒劳无益。在前一晚燃起烽火的高处升起了一串串烟柱。那些山里人从四面八方聚到一起，赶在基督徒前冲向每一处通道，把一个个悬崖峭壁像许多塔楼和城垛一样守卫着。

夜晚再次将基督徒们笼罩，此时他们被堵在一个狭小的山谷里，一条深深的溪水从中流过，周围仿佛是一些直耸蓝天的悬崖，悬崖上面燃烧着熊熊的烽火。突然间又传来一声响彻山谷的叫喊，"扎加尔！扎加尔！"的声音在一个个绝壁间回荡着。

"那是什么叫声？"圣地亚哥骑士团团长问。

"是摩尔将军扎加尔作战时的呐喊，"一个卡斯蒂利亚的老兵说，

"他一定带领马拉加的部队亲自赶来了。"

可敬的团长转向他的骑士们，说："让咱们献出生命吧，用心开出一条路来，既然无法用剑做到。让咱们爬上山去，付出我们宝贵的生命，而不是待在这儿顺从地遭到屠杀。"

说罢，他掉转马头，策马往险峻的山腰上冲去。整个部队以他为榜样，即使不能够逃脱，他们至少也迫切要给敌人以垂死的一击。正当他们挣扎着爬上高处时，摩尔人把飞镖和石头如雨点般疯狂地向他们投来。有时一块碎石弹跳着滚落，发出剧烈响声，从队伍中间劈开一条路。疲劳和饥饿的步兵浑身无力，或者身负重伤，他们抓住马的尾巴和鬃毛往上爬；而马却因为踩在松散的石头上或突然受伤，没站稳身子，从陡峭的斜坡上跌倒，连人带马从一个峭壁翻滚到另一个峭壁，直到在山谷里摔得粉身碎骨。在这种拼死的挣扎中，团长的旗手带着旗帜丧身了，还有他的许多亲人和最好的朋友也是如此。他终于爬上了山顶，却只是陷入新的困境。在他前面是一片荒凉的岩石和崎岖的溪谷，被残酷的敌人包围着。现在他没有了旗帜和号角，无法重新调集起部队，战士们四处分散，人人自救着，极力躲避开一个个悬崖和敌人的飞镖。虔诚的圣地亚哥骑士团团长看见最近还威武雄壮的部队，现在变得四分五裂，不禁感到悲伤。"啊，上帝！"他大喊道，"你今天对自己的仆人多么愤怒。你让怯懦的异教徒们变得无比勇猛起来，让这些农夫和粗人把全副武装的军人都打败了！"

他本来是要和步兵一起留下，把他们召集起来抗击敌人，但身边的人恳求他只考虑自己的安全："留下只会送死，无法反击，而逃离却能保全生命，今后可以对摩尔人进行报复。"这位团长不情愿地听从了建议。"啊，万军之主[1]！"他高喊道，"我确实在逃避你的惩罚，而不是逃避这些异教徒：他们不过是你严惩犯下罪过的我们的工具。"说罢，他让向导在前面开路，并策马赶在摩尔人阻止前迅速穿过了一处山隘。团长刚骑着马飞奔而去，部队就四处分散了。有些人极力跟随着他，但在错综复杂的山里迷失了方向。他们到处逃窜，有的在悬崖峭壁中丧生，有的被摩尔人杀死，还有的则成了俘虏。

英勇的卡迪斯侯爵在可靠的向导阿玛尔带领下，爬上了大山的另一处。朋友阿隆索——那位地方行政长官——和西富恩特斯伯爵跟随其后，不过由于天黑和混乱，这三位指挥官都彼此分开着。侯爵到达山顶时回头看看战友，可他们却没在后面，他也没有号角可用来召唤他们。不过让侯爵安慰的是，他的兄弟们和几个亲戚以及不少随从仍然同他在一起；他叫着兄弟的名字，听见他们回答他得到了慰藉。

向导这时把他们带到另一个山谷，他在此处面临的危险会小一些。侯爵到达谷底时停下，将分散的队伍集中到一块，同时等着另两位指挥官战友赶上来。但在这儿他突然遭到扎加尔的部队袭击，而那些山民又从悬崖上协助打击他们。精疲力竭、感到恐惧的基督徒们惊慌不已，大多逃跑，而这些人要么被杀死要么成了俘虏。侯爵和勇敢的兄弟们以及几个可信赖的朋友予以顽强抵抗。他的马战死在身下。兄弟堂·迭戈[2]和堂·洛佩，以及两个侄子堂·洛伦佐和堂·曼纽尔，都一个个在他身边倒下——不是让扎加尔的士兵用标枪和长矛刺穿，就是被高处投下的石头砸死。侯爵是一位老练的武士，曾多次参加血战，

1　指上帝。

2　不同于后面也简称为堂·迭戈的卡夫拉伯爵。

但从没有过这么多的死亡离他这样近。他看见还活着的兄弟堂·贝尔特兰被一块石头从马鞍上打下来，失去主人的马疯狂地乱跑，侯爵发出极其痛苦的叫喊，不知所措、惊骇不已地站着。几个忠实的部下围在他身边，恳求他逃命。他本来想留下，要与朋友阿隆索和另一个战友患难与共，可扎加尔的部队挡在中间，死神正乘着每一阵风呼啸而过，他因此勉强同意逃离。于是，又给他牵来了一匹马，忠实的向导带着他穿过一条无比陡峭的小路，这路有四里格长。敌人仍然在后面紧追不舍，使他不多的队伍越来越少。侯爵终于到达山隘末端，并骑着马和憔悴不堪的残余人员一起逃到了安提奎拉。

西富恩特斯伯爵和几个随从试图跟上卡迪斯侯爵时，不觉走入了一条羊肠小道，被扎加尔的队伍彻底包围。伯爵本人遭到六个敌人的围攻，他拼死自卫着，这时为首的敌人感到如此搏斗不公平，便命令其他五人住手，自己一人继续拼杀。已经体力耗尽的伯爵不久被迫投降。他的兄弟堂·佩德罗·席尔瓦和少数活下来的人也同样被俘。那位在与伯爵单独搏斗中表现出非凡的骑士精神的摩尔武士，名叫雷杜安，他是哈桑以前的大臣，也是苏丹女眷佐拉亚一派的首领之一。

破晓时分，阿隆索和不多的随从仍然被困在山里。他们曾极力跟随卡迪斯侯爵，可不得不停下来抗击越来越多的敌军。终于，他们穿过了大山，来到侯爵最后不幸地站在那儿的山谷。他们既疲倦又困惑，躲藏在一个悬崖下的天然洞穴内，敌人的飞镖无法射到这里；他们口渴得厉害，一股潺潺流出的泉水帮了大忙，也使得他们疲惫的战马恢复了体力。天亮后，可怕的残杀场面显露出来。只见那儿躺着英勇的卡迪斯侯爵高尚的兄弟和侄子，他们不是被飞镖刺穿，就是露出很深很难看的伤口；而许多其他勇敢的骑士则躺在地上死了，或者奄奄一息，有的已被摩尔人脱掉一些衣服，遭到劫掠。阿隆索是一位虔诚的骑士，不过他的虔诚像可敬的圣地亚哥骑士团团长一样，并不卑躬屈膝。他诅咒异教徒们，说他们就这样把基督骑士的精华给毁了，并在心中发誓将对周围这一地区大肆报复。

渐渐地，阿隆索这支弱小的部队人数越来越多，因为一个个逃亡的士兵从夜里躲藏的洞穴和深坑里钻出来。随后逐步组成了一小队骑兵，由于摩尔人已放弃制高点去死人身上搜寻战利品，这支英勇但已被遗弃的队伍才得以回到安提奎拉。

这一惨重的事件从星期四晚上持续到星期五——那是 3 月 21 日的"圣本尼迪克特[1]节"。时至今日，在西班牙的历史书上仍然记载着马拉加山惨败一事，那个遭到最凶猛残杀的地点被称为"屠杀山"。幸存下来的首领们回到了安提奎拉。许多骑士躲避在阿哈玛或其他城镇，另有的在大山里漫无目标地走了八天，靠树根和野草生活，白天隐藏夜里出来。他们十分虚弱、沮丧，即使遇到攻击也不会抵抗。三四个士兵会向一个摩尔农民投降，甚至马拉加的妇女们也出来俘虏他们。有的被投入边城的地牢，有的则被俘后送到格拉纳达，但至此多数都押送到了马拉加——他们曾威胁要攻打的城市。有二百五十名主要的骑士、要塞司令、指挥官和出身高贵的高级贵族，被关押在马拉加的城堡里，等待他们的赎金送到；五百七十名普通士兵挤在城堡的围栏或院子里，他们将被卖作奴隶。[2]

摩尔人获得了大量的战利品，他们从死者身上弄到堂皇富丽的盔

1　西方隐修制度的创立者（480—547）。

2　见宫殿牧师贝纳尔德斯所著《卡托尔国王史》。——原注

甲和武器，有些武器则是基督骑士逃跑时扔下的；另有许多身着华丽服饰的战马和战旗——所有这些东西，都被胜利的摩尔人在各个城镇游行展示出来。

那些跟在队伍后面的商人，本打算等部队从摩尔人那里夺得战利品后做一番买卖，现在他们却让自己成了买卖的对象。有几个人，被一些有男子气的摩尔女人像赶牲畜一样赶到马拉加的市场准备换取赎金。尽管他们在做生意上非常精明，力图以廉价的赎金把自己赎走，但是要想用钱来买到自由，不耗掉家中钱袋里的大量金钱弄得一贫如洗，是无法办不到的。

第十三章　马拉加的巨大不幸造成的影响

不久前威武雄壮的骑士们才出发去袭击敌人，使安提奎拉的人们满怀兴奋与赞美，可他们还没从那热闹非凡的情景中恢复过来，就发现残兵败将们东一个西一个地跑回来躲避。每一天、每一小时都会出现某个悲惨的逃亡者，他们无不受尽折磨，一脸愁容，你简直无法看出，他们还是最近才雄起起气昂昂地迈出安提奎拉城的大门的武士呢。

卡迪斯侯爵几乎只身一人回来，他浑身是尘土和血迹，盔甲被打得十分破碎，满脸绝望的样子，这使得人人心中充满了悲哀，因为他深受人们敬爱。大家问随行的人，他的兄弟们在哪里，他奔赴战场时他们曾团聚在他身边；听说他们一个个在他身旁被杀死时，人们都默不作声，或者在他经过的时候只是相互低声耳语，同情地默默看着他。他感到万分苦恼，没人试图去给予安慰，这位虔诚的侯爵也没说一个字，仅仅把自己关在屋里，独自痛苦地沉思着所遭受的不幸。一直等到阿隆索回来他才得到一丝安慰，高兴地发现尽管死神之箭密集地射入他的家人当中，但自己最好的朋友和战友却丝毫无损地逃出来了。

几天来人人都非常焦虑地把目光转向摩尔人的边境，不安地从山里逃亡出来的每个人身上看是否能认出某个朋友或亲戚，他们的命运至此是一个谜。最后，每个希望和疑虑得到了确认，这场大灾难的所有情况也都弄清楚了，从而使整个地方弥漫着悲哀与惊恐，皇宫里的骄傲与希望也彻底给摧毁。那大理石礼堂和丝织的枕头仿佛无不带着忧伤。一个个贵妇人为失去儿子以及他们欢乐、荣耀的年华而哀悼，许多美丽的面颊因悲痛而变得苍白，而它们最近还显露出心中的赞美呢。"整个安达卢西亚，"当代的一位历史学家说，"都沉浸在巨大的痛苦中，人们无不为它哭泣，泪流不止。"[1]

一时边境上充满恐惧与担忧。人们的矛似乎折断了，盾劈成了两半。每一座边城都害怕遭到袭击，夜里看家狗发出嗥叫时母亲会把婴儿紧紧抱在怀里，以为是摩尔人作战的呐喊。一段时间里仿佛一切都已完蛋，甚至置身于堂皇的宫廷里的费迪南德和伊莎贝拉也在高贵的心中感到悲观失望。

另外，摩尔人看见大批基督武士被粗鲁的山民当作俘虏押到镇上，高兴万分。他们认为这都是安拉所为，他在保佑自己的信徒。不过当他们从如此沮丧衰败的俘虏中，认出某些最骄傲的基督骑士；当看见一些西班牙最高贵的家族的旗帜和徽章——他们已习惯于在战斗的第一线看见它们，可现在却不光彩地被拖过街道；简言之，当目睹西班牙皇家旗手西富恩特斯伯爵和他英勇的兄弟席尔瓦被作为俘虏押进格拉纳达的大门，他们真是感到无限喜悦。他们心想，古时的荣耀岁月将要回来，他们会重新战胜基督徒们。

当代的基督史学家也极其困惑，他们对于这场灾难无法解释，也说不清楚为什么众多为神圣的信仰而战的基督骑士，竟然好像奇迹般地成了少数异端农民的俘虏——我们确信，带来那一切溃败和毁灭的不过是五百名步兵和五十名骑兵，他们也仅仅是不懂科学、没有纪律

1　见宫殿牧师贝纳尔德斯（Bernaldez）著：《卡托尔国王史》。——原注

的山民。[1]"这是要给狂妄和自负的他们一个教训,"一位史学家说,"他们过高估计了自己的能力,以为那样一支精心挑选出来的部队,只要一出现在敌人的领土上就能将他们征服。这是在告诫他们,比赛不是看谁跑得快,战斗也不是看谁强大,赐予胜利的唯有上帝。"

然而可敬的教士阿加皮达[2]断言,那是对贪婪的西班牙骑士的惩罚。他们不是怀着基督骑士纯洁的精神进入异教徒的王国只热心于使自己的信仰荣耀起来,而是像贪婪的商人一样,想通过出卖从异教徒那里夺取的战利品让自己变富;他们不是让自己忏悔和深思[3],照遗嘱规定将财物捐赠给教堂和修道院,而只是想着安排从预期的战利品中得来的廉价货与收入;他们不是带上圣洁的僧侣以祈祷相助,而是让一队商人跟着,让他们随时怀着卑鄙、世俗的念头,把本来应该是神圣的胜利变成了喧嚷的交易。这便是杰出的阿加皮达的观点,并且那位最可敬、正直的编年史学家和宫殿牧师也予以赞同。但是阿加皮达自我安慰着,认为这一惩罚是出于恩赐,意在考试卡斯蒂利亚人的勇气,以便从他们眼前的羞辱中提取未来成功的元素,正如金子从地里的杂质中提取出来一样。"耶稣会"[4]德高望重的史学家佩德罗·阿瓦尔卡即支持这一看法。[5]

---

1 见宫殿牧师贝纳尔德斯所著:《卡托尔国王史》。——原注

2 前面作者曾指出:"我有意让弗洛里·安东尼奥·阿加皮达成为僧侣中的狂热分子的化身。"

3 此处指就道德和宗教问题进行深思。

4 天主教修会之一,1534 年创立。

5 见阿瓦尔卡(Abarca)所著《阿拉贡王国史》。——原注

第十四章　布阿卜迪勒王越过边境

　　基督骑士在马拉加山中的惨败、哈桑在麦地那-西多尼亚领土内成功的袭击，给这位老君王的命运带来了有利影响。变化无常的平民们开始在街上高呼他的名字，并嘲笑他的儿子布阿卜迪勒迟迟没有行动。布阿卜迪勒虽然正值青春年华，力量过人，在各种马上比武方面十分机敏，但他却从没上战场拼杀过。人们窃窃私语，说他宁愿待在阿尔罕布拉宫凉爽的厅堂、豪华的休息室里，也不去感受袭击带来的疲劳与危险，不去住在山里艰苦的营地里。

　　这些君王的声望，取决于他们是如何战胜基督徒的，布阿卜迪勒发现要想与父亲最近取得的胜利相抗衡，必须对敌人进行一次重大的打击。他进一步受到岳父阿塔的激励，即那位洛克萨要塞司令——在他看来，对基督徒所怀有的愤怒的余火仍燃烧在老年的灰烬里；近来费迪南德对他控制下的城市发起攻击，使这灰烬又熊熊地燃烧起来。

　　阿塔告诉布阿卜迪勒由于基督骑士最近遭到挫败，安达卢西亚最精锐的骑士已经被除掉，其士气也给挫伤。科尔多瓦和埃塞加的整个边境现在都容易袭击；不过他特别指出把卢塞纳城作为袭击目标，因为此城防守薄弱，并且牧草丰富，有大量的牲畜、谷物、油和酒。满怀激情的老摩尔人根据非常精确的情报才这样说的，他曾多次袭击那些地方，在那里只要提到他的名字都会产生恐惧。在洛克萨的驻军中

"阿塔园"已经成了卢塞纳的代名词，因他常去它那些富饶的领地掠夺所需要的东西。

布阿卜迪勒听取了这位边疆老兵的劝说。他调集起一支九千名步兵和七百名骑兵的部队，他们大多是他的拥护者，但也有许多他父亲的党徒——两个派别的人无论彼此有着怎样的斗争，在出征反击基督徒时总是团结一致的。不少最英勇杰出的摩尔贵族聚集在他的旗下，他们身着堂皇富丽的盔甲非常壮观气派，好像他们是要庆祝一个节日或骑马持矛比武，而非参加一场残酷的战争。布阿卜迪勒的母亲，即苏丹女眷奥拉，武装着将投入战斗的儿子，一边把短弯刀佩戴在他身边，一边为他祝福。他的爱妻莫里玛想到他可能会遭遇不幸，哭泣起来。"你为啥要哭呢，阿塔的女儿？"思想不凡的奥拉说，"这样的眼泪，可不是一个武士的女儿和国王的妻子应该有的。相信我吧，一个待在坚固的宫殿里的君王所面临的潜在的危险，比他待在脆弱的帐篷里的危险更大。只有在战场上去冒死拼杀，你丈夫才会稳坐王位。"

但莫里玛仍然紧紧搂住布阿卜迪勒的脖子，她流着眼泪，显露出一些不祥之兆；当他从阿尔罕布拉宫出发时，她来到瞭望台上俯瞰下面的平原，看着光彩耀眼的部队从那儿沿路向洛克萨挺进，仿佛风中传来的每一声战歌都回荡着强烈的悲哀。

这支皇家队伍从宫殿出征，往下穿过格拉纳达的街道，此时人们呼喊着向年轻的君王致意，他们预期他将取得赫赫战功，以免让他的父亲独享殊荣。吕特的住持在其手稿中讲述了科尔多瓦皇族的历史，根据他的描述我们可以认为，布阿卜迪勒的那副模样是引人注目的：他骑在一匹身着华丽盛装的高级白马上；钢制的盔甲富有光泽，装饰精美，上面镶嵌着金钉，并且衬有鲜红的丝绒；他戴的钢盔也经过精巧的雕凿，饰以浮雕图案；大马士革短弯刀和匕首有着极高的韧性；他肩旁挎有一副圆盾，另外带着一支厚重的长矛。然而经过埃尔韦拉的大门时，他偶然在拱门上把长矛碰断了。见此情景一些贵族脸色发白，恳求他返回，他们把这视为一种凶兆。布阿卜迪勒却认为他们的恐惧都是些无端的幻想，并予以嘲笑。他拒绝另外带一支长矛，而是拔出短弯刀傲慢、自负地率领部队向前（阿加皮达补充道），好像他对宇宙万物都不屑一顾似的。还有一个不祥的兆头也阻止他采取这次冒险行动：就在部队到达干枯的贝罗溪谷时——这儿离城不到一箭之遥——一只狐狸从整个队伍中间和国王本人身边跑过，尽管向它放射了上千支箭，可它丝毫无损地逃进了山里。为首的朝臣们此时再次反对前去袭击。可是国王并不为这些征兆惊慌，而是继续前进。[1]

到达洛克萨时，老练的阿塔把他驻军中最精锐的骑兵和边城最勇敢的武士增援到部队中。洛克萨的人看见阿塔全副武装骑在巴巴里战马上——他曾经常骑着这匹马越过边境——狂喜地欢呼赶来。这位老兵尽管近一百岁了，可面对即将展开的袭击，他所怀有的热情与兴奋并不比青年人少；他像个沙漠上的阿拉伯人那样，飞快地奔驰在一列列队伍当中。人们目送着部队雄赳赳地跨过桥，蜿蜒进入山口，他们的眼睛仍然盯住阿塔的三角旗，仿佛它确信必将取得胜利一般。

这支摩尔人的部队强行进入了基督徒的边境，他们迅速掠夺着，赶走牛羊，俘虏居民。他们猛烈地向前挺进，后来便在夜里行军，以免被发现，同时可对卢塞纳展开突然袭击。布阿卜迪勒虽然缺乏作战经验，可他有岳父这样一位老练的军师，因阿塔对这片地方了如指掌；

---

[1]　见马莫尔（Marmol）所著《摩洛族叛变》第一卷第十二章第十四页。——原注

就在阿塔潜行其中的时候，他的眼睛也在极力搜寻着，那目光中既有狐狸的狡猾又不乏狼的凶猛。他自以为他们行进的速度很快，敌人来不及传送情报，卢塞纳可以被轻易攻占，但忽然间他注意到山上燃起了烽火。"我们被发现了，"他对布阿卜迪勒说，"这儿的人将武装起来。我们只有勇猛地攻打卢塞纳：它防守不严，可以赶在援军到达前攻下它。"国王同意他的意见，于是部队迅速冲向卢塞纳的大门。

第十五章　卡夫拉伯爵冲出城堡追击布阿卜迪勒国王

　　卡夫拉伯爵堂·迭戈·德·科尔多瓦，当时正在韦纳城堡里，此城堡与其城镇同名，它坐落于科尔多瓦王国边境处的一座阳光照耀的高山上，离卢塞纳只有几里格远。奥尔奎拉山脉位于其间。韦纳城堡驻守着部队，防守牢固，伯爵拥有众多的诸侯与随从；因为在那个时候，边疆的贵族有必要充分配备好人、马以及长矛和圆盾，以便抵御摩尔人的突袭。卡夫拉伯爵是一位勇敢顽强、经验丰富的武士，他在会议中表现出机智，行动上显得敏捷，战斗中则表现得迅速而无畏。在展开袭击方面他是一位最勇敢的骑士，由于生活在边疆，思想和行动都十分机敏。

　　1483 年 4 月 20 日这天夜晚，伯爵正要就寝休息，忽然塔楼上的看守向他报告奥尔奎拉山上燃起了烽火，这些烽火是在山隘高处的信号塔上点燃的，大路即从山隘通向卡夫拉和卢塞纳。

　　伯爵登上城垛，注意到在那座塔上燃着五堆火——这是摩尔军队袭击边境某个地方的信号。伯爵立即下令发出警报，并派遣传令兵去通知邻近城镇的司令官们。他号召随从们准备作战，并在全城吹响号角，让人们作好武装，于天亮时在城堡大门处集合。

　　在这天夜晚余下的时间里，城堡内一直响起准备战斗的嘈杂声。

城里的每一家也都同样忙碌着，因为在这些边城各家都有武士，长矛和圆盾随时挂在墙上准备用来参加战斗。你只能听见身穿盔甲的战士们忙碌的声音，以及给马上蹄铁和擦亮武器的声音；山上的烽火整夜燃烧着。

破晓时分，卡夫拉伯爵率领韦纳城最优秀家族中的二百五十名骑士出发，他们无不装备齐全，精于使用各种武器，在边境作战方面经验丰富。此外有一千二百名步兵，他们也是该城训练有素的勇敢战士。伯爵命令他们加速向三里格外的卡夫拉前进，无论谁只要能冲在最前面就行。由于不可以在路上耽搁时间，所以他不允许任何人在到达那个地点以前吃早饭。这位深谋远虑的伯爵先将传令兵派遣出去，因而这支小部队到达卡夫拉时，发现食物和饮料已经在城门口为他们摆放在餐桌上了。科尔多瓦的阿隆索 [1]——他是祖赫罗斯的元老——在此与他们会合。

他们匆匆吃完饭，正要继续行军，伯爵忽然发现由于出征时行动仓促，他忘记带上韦纳的旗帜，八十多年来他的家族总是带着它奔赴战场。现在已到中午，没有时间返回：他因此带上卡夫拉的旗帜，它上面的图案是一只山羊，半个世纪来已没出现于战场上了。在他们要出发之时，一个传令兵骑着马飞奔而来，给伯爵带来了他侄子堂·迭戈·费尔南德斯·德·科尔多瓦的信函，他侄子是卢塞纳的元老和多塞勒斯 [2] 的要塞司令。费尔南德斯请求他火速增援，因自己的城镇被摩尔国王布阿卜迪勒的大军围困，事实上他们正在烧毁城门。

---

1 不同于卡迪斯侯爵的那位著名朋友。

2 "多塞勒斯"由年轻的骑士组成，以前曾是王室的侍者，不过如今成了军队中的一支精锐部队。——原注于是，伯爵立即把自己的小部队派往卢塞纳，那儿离卡扶拉只有一里格；他渴望着与摩尔王亲自较量一番。但他赶到卢塞纳时摩尔人已停止攻击，正在掠夺周围的地方。他带领不多的骑士进入城里，受到侄子欢迎，侄子的整个部队只有八十名骑兵和三百名步兵。费尔南德斯虽然是个年轻人，可他却是一位小心谨慎、富有才干的军官。前一晚他得知摩尔人已越过边境，便把附近所有的妇女和儿童聚集到城墙内，让男人们都武装起来，并把传令兵派往各处寻求增援，又在山上点燃了烽火。

布阿卜迪勒是拂晓时带领部队来到这儿的，他先让人带信威胁说，假如他们不马上投降，所有的驻军都将被杀死。送信者是格拉纳达的一个摩尔人，名叫阿梅，费尔南德斯先前认识此人。他极力通过谈判让对方高兴，从而赢得援军赶到的时间。凶猛老练的阿塔完全失去了耐心，他像个狂怒的人一般向城门发起猛攻，但是被击退了。预计夜里将有一次更大的进攻。

卡夫拉伯爵听到报告的这一情况后，像通常那样敏捷地转向侄子，提出立即出发追击敌人。谨慎的费尔南德斯不同意用少数兵力轻率地去攻打如此强大的敌军。"侄儿呀，"伯爵说，"我一路从韦纳赶来，就是决意要与那个摩尔王拼搏，我不会失望的。"

"无论如何，"费尔南德斯回答，"咱们只等两小时吧，拉姆布拉、圣埃利亚、蒙蒂利亚和附近其他地方都答应我派援军来。""如果等待它们，"果敢的伯爵说，"摩尔人就会跑掉，我们的一切努力就白费了。你愿意的话可以等候他们，我是决意要追击的。"

伯爵根本没停下等待回答，随即迅速冲回到自己的队伍中。年轻的司令虽然比满怀激情的伯父更谨慎，但他也同样勇敢；他决心支持伯父的冒险行动，聚集起自己不多的兵力赶去与伯爵会合，而伯爵已经上路了。于是他们一道前往追击敌人。

摩尔人军队已经停止掠夺这一带，不见了踪影，因附近山多，且崎岖不平。伯爵派遣六名侦察兵骑马前去侦察，命令他们一发现敌人就全速返回，绝不要与落伍士兵发生冲突。侦察兵们爬上一座高山，发现摩尔军队在山后面的山谷里，由骑兵排列成五支分队守卫着，步兵则坐在草地上做饭。他们立即带着这一情报回来。

伯爵此时命令部队朝敌人的方向前进。他和侄子登上山头，看见摩尔骑兵由五支分队改变成了两队，其中一队有约九百支长矛，另一队有约六百支。整个部队似乎都准备好向边境挺进。步兵已经行动起来，他们押着许多俘虏，赶着一长队满载战利品的骡子和其他牲畜。布阿卜迪勒在远处，他们看不清楚他，不过他那匹黑白色的高级战马身着富丽的马衣，周围有不少装备豪华、服饰精美的卫兵，根据这些他们就知道是他。老练的阿塔像平常一样不耐烦地在山谷边冲来冲去，催促拖拉的队伍加速前进。

这位卡夫拉伯爵看见那个皇家猎物就在不远时，露出渴望的喜色。他根本没想到双方力量有着巨大的悬殊。"哎呀！"他们急速冲下山时他对侄子说，"假如我们等着援军到来，那个摩尔王和他的部队就逃掉啦。"

伯爵这时大声让部下们振作精神，准备迎接这场冒险的战斗。他告诉他们别为众多的摩尔人感到惊慌，因为上帝常常允许以少胜多，他也深信在上帝的保佑下他们这天会取得重大胜利，并因此名利双收。他下令任何人都不准把长矛投向敌人，而要握在手中尽量刺杀。他还告诫他们绝不要呐喊，除非摩尔人呐喊起来，因为两军一起呐喊时无法察觉哪一方的声音更大，兵力更强。他希望自己的伯父洛佩·德·门多萨和多纳-门西亚要塞司令迭戈·德·卡夫雷拉都下马加入到步兵的行列，为战斗鼓舞士气。他还指定韦纳的司令和自己家族的骑士迭戈·德·克拉维霍留在后面，不准任何人掉队去劫掠死者或有别的目的。

以上便是这位最机敏灵活、勇猛无畏的骑士向他的小部队发出的命令，他凭借令人佩服的远见和精明的指挥措施，把一支兵力更强的部队所需要的东西传达给了战士。等下达命令并作好一切布置后，他抛开长矛拔出剑来，指挥着让人高举战旗向敌人挺进。

第十六章　卢塞纳战斗

摩尔国王已发现了远处的西班牙军队，虽然因有薄雾他看不很清楚，无法查明对方的人数。他年老的岳父阿塔在一旁，这是一个掠夺的老手，对边疆上所有的旗帜和徽章都一清二楚。国王注意到那面十分古老、久已不用的卡夫拉旗显现在雾中时，转向阿塔，问那是谁的。这位老边疆居民此次也感到了困惑，因这面旗帜从他有生以来从未出现在战场上。"实际上，"他停顿一下后回答，"我已考虑了那面旗帜一段时间，不过我承认自己不了解它。它不会是某一个司令或地区的旗帜，因为谁也不会冒险单独攻击你。旗上面好像是一只狗，这是代表巴埃萨和乌贝达两个镇的图案。果真如此，那么整个安达卢西亚的人都起来反对你了，我因此建议你撤退。"

卡夫拉伯爵沿着弯曲的道路下山向摩尔人进发时，发现自己所处的地形远比敌人的更低：他赶紧下命令把军旗撤回来，以便占领有利地势。摩尔人误以为他们在撤退，急不可待地冲向基督徒。后者占领希望得到的制高点后，随即向敌人发起冲锋，并高喊着："冲啊！"他们首先发起进攻，许多摩尔骑士都被刺死了。

摩尔人在毫无头绪的进攻中受到阻挡，陷入一片混乱，开始后退，基督徒们则奋力追击。布阿卜迪勒极力重整队伍。"顶住！顶住！真可耻！"他喊道，"别逃离，至少要弄清敌人的情况。"这一斥责把摩尔骑士刺痛了，他们又转身面对基督徒，像感到在自己君王眼皮底下打仗的人那么英勇。

就在此时，卢克的司令洛伦索·德·波雷斯带领五十名骑兵和一百名步兵赶到，他们隐藏在一片橡树林里，吹响一支意大利人的号角。听觉敏捷的老练的阿塔注意到这声音。"那是意大利人的号角，"他对国王说，"好像全世界都武装起来反对陛下了！"

卡夫拉伯爵从另一个方向也吹响号角，与波雷斯的号角相呼应，让摩尔人觉得自己受到两支部队的夹攻。波雷斯从橡树林中出现，冲向敌人。后者也不再等着查明新冒出来的敌军力量如何，那一片混乱的状态、各种各样的担忧、从对面发起的进攻，以及朦胧的薄雾，这一切都让他们误以为敌军人数众多。于是沮丧惊慌的他们边打边撤，只是因为有国王在场阻止才没有只管仓皇逃窜。如果说布阿卜迪勒刚开始战斗时几乎没有表现出一位将领的才能，他却在结束时于灾难之中显示出了勇气与沉着。在一小队骑兵和精锐、忠诚的卫兵鼎力相助下，他不断抵抗着步步紧逼的敌人，边打边退了约三里格，一路上倒下许多最优秀的骑士。最后，他们来到马丁-冈萨雷斯河（或如摩尔编年史学家所称"明萨雷斯河"），因刚下过雨，河水又深又急。这儿随即也变得混乱不堪，骑兵和步兵都突然落入水中。一些马陷在泥潭里不能动弹，将可以涉水过去的地方堵住；另一些马则将步兵踩倒，很多战士被淹死，更多的战士被河水卷走。那些到达对岸的步兵立即拔腿就跑，挣扎着过了河的骑兵也策马向边境飞奔而去。

国王身边这支小小的忠诚骑士紧靠在一起阻止着敌人，与敌人短兵相接，直到让他得以过河。混战中国王的马被射倒，一群步兵将他保护着于危险中向浅滩移去，极力避开追击者的长矛。他意识到自己身上华丽的服饰引人注目，便沿着河岸往后退，设法隐藏在一片柳树林里。他从这儿向后看，注意到自己忠诚的队伍终于撤离，他们无疑认为他已成功逃掉了。他们越过浅滩，敌人仍然紧追不放，又把几个战士打倒在水里。

正当布阿卜迪勒思考着跳入水中游过河去时，他被卢塞纳的市政委员会委员马丁·乌尔塔多发现了，那是一位勇敢的骑士，曾经被关在格拉纳达监狱，并由另一位基督徒骑士将他交换出去。乌尔塔多要用长矛攻击国王，但受到阻挡，后来布阿卜迪勒看见其他士兵也靠近了，才喊着求饶，声明自己是一位高官，愿意支付高昂的赎金。这时来了几个韦纳城的人，他们属于卡夫拉伯爵的部队。听说赎金的事，又注意到这个摩尔人身上华丽的服饰，他们便一心要自己捉到这样一个富有的猎物。其中一个抓住布阿卜迪勒，但国王对他的无礼行为十分愤怒，用匕首把他击倒在地。乌尔塔多其余的人赶过来，随即卢塞纳与韦纳的人就俘虏属于谁的问题，展开了争论。费尔南德斯听见吵闹声来到现场，他凭着自己的权威阻止了争吵。布阿卜迪勒发现所有在场的人都不认识他，便隐藏起身份，只说自己是阿文·阿尔纳叶的儿子——那是皇族中的一位骑士。[1]费尔南德斯对他极其礼貌，把一根红带系在他脖子上以示他是个俘虏，让一支护卫队将他押送到卢塞纳城堡；在那儿，他的身份将被查明，赎金会得以处理，并且谁俘虏

1　见加里贝所著《西班牙史简编》第四十卷第三十一章。——原注

了他的问题也会得到解决。

之后，伯爵策马赶去与卡夫拉伯爵会合，后者正在紧追敌人。他在一条叫雷纳尔的河旁追上卡夫拉伯爵，这天下午的时间两人都一起继续在逃军外围追击。这样的追击几乎同彼此正面作战一样危险——假如敌人随时从惊慌中平静下来，他们也许会突然反击，把追击的小部队彻底打垮。为了预防这一危险，机警的伯爵总是让部队保持紧密的队列，并派出一百名长矛轻骑兵作为先头部队。摩尔人仍然边打边退，有几次返回来展开战斗，但看见钢铁般的武士无不在坚定不移地追击，他们才接着逃跑。

部队主要沿山谷撤退，赫尼尔河从谷中流过，这个山谷穿越阿尔加里哥山通向洛克萨城。前一晚燃起的烽火已让整个地方警惕起来，每个男人都从墙上取下剑和盾，一个个武士从城镇和村庄里冲出来扰乱撤退的敌人。阿塔把主力部队聚集在一起，时时转身攻击追踪者：他像狼一般，在这片自己经常掠夺的地方被追击着。

敌人入侵的警报传到安提奎拉城，这儿有几位从马拉加山的残杀中逃出来的骑士。他们那骄傲的心正为最近蒙受的耻辱懊恼，只祈求向异教徒们报仇。他们一听说摩尔人越过边境就拿起武器，骑上马准备战斗。为首的是阿隆索，他们虽然只是一支有四十名骑兵的小队伍，但所有骑士都英勇顽强，渴望报仇。他们在赫尼尔河的岸边遇见敌人，河流蜿蜒着穿过科尔多瓦山谷。因近来下雨河水高涨，又深又急，只在某些地方才可以涉水过去。敌人的主力这时一片混乱地聚集在岸边，由阿塔的骑兵保护着竭尽全力过河。

阿隆索的这支小队伍一看见摩尔人，眼里就闪现出狂怒的目光。

"记住马拉加山！"他们一边冲过去战斗一边彼此高喊。他们猛烈地冲锋着，但遭到英勇抵抗。随即双方在混乱中展开了血战，双方短兵相接地拼杀，有时在地上，有时在水里。许多人被长矛刺倒在岸边；一些人跳入河中，与重重的盔甲一起沉下去淹死了；还有一些人紧紧抱在一起从马上跌落，但继续在水中搏斗，头盔与头巾 [1] 在河里翻滚着被冲走。摩尔人在数量上更多，并且他们当中有不少显贵的武士；可是他们因失败变得灰心丧气，而基督徒则受到激励，要决一死战。

只有阿塔在面临困境时才保持了所有的激情与活力。部队遭到挫败，他被迫可耻地逃离——而这里曾是他经常立下赫赫战功的地方——他为此感到恼怒；可在逃离中他又这样受到阻碍，被一小撮武士困扰和羞辱，这就使这位老摩尔人怒不可遏了。他发现阿隆索拼命攻击的时候（阿加皮达说），是怀着一位正义的骑士所具有的虔诚——这样的骑士明白，他给异教徒留下的每一道伤痕都是在替上帝效劳。阿塔沿河岸策马向前，突然袭击阿隆索。看见武士背对着自己，这位摩尔人使出浑身力气投去长矛，把对方当场刺中。但阿塔投得并没像往常那样准确，只刺破了阿隆索身上的部分盔甲，并没有伤着他。摩尔人又手持短弯刀冲上去，不过阿隆索谨防着并躲开了攻击。他们在河边殊死搏斗，一会儿这个、一会儿那个被打到水里，然后相互又打到岸上。阿塔一次次受伤，阿隆索因他年老觉得同情，本来是要饶阿塔一命的，他叫阿塔投降。"绝不向一只基督狗投降！"话一出口，阿隆索的剑就深深地劈开了阿塔包着头巾的脑袋。他毫无呻吟地倒下

1　指基督徒和摩尔人（穆斯林男子常戴着包头巾）。

死了，尸体卷入赫尼尔河中，再也没被发现或辨认出来。[1]阿塔就这样倒下了，长期以来他一直是安达卢西亚令人可怕的人物。由于他一生都憎恨基督徒并与之作战，所以他死的时候是满怀敌意的。

阿塔阵亡后骑兵放弃了一时的抵抗。骑兵与步兵混杂在一起，拼命挣扎着过河，很多人被踩倒死在浪涛之中。阿隆索和他的部队继续攻击他们，直到他们跨过边境。而每一次击中摩尔人，都似乎减轻了沉重地压在基督徒们心上的羞辱和悲哀。

在这场惨重的溃败中摩尔人损失了五千多人，有的被杀死，有的成了俘虏，其中不少有着格拉纳达最高贵的血统；另有许多逃入岩石和大山里，但随后都被抓住。

布阿卜迪勒仍然被作为俘虏关在卢塞纳城堡的高塔里，由阿隆索·德·鲁埃达负责看守，他是多塞勒斯司令的随从。布阿卜迪勒的身份直到这场战斗结束三天后的 4 月 24 日才暴露出来。这天，一些俘虏——他们是格拉纳达的本地人——被带进来，瞧见了已没穿皇袍的不幸的布阿卜迪勒。他们一下跪倒在他脚旁，突然大声地发出悲叹，呼唤着他们的君王和国王。

卡夫拉伯爵和费尔南德斯听说这位被认定的骑士有着这样高的地位，大吃一惊，满怀胜利喜悦。他俩都登上城堡，看看安排他住的地方是否与其身份相符。好心的伯爵看见眼前这位君王成了沮丧的俘虏，而不久前他还富丽堂皇地被自己的军队簇拥着，因此宽宏大量的伯爵对他同情起来。他说了很多适合于一位礼貌的基督骑士的话，极力安

1　见宫殿牧师所著《卡托尔国王史》。——原注

慰布阿卜迪勒——他指出事情都是变化不定的，既然他会突然一落千丈，他也有可能刹那间恢复荣耀，因为这世上一切都不稳定可靠，悲哀也像欢乐一样有限。

这儿所记录的战斗有些人称为"卢塞纳之战"，另一些人则因活捉布阿卜迪勒把它称为"摩尔王之战"。此次夺取了二十四面旗帜，它们于4月23日的"圣乔治节"[1]这天被胜利地带到韦纳城，悬挂在教堂里。这些旗帜在那儿一直悬挂至今（一位后来的史学家说）。每年圣乔治节这天居民们都要带着它们游行，同时感谢上帝让他们的先辈取得了这一重大胜利。[2]

对于谁因为活捉国王而有资格享有殊荣和奖赏的问题，长期以来一直在卢塞纳和韦纳两城的人之间争论着。在此事发生约三十七年后的1520年10月20日这天，经乌尔塔多的儿子巴托洛梅·乌尔塔多提议，由卢塞纳要塞的首席法官对当时的几位目击者进行了询问；这时乌尔塔多的父亲所要求的权利得到多纳·莱昂诺拉·埃尔南德斯证实，埃尔南德斯当时是多塞勒斯要塞司令的母亲的侍女，她证明布阿卜迪勒表明自己是让乌尔塔多捕获的时候，她也在场。

这天主要的荣誉——当然是指打败和捕获摩尔君王——被基督君王赐给了卡夫拉伯爵；其次是他的侄子费尔南德斯。

1　圣乔治被誉为英格兰的守护圣徒，其标志是一个白色背景之下的红十字架。

2　关于布阿卜迪勒被捕一事，由于后来阿尔坎塔拉在其《格拉纳达史》中对此提供了一些新的情况，所以有几处与第一版不同。他利用了各种不少与此次战斗相关的古代文献，尤其是吕特的住持所著《科尔多瓦皇族史》——这位住持即是该家族的后裔——此部珍贵的手稿如今所存已寥寥无几。——原注

在阿尔坎塔拉引用的珍奇的文献里，有一份至今存放于麦地那 -
切利家族的档案内，其中有费尔南德斯的司库作的说明——包括君王
为捕获摩尔国王所花费的开支、给予夺得国王的旗帜的士兵的奖赏，
以及对受伤人员的补偿等。

另有一份文献，谈到 4 月 28 日在卢塞纳对战斗中缴获的马匹和
骡子进行的拍卖。还有一份文献讲述了多塞勒斯司令给予士兵们的奖
赏——每个骑兵约四英担[1] 小麦和一支长矛，每个步兵约二英担小麦
和一支长矛。

---

1 一英担为 50.80 公斤。

第十七章　摩尔人为卢塞纳战斗悲哀

哨兵们从洛克萨城的瞭望塔上遥望着从阿尔加里哥山穿过的赫尼尔山谷。他们仔细观察，以为会看见国王率领威武光彩的队伍满载从基督徒那里夺到的战利品凯旋；他们还以为会看见自己善战的偶像——勇猛的阿塔——的旗帜，由洛克萨的骑士们高举着。这面旗帜在边疆战斗中总是冲锋在前。

4 月 21 日晚，他们发现有个人独自骑着一匹行动蹒跚的马沿赫尼尔河过来。等他靠近后，他们从他闪光的武器上看出他是个武士；随着他越来越近，他们看见他穿着富贵的盔甲，马衣也很华丽，知道他是个高级武士。

他到达洛克萨时浑身无力，十分惊恐，他的马则口吐白沫，满身是尘土和血迹；它遍体鳞伤，累得直喘气，身子都站不稳了；它把主人送到安全地方后，就倒下死在城门前。骑士站在奄奄一息的马旁时，城门边的士兵围着他：他们知道他是西迪·卡莱布，即阿尔巴辛清真寺住持的侄子——他们的心中因此充满了可怕的不祥之兆。

"骑士，"他们说，"国王和部队情况如何？"

他悲哀地用手指着基督徒的领土。"他们倒在那儿！"他大声说，

"天塌在了他们身上。所有人都失掉了！所有人都死了！"[1]

听到这噩耗，人们顿时惊恐地大叫起来，女人们发声大哭，因为洛克萨城那些最优秀的青年都在部队里。

一位曾多次在边疆战斗中负伤的老摩尔战士，站在大门旁靠着长矛。"阿塔在哪里呢？"他急切地问，"假如他活着部队就不会失败。"

"我看见他的头盔被基督徒的剑劈开，他的尸体漂浮在赫尼尔河里。"

老战士听到这些话后气得狠狠地捶着胸口，把泥土撒到自己头上——因为他过去是阿塔的部下。

卡莱布也没休息一下，而是上了另一匹马，直奔格拉纳达。他经过了一座座村庄，所到之处无不给人们带去忧伤，因为他们最优秀的战士跟随国王上了战场。

他进入格拉纳达的城门后，报告了国王和部队遭到惨败的消息，随即整座城市发出惊恐的声音。人人只想到在这场大灾难中自己损失了什么，个个都把带来不幸消息的人围着。一个人问父亲的情况，另一个问他兄弟怎样，再一个问自己情人如何，许多母亲询问儿子情况。他的回答不是受伤就是战死。他对一人回答说："我看见你父亲保护国王本人时，被一支长矛刺穿。"对另一人他说："你兄弟受伤后倒在铁蹄下，但是来不及去救他，因为基督骑兵向我们冲过来。"对另一人他又说："我看见你情人的马满身是血，没有了主人，乱冲。"对另一人他又说："你儿子在赫尼尔河岸离我不远处拼杀：我们被敌人包围，逼到河里。我听见他在水中祈求安拉，等我到达对岸时他

1　见贝纳尔德斯（宫殿牧师）所著《卡托尔国王史》，手稿第六十一章。——原注

已不在一旁了。"

卡莱布继续向前，把整个格拉纳达留在悲伤之中，他策马沿着通向阿尔罕布拉宫的陡峭的林荫道和喷泉奔去，一直来到"正义之门"前才停下。布阿卜迪勒的母亲奥拉和他温柔的爱妻莫里玛，每天都在科玛雷斯塔上观察，盼望看见他凯旋。她们听到卡莱布带来的消息时痛苦不堪，谁也无法形容。苏丹女眷奥拉没说什么，而是像个神志恍惚的人那样坐着，时时发出深深的叹息，不过她抬起头来两眼望着苍天。"这是安拉的旨意！"她说。然后，极力控制住一位悲哀的母亲心中的巨大痛苦。温柔的莫里玛一下扑倒在地上，再也控制不住自己无比焦虑的情感，为丈夫和父亲伤心痛哭。思想不凡的奥拉责备她过于悲哀。"克制一下你的情绪吧，女儿，"她说，"记住为人之君应有宽阔的胸怀这样的品质：他们不宜像平民百姓，悲哀的时候大哭大叫。"不过，莫里玛只管怀着一个温柔女性的痛苦，为失去亲人深深哀悼。她把自己关在塔楼里，整日眼泪汪汪地凝望着那片平原。每一样东西都会引起她难过。赫尼尔河还是那样闪动着波光穿过树林和肥沃的土地，而她的父亲阿塔就死在河岸；那条通向洛克萨的路就在眼前，布阿卜迪勒就是从那儿威武雄壮地出发，身边簇拥着格拉纳达的骑士。她不时难过万分。"唉呀！我的父亲！"她大喊道，"河水仿佛喜气洋洋地从我眼前流过，你被砍伤的遗体沉入了河中，谁会把你打捞起来，在基督徒的土地上埋入一座令人可敬的墓里呢？还有你，啊，布阿卜迪勒，我眼中的光明！心中的欢乐！生命中的生命！我目送你离开城墙的那一天、那一时刻，真该诅咒啊！你出发的那条路现在冷冷清清，它再也不会因为你的归来充满喜气了：你穿过的那座山就像远方的阴云，山那边全是黑暗。"

皇家乐师应召前来为她减轻悲哀：他们为她弹奏出欢乐的歌曲，但是不久，他们也痛苦不已，把欢歌变成了哀歌。

"美丽的格拉纳达！"他们呼喊道，"你的荣耀怎么衰退了呢！优秀的骑士们躺在异国人的土地上，比维瓦拉布拉大门[1]再也没有马蹄和号角的回应声，也不再有许多年轻贵族身穿华丽光彩的服饰参加各种马上比武。美丽的格拉纳达！琵琶柔和的乐音不再飘过你月光照耀的街道，山冈上轻快的响板[2]现已寂静无声，一座座凉亭下再也不见了优雅的摩尔舞！美丽的格拉纳达啊！为什么阿尔罕布拉宫如此寂寞荒凉？橘树与爱神木仍将芬芳飘进它那华贵的房间，夜莺仍在小树林中歌唱，哗哗作响的喷泉和汩汩流淌的小溪仍使大理石厅堂变得清新凉爽。唉！唉！国王的面容再也不在那些厅堂里焕发光彩！阿尔罕布拉宫之光永远沉没下去了！"

阿拉伯的编年史学家们说，整个格拉纳达就这样陷入悲哀之中，从宫殿到村舍无不传来哭泣的声音。所有人都在为年轻的君王痛惜，他正值青春年华、充满希望时就遭到惨败。许多人担心占星家们的预言将要实现，布阿卜迪勒死后王国也会随之毁灭；而所有人都断言假如他有幸生还，他将被认为是唯一可以使王国悠久地兴旺与荣耀得以恢复的君王。

1　格拉纳达的一处有名的大门。

2　用硬木或象牙制成，套在拇指上，跳舞时合击发音。

第十八章 哈桑从儿子的不幸中获益

在这个世上，如果出现不幸的死亡，那都是因为众多的错误所致。当民众想到年轻的君王已经战死时，他们为失去他所感到的悲哀，以及他们心中对他所怀有的崇敬是无与伦比的。然而，当听说他仍然活着并且已向基督徒投降，他们的感情便立即发生了变化。他们谴责他缺乏一位指挥官的才能，也缺乏一个士兵的勇气。他们抱怨他草率出征，行动欠佳。他们还辱骂他，说他没敢战死在战场上，而是向敌人投降。

神职人员像往常一样，混入民众当中，巧妙地对他们的不满加以引导。"看哪，"他们大声说，"在布阿卜迪勒出生时所作的预言实现了！他曾经坐在王位上，王国由于他的失败和被捕而崩溃，蒙受耻辱。放心吧，啊，伊斯兰教徒们！邪恶的日子已经过去，预言已经灵验：在布阿卜迪勒软弱的手中被折断的节杖 [1]，注定将在哈桑强有力的掌握中恢复它往日的权威。"

这些富有智慧的话打动着人们：他们欢欣鼓舞，因为很久以来一直悬在头上的那个不幸预言已经告终；他们断言在王国面临灾难的时候，只有哈桑才具有保护它所必要的英勇和本领。

---

1 象征君王的权位。也指王权、君权或统治权。

布阿卜迪勒被俘的时间越长，他父亲的声望就越高。一个接一个的城镇重新效忠于他，因为权力会引来更多权力，好运会创造更多好运。他终于可以回到格拉纳达了，再一次立身于阿尔罕布拉宫。在他到达时，已与他断绝关系的妻子苏丹女眷奥拉把家人聚到一块，收拾好被俘的儿子的财物，带着少数贵族引退到了阿尔巴辛——即本城属于对手的地盘，这里的居民对布阿卜迪勒仍然怀有忠心。她在此巩固自己的力量，以儿子名义设立了一个类似的宫廷。凶狠的哈桑本来要对首府中这片捣乱的地方进行武力镇压，但他对自己重新获得的并不可靠的声望缺乏信心。许多贵族还由于他过去的残暴行为怨恨他，另有大量士兵——除了不少他自己的党徒外——都敬重颇有美德的奥拉，同情不幸的布阿卜迪勒。

因此，在这同一座城里格拉纳达有了两位君王，这一情景是奇特、异常的。老国王在阿尔罕布拉宫高高的城堡里加强自己的力量，抵御着自己的一些臣民和基督徒；而奥拉则满怀一个母亲的疼爱——在儿女遭遇灾难时这种情感越来越强烈——在阿尔卡桑巴这座相抗衡的堡垒里仍然维护着儿子的旗帜，于阿尔巴辛四墙内让他强有力的小集团保持着活力。

第十九章　囚禁中的布阿卜迪勒

　　不幸的布阿卜迪勒仍然被作为俘虏严加看守在卢塞纳城堡里，只是受到很好的尊重，他在这儿得到的住处是最高贵的。从监狱的塔楼上，他注意到下面的城里布满武装人员，而监狱所在的这座高山周围都是厚厚的墙体和壁垒，在它们上面日夜有人警惕地看守着。四周山上也布满了一座座瞭望塔，它们可以俯瞰通往格拉纳达的孤寂的道路，所以，只要有包头巾的人移过边境必然就会发出警报，使整个地方马上处于戒备状态。布阿卜迪勒看出在这样一座城堡里要逃跑是毫无希望的，任何企图营救他的行动也同样徒劳无益。自己被捕一定带来了无法想象的混乱和毁灭，想到这些他充满忧虑；而想到这可能给家中造成的恶果时，一种更温和的忧伤胜过了他的刚毅。

　　只过了几天，卡斯蒂利亚的君王的信就到了。费迪南德听说捕获了摩尔君王，万分高兴，明白可以对此事加以深谋远虑、巧妙策略地利用；但心胸宽厚的伊莎贝拉却对不幸的囚犯满怀同情。他们给布阿卜迪勒的信充满了怜悯与安慰，表露出高尚的人身上所具有的崇高与温和的礼节。

　　敌人所具有的这种宽宏大量，使灰心丧气的被俘的君王感到欣喜。"告诉国王和王后，"他对信使说，"在如此高尚和强大的君王手中，我不可能不快乐，尤其是他们表现出极大的善意与仁慈——安拉把这些品质赐给了他深爱的君王。另外再告诉他们，我早就想到让自己听凭他们支配，让他们从摩尔人手中接过格拉纳达王国——就像我祖先从仁慈的王后父亲约翰二世手中接过它一样。但我被这样囚禁着，最大的惋惜是我必须装出被迫的样子，而我本来是心甘情愿那样做的。"

与此同时，哈桑发现儿子一派在格拉纳达仍然势力强大，所以急于想通过得到布阿卜迪勒本人巩固自己的权力。为此他派出一位使臣前往基督君王那里，提出支付大量赎金，或者更确切地说买回儿子；除了其他条件外，他还提出释放西富恩特斯伯爵和另外九名最高贵的俘虏，并与基督君王达成一项联盟协议。这位不留情面的父亲毫无顾忌地表明，他对于交出的儿子是死是活都不关心，只要把儿子确切地交给他就行。

仁慈的伊莎贝拉对这一想法十分反感，不愿将不幸的君王交给他最不近人情、根深蒂固的敌人；所以她鄙视地回绝了老君王——他的信写得并不谦逊。哈桑得到回复说，卡斯蒂利亚君王无意听取他的任何和平建议，他必须放下武器并非常谦恭地交出来不可。

在仍然忠诚于布阿卜迪勒的党徒支持下，他的母亲奥拉提出了截然不同的建议。她提出穆罕默德·阿布杜拉——即所称的布阿卜迪勒——应该成为卡斯蒂利亚君王们的诸侯，每年上交贡品，连续五年每年释放七十名基督俘虏；另外他应立刻为自己支付一大笔赎金，同时由国王选定让四百名基督徒获得自由；他还应随时准备提供军事援助，一旦被召唤就要赶到西班牙的国会，或者贵族和显赫的诸侯的会集处。他的独子和十二位高贵的摩尔家族的儿子要交出来作为人质。

由科米克萨司令、皇家旗手穆勒和其他著名骑士组成的大使团，带着这一建议来到科尔多瓦的西班牙宫廷，费迪南德国王接待了他们。

王后伊莎贝拉此时外出。面对如此重大的事情国王急于征求她的意见，或者更确切地说，他担心自己行动过于仓促，未能从这一幸运的事件中获得一切可以获得的有利条件。所以，他没有对大使团作出答复，而是命令将被俘的君王带到科尔多瓦。

这项命令由多塞勒斯司令负责执行，他召集起卢塞纳和自己集团里的所有贵族，专门为显赫的囚犯组成了一个体面的护送队。他以这种方式将国王送到首府。科尔多瓦的骑士和权威人士们极尽礼貌地前来迎接这位被俘的国王，他们尤其注意不让大众对他有任何奚落或侮辱的行为，或者有任何让他感到羞辱的表现。国王就这样进入了阿卜杜勒 - 拉赫曼们[1]一度骄傲自负的首府，住在费迪南德国王的男总管安排的房子里。然而，费迪南德拒绝见这位摩尔君王，他仍然不能确定该怎么办——继续扣留囚犯，或者得到赎金后给他自由，或者策略性地对他宽大处理——这些办法每一个都会遇到不同的情况。因此在作出决定之前，国王将他交给波库纳城堡的马丁·德·阿拉尔孔司令，命令对他严加看守，但要像对待一位君王那样以特殊的方式尊重地对待他。这一命令得到严格执行：他像先前一样，被堂而皇之地护送到监禁他的要塞，除自由受限制外，他得到了极好的款待，即使在自己格拉纳达的皇宫里也不过如此。

同时，费迪南德充分利用这一关键时刻，在与布阿卜迪勒达成任何协议前，趁格拉纳达宗派纷争、意见不合之时，率领最杰出的贵族们对王国的心脏采取了一次强大有力、引人注目的袭击。他洗劫、毁

1　指西班牙伍麦叶王朝的统治者，包括一世、二世、三世。一世在位时间为750—788 年。

坏了几座城镇和城堡，一直攻击到格拉纳达的大门口。哈桑没有冒险反击。城里驻扎着许多部队，不过他吃不准他们的意图。他担心假如自己冲出去，阿尔巴辛的人会把他关在格拉纳达的大门外。

年老的摩尔王站在阿尔罕布拉宫的高塔上（阿加皮达说），看见耀眼的基督徒军队在平原上移来移去，醒目的十字旗从摩尔人的村庄的烟幕中显现出来，他就像关在笼里的狮子一般咬牙切齿，口吐白沫。基督国王（阿加皮达说）本来要继续自己正当的劫掠，但这时军需品开始短缺。他已对敌国造成了破坏，并对身处首府里的哈桑羞辱了一番，所以他觉得满足了，便戴着桂冠返回科尔多瓦，部队也满载战利品胜利而归。现在，他考虑着要对那位高贵的囚犯立即作出决定了。

第二十章 卡斯蒂利亚的君王如何对待布阿卜迪勒

费迪南德国王在科尔多瓦这座古城召开了一个庄重的会议，参会人员包括几位最可敬的高级教士和王国里最有名的骑士，会议内容是决定不幸的布阿卜迪勒的命运问题。

圣地亚哥可敬的团长卡德纳斯第一个发表意见。他是一位虔诚、热情的骑士，坚定不移地忠诚于自己的信仰；他的这一神圣的热情，自从在马拉加山的讨伐中遭到惨败后，更是燃烧得异常强烈。对任何与异教徒妥协或达成合约的行为，他都给予猛烈抨击：他说这场战争的目的不是要让摩尔人屈服，而是要把他们彻底赶走，这样在整个信仰基督教的西班牙便不再有丝毫伊斯兰教徒的遗迹。他因此表明，不应该让被俘的国王获得自由。

与此相反，卡迪斯侯爵庞塞则激烈要求释放布阿卜迪勒。他说这是一个有效的策略，甚至即使完全无条件释放——那将会使格拉纳达的内战持续下去，从而像火一样分文不花地烧毁敌人的内部，比征服它的军队更有利于西班牙。

西班牙红衣主教堂·佩德罗·冈萨雷斯·门多萨碰巧与卡迪斯侯爵意见一致。不仅如此，这位虔诚的高级教士和富有策略的政治家补充说，为了促成格拉纳达发生内战，甚至给那个摩尔人提供人力、财力和其他一切必要条件都是很明智的：通过这一办法就可获得极大的益处，更好地为上帝效劳，因为我们确信他那千真万确的话语："自相纷争的王国站立不住[1]。"[2]

费迪南德心里权衡着这些建议，但迟迟不作决定：他关注的是自己宗教上的兴趣（阿加皮达说），明白在这场圣战中自己不过是上帝的工具；因此他考虑自己的利益时，把宗教信仰上的兴趣放到了首位。伊莎贝拉王后的意见消除了他的困惑。这位思想高超的君王热心于促进人们的信仰，而不是消灭异教徒。过去，一个个摩尔国王曾将他们的王国作为她祖先的属地，她现在也愿意给予同样的特权，让那位高贵的囚犯获得自由——条件是成为西班牙王国的一个诸侯。这样，许多在摩尔人的囚禁中正受着折磨的基督俘虏就可被释放。

费迪南德国王采纳了王后提出的宽大措施，不过他另外加上一些精明的条件——要求对方进贡，提供军事服务，在属于布阿卜迪勒管辖的整个地区为基督部队提供安全通道和维护。被俘的国王欣然接受了这些条件，按照自己的信仰起誓予以严格遵守。于是双方签订了两年的休战协定，在这期间卡斯蒂利亚君王们答应维护他的王位，并帮助他恢复在被俘期间失去的所有地方。

布阿卜迪勒在波库纳城堡庄重地接受这些安排后，人们便着手准备在科尔多瓦把他作为帝王来迎接。他和五十名前来交涉赎取事宜的摩尔骑士都给配备了打扮华丽的高级战马、锦缎丝绸服饰和最贵重的布料，以及所有其他富贵物品——这样才与格拉纳达的君王和卡斯蒂

1　语出《圣经·新约·马可福音》第三章第二十四节。原句为："若一国相纷争，那国就站立不住。"

2　见萨拉扎（Salazar）所著《红衣主教史》第一百八十八页。——原注

利亚君王最卓越的诸侯相称。此外，还为布阿卜迪勒提供了金钱，以便让他住在卡斯蒂利亚的宫中和返回自己的王国时也不乏相应的堂皇。最后，君王们下令在他回科尔多瓦的时候，宫廷里的所有贵族和高官都要出来迎接他。

此时某些经验丰富的老者提出一个问题，这些人对于种种礼节与仪式研究颇深，在宫廷中头发都变白了；在他们看来，某个礼仪上的细节就是一个巨大的政治权利；对于一位君王外在的尊严，他们有着非同一般的想法。这些宫廷圣贤中，有的提出这个重大问题：摩尔君王作为诸侯前去参加效忠仪式时，是否应跪拜并吻国王的手。这立即受到很多年老骑士赞同，他们对我们最高贵的宫廷和最卓越的君王那高深莫测的细节，无不习以为常（阿加皮达说）。因此，安排仪式的人对国王说，当摩尔君王出现在他面前时，他应伸出自己高贵的手接受布阿卜迪勒表示效忠的吻。

"如果他获得自由并回到自己的王国，"费迪南德国王说，"我当然应该那样；不过他现在是个囚犯，又在我的王国里，所以我是当然不会那样做的。"

朝臣们对这一宽宏大量的回答高声喝彩，尽管许多人暗中指责，说这样显得对异教徒过于宽大了。而可敬的耶稣会士阿加皮达也完全赞同他们的观点。

摩尔王带领一小群忠诚的骑士进入了科尔多瓦，所有卡斯蒂利亚的宫廷贵族和骑士都陪同着他。他被极尽隆重、礼貌地引到皇宫。当来到费迪南德面前时他跪下去要吻国王的手，这不仅是作为臣民表示效忠，而且是对自己获得自由表示感激。费迪南德不愿接受他这种臣属的表示，和蔼地把他从地上扶起来。一个译员开始以布阿卜迪勒的名义对卡斯蒂利亚的君王的宽大加以称赞，并保证绝对臣服。"够啦！"费迪南德国王说，打断正慷慨激昂地讲述的译员，"用不着这些恭维的话。我相信他的诚实，他所做的一切都会适合于一个好人和好国王的。"说罢，他便与布阿卜迪勒建立起了很好的友谊，并让后者得到最好的保护。

第二十一章 重获自由的布阿卜迪勒返回王国

8月里有一位高贵的摩尔人——他是阿文塞拉赫家族的人——带着一队光彩照人的随从来到科尔多瓦城，并随身带来了布阿卜迪勒的儿子和其余格拉纳达的高贵青年，将他们作为履行赎人条件的人质。摩尔王看见儿子——那是他的独子，这个儿子将留在敌国里像俘虏一般替代他——他便把儿子抱在怀里哭着。"我出生的那天真该诅咒！"他大声说道，"掌管我出生的命星真是邪恶！我被称为佐哥比或'不幸者'是很恰当的，因为父亲给了我不少悲哀，我又把悲哀转移到儿子身上！"不过，卡斯蒂利亚的君王们亲切友好地对待布阿卜迪勒，这使他痛苦的心得到安慰；他们以与王子年龄相当的温和以及与他地位相称的殊荣接了人质。他们将王子交给值得尊敬的阿拉尔孔司令——他父亲被囚禁在波库纳城堡期间，阿拉尔孔即如此礼貌地对待布阿卜迪勒——并指示说布阿卜迪勒离开后，他的儿子要在同一座城堡里受到非常体面的款待，受到一位王子应获得的关心。

9月2日这天，一支仪仗队聚集在布阿卜迪勒下榻的大厦门口，准备把他护送到本王国的边境上。离别时他将儿子紧紧抱在胸前，但一言不语，因为有很多基督徒注意着他的情绪。他骑上战马，根本没回头再看一眼年轻的儿子，但身边的人从他抖动的身子上看出他在极力控制自己；在他身上，一个父亲所怀有的巨大痛苦，几乎战胜了一位国王刻意保持的镇定。

布阿卜迪勒和费迪南德国王在众多人的欢呼中，并肩走出科尔多瓦。他们在离城不远处分手，卡斯蒂利亚的君王说了许多亲切和蔼的话，他前不久的俘虏则一次次表示感谢；这位摩尔人为自己的不幸曾深感卑微。两人分别后费迪南前往爪达卢佩[1]，布阿卜迪勒则返回格拉纳达。他由一支仪仗队护送，安达卢西亚的总督和边境上的将军们都受命为他提供护卫队，一路上尽可能给他以殊荣。就这样，他被冠冕堂皇地护送着穿过先前来掠夺的地方，并被安然地送到了他的本土上。

宫廷中的首要贵族和骑士们在边境上迎接他，他们是他母亲苏丹女眷奥拉秘密派来护送他回首府的。布阿卜迪勒发现又回到了自己的领土上，周围都是穆斯林骑士，头上飘扬着自己的旗帜，他因此一时振奋起来，并开始怀疑占星家们的预言；然而，很快他便有理由不再那么欢喜了。前来欢迎的皇家队伍人数稀少，他发现许多最热情顺从的朝臣都不在。他确实回到了自己的王国，但它已不再是他离开时的那个忠诚的王国。父亲利用他臣服于基督君王这事，在人们当中把他给毁了。他被说成是国家和信仰的叛徒，与二者的敌人相勾结，从而使西班牙的穆斯林受到基督徒的束缚。这样他便不得人心，多数贵族也都到阿尔罕布拉宫拥戴他的父王去了。他母亲——这位坚决刚毅的苏丹女眷——在对面的阿尔卡桑巴城堡里艰难地统领着她的小集团。

这便是前来迎接布阿卜迪勒的朝臣，让他看到的一副令人忧郁的情景。他们甚至告诉他要回到首府，重新获得那个仍然忠诚于他的、

1　西班牙埃斯特雷马杜拉地区卡塞雷斯省城镇。

位于城中的小小宫廷都是困难而危险的。因为那个凶暴的老头哈桑隐藏在阿尔罕布拉宫里，城墙和城门都有重兵把守。听到这些消息布阿卜迪勒摇着头。他想起自己颇为自负地率领部队出发时，长矛在埃尔韦拉的大门上被碰断时出现的凶兆——此时他清楚地看出这一凶兆预示了部队的毁灭，而那支部队他是多么信赖。"从此以后，"他说，"谁也别无礼藐视预兆了。"

布阿卜迪勒于夜里悄悄靠近自己的首府，像个想搞破坏的敌人在城墙边潜行，而不是一位要回到自己王位上的君王。终于他占据一扇阿尔巴辛的后门，城里的这个地方总是支持他的。趁民众从睡梦中醒来前他迅速穿过了街道，安全到达阿尔卡桑巴城堡。无畏的母亲和他的爱妻莫里玛在这里和他拥抱着。妻子为丈夫安然返回激动不已，同时又泪流满面，因她想到自己为了理想而阵亡的父亲阿塔，想到自己的独子——他被作为人质留在了基督徒的手里。

布阿卜迪勒由于遭遇不幸，心里变得软弱，周围一切的变化触动着他。但母亲给他以激励。"现在，"她说，"绝不是流泪和多情的时候。一位国王必须想到自己的王权和宝座，不能像普通人一样软弱下去。你毅然回到格拉纳达是做得很对的，儿子，在这里做一位国王还是一名阶下囚，就看你的了。"

这晚，老国王哈桑已在阿尔罕布拉宫一座最坚固的塔楼里休息，可他焦虑不安，难以入眠。夜里哨兵值第一班时，他听见阿尔巴辛那面隐约传来喊声，那儿在达罗河深谷的对面。随即有骑兵朝着通向阿尔罕布拉宫的大门飞奔而来，并发出警报说布阿卜迪勒已进入城里，控制了阿尔卡桑巴。

老国王一气之下差点把前来报信的人打倒在地。他赶紧召集起军师和指挥官，要求他们在这个关键时刻支持他，在夜里做好一切准备，以便早晨武装进入阿尔巴辛。

与此同时，奥拉采取了迅速有力的措施巩固自己的集团。作为城市一部分的阿尔巴辛，有很多下层社会的民众。布阿卜迪勒回来的消息传遍一条条街道，大量的钱被散发到民众当中。贵族们聚集在阿尔卡桑巴里，布阿卜迪勒向他们保证一旦自己稳坐王位后，他就将给他们授予勋章和奖赏。这些及时的措施取得了不同寻常的效果，拂晓的时候阿尔巴辛各种各样的民众都武装起来了。

随即便是令人可悲的一天了。整个格拉纳达成了混乱、恐怖的地方。四处响起鼓声和号角声，所有生意都被终止，商店关闭，一道道门被堵塞。武装队伍行进在街上，有的为布阿卜迪勒高呼，有的则为哈桑高呼。两支队伍相遇时便激烈地打起来，毫不留情，每一个广场都成了战场。广大的下层民众虽然站在布阿卜迪勒一边，但这是一个没有纪律或崇高精神的群体：仅仅一部分人持有正规的武器，而大部分人只是拿着干活的工具就冲出来了。老国王的部队——其中不乏骄傲骁勇的骑士——不久便把民众从一个个广场上赶走。然而民众们在大街小巷里加强防守，把它们都堵塞了。他们又把自己的房子作为堡垒，从窗口和屋顶拼命还击，格拉纳达许多有着最高贵血统的武士在这场城市的混战中，被平民的双手和平民的武器打死。[1]

这种暴虐的混战在城市的中心不可能持久。很快人们便渴望得到安宁，回到自己平静的工作中去。骑士们也讨厌与民众发生冲突——战争的一切恐惧在这样的冲突中都不会少，但桂冠却是没有的。在神

---

1 见孔代（Conde）所著《阿拉伯史》第四页第三十七章。——原注

职人员的调解下最终达成了休战协定。他们劝说布阿卜迪勒绝不要依靠民众变化无常的支持，并劝说他放弃首府，因为在此处不断会有流血冲突，他坐在王位上也不安稳。于是，他把宫廷迁到阿尔梅里亚城，这儿完全忠诚于他，并且当时在荣耀与重要方面正与格拉纳达相竞争。可这种为了安宁采取的重大妥协，却与他骄傲的母亲奥拉的意见大相抵触。在她眼里，格拉纳达才是唯一的领地，她面带轻蔑的微笑，说不是自己首府的主人就不配称为君王。

第二十二章　摩尔司令官们的袭击与洛佩拉河之战

　　哈桑又恢复了对格拉纳达城的完整统治，神职人员在他的支配下，谴责其儿子布阿卜迪勒是个被上天注定要遭遇不幸的叛国者；不过，布阿卜迪勒在普通民众当中仍然拥有许多追随的人。因此，无论何时，只要这位年老的君王有任何使骚乱的民众不愉快的行为，他们就会高喊布阿卜迪勒的名字，以此暗示自己动摇不定的立场。长期的经验已让哈桑懂得，他所统治的这些变化无常的人们有着怎样的特性。"对基督徒的领地进行一次成功袭击，"他说，"让皈依于我的事业的人，会比一万个神职人员讲述的一千部《可兰经》经文所影响的人更多。"

　　这个时候费迪南德国王正率领许多部队远征，不在安达卢西亚。这是袭击的有利时刻，哈桑要物色一位将领去实施他的想法。那位边境上令人生畏的、安达卢西亚的祸根阿塔已经死了，不过还有一位老将，他在掠夺性的作战中并不逊色。此人便是老贝克斯尔，即马拉加那位精明老练的司令，在他指挥下的人作这样的出征是成熟适宜的。西班牙骑士在附近山里遭到的重大失败和残杀，使马拉加的人充满虚荣与自负。敌人的惨败本来是由于地势环境所致，不过他们却归因于自己的勇武。许多人身穿盔甲，牵着那次被杀死的不幸骑士的战马耀武扬威地从公众面前走过；他们夸夸其谈，把马作为从自诩的胜利中夺得的战利品展示给人们。他们越说越起劲，甚至对安达卢西亚的骑士不屑一顾，迫切地等待时机要占领一个由这样的部队保卫的国土。哈桑认为此种精神状态有利于进行一次勇猛的袭击，于是命令老贝克斯尔调集起边境上的精锐武士，将战火打入安达卢西亚的心脏。贝克斯尔立即把通信兵派往边城的各个司令那儿，要求他们把部队集中到龙达城里。

龙达在整个边境地区是摩尔的掠夺者们最要害的老巢。它位于荒野的塞拉尼亚山或同名的山脉中部，异常高大、崎岖、陡峭。龙达坐落于一块几乎与周围隔绝的巨大岩石上面，差不多被一个深谷——或更确切地说是断层——包围，被称为里奥-维德的美丽河流从中穿过。该城的摩尔人在所有山民里面是最活跃、最强壮和最善战的，就连他们的孩子射石弓也百发百中。他们不断地对安达卢西亚平原进行突袭，城里有大量基督俘虏，这些人想从此座难以攻破的堡垒里被解救出去，或许只能白白地唉声叹气。这便是摩尔人统治时期的龙达，即便时至今日它也一直保留着某种同样的特性。在安达卢西亚的山民中，它的居民仍然是最勇武凶猛、敢于冒险的，而龙达也因它是土匪和买卖违禁品者最危险的活动场所而闻名。

阿梅·泽利——别号叫埃尔·塞格里——是这座好战城镇及其勇猛的居民的司令官。他属于塞格里斯家族，在善战的那个民族中是最为骄傲骁勇的家族之一。除龙达的居民和自己家族中的一些成员外，他还直接指挥着一支由非洲摩尔人组成的队伍。这些摩尔人属于戈默雷斯家族——其名称根据本地的山而来——他们是雇佣军，西班牙相对较为温和的生活也没使他们非洲人血气方刚的脾性得到缓解，打仗成了唯一重要的事情。塞格里总是随时让他们全副武装，并且装备精良。龙达山谷丰富的牧草养育出一种以力量和迅速著称的骏马，因此，最适合骑乘它们的莫过于戈默雷斯这支队伍。他们前进迅速，进攻凶猛，像从山上突然刮下来的旋风，在安达卢西亚平原上扫荡一番，没等敌军来得及追击又突然消失了。

想到即将展开袭击，边境上的摩尔人兴奋不已。边城的司令官们欣然听从了贝克斯尔的召唤，很快一支有一千五百名骑兵和四千名步兵的队伍聚集在龙达城墙内，他们是周围一带的精兵强将。本地的人迫切期待着，从安达卢西亚掠夺到的丰富物品不久会堆满自家门口。整整一天城里回响着铜鼓和号角声。精神饱满的战马在马厩里又是顿足又是嘶叫，好像它们也急不可待地要去战斗。而关在岩石地牢里的基督俘虏，听到这种准备作战的杂乱声时叹息起来，因为这声音表示他们的同胞又将遭到新的攻击。

这支异教徒队伍精神高昂地出发了，他们预料将轻而易举地夺得丰富的战利品。他们相互鼓励，对勇猛的敌人予以鄙视。马拉加和一些山镇的不少武士，甚至穿上在那次有名的残杀中杀死或俘虏的基督骑士的华丽盔甲，有的还骑着当时夺取到的安达卢西亚的战马，以此侮辱敌人。

机警的贝克斯尔非常隐秘、及时地布置着战斗计划，使安达卢西亚的基督城镇丝毫没怀疑到山这边正聚集起来的风暴。龙达广阔多岩的山脉像一块巨大的屏障，把他们所有的行动都挡住了。

部队在龙达城勇武的司令塞格里——他熟悉每一处关口和山隘——带领下，在高低不平的大山中尽可能快速地前进，不允许传出鼓、钹或号角的声音。这支战斗队伍静静地行进着，犹如逐渐聚集在山顶上的阴云，将要像雷电一般突然闪现在平原上。

千万别让最机警的指挥官自以为不会被发现，因为岩石有眼睛，树木有耳朵，空中的鸟儿有舌头，这些都会把最隐秘的行动泄露出来。就在这时，碰巧有六名基督侦察员在龙达荒凉的山顶巡游。他们属于那种无法无天的流氓，出没于交战国的边境上，为了得到金钱随时准备打仗，或者四处流动伺机掠夺。西班牙荒野的山道上总有许多这类游荡的流氓——他们是战争中的士兵，和平里的强盗，不然就视情况变成向导、守卫、走私犯或凶手。

这六名掠夺者（阿加皮达说）此刻成为被上帝选定的工具，因为自己正义的事业而变得神圣。他们潜行在大山之中，企图捕获摩尔人的牲畜或摩尔俘虏——两者在基督徒的市场上都可卖掉。他们爬上一处最高的悬崖，像猛禽一样俯瞰下面，随时准备扑向山谷里可能出现的任何东西；这时他们发觉摩尔簇军队正从一个峡谷里冒出来。他们观察着这支部队在下面蜿蜒地行进，注意到各个城镇的军旗以及指挥官们的三角旗。他们跟踪这支行进的军队，悄然从一块峭壁爬到另一块峭壁，直至看到它准备进入基督领地的路线。然后他们各自分散了，每个人都通过秘密的山道回到某个司令官那里，向各处发出警报，以便人人都获得一份奖赏。

其中一人赶紧向卡雷罗那里跑去，卡雷罗就是那位把哈桑赶出阿哈玛城的勇武的司令，这时在埃塞加替外出的圣地亚哥骑士团团长指挥着。其余的人则把警报带到乌特尔拉城及其邻近地方，让它们无不警惕起来。[1]

1　见普尔加所著《天主教君王编年史》第三部第二十四章；宫殿牧师所著《卡托尔国王史》第六十七章。——原注

卡雷罗是一位充满活力、十分敏捷的骑士。他立即把传令兵派往邻近各要塞的司令那儿，以及"圣兄弟会"一个团体的首领赫尔曼·卡雷挪，还有阿尔坎塔拉骑士团的某些骑士。卡雷罗首先投入战斗。他知道这样在边境上急行军又累又饿，因此让每个人都饱餐了一顿，又让人给自己的马上好铁蹄，使其装备完好。等所有人都精神振奋、勇敢坚定后，他便出发去搜寻摩尔人。他虽然只带了少数人马，其中有家臣[1]和自己指挥的部队，但他们都全副武装，骑着高头大马，并且对边境突发的警报习以为常——只要传来"拿起武器！骑马上战场！"的喊声，就足以随时让他们积极行动起来。

在安达卢西亚北边这样的警惕起来时，一个侦察员向南边赶到了赫雷斯城，对英勇的卡迪斯侯爵发出了警报。侯爵听说摩尔人已过边境，并且把马拉加的旗帜扛在前面，他的心一时高兴得怦怦直跳，因为他没有忘记在山里遭遇的那次残杀——勇敢的兄弟们就是在他眼前被砍死的。造成那场灾难的人此时就在不远处，他很高兴报仇的日子终于到了。他急速调集起自己的家臣和赫雷斯的军队，带领三百名骑兵和两百名步兵急忙出发，他们个个十分坚决，渴望报仇。

同时，老练的贝克斯尔已行军到达目标，他以为没有被发觉。从陡峭的山隘口处，他指着安达卢西亚肥沃的平原，战士们看到即将掠夺的那片富饶的地方，满心欢喜。龙达那些勇猛的戈默雷斯家族的人，看见眼前的情景高兴得脸红，甚至他们的战马注意到自己经常袭击的地点时，似乎也竖起了耳朵，并嗅着微风。

来到通往下面平地的山中山隘时，贝克斯尔把队伍分成三部分：

---

1 旧时武将家的武士。

第一部分，由步兵和较弱一些的骑兵组成，他让他们留下把守通道，因为他是个非常富有经验的老兵，知道保护好退路的重要性；第二部分，他让埋伏在洛佩拉河岸的树林灌木中；第三部分，由轻骑兵组成，他派去劫掠乌特尔拉城的坎皮纳（或维加平原）。最后一部分多为龙达的戈默雷斯家族的人，他们骑的一匹匹快马都是在山里喂养大的。这支轻骑兵由塞格里带领，在掠夺中他总是一心要冲锋在前。他们几乎没怀疑自己两边的人都已警惕起来，并且敌军正从四面八方迅速聚集，由后面向他们追来；这支凶猛的队伍因此只管往前冲，一直冲到乌特尔拉城内两里格处。他们在这儿的平原上分散开，追赶着一群群的牛羊把它们弄到一起，以便迅速赶往山里。

正当他们这样四处散开时，一队骑兵和步兵从乌特尔拉城突然扑过来。摩尔人分成小组聚集到一块，极力自卫；可是他们没有领头的，因塞格里在远处像只鹰一样绕着大圈儿追踪猎物。这些掠夺者们不久便放弃抵抗，朝洛佩拉河岸的伏兵跑去，乌特尔拉的人则在后面紧追不舍。

他们追击到达洛佩拉河时，埋伏的摩尔人大声呐喊着冲出来；逃跑的士兵们得到增援后恢复了勇气，又聚集起来转身迎击追兵。基督徒们尽管人数少得多，但他们并不让步。摩尔人的长矛很快被折断了，他们又用剑和短弯刀拼杀。基督徒也勇猛地战斗着，但面临被击败的危险。勇武的塞格里把一小群分散的戈默雷斯家族的人召集到一起，丢下猎物，朝战斗的地点飞奔而去。他的这一小队骑兵刚到达不远处的制高点，卡雷罗就带领随从冲入阵地，直奔侧面的异教徒。

摩尔人原以为这片地方毫无防备，却发现突然遭到四面八方的攻击，真是吃惊不小。他们拼死还击了短暂时间，抵抗阿尔坎塔拉的骑士和"圣兄弟会"的重骑兵猛烈的攻击。最后老将贝克斯尔被卡雷罗从马上打下去，成了俘虏，随即整个部队放弃还击逃跑。他们在逃跑中分成两队，从两条路跑向山里，想通过分散力量转移敌人的注意力。但基督徒的兵力太少，无法再分开。卡雷罗便把他们集中到一块，紧紧追击其中的一支摩尔队伍，杀死了不少。这场战斗是在洛佩拉河附近展开的，就在那棵无花果树的泉边，有六百名摩尔骑士被杀死，许多人被俘。基督徒在战场上夺到很多战利品，他们带着这些东西凯旋而归。

　　敌军的大部分人马已沿着一条通往更南边的路撤退，来到瓜达勒特河岸边。他们到达这条河时已没有了追击的声音，于是他们集中到一块，在河边喘口气，恢复一下精神。他们的兵力减少到大约一千名骑兵和一群混杂的步兵。就在他们四处分散、一部分人下马来到瓜达勒特岸边时，一场新的战斗风暴突然从相反方向朝他们卷来。原来是卡迪斯侯爵，他率领王室禁卫队和赫雷斯的武士打过来了。[1] 这些基督武士看见摩尔人，注意到他们许多都穿着在马拉加山中杀死的基督骑士的盔甲，顿时狂怒不已。不仅如此，有些吃过那场败仗的基督徒还注意到了他们自己的盔甲，那是他们在逃跑时扔下的，以便能够爬上山去。见到这番情形他们勃然大怒，像老虎一般而不是像骑士那样

1　"在从战斗中夺得的战利品中，有许多在阿克萨奎亚死去的战士的胸甲、头盔和头盔下巴部分的甲片；另有许多其他武器，有些被认出是那些最重要的军人的，他们要么死去，要么成了俘虏；还有许多披戴着漂亮马鞍的战马，大家都知道它们的主人是谁。"——见宫殿牧师所著《卡托尔国王史》第六十七章。——原注（此处原文为西班牙语，根据美国友人玛丽琳·麦克迪维特提供的英译文翻译。）

凭着应有的勇猛，凶猛地扑向敌人。每个人都感到仿佛自己在为某个死去的亲人报仇，或者在替自己雪耻。虔诚的侯爵本人也注意到有个颇有威力的摩尔人，正骑着他兄弟贝尔特兰的马：见此情景他发出愤怒与痛苦的呐喊，从最密集的敌群中冲过去，以无可抵抗的力量攻击那个摩尔人，经过短暂的格斗就把对手杀死在地。

在精神上已经被征服的摩尔人，无法抵挡变得如此疯狂的敌人的进攻。他们不久放弃抵抗，逃往龙达的山隘——这儿先前驻扎了一支部队保护退路。这支队伍看见他们骑着马从山隘上猛冲过来，基督徒的旗帜紧跟在后面，闪光的武器拼命地挥舞着，他们便以为整个安达卢西亚都发起进攻了，于是也不等到抵抗就逃之夭夭。基督武士继续在峡谷、山隘中追击，他们一心要报仇，对敌人毫不留情。

最后，基督徒终止了追击，卡迪斯侯爵和他的随从们在瓜达勒特岸边停下休息，并在这儿分享着战利品。他们发现其中有许多华丽的盔甲、头盔和各种武器，也有他们在马拉加山的惨败中让摩尔人掠夺去的东西。有少数被它们的主人认领了，其余的他们知道是一些高贵骑士的，但那些骑士已被杀死或成了俘虏。也还有不多装备华贵的马匹，它们在那次致命的出征中，驮着不幸的武士昂首阔步地迈出安提奎拉城时，多么骄傲。因此这些胜利者的狂喜之中带着忧郁，并且可见到许多骑士面对某些可爱战友的头盔或盔甲深感悲哀。

第二十三章　龙达司令官塞格里撤退

　　龙达那位勇武的司令官塞格里，最初在维加平原上绕着大圈儿奔驰，将大群的牛羊赶到一起，不久他突然听见远处传来战斗声。他身边只带了少数戈默雷斯家族的人。他看见远方的士兵有的在奔逃，有的在追击，注意到基督骑兵正疯狂地朝洛佩拉两岸的埋伏点冲去。塞格里得意地把手高高一挥，让部下们跟上。"那些基督家伙是我们的啦！"他说，同时策马去攻击后面的敌人。

　　跟随塞格里的小部队仅有三十名骑兵。他们策马冲过平原，到达一个制高点，这时卡雷罗的部队正好吹响号角冲向埋伏在侧面的部队。塞格里注意到部队仓皇逃跑，既愤怒又震惊。他发现一队队的人马从四面八方冒出来，发觉除了拼命奔逃外别无安全之处。

　　可是往哪条路逃呢？一支部队挡在他和山路之间，身边所有自己的队伍都冲向边境去了，而他赶过来的那条路上此时已完全被敌人占据。他勒住战马，在马镫里站起身，用十分威严、若有所思的目光扫视一下周围，然后他又坐到马鞍上，好像与自己商谈了片刻。他很快转向自己的部队，挑出一个叛离了信仰与国王的基督徒。"你过来。"塞格里说，"这个地方的秘密通道你都知道吧？""知道。"叛离者回答。"你知道什么少有人走的偏僻迂回的路吗，让我们可以远离这些敌军到达塞拉尼亚山？"叛离者片刻后回答："这样的路线我知道，不过危险重重，因为它需要穿过基督领地的心脏。""很好，"塞格里说，"看起来越是危险的地方，越不会被人怀疑。现在听我说，骑着马和我一块走。你看见这袋金子和这把短弯刀了吧？从你提到的那条路线，把我们安全带到塞拉尼亚山的关口，这袋金子就是你的了；你要是背叛我们，这把刀就会把你在鞍穹上劈成两半。"[1]

　　叛离者战栗着听从了。他们便从直路上转向大山，往南朝莱布里克萨走去，经过了一条条最孤寂的道路和一些横隔在中间的一个个溪谷与峡谷。他们走这样一条路线的确胆大。远处不时从村镇传来号角与警钟声，他们发现作战部队仍在向边境赶去。他们隐藏在灌木丛中和干涸的河床里，直到危险过去，然后继续行进。塞格里静静地骑着马，一只手握住短弯刀，眼睛盯住那个叛离的向导，一旦察觉他有丝毫背叛的迹象就将他杀死；他的队伍跟在后面，人人愤怒地咬着嘴唇，因为他们不得不偷偷摸摸地穿过原本是来掠夺的地方。

　　夜幕降临时他们转入更好走一些的路上，总是远离大大小小的村子，以免被看家狗发觉。他们就这样于深夜经过了阿科斯，穿过瓜达勒特河，得以向山里撤退。他们沿着荒野的山隘走去时已是破晓时分。战友们就是在这些峡谷里遭到敌人追击的。他们时而来到发生过局部战斗的地点，或者逃亡的同胞被残杀的地方——只见岩石上染红了鲜血，到处是被砍死的战士。龙达的司令目睹自己许多最英勇的武士僵硬地倒在那里，成了山中各种老鹰的猎物，几乎气得发狂。某个可怜的摩尔人不时从洞穴或山谷里爬出来，他是先前跑进去躲藏的，因为撤退时很多骑兵都抛弃了战马和盔甲，爬上峭壁，这样才不会被基督

1　见宫殿牧师所著《卡托尔国王史》，上面述及。——原注

骑兵追赶。

摩尔军队先前是在呐喊与欢呼声中从龙达出发的，但当司令带着残兵败将返回时，城墙内却只是传来悲叹哀哭的声音；他们没有了旗帜，也没有了号角声，个个因饥饿疲乏现出憔悴的样子。部队中逃回来的人，已经告诉了他们不幸的消息。威严的塞格里进入城里时谁也不敢冒昧去和他说话，他们看见他的眉头上笼罩着阴云。

上天似乎（虔诚的阿加皮达说）以准确的报应让他们遭到惨败，因为他们曾在马拉加山上使基督武士遭受了不幸。此次失败同样十分惨重。最初信心百倍地下山出征安达卢西亚的摩尔骑士多么威武雄壮，可是现在逃回来的也不过两百人。边境上最精锐的部队要么被俘，要么被消灭；驻军也遭到削弱，许多有着高贵血统的司令官和骑士成了俘虏，他们后来不得不付重金把自己赎回去。

这便是所称的"洛佩拉河之战"，时间为1483年9月17日。费迪南德和伊莎贝拉听说获胜并从敌人手中夺得旗帜时，正在旧卡斯蒂利亚[1]的维多利亚。他们用列队行进、张灯结彩和其他节庆的方式庆祝这一重大事件。费迪南德将他当天穿的皇袍送给了卡迪斯侯爵，并赐给他和所有继承他头衔的人以特权，准许他们在9月的"女士节"[2]穿上皇袍，以纪念此次胜利。[3]

对于卡雷罗所立下的巨大战功，伊莎贝拉王后同样没有忘记。除了给予卡雷罗不少称赞和恩赐外，她还将自己这天穿的高贵富丽的服饰送给了他的妻子，让她一生都可在这场战斗的纪念日穿上。

1　西班牙北部一地区（卡斯蒂利亚地区的北半部）。

2　西方对"月经期"的委婉说法。

3　见马里亚纳、阿瓦尔卡、苏里塔和普尔加相关著作。——原注。

第二十四章　在宫中为卡夫拉伯爵与多塞勒斯司令举行的欢迎会

这场纷乱的战事正进行着，不过可敬的编年史学家阿加皮达暂时停下来，异常准确地记录了在卡斯蒂利亚君王们的宫中堂皇富丽的仪式厅里为卡夫拉伯爵及其侄子多塞勒斯司令举行的著名欢迎会，奖赏他们抓获了摩尔国王布阿卜迪勒。当时即在科尔多瓦城那座古老的摩尔人的宫殿上朝（阿加皮达说），仪式是由冈萨雷斯安排的，他就是托莱多[1]的主教和西班牙的红衣主教[2]。

那是 10 月 14 日星期三（阿加皮达精确地说道），虔诚的卡夫拉伯爵根据安排出现在科尔多瓦的城门，红衣主教和比利亚赫莫萨公爵（国王的庶生兄弟）以及王国中许多首要贵族及高级教士在此迎接他。在军乐声与大众的呼喊声中，他由这支威严的队伍护送着步入宫殿。

国王和王后十分庄重地坐在拜见厅的高台上，伯爵来到他们面前时，两人都起身迎接。国王不多不少地朝伯爵走过去五步，伯爵跪下吻他的御手；然而，国王不愿只把他当作一名封臣来接见，而是亲切地和他拥抱。王后也朝前走了两步，脸上充满温柔与仁慈地欢迎伯爵。

1　西班牙城市。

2　"主教"包括天主教、东正教、圣公会等的主教，"红衣主教"则是天主教中由教皇任命，仅次于教皇的高级教士。

他吻过她的手后，国王和王后回到御座上，待铺好坐垫时他们吩咐卡夫拉伯爵在自己面前坐下。可敬的阿加皮达在他的手稿里，用醒目的大字记录了最后这一情形，并且给予了一些赞赏；他认为能享有特权与基督君王相对而坐，是一种非常值得努力获取的殊荣。

虔诚的伯爵在离国王不远处坐下，他旁边依次坐着纳赫拉公爵、帕伦西亚主教、阿吉拉尔伯爵、卢纳伯爵和利昂的高级指挥官堂·古铁雷·德·卡德纳斯。

在王后一边依次坐着西班牙的红衣主教、比利亚赫莫萨公爵、蒙特-雷伯爵和耶内与昆卡的主教。伊莎贝拉公主因身体欠安不能参加仪式。

喜庆的音乐此时在大厅回响起来，二十名王后的侍女身着盛装步入厅内；于是有二十名身穿鲜艳活泼的服饰的年轻骑士走上前去，每人来到舞伴旁，与她们跳起了高贵庄重的舞蹈。这时，朝臣们（阿加皮达说）带着与之相称的高贵与庄重在一旁观看着。

跳完舞后，国王和王后起身去用晚餐，他们说过许多亲切的话语后离开了伯爵。然后所有在场的贵族和他一起去了红衣主教的宫中，大家在这儿享受了一顿盛宴。

在随后的星期六这天，多塞勒斯司令也受到极其荣耀的接见，不过安排的仪式与他叔父相比，在体面程度上要逊色一些，因为他叔父才被看作是取得此次巨大战功的主要人员。这样，红衣主教和比利亚赫莫萨公爵便没有在城门迎接他，而是在宫殿里接待了他，和他亲切交谈，直到国王和王后把他们召去。多塞勒斯司令来到拜见厅时，国王和王后从椅子里站起身，但没有走上前来。他们热情地欢迎他，让他在卡夫拉伯爵旁边坐下。

公主伊莎贝拉也来参加欢迎会，她在王后旁边坐下。待宫廷里的人都坐好后，音乐再次在大厅里响起，二十名女侍像上次一样身着盛装走上前来，只是服饰有所不同。她们像先前一样跳着舞，公主挑了一位葡萄牙侍女做舞伴，和她们一起跳起来。跳过舞后，国王和王后非常礼貌地离开了多塞勒斯司令，大家便退朝了。

在此，可敬的阿加皮达对卡斯蒂利亚的宫廷在赐予荣耀与奖赏方面所具有的审慎细微的差别大加称赞——根据这样的差别，君王的每一个微笑、姿势和言语都有其确定意义，并在臣民心中产生与之相当的喜悦——这是一件颇值得所有君王研究的事（他说），因他们太易于毫不留意、随便地赐予种种荣耀，从而使得它们根本就没用处。

次日是礼拜天，卡夫拉伯爵和多塞勒斯司令都被邀请去和君王共进晚餐。这晚出席晚餐的都是些最高贵的贵族，他们穿着最昂贵、华丽的服饰——当时的西班牙贵族们即以此闻名。

晚餐前先跳了一曲高贵而正式的舞，这与如此庄重的宫廷所具有的尊严相称。国王领着王后迈着端庄优雅的步子走上前去；卡夫拉伯爵得到殊荣，与公主伊莎贝拉组成舞伴；而多塞勒斯司令则与阿斯托加侯爵的一个女儿跳舞。

跳完舞后，王室成员们来到晚餐桌旁，餐桌被放置在大厅的一处高台上。这儿可看到整个厅堂，卡夫拉伯爵和多塞勒斯司令与国王、王后及公主同桌进餐。国王一家由比列纳侯爵侍候，国王的侍酒员[1]是侯爵的侄子法德里格·德·托莱多，他是阿尔瓦公爵的儿子。堂·亚历克西斯·德·埃斯塔尼加荣幸地侍候王后，特略·德·阿吉拉尔侍

---

1 旧时宴会上的一种侍者。

候公主。其余高级显赫的骑士则侍候伯爵和多塞勒斯司令。直到午夜1点钟，国王和王后说过许多客气话后才离开了两位贵宾。

这便是（阿加皮达说）两位有名的骑士在最为高贵、庄重的宫廷里所享有的极大殊荣，不过君王表示的谢意并未就此结束。几天后他们又赐予两位英雄终身享用的巨额财产，另有一些留给其后嗣继承，并且他们和自己的后代有特权在姓名前加上"堂"[1]。他们还把摩尔人的人头徽章赐予了英雄——其头部戴着王冠，脖子上系着金链，背景是一片发红的田野，饰有纹章的盾边有二十二面旗帜。这两位英雄属于卡夫拉和科尔多瓦家族的后裔，至今仍佩戴着这样的徽章，以纪念卢塞纳的胜利以及捕获布阿卜迪勒这一重大事件。[2]

1　（西班牙）置于男士名字前的尊称。可作"先生"解。本书其他一些人名前的"堂"未译作"先生"，即考虑到西班牙的这种特殊称呼方式。

2　阿加皮达对这一仪式所作的描述，颇能代表旧时西班牙宫廷的特征；它几乎在每一细节上，都与那位宫殿牧师和其他过去的西班牙作家所写的一部旧稿相吻合。——原注

第二十五章 卡迪斯侯爵部署袭击扎哈拉及其结局

　　勇武的卡迪斯侯爵庞塞，也是一位最机警的将领。他雇用了许多皈依基督的摩尔人作为引路者，或称武装向导。这些并非纯正的基督徒很能够获取情报。他们凭借其摩尔人的特性和语言，深入敌方领地，潜行于一座座城堡和要塞附近，观察着城墙、大门和塔楼的动向及驻军的力量，以及指挥官们是否保持警惕。这一切他们都详细向侯爵报告，他因此对边境上每一座要塞的情况都清楚，知道何时袭击有利。除了这些属于他的封地的各个城镇外，他身边还始终有一支随时准备作战的武装部队。他府第中养着的一群家臣，也随时会跟随他去冒险或甚至冒死，而不问及他们要打的是谁或为什么打。他城堡内的军械库里有各种各样的头盔、胸甲和武器，每时每刻都擦得亮亮的，随时可用。他的马厩里有许多强悍的战马，它们在山中也能奔驰。

　　侯爵意识到摩尔人最近在洛佩拉河岸遭到的惨败，削弱了他们整个边境的力量，许多城堡和要塞的司令官及其最精锐的部队都丧失了。于是，他把战争猎人派往那些地方，让他们查明在何时攻击可能取得成功；很快他们即回来报告说扎哈拉防守薄弱，并且军需不足。

　　大约两年前，正是这座要塞遭到了哈桑的猛烈攻击，它被占领后，这场重大战争的号角便第一次吹响了。从那以后它就一直是安达卢西亚的肉中刺。所有的基督徒都被俘虏了，也没有再让任何市民到这个地方来。这里根本没有妇女或孩子，它只是留了一个军事据点，控制着山中最重要的通道之一，是摩尔掠夺者的一座堡垒。想到将为自己的君王收复这座要塞，把那个摩尔老国王凭自己本领夺得的、让他夸夸其谈的战利品夺回来，侯爵就激动不已。因此他给勇敢的卡雷罗（他在最近的胜利中表现出色）和"圣兄弟会"重骑兵的首领胡安·阿尔马拉兹发出信函，把自己的意图告诉他们，请他们带领部队在瓜达勒特岸边与他会合。

那是在荣耀的使徒圣西门和圣犹大 [1] 日（阿加皮达说）这天，即公元 1483 年 10 月 28 日，这支优秀的基督部队突然隐秘地聚集在指定地点。部队会合起来共有六百名骑兵和一千五百名步兵。会合点在通往扎哈拉的山隘入口处。那座古镇在摩尔人的战争中很有名，它位于龙达的一个最崎岖的关口。古镇建造于一座山的尖峰周围，其高高的顶部是一座坚固的城堡。它的四面是深深的悬崖或沟壑，有的一直延伸到城墙边。这个地方直到最近都被认为是无法攻取的，不过（正如可敬的阿加皮达说），无法攻取的堡垒也有其受到攻击的弱点。

卡迪斯侯爵带领小部队于夜深人静时出发，悄然进入山中又深又暗的峡谷，偷偷爬上一直延伸到城墙的沟壑。他们的行动悄无声息，城墙上的摩尔哨兵什么声音都没听见。侯爵身边带着云梯队队长普拉多，他在用云梯攻打阿哈玛的战斗中表现出色。这位勇敢的老兵带领十名手持云梯的战士隐藏在靠近城墙的岩石中的一处洞穴里。不远的一个沟壑里藏着七十名战士，以便在他安放好云梯后随时协助作战。

1　耶稣十二门徒中的两位。10 月 28 日这天要为他们举行宗教节庆。

其余的部队则隐藏在另一个沟壑里，这儿正好可以通向堡垒的大门。有一个精明机警的向导非常熟悉这个地方，因此由他发出行动信号。他处在一个适当的位置，埋伏的各路战士都能看见，但敌人的守卫部队却无法看到。

得到侯爵的命令后，一小队轻骑兵穿过峡谷，然后掉转马头绕过一块岩石的顶端出现在城前：他们迅速冲过田野，几乎快到大门，仿佛在虚张声势把敌军引出来作战。摩尔人及时迎战，先前守卫城墙的约七十名骑兵和许多步兵向外猛冲，以为轻易就能把这些鲁莽的掠夺者捕获。这时基督骑兵奔向沟壑，摩尔人往山下向他们追击，直到听见身后传来巨大的呐喊与混战声。他们掉头往城里看去，发现一支云梯队正手中持剑爬向城墙，于是掉转马头直奔大门。就在此时，卡迪斯侯爵和卡雷罗带领伏兵冲上来，极力拦截，不过摩尔人还是一头冲进了城墙里。

在卡雷罗向城门猛攻的时候，侯爵策马飞奔前去增援普拉多和他的云梯队。侯爵于迫在眉睫之时赶到了，因云梯队受到五十名武装着胸甲和长矛的摩尔人攻击，他们正要把云梯队的战士从城墙上推倒。侯爵纵身跳下马，拼命向敌人发起进攻。[1] 不久摩尔人被赶跑，城门和塔楼让基督徒占领了。摩尔人在街上抗击了一阵子，但最后躲藏在城堡里，它的墙体很坚固，可以坚持到援军到达。侯爵无意围攻，他也没有足够的供应品[2] 给众多俘虏，所以对他们宽大处理——只要把武器放下，就允许他们尽量带些自己的物品离开，并且规定他们都要

1　见宫殿牧师所著《卡托尔国王史》第六十八章。——原注。

2　多指食物之类。

远到巴巴里去。侯爵坚持战斗在这里，直到城镇和城堡得以充分防御起来，有了重兵把守。

扎哈拉就这样回到了基督徒手中，使哈桑惊慌失措——他为自己不合时宜的暴行遭受了惩罚，现在又失去了自己夸夸其谈的战果。卡斯蒂利亚的君王为英勇的庞塞所取得的战功深感满意，甚至批准从此以后授予他卡迪斯公爵和扎哈拉侯爵的称号[1]。然而，这位武士很为自己最初的头衔自豪——他即凭着那样的头衔常常闻名四方——因此他总是把侯爵这一头衔放在前面，签字时先签侯爵再签卡迪斯公爵。或许读者也有了同样的偏爱，所以我们将继续用旧头衔称呼他。

1　爵位有五个等级，依次为：公爵、侯爵、伯爵、子爵和男爵。每年受封的人数十分有限。

第二十六章　阿哈玛要塞以及胜迪拉伯爵对它采取的明智之举

可敬的教士阿加皮达在其编年史的这个部分，对于扎哈拉的崩溃表现出极大的欢喜。上天有时会借先知的嘴（他说），表明邪恶者所陷入的惊慌。从这座要塞的沦陷中看出，格拉纳达那位圣人的预言在某种程度上实现了，他曾说"扎哈拉的废墟将倒在异教徒的头上。"[1]

我们这位热心的编年史学家，对大白天遭到袭击失掉要塞的摩尔司令官加以嘲笑，并让阿哈玛的基督司令官所具有的机警与之形成鲜明对照——阿哈玛是在扎哈拉遭到猛攻之后，他们为了报复而夺取过来的。

国王此时将阿哈玛这个重镇交给胜迪拉伯爵伊尼戈控制，他是一位有着高贵血统的骑士，也是西班牙红衣主教的兄弟。国王已指示他不仅坚守好岗位，而且要对周围展开攻击。他的要塞处于关键位置，离格拉纳达只有七里格，离战事不断的洛克萨城也不远。要塞在群山的怀抱之中，从山上可以俯瞰到通往马拉加的公路和广阔的平原。由于处在敌国的心脏，四周是随时会袭击他的敌人，也是他可以进行掠夺的富饶地方，所以这位骑士必须始终保持警惕。事实上他是一位经

1　第四章那位修士曾说："扎哈拉的废墟将倒在我们的头上。"

验丰富的老兵，精明机警的军官和作战手段非常敏捷、多样的司令。

在接手指挥部队时，他发现这里的驻军骑兵和步兵总共只有一千人。他们虽然打仗勇敢坚决，在艰苦的山地作战方面经验丰富，但他们却鲁莽放荡，因为习惯于掠夺战的士兵都容易这样。为了得到战利品他们会拼死战斗，然后随随便便把夺来的钱财赌掉，或者拿去寻欢作乐挥霍掉。阿哈玛有不少敏锐、狡猾和懒散的食客，他们一心想从驻军的恶习、蠢行中得到好处。士兵们更多的是在城墙下面赌博、跳舞，而不是在城垛上守护；从早到晚只听见打牌掷骰子时争辩的吵闹声，其中混杂着波利舞曲或方丹戈舞曲[1]的声音、吉他令人昏昏欲睡的乱弹声，以及响板的咔嗒声——而这一切，又常常被高声的怒骂与凶猛激烈的争斗打断。

胜迪拉伯爵竭尽全力对这些极端行为予以矫正：他知道士气涣散通常会出现玩忽职守，而这座要塞处于易受攻击的位置，纪律上稍有松懈就可能遭到致命的后果。"咱们这里兵力不多，"他说，"所以每个人都必须成为一名英雄。"

他极力在战士们心中激发起一种应有的雄心，把骑士精神的崇高原则灌输给他们。"一场正义的战争，"他说，"常由于它所采取的方式变得邪恶、缺德，损失惨重。因为正义的事业并不认可其放荡的手段，在部队中如果缺乏纪律，上下不分，即便最好的计划都会化为泡影，蒙受耻辱。"不过，对于这位著名将领的品德与操行，最能描述的莫过于可敬的阿加皮达那有力的语言，只是这位虔诚的教士把他对摩尔人的仇恨放到了首位。"这位胜迪拉伯爵，"他说，"是基督骑士的典范，

1　均为西班牙轻快的舞曲。

他机警、节制、纯洁和虔诚,对事业满怀热情。为了使信仰不断荣耀,使最崇高的基督王权日益强盛,他始终竭尽全力地奋斗。最重要的是他怀着最纯洁和神圣的仇恨,对异教徒充满憎恶。这位可敬的骑士对于士兵当中的一切懒散、放荡、淫乱与嬉闹都予以阻止。他让他们经常习武,以便能够熟练使用武器、驾驭战马,一有命令就可马上投入战场。他不允许在要塞里听见琵琶声、竖琴声、歌声或其他散漫的吟唱,这些东西战士听后会变得意志薄弱,缺少战斗力。除了有益的战鼓和高昂的号角外,他不允许有任何其他音乐;像战鼓和号角这些鼓舞士气的乐器,会让人心中只想着残酷的战争。对所有游荡的歌手、精明的小贩、纠缠的妓女和其他营地周围的无用人员,他统统让他们收拾起东西,将他们赶出阿哈玛的大门。然后,他请来一队圣洁的修士将这些淫荡的乌合之众取而代之,修士们通过讲道、祈祷与合唱圣歌的方式,激励战士们去为信仰而虔诚地战斗。一切靠碰运气的游戏都被禁止,只可以玩战争游戏——他凭着自己的机警与魄力,使战争游戏成为一种确定无疑的游戏。上天对这位正直的骑士所作的努力予以赞许。他的人员个个成为本领全面的战士,无不使摩尔人害怕。这位虔诚的伯爵在出征前,总要进行忏悔、免罪和深思这些宗教仪式,并且让随从们也这样做。他们的战旗,由他在阿哈玛雇请的圣洁修士赐予。这样,胜利便十拿九稳属于他的部队了,他因而能够将异教徒的领土夷为平地。"

这座阿哈玛要塞(阿加皮达继续说),从其高处俯瞰到大部分流过卡赞河与赫尼尔河的富饶平原。他经常去袭击那里,将牛羊从牧场上赶走,将干活的人从地里赶跑,将护送车队的人从路上驱逐。所以摩尔人说,一只甲虫从平原上爬过也逃不过胜迪拉伯爵的眼睛。为此,农民们不得不守候在瞭望塔和防守坚固的村庄内，把他们的牲畜关在里面，粮食储藏在里面，也让老婆孩子们躲避在里面。即使在这儿他们也不安全：伯爵会用武力猛攻这些乡村的防御地，把居民们一个个抓获，并夺走粮食、油、丝绸和牲畜，让遭到袭击的地方在格拉纳达的眼皮底下被烧得浓烟滚滚。

"这位虔诚的骑士和他的部队一次次从宗教战斗[1]中返回，把异教徒富饶的地方夷为平地；排成长长的骡子和驴满载着从异教徒那里夺来的战利品；大量的摩尔男女和孩子成为俘虏；还有一群群壮实的菜牛和哞哞叫的黄牛与咩咩叫的绵羊——所有这些都在基督士兵的驱赶下，弯弯曲曲地沿着陡峭的斜坡朝阿哈玛的大门走去——看见如此情景真是令人愉快振奋。有了这片肥沃的土地，同时又有从异教徒手里夺来的战利品，他的驻军因此得以强大起来。他也没有忘记那些虔诚的教士，他们的祝福使他获得了一个个战功。大量的战利品总要捐赠给教会，仁慈的修士们在他凯旋时也总会在城门向他欢呼致敬，并得到分配给他们的财物。除此以外，无论在危急时刻还是展开袭击前夕，他都要捐献很多祭品，阿哈玛的礼拜堂里因而有了光彩熠熠的圣杯、十字架和这位基督骑士捐献的其余的珍贵礼物。"

就这样，可敬的阿加皮达颇有说服力地对虔诚的胜迪拉伯爵大加赞扬；其余的史学家也一致表明他是西班牙最有才能的将领之一，他们同样十分可靠，只是不如阿加皮达热情。事实上，伯爵在这片地方让摩尔人非常害怕，只要摩尔农民冒险在远离格拉纳达或洛克萨一里格外的地里干活，就会有被俘的危险。格拉纳达的人大声抱怨，指责

1　指基督徒是为信仰而战。

哈桑容忍让自己的领土受到如此暴行和凌辱，并要求阻止胆大妄为的掠夺者从要塞里出来。他们的抗议激发了老君王，于是，在农民到地里干活的季节，他派出强大的骑兵予以保护。这些部队组成一个个强有力的中队在阿哈玛周围巡逻，对一道道大门严加观察，所以只要基督徒一出来就会被发现，并遭到拦截。

就在阿哈玛这样被摩尔骑兵的巡逻部队堵住期间，一天晚上居民们让使要塞受到剧烈震动的倒塌声惊醒。驻军立即拿起武器，以为是敌人的某个袭击。原来这场惊慌是由城墙某一部分出现断裂引起的，因下大雨城墙遭到损坏突然垮塌，在面向平原一边出现了一个大裂口。

胜迪拉伯爵一时万分焦虑。假如这个裂口被执行封锁任务的骑兵发现，他们会唤起整个地方注意，格拉纳达和洛克萨就会派出势不可当的兵力，从而发现他遭到破坏的城墙随时容易受到攻击。在这可怕的紧急关头，伯爵显示出了他善于获取权宜之计的卓越本领。他命令用一些亚麻布将裂口遮挡住，并把它们漆得像石头和锯齿状的城垛一样，使其从远处看与别的部分没有两样；而在亚麻布的后面，他则雇用工人日夜修复缺口。任何人都不准离开要塞，以免它缺少防御的状况让摩尔人知道。他们看见敌人的轻骑兵在平原上跑来跑去，但从没有近得看出他们的假墙。就这样城墙只几天就修复得比以前还牢固了。

这位机敏的老兵还有一个权宜之计，让阿加皮达大为惊异。"情况是这样的，"他说，"曾有一时这位基督骑士缺少支付给部队的金银，士兵抱怨不止，因为他们无法从城里人那儿买到必需品。在这样的困境里，这位最有远见的指挥官怎么办呢？他向我要了许多小纸片，根据情况在上面写下大大小小的金额，并让我用他的手签下他的名字。他确实把这些纸片作为保证金给了战士，以便将来如数支付。'如何用纸片付给士兵们钱呢？'你会问。对此，我回答说他还支付得很不错呢，这一点我马上会作出说明——虔诚的伯爵发出了一份公告，命令阿哈玛的居民务必接受纸片上所写的金额，他保证今后用金银把它们兑换回去；并指出，凡是拒绝者将予以严惩。人们对他的话毫不怀疑，深信他既然能够履行另一个诺言，也会履行这个诺言的，于是，他们毫不迟疑也不反对地接受了奇怪的纸片。就这样，通过一种最神奇的明智之举，这位基督骑士便让毫无价值的纸片变成了珍贵的金子，使他最近还拮据的驻军手头的钱一下就多了起来！"

这里只需补充一下，胜迪拉伯爵像一位忠诚的骑士那样履行了诺言。而这个奇迹般的事——它在阿加皮达眼里即如此——据记载是使用纸币的首例，从此以后纸币就铺天盖地地将文明世界淹没了。

第二十七章 基督骑士继续袭击摩尔人的领地

在马拉加山中那场难忘的残杀中幸存下来的西班牙骑士，尽管一次次地为自己死去的同胞报了仇，但他们仍不能忘记那次惨败带来的恐惧与羞辱。只有再次像先前一样出征，广泛地将战火在摩尔人的境内展开，把因他们所受到的灾难而扬扬得意的地方变成一座在他们的复仇中被烧得发黑的纪念碑，才能够解除他们的心头之恨。国王也希望对敌人的资源予以摧毁，他们的意愿正好与他的战略相吻合，因此行动得到了全力支持。

1484 年的春天，安提奎拉这座古城又响起军事行动的声音。前一年曾如此高兴地汇集在这儿的众多骑士们，又带领他们钢铁般闪亮的武士[1]进入了城门；不过他们的表情比那次遭到惨败时显得更加阴沉严肃，因为他们又回想起被残杀的战友，他们要为死去的战友报复。

很快，一支由六千名骑兵和一万二千名步兵组成的精锐部队集中在安提奎拉，他们大多为西班牙骑士的精华，是军事界、宗教界和"圣兄弟会"的常设部队。

为了此次充满危险的进攻，国王已经采取种种防范措施，以便给

---

1 "骑士"在中世纪西欧封建统治中属于最低阶层，以服骑兵军役为条件，获得国王或领主的采邑。而"武士"则指古代守卫宫廷的卫兵，或喻指"勇敢的人"。

部队提供一切必要的条件。许多外科医生同部队一同前往，他们将免费为伤病员医治——其费用由王后支付。伊莎贝拉还怀着体贴的仁爱之心，给部队提供了六顶宽大的帐篷，并配备好伤病员需要的床位和所有东西。在整个战争的重大行动中它们都一直使用着，并被称为"王后医院"。可敬的教士阿加皮达对王后的这一仁慈行为加以夸赞，说她第一次将正规的战地医院引到战地服务当中。

做好这样的充分准备后，部队便威武雄壮、令人生畏地从安提奎拉出发了，只是不像先前那么欢喜自负和吹嘘夸耀。部队的阵容如下：阿隆索率领先前部队，协同作战的有多塞勒斯司令费尔南德斯和帕尔马伯爵卡雷罗，他们都带着自己的禁卫队。率领部队跟随其后的将领有"圣兄弟会"的胡安·德·梅洛、胡安·德·阿尔玛拉和卡洛斯·德·别兹曼，他们都带领着各自的重骑兵。

第二军团由卡迪斯侯爵和圣地亚哥骑士团团长指挥，其中有圣地亚哥的骑士和庞塞家族的部队，以及卡拉特拉瓦骑士团的团长和骑士们，还有各种其余的骑士和他们的家臣。

这支军团的右翼部队[1]由贡莎尔沃率领，他即是后来那位西班牙有名的大将；左翼部队由迭戈·洛佩兹·德·阿维拉率领。协同作战的有"圣兄弟会"的几位著名骑士和一些名将，他们都带领着自己的重骑兵。

第三军团由麦地那-西多尼亚公爵和卡夫拉伯爵率领，各家族也都带着自己的部队。协同作战的有带领各自部队的其他有名的司令官。

后卫部队由阿尔坎塔拉的司令官和骑士们率领，其后是来自赫尼

1　此处指作战时处于正面部队右侧的部队。"左翼"与之相对。

尔、埃塞加和卡蒙拉的安达卢西亚骑士。

这便是展开的一次最广泛的"他拉"——即毁灭性的攻击——时，从安提奎拉大门出发的部队。就是这样的攻击不断摧毁着格拉纳达王国。

部队从阿洛拉城进入摩尔人的境内，将城周围所有的麦田、葡萄园、果园和橄榄园摧毁。然后它穿过科因、卡扎拉波勒拉、阿尔梅克萨与卡塔玛富饶的山谷和肥沃的高地，十天时间里所有这些物产丰富的地方都被彻底烧毁，处处冒着浓烟。之后，部队继续慢慢地向前摧毁着，就像火山流出的熔岩一般，穿过了普皮纳和阿亨丁，直至马拉加平原，一路将橄榄林、杏树林和谷地毁坏，凡是绿色的植物都未逃脱。一些地方的摩尔人恳求不要毁掉他们的树林和田地，主动提出释放基督俘虏，但都徒劳无益。部队在一个地方将城镇封锁，另外的部队则对周围进行掠夺。有时摩尔人会不顾一切地冲出来保护他们的财产，但看见基督徒大肆残杀，城郊被掠夺和烧毁，因此都被赶回了大门。一股股浓烟伴随着红红的火焰从燃烧的郊外升起，妇女们在城墙上看见自己的住处成为废墟，痛苦地绞着双手，发出一声声尖叫。夜里目睹此景真是可怕极了。

这支进行毁灭的部队到达海岸时，发现有一些从塞维利亚和赫尼尔来的、满载各种生活物品和军需品的船只停泊在离岸处，于是继续予以摧毁。来到马拉加附近，部队遭到该城的摩尔人英勇抗击，激烈的战斗打了整整一天。不过，在主力部队与敌人交锋时，其余的部队就对整个平原展开掠夺，并摧毁所有的工厂。由于此次出征的目的不是要占领一个个地方，而只是烧毁、掠夺和破坏，因此已经对在平原上造成的损害感到满意的部队，转身离开马拉加又进入

山里。他们经过科因，穿过阿拉扎纳、加特罗和阿豪林，所有这些
地区同样遭到毁损。他们就这样沿着富饶、翠绿的山谷绕了一大圈，
这些山谷是山中最让人夸耀的地方，也是摩尔人引以为豪、为之欢
喜的地方。四十天来部队就像一团熊熊的大火不断向前，一路破坏着，
留下浓浓的烟雾和悲哀的嚎叫，直至部队疲劳起来。基督徒们为在
阿克萨奎亚遭到的残杀进行了报复，感到心满意足，这才胜利返回
安提奎拉草场。

6月，费迪南德国王亲自指挥这支毁灭性的部队。他增派了兵力，
并充实几门破坏性强的射石炮和其余重型炮，它们专门用来轰击城镇，
由法国和德国的技师负责操纵。有了这些东西，卡迪斯侯爵向国王保
证说他很快就能削弱摩尔人要塞的力量，因为它们只被认为用来防御
古代战争使用的种种武器。摩尔人的城墙和塔楼又高又薄，凭着崎岖、
多岩的地势才得以安全。射石炮发出的石弹和铁弹不久将会把它们轰
倒，使其废墟砸在防御的敌人头上。

阿洛拉城的命运，没多久就证实了侯爵的话不假。此城牢固地坐
落在一块巨大的岩石上，下面流过一条河水。它的两座塔楼和部分城
墙转眼就被炮轰垮。摩尔人看见自己所夸耀的壁垒遭到如此猛烈攻击，
看见那些惊人的武器有着如此大的威力，无不陷入恐慌之中。大炮在
咆哮，城墙在倒塌，妇女们被吓住了，大声恳求司令官投降。该城于
6月20日放弃抵抗，条件是允许居民们带着自己的财物离开。马拉
加的人这时还不知道此种炮火的强大威力，对阿洛拉城的人非常气愤，
认为他们顺顺从从地投降了，因而不愿让他们进入自己城里。

类似的命运也降临到塞特尼尔上，该城建造在一块高大的巨石上
面，被认为是攻不破的。以前的一些基督国王曾多次围攻它，但从未

成功。即使现在，炮火对着它轰了几天也不起作用，许多骑士对卡迪斯侯爵抱怨，说他不该劝告国王攻打这个无法征服的地方。[1]

就在传来这些责备的当天晚上，侯爵亲自指挥炮击，他将射石炮瞄准城墙底部和城门。片刻后城门就被轰炸成碎块，城墙上也打出一个大洞，致使摩尔人被迫投降。有二十四名在马拉加的惨败中被俘的基督徒，被从要塞的地牢里救出来，他们向自己的救命恩人侯爵欢呼致敬。

不用说，其他一些地方没等受到攻击就投降了。摩尔人在保卫自己的城镇时，总是显示出巨大的勇气与坚定，他们在突围与遭遇战中的表现是令人敬畏的，在被包围的时候也很能忍耐饥渴，不过面对此种可怕的炮火——它轻易快速地就把他们的城墙摧毁了——他们惊慌无比，自己的一切抵抗都无济于事。大炮的威力深深打动了国王，他命令再增加炮的数量。从此，这种威力强大的武器对本次战争的命运产生了重大影响。

这一年，最后一次使摩尔人损失惨重的军事行动是夏末时由费迪南德率领的、对平原展开的袭击——他对这个地方进行掠夺，烧毁格拉纳达附近的两座村庄，毁掉城门附近的一些工厂。

整整一年来，老哈桑的领土上处处遭到巨大破坏，现在敌军甚至袭击到了他首府的城墙外，这使他万分惊慌。由于接连遭遇不幸，身体也欠佳，他丧失了那种暴烈的脾性。他提出求和，并作为进贡的诸侯维持自己的王位。但任何提议费迪南德都不予理睬：这场战争的伟大目标是彻底征服格拉纳达，他决心不完全实现这个目标誓

1　见宫殿牧师所著《卡托尔国王史》。——原注

不罢休。部队在摩尔人领地的心脏夺取了一些地方，他首先给驻守部队补充物资，加强力量，然后命令其他司令官全力援助年轻的摩尔国王，支持他在内战中打败父亲。之后费迪南德率领部队满怀胜利的喜悦返回科尔多瓦，结束了一系列让格拉纳达王国充满悲哀与惊恐的掠夺战。

第二十八章 扎加尔袭击阿尔梅里亚的布阿卜迪勒

在这让摩尔人遭受悲哀与灾难的一年当中，被最正确地称为"不幸者"的年轻国王布阿卜迪勒，在阿尔梅里亚这座海城里支撑着一个被贬低了的软弱朝政。他仅仅有个国王的名声而已，即便拥有这一虚有其表的王权，他也要从卡斯蒂利亚的君王那里得到人力、物力上的支持。不过他仍然相信，现在局势动荡不安，也许这个变化无常的王国会再度回到他自己的旗下，让他回到阿尔罕布拉宫的宝座上。

他那位思想不凡的母亲奥拉，在他消极时极力给予他鼓舞。"等待好运的车轮回转，"她说，"是软弱的。勇敢的人会抓住它，把它转向自己。投入战斗吧，这样你会赶走危险。如果畏缩在家里，它会把你包围在屋中。只要勇敢地采取行动，你就会重新回到格拉纳达辉煌的宝座上；而如果被动忍耐，你甚至连阿尔梅里这个可怜的宝座都会丧失。"

布阿卜迪勒没有足够魄力按照这些无畏的忠告去做，很快他母亲所预言的不幸便降临到他身上。

老哈桑因年老和瘫痪差不多丧失了作用。他几乎什么也看不见，完全卧床不起。他的弟弟阿布杜拉——即别号埃尔·扎加尔或"勇者"，就是此人在马拉加山对西班牙骑士的残杀中助了一臂之力——是摩尔部队的总司令，他逐渐将君权上的事务多半自己操纵起来。除了其他的事外，他特别热心于支持哥哥与自己儿子争斗，在这方面显得积极有加，以致许多人断言，他之所以如此热情并非仅仅出于兄弟情的原因。

这一年里，基督徒给摩尔人的领地带来的灾难和耻辱，让阿尔梅里亚人的民族感情受到伤害；在这样一个时刻布阿卜迪勒竟然消极被动，或者更确切地说好像竟然与敌人同心协力，许多人因此感到愤怒。他的仲父[1]扎加尔通过一些密探，对此种情绪极力加以煽动。在格拉纳达成功地使用过的同样的计谋，现在又用上了。教士又暗中大力谴责布阿卜迪勒，说他是个与基督徒勾结起来反对自己国家和最初信仰的叛徒。于是民众与军队的感情渐渐与他疏远，他们密谋着要将他推翻。

1485 年 2 月，扎加尔带领一队骑兵突然出现在阿尔梅里亚前。教士已准备好迎接他的到来，大门为他打开了。他带领人马冲进这座堡垒。司令官本来要抵抗，但驻军部队把他杀死，并欢呼着迎接扎加尔。扎加尔快速地穿过宫殿里的一个个房间，可没有找到布阿卜迪勒。他发现奥拉和布阿卜迪勒君王的弟弟阿文·哈克塞格在一个大厅里，另有几个阿文塞拉赫家族的人围聚在这儿保护他们。"叛国者布阿卜迪勒在哪里？"扎加尔大声问。

"就我所知，最背信弃义的叛徒莫过于你自己。"无畏的奥拉说，"我相信我儿子是安全的，他会对你的叛逆行为进行报复。"

得知自己要抓捕的人已经逃跑，扎加尔愤怒无比。他在狂怒之中

1　古代称父亲的长弟为仲父，二弟为叔父，三弟为季父。今统称父亲的弟弟为叔叔。

杀死了王子哈克塞格，随即部下们冲向阿文塞拉赫家族的人，将其屠杀。骄傲的奥拉被俘，人们对她大肆漫骂，说她支持儿子叛乱，从而引起内战。

有个忠实的士兵及时通知了不幸的布阿卜迪勒有危险，他才得以逃脱。他一下跃上一匹最快的马，趁混乱中带着少数随从冲出了阿尔梅里亚的大门。有几个扎加尔的骑兵守候在城墙外，他们发觉他逃跑，企图追击，但因自己的马旅途劳累，不久就被他远远抛在后面。可他逃到哪里去呢？格拉纳达王国里的每一座要塞和城堡都把他拒之门外；他不知道在摩尔人中有谁可以相信，因为他们已得到告诫，把他当作叛国者和背教者来憎恨。他别无选择，只能在自己的世袭敌人基督徒当中去寻求庇护。他怀着沉重的心情，掉转马头奔向科尔多瓦。他不得不像个逃犯偷偷穿过自己的领土，一直没有安全感，直到越过了边境，看见属于自己领地的大山高高耸立在身后。这时他意识到了自己可耻的处境——一个背弃自己宝座的逃犯，被自己国家驱逐出来的人，一位没有王国的国王。他万分痛苦地捶着胸口。"确实，"他喊道，"我出生的那天真是不幸，我被称为佐哥比或'不幸者'，的确不假。"

他只带了四十名随从，垂头丧气地进入科尔多瓦的大门。两位君王此时不在，但安达卢西亚的骑士们对这位君王的不幸表现出同情，这种同情与富有骑士风度的高尚人士是相称的。他们十分隆重地接待了他，极其礼貌地照顾好他，这座古老城镇的军政官员们都尊敬地对待他。

与此同时，扎加尔以哥哥的名义另外任命了一位阿尔梅里亚的司令，在让这个地方得到坚固的防守之后他又赶赴马拉加，基督徒正在那儿攻击。那位年轻的君王被赶出领地，年老的君王又两眼失眠卧病在床，所以这位军队的总司令事实上成了格拉纳达的君王。他得到英勇强大的阿尔纳扬斯家族与瓦尼加斯家族的支持，人们高兴有了一位新的崇拜偶像，一个可以高呼的新名字；扎加尔被作为给民族带来希望的主要人物，受到热烈欢呼拥戴。

第二十九章　费迪南德国王对摩尔人发动新战役，围攻科因和卡塔玛

最近在摧毁摩尔人的要塞中，猛烈的炮火发挥了很好作用，这使费迪南德国王为 1485 年的战役获得了一个强有力的导火线——他计划对敌人的某些最坚强的堡垒展开攻击。

初春时节，一支有九千名骑兵和两万名步兵组成的部队聚集在科尔多瓦，国王率军于 4 月 5 日投入战斗。在先前的秘密会议上已决定攻打马拉加城，这是一座重要的古老海港，格拉纳达依靠它获得外国的援助与供应。不过，大家认为先夺取圣 - 玛丽亚和卡塔玛山谷中的各个城镇和要塞才是恰当的，因通往马拉加的路要经过它们。

第一个攻打的地方是贝纳麦克斯或波纳麦吉城。该城在前一年本来已向基督君王屈服，但随后终止了效忠。费迪南德国王对居民们的背叛行为大为愤怒。"我会惩罚他们，"他说，"以便杀一儆百：他们如果不能通过诺言效忠，就通过武力吧。"此地遭到了袭击，有一百零八名为首的居民要么被杀死，要么被绞死在城墙上，其余的则成了俘虏。[1]

科因和卡塔玛两城在同一天遭到围攻——由卡迪斯侯爵率领的一

1　见普尔加、加里贝和宫殿牧师的相关著作。——原注

支部队围攻科因，阿隆索和帕尔马家族的元老卡雷罗率领的另一个支部队围攻卡塔玛。国王则率领其余部队驻守在两地之间，以便给双方提供援助。大炮同时向两地开火，隆隆的炮声从一个阵营到另一个阵营都能听到。摩尔人时时突围，英勇抗击，但是猛烈的炮声咆哮着将他们的城墙摧毁，打得他们晕头转向。同时，一堆堆烽火将整个塞拉尼亚山的摩尔山民聚集起来，他们大量地集中在离科因约一里格的龙达城。这些人几次企图进入被围攻的城里，但是没用：每次他们都遭到基督徒拦截，被赶了回来，只能在远处绝望地看着城镇被毁灭。在这样的处境中，一天有个勇猛傲然的摩尔首领带领一队皮肤黝黑的非洲骑兵冲进龙达。他就是龙达那位有着火一般激情的司令塞格里，此时他正带领着戈默雷斯家族的人马。老贝克斯尔惨遭袭击时，他在洛佩拉河岸被打败，不得不偷偷回到山里，失去了自己最勇敢的部下；他至此还没从那次失败的愤怒与羞辱中恢复平静。直到现在他都渴望着报复。这时他骑着马，穿行于聚集在龙达的众多武士中间。"你们当中，"他高声说道，"有谁同情在科因被俘虏和杀死的妇女儿童？无论是谁，都跟我来吧，为了解救伊斯兰教徒们，我愿意作为一名伊斯兰教徒去献身。"说罢，他拿起一面白旗在头上挥舞着，骑着马向城外冲去，戈默雷斯家族的人马紧紧跟上。许多武士受到他言行的激励，也毅然策马跟在他的旗帜后面。已为这次攻击做好准备的科因人看见白旗冲了出去，向基督徒的阵营发起进攻，混战之中塞格里和他的人马冲进了大门。塞格里的增援鼓舞了被围困的人们，他激励他们为了保护生命与城镇要顽强抵抗。戈默雷斯家族的人都是身经百战的老兵，他们越打得激烈越勇猛。

　　最后，城墙被炸开了一个大洞，费迪南德对于敌军的抵抗无法容忍，命令纳克萨拉公爵和贝纳文特伯爵率兵增援；由于他们的兵力仍然不足，他又命令麦地那 - 切利公爵路易斯·德·塞尔达派出部分兵力。

公爵得到这一命令，那种充满世仇的尊严被激发起来。"告诉我的君王，"这位傲然的大公[1]说，"我带领王室禁卫队来增援他了；假如我的人受命到任何地方，我会带领他们一起去；但假如我留在营地里，我的人也必须和我在一起。因为没有首领的部队无法打仗，没有部队的首领也一样。"

这位骄傲的大公的回答让谨慎的费迪南德困惑，他知道大公属下颇有势力的贵族所怀有的傲气里不无妒忌。同时，营地里的战士已做好了一切准备，迫切希望有人带领他们开始攻击。这时佩罗·鲁兹·德·阿拉科站出来充当首领，于是他们拿起防弹盾、手提屏障或其他防御物，英勇地发起进攻，朝着城墙的裂口处冲去。摩尔人抵挡不住他们猛烈的攻击，只得边打边撤退到城镇的广场。阿拉科以为这个地方已被拿下，忽然塞格里和戈默雷斯家族的人疯狂地呐喊着冲过街道，朝基督徒们猛扑过去。这次是基督徒被击退了，他们一方面前方受到戈默雷斯家族的人打击；另一方面，当地居民又从房顶和窗口上用各种东西向他们打来。他们终于放弃反击，从城墙裂口处撤退出来。阿拉科仍然坚守在一条大街上，身边的几个骑士催促他逃跑。"不，"他说，"我是来这里打仗的，不是逃跑的。"很快他就被一群戈默雷斯家族的人包围，战士们都纷纷逃命；他们最后看见他时，他遍体鳞伤，不过仍然在为一个虔诚骑士的荣誉拼命反击。[2]

1　西班牙、葡萄牙的最高爵位。

2　见普尔加所著《天主教君王编年史》第三部第四十二章。——原注虽然得到英勇的戈默雷斯家族的人增援，但居民们的抵抗仍没有用处。基督徒猛烈的炮火摧毁了他们的城墙，种种易燃物抛进城里将各处点燃，最后他们被迫投降。他们被允许带着自己的财物离开，戈默雷斯家族的人可以带着武器离开。只见塞格里和他的非洲骑兵队骑着马骄傲地穿过基督徒的营地，西班牙骑士们都禁不住用钦佩的眼光看着这位傲然的勇士和他忠诚无畏的随从们。

继科因被夺取后，卡塔玛也同样如此：后者的防御工事得以修复，增派了驻军，但科因由于地域太广，不足的军力难以防卫，因此它的城墙被摧毁了。这些地方遭到围攻后，周围地区的人惊恐不已，附近城镇的许多摩尔人都尽量带上财物弃家逃离，为此费迪南德国王下令将他们的城墙和塔楼毁掉。

费迪南德这时离开营地和卡塔玛附近的重型炮兵部队，率领轻型部队前去马拉加侦察。此刻，在科尔多瓦的军事会议上所作的有关进攻的秘密计划已为世人所知。机警的扎加尔已经奔赴马拉加，修筑起非常坚固的防御工事，并命令各山镇的司令火速派兵增援。

就在费迪南德来到此地这天，扎加尔带领一千名骑兵冲出来迎击他，他们都是格拉纳达最精锐的武士。随即在城市附近的庭园和橄榄林里展开了激烈战斗，双方都有很多人被打死，这就向基督徒们预示着，他们如果企图要围攻这个地方会有怎样的结果。

战斗结束后，卡迪斯侯爵与国王私下商讨了一下。他指出，用现有的兵力围攻马拉加是困难的，尤其是他们的计划已被发现，敌人事先有了准备，整个国家的军队都在赶来抗击他们。在各处都有秘密情报的侯爵，收到一封胡塞普·赫里费的信，他是龙达的一个有着基督血统的摩尔人。他向侯爵报告了龙达这个重镇及其驻军的情况，说它此时极易受到攻击，于是侯爵催促国王抓住这一关键时刻将它夺取——它是摩尔人在边境上的一个最强大的要塞，在塞格里手中时曾给安达卢西亚带来灾难。虔诚的侯爵提出这一建议，还有个与一位忠诚的骑士相称的意图。先前在阿克萨奎亚的失败中曾有几个他的战友被捕，他们被关在龙达深深的地牢里，备受折磨。他觉得砸碎他们的铁链，让他们重获自由和光明是他特有的责任；因为在那场损失惨重的军事行动中，他也是最重要的将领之一。

国王听从了侯爵的建议。他知道龙达的重要性，它被视为格拉纳达王国的要害之一，并且国王也有意要惩罚那些增援过科因的驻军的居民。所以对马拉加的围攻暂时放弃，国王下令准备对龙达城迅速展开一次秘密行动。

第三十章　围攻龙达

龙达勇武的司令塞格里继科因投降后，闷闷不乐地返回自己的堡垒。虽然他在战斗中挥舞着利剑与基督徒激烈拼杀，但他报仇的渴望仍未得到满足。塞格里为自己拥有坚固的要塞和英武的人们感到荣耀：他所指挥的人勇猛善战，只要点燃烽火，他就能将塞拉尼亚山所有的武士召集起来；他的戈默雷斯家族的人，几乎都靠从安达卢西亚夺来的战利品生活；在那块巨大的岩石里——他的要塞就建造在上面——是一些让人绝望的地牢，里面关满了他那些山里的好战分子抓获的基督俘虏。

龙达被认为是难以攻破的。它位于荒野崎岖的群山中央，坐落在一块与周围隔绝的巨大岩石上面，顶部有一座坚强的堡垒，墙体和塔楼由三面组成。一个深得可怕的山谷，或者说是由岩石构成的陡峭悬崖，将此城三方包围，里奥 - 维德或称"绿河"从中流过。该城有两处郊区，由一些高墙和塔楼护卫着，从天然高低不平的岩石上几乎无法接近。这座凹凸的城镇周围是富饶的深谷，被一座座大山遮挡，终年不断的溪水使其充满生机；山谷中有丰富的谷物和最为可口的水果，有青翠的草地，一种名马即在这儿喂养，它们是整个王国用于袭击、掠夺的最好的马匹。

塞格里刚回到龙达就获得情报，说基督部队正行军前去围攻马拉加，扎加尔已传令派部队援助。为此他派出部分驻军前往，同时考虑着进行一次出征——自尊与复仇之心激励着他采取这样的行动。目前，整个安达卢西亚的部队都调空了，因此有机会予以袭击，从而为在洛佩拉战斗中所遭受的失败雪耻。他根本没想到自己的这座山城会有危险，加之战争的风暴已经卷到了马拉加平原，所以他只留下少部分驻军守卫城墙，自己率领一队戈默雷斯家族的人突然冲入安达卢西亚平原。他几乎势不可当地冲杀在广阔的牧场上，这牧场属于麦地那－西多尼亚公爵的部分领地。虽然警钟响起，烽火点燃，但都徒劳无益：没等任何军队调集起来，塞格里的队伍已经像狂风一样冲过去，只留下一片毁坏的痕迹。

塞格里安全地撤出安达卢西亚平原，同时为自己袭击成功欢欣鼓舞。只见峡谷里长长地排列着从麦地那－西多尼亚牧场上掠夺到的牛羊，另外还有骡子，它们满载着从村里夺来的东西，每个武士都有某种贵重的珠宝送给自己喜欢的女人。

就在塞格里接近龙达时，巨大的炮火声咆哮着穿过山间，把他从胜利的梦想中惊醒过来。他感到不安，策马飞奔到拖拉的队伍前面。他越往前跑炮火的声音越大，在悬崖之间回荡。他骑着马爬上一个崎岖不平、俯临广阔地区的高处，惊愕地注意到龙达周围全是围攻部队的白色帐篷。那面皇家旗帜飘扬在一块显得傲然的营地前，表明费迪南德已亲自上阵；而不断燃烧的火焰、隆隆的炮声和空中升起的烟雾，则表明破坏正在进行当中。

趁龙达司令和多数驻军不在的时候，皇家军队成功地袭击了这里。不过，城里的居民们个个善战，英勇地自卫着，相信塞格里不久会带着戈默雷斯家族的人回来支援他们。

他们以为自己的堡垒十分牢固，但面对围攻军的炮火简直抵挡不住。在四天时间里，保护郊区的三座塔楼和一些高大厚实的墙体被炸毁，郊区因此被攻占和掠夺。射石炮和其他重型炮火此时对准了龙达的城墙，各种石块和发射物猛烈地打到街上。就连城镇下面的巨大岩石，也让隆隆的炮火剧烈地震动了，被深深地关在地牢里的基督俘虏为这声音欢呼起来，因为它使他们有了获得释放的希望。

塞格里看到自己的城市这样遭到围攻，便让队伍跟上他，然后抄近路前去解救。他们暗中穿过大山，直至来到基督营地上方最近的高处。他想等夜幕降临一些部队入睡时，他们从岩石上下去，猛然向兵力最弱的营地扑去，极力夺路冲进城里。但即使这片营地也坚固得无法突破，他们又被逼回到陡峭的山上，将飞镖和石头像雨点般地向追击者砸去，以此自卫。

塞格里这时在四周的高山上点燃烽火：邻近的山民和从马拉加回来的部队加入到他旗下。这样充实军力后，他一次次地向基督徒发起进攻，将所有营地的落伍士兵砍死。然而，他要强行冲进城里的一切企图都白搭，许多最勇敢的战士被杀死，他不得不退回到山中的要塞里。

在这期间，龙达的困境时刻加深着。卡迪斯侯爵占领郊区后，得以到达笔直的悬崖底部——它的脚下就是那条河流，龙达城即建造于顶部。在脚底有一眼流动的清澈泉水，它流入一个天然的水池中。有一条暗道是在坚硬的岩石上凿出的几百步阶梯，从城里通向这口泉水。这座城即从此得到水的主要来源，而基督俘虏们则被用来干取水这种繁重的活，他们疲乏的脚步把那些阶梯磨得非常光滑。卡迪斯侯爵发现了这条地下暗道，他命令先遣兵在岩石边上挖对抗地道进行破坏；

他们一直把地道打到井口，并将它堵塞，从而使城市无法再得益于这口宝贵的泉水。

侯爵就这样加紧围攻，他怀着慷慨高洁的想法，希望不久将战友们从摩尔人的地牢里救出来；不过塞格里司令的心情却大不一样。他从悬崖上看到城市遭到毁灭，而自己却无能为力，气得直捶胸口，咬牙切齿。基督徒的每一声炮火似乎都猛击着他的心。白天他看到一座座塔楼倒塌，夜晚城里各处燃起大火。"他们不仅用大炮射出石块，"当时的一位编年史学家说，"而且射出浇铸的大铁弹，把打到的一切东西砸得粉碎。他们还射出一个个浸泡有沥青、油与火药的麻纤维球，它们一旦着火就无法扑灭，将一座座房子点燃。居民们惊恐万分，不知往哪里逃生：房屋要么燃烧起来，要么被炮火击垮；不断倒塌的废墟和弹跳的球块将所有撞到的东西打得稀烂，所以街上也不安全。晚上城市就像火炉一般，在隆隆的炮声之中，女人们的尖叫和哀号甚至传到对面山上摩尔人的耳里，使他们发出愤怒与绝望的喊叫。

见所有外援的希望都没有了，龙达的居民们被迫投降。费迪南德被轻易说服给他们提供有利条件。这个地方还可能作进一步抵抗，他担心自己营地的安全，因为山上的部队每天都在增加，时时进行袭击。所以，他允许居民们带着财物离开，去巴巴里、格拉纳达或别的地方都行；愿意在西班牙居住的分配给一定土地，并可从事自己的宗教活动。

此地刚一投降，特遣部队就被派去攻击盘踞在附近山上的摩尔人。但塞格里并没留下来展开一次无用的战斗。他放弃了，认为这场游戏自己已输，于是满怀忧愁与愤怒地带领戈默雷斯家族的人撤退，不过他相信命运将来会给他报复的机会。

虔诚的卡迪斯侯爵进入龙达后，首先关心的是把自己不幸的战友从要塞的地牢里解救出来。他们先前出发去山中袭击，个个满面红光、充满希望，身着堂皇富丽的军服；而现在他们却有着怎样的天壤之别啊！许多人差不多赤身裸体，脚上戴着铁镣，胡须长到腰部。他们与侯爵相见是高兴的，但也显得忧伤，因为他们的喜悦里包含着很多痛苦的回忆。另有大量其他的俘虏，其中有少数贵族家庭的青年，他们怀着孝顺之心替代父亲成了囚犯。

俘虏们都获得了骡子，被送到科尔多瓦的王后那里。看见这群可怜的队伍，仁慈的伊莎贝拉十分感动，她发给每个人食物和衣服，又给他们发回家的盘缠。他们的镣铐被作为神圣的战利品，悬挂在托莱多的圣胡安·德·洛斯·雷耶斯教堂外面，基督游人至今也可一饱眼福。[1]

在摩尔俘虏中有一个年轻的异教少女，她是个大美人，渴望成为一名基督徒留在西班牙。在一个曾在龙达成为俘虏的男青年帮助[2]下，她已在基督教这一真正信仰[3]的启发下受到感召。他渴望通过和她结婚，使自己虔诚的工作变得圆满。王后首先关照让少女通过神圣的洗礼得到适当净化，然后同意了他们虔诚的愿望。

1　笔者于1826年曾亲眼所见。——原注
2　特指宗教信仰方面的帮助。
3　作者的某些观点难免带有一定的局限和偏见。

第三十一章　格拉纳达人欢迎扎加尔登上王位及他前往首府的经过

　　格拉纳达人是反复无常的,他们特别易于推举和推翻一个个国王。很长时间以来他们都在老哈桑和他儿子布阿卜迪勒之间犹豫不定,根据来自外在的不幸,一会儿拥护这个,一会儿拥护那个,有时两个都同时拥护。然而,他们发现尽管有种种变化,一个个不幸仍然不断增加,使得他们黔驴技穷,不知如何采取新的办法或措施从两个糟糕的国王身上产生出一个有效的政府。先是龙达沦陷,随后是边境成为废墟,消息传来后,在一个公共广场上聚集众多喧嚣嘈杂的人们。像往常一样,人们把国家的灾难归因于统治者领导不当,因为民众从来不会认为他们所遭受的灾难与自己有任何关系。有一个狡诈的神职人员,名叫阿麦·马泽,他目睹了他们不满的趋向,于是站起来对他们高谈阔论了一番。"你们一直在两个君王之间选择,变来变去,"他说,"他们是谁,怎么样呢? 其中一个是哈桑,他已经年老体弱,精力耗尽,无法出征攻击敌人,即使只到城门口去掠夺一下都不行。另一个是布阿卜迪勒,他是个背教者、叛国者、抛弃王座逃跑的人,成为本国的敌人当中的一个逃亡者,一个注定遭受不幸的人,被大家称为的'不幸者'。在当前面临势不可当的战争的时刻,只有能够挥舞刀剑的人才适合挥舞节杖[1]。你们愿意寻找这样一个人吗？你们不用去很远寻找。为了挽回格拉纳达的命运，在这危险时刻，安拉已经派来了这样一个人，你们已经知道我的意思。你们知道此人正是你们的将军，即难以征服的阿布杜拉，其埃尔·扎加尔的别号在战斗中已成为一种口令，鼓舞着忠诚的卫士的士气，让基督教徒们胆战心惊。"

当这一使命向扎加尔提出时，他表现得非常吃惊和抵触，唯有为了公众安全所怀有的爱国热情，以及对年老的哈桑所怀有的兄弟情谊——他迫切想把哥哥从为政府的操劳中解脱出来——才使他同意接受人们的提议。因此，他让一位最勇敢的摩尔将军瓦尼加斯负责领导马拉加，自己在三百名忠实的骑士护送下前往格拉纳达。

哈桑没有等到兄弟来。他已无法再与时代的风暴抗争，唯一想的是找到某个可以好好休息的、安全宁静的港湾。有一个深谷使地中海海岸显得参差不齐，在陆地一边让一座座大山封闭起来，阿尔穆勒卡小城即位于其中。山谷里流淌着清澈的费罗河，有丰富的水果、谷物和牧草。城镇防守牢固，驻军和司令都忠诚于老君王。这便是哈桑选择的庇护之地。他首先关心的是把自己所有的财宝都送到那儿，然后自己去那里避难，最后再让妻子佐拉亚和他们的两个儿子也跟去。

与此同时，扎加尔和三百名骑士继续向首府行进。这条从马拉加到格拉纳达的路紧靠阿哈玛，蜿蜒曲折，上方便是那座高高的要塞。在阿哈玛由胜迪拉伯爵指挥期间，对于摩尔人而言这是一条最危险的通道：任何行人都逃不过他那双老鹰眼，他的驻军也随时准备出击。然而，胜迪拉伯爵已被从这个艰巨的岗位上调走，而由堂·古铁

1　王权的象征。也喻指王权。

雷·德·帕迪利亚负责，他是卡拉特拉瓦骑士团的司库，对人纵容，手下有三百名骑士团的英勇骑士，此外还有一些唯利是图的部队。这里的驻军已经纪律松散起来，骑士们虽然在正规作战和袭击掠夺中都英勇无畏，但他们过于自信，放松了应有的警惕。就在扎加尔出发之前，有一批共约一百七十名的骑士——其中有些是驻军中富有的军人——在摩尔人目前处于心烦意乱的时候，已出发去袭击他们的领地。骑士们对内华达山脉或"雪山"里的山谷进行掠夺之后，正满载着战利品喜气洋洋地返回阿哈玛。

扎加尔穿过阿哈玛附近时，他回想起这条路过去充满了危险，便先派出轻骑兵去侦察每一处可能埋伏着敌人的岩石和山沟。有个侦察兵在俯瞰一个通往大路的狭谷时，发现一条小溪边有一队骑兵，他们已从马上下来，并从马身上取下了缰绳，以便让它们在溪边吃吃青草。骑兵们四处分散着，有的在岩石和树木的荫凉处睡觉，其他的在赌博他们夺到的财物。一个站岗的哨兵都没有，一切表明那些人自认为毫无危险，非常安全。

这些粗心大意的骑兵，实际上就是刚袭击归来的卡拉特拉瓦骑士。有一部分人马已随队伍过去了，剩下的九十名主要的骑兵停留在这山谷里休整。扎加尔听到他们毫不把安全放在心上，露出特别高兴的微笑。"这可是让咱们光荣地进入格拉纳达的奖赏呀。"他说。

他小心翼翼地悄悄靠近山谷，然后带领部队以最快的速度猛然冲进去，对基督徒展开突然袭击，让他们根本来不及给马套上缰绳或跳上马鞍。骑士们慌乱但英勇地反击着，在岩石中间和凹凸的河床里面拼搏。他们的反击是没用的，七十九人被杀死，其余十一人被俘。

有一队摩尔人骑马朝着基督徒的队伍飞奔而去，不久即追上，只见那支队伍正缓慢地爬上山去。护送的骑兵察觉远处有敌人，弃之而逃，战利品又让摩尔人给夺回去了。扎加尔把俘虏和夺回的东西聚到一起，怀着胜利的喜悦继续向格拉纳达行进。

他在埃尔韦拉大门前停下，因他还没有被宣布为国王。由于他刚取得战绩的消息已先一步传到，让太易于兴奋激动的民众陷入陶醉之中，所以这一仪式立刻举行。他带着某种胜利进入了格拉纳达。十一个被俘的卡拉特拉瓦骑士走在前面；接着是九十匹被捕获的战马，它们身上驮着刚死去的主人的盔甲和武器，由九十名骑在马上的摩尔人牵着；然后是七十名摩尔骑兵，他们那些鞍鞒上悬挂着七十个基督徒的人头；再后面就是扎加尔，他被许多身穿华丽服饰的著名骑士簇拥着；在这支壮观的队伍最后，是长长的一群牛羊和其他从基督徒手中夺回来的财物。[1]

民众几乎带着胜利的狂喜，盯着这些被俘的骑士和他们的战友血淋淋的人头，知道他们曾经就是阿哈玛令人可怕的驻军中的一部分，长期以来弄得格拉纳达痛苦不安，让低湿的平原陷入恐怖之中。他们欢呼着取得了这个小小的胜利，认为它为新国王的统治开了个好头。几天来，人们总是不无鄙视地提到哈桑和布阿卜迪勒的名字，整个城市都回响起赞美扎加尔或"勇者"的声音。

1　见苏里塔所著《阿拉贡王国史》第二十卷第六十二章；马里亚纳所著《西班牙史》；阿瓦尔卡所著《阿拉贡王国史》。——原注

第三十二章　卡夫拉伯爵捕获另一位国王的企图 及其经过

把一位勇敢活跃、经验丰富的老兵推举为格拉纳达的君王，将近来久病不起的国王取而代之，从而使战争的局面发生了重要变化，这就需要基督徒给予某种打击。只有这样，才能摧毁摩尔人对他们的新君王所怀有的信任，并鼓舞基督徒开始新的征战。

勇武的卡夫拉伯爵此时在他的韦纳城堡里机警地观察着边境地带。时值8月末，他感到后悔不安，因这个夏天他竟然没有去敌人的领地袭击一次。他派出一些侦察兵去探寻，他们回来报告说莫克林这个重镇防守薄弱。这是一座有城堡防卫的城镇，它坚固地耸立于高山之上，周围一部分是密林一部分是河流。该镇防守着一条崎岖偏僻的通道，基督徒即经常由此袭击摩尔人，以至摩尔人把它比喻成格拉纳达的盾牌。

卡夫拉伯爵将莫克林防守薄弱的消息报告给了君王，并主张隐秘而迅速地出征予以袭击。费迪南德国王征求顾问们的意见，有的告诫说伯爵历来乐观自信，忽视危险，让国王不予采纳。他们指出，莫克林离格拉纳达很近，可以很快得到增援。然而最终伯爵的意见取胜，因为自从他捕获布阿卜迪勒后，国王就认为在边境战斗中他几乎是没有失误的。

因此国王离开科尔多瓦坐镇阿卡拉，以便靠近莫克林。王后也前往韦纳，陪同她的有胡安王子和伊莎贝拉公主，以及她在所有事情——公众的和私人的，宗教的和世俗的——上的大顾问，即尊敬的西班牙红衣主教。

最让忠诚的卡夫拉伯爵自豪与满足的，莫过于看见堂皇、高贵的队伍蜿蜒着沿沉寂的山道缓缓向前，然后进入韦纳的大门。他以极尽隆重的仪式迎接王室贵宾的到来，并把战争中的城堡所能提供的最好房间给他们住。

为确保此次行动成功，国王已制定了一个谨慎的计划。卡夫拉伯爵和马丁-阿隆索将带领部队出发，以便于某个时刻赶到莫克林，把所有试图进入城镇或从里面出来的敌人阻截。卡拉特拉瓦骑士团团长的部队、红衣主教的部队（由布恩迪亚伯爵率领）和耶内主教的部队（由那位善战的高级教士率领）共有四千名骑兵和六千名步兵，将及时出发与卡夫拉伯爵协同作战，把城镇包围。国王则率领他的整个部队跟随其后，在阵地前扎营。

虔诚的高级教士们就这样亲自投身战场，在此，可敬的教士阿加皮达忽然满怀喜悦地对他们加以称赞。由于这是一场圣战（他说），参加圣战是为了促进宗教信仰，使教会更加荣耀，所以它总是得到圣徒们的支持与援助；因为他们最信仰基督教的君王们取得胜利之后，并非像纯粹世俗的君王那样修筑城堡和塔楼，任命司令和装备驻军，而是建立修道院、大教堂和许多主教辖区。因此，无论是在宫廷还是在营地、在私人密室还是在战场，都有一群宗教顾问在激励着他们展开最正义的战争。不仅如此，这些教会的圣徒有时还毫不犹豫地把盔甲紧扣在袈裟上，把主教权杖换成长矛，就这样用肉体的双手和世俗的武器去为虔诚的信仰而战。

不过还是从可敬的教士的溢美之词中言归正传吧。国王的布置并不简单，卡夫拉伯爵在他的指示下于午夜出发，严格执行命令。他带领部队沿着一条在韦纳下面蜿蜒流淌的小河前进，来到荒野的山隘；他们整夜行军，只在次日很热时才于深深的悬崖——那些阴凉的峭壁下休息，计算着及时赶到莫克林与其他部队一同作战。

部队刚在地上拉开准备休息，就有一个侦察兵传来情报，说扎加尔突然带领一支强大的部队冲出了格拉纳达，并已在莫克林附近扎营。显然这个机警的摩尔人已得到他们预谋袭击的情报。然而，卡夫拉伯爵想到的并不是这点。他已活捉了一个敌人的君王，眼下是再活捉一个的好机会。他将把怎样一个囚犯交到自己的女君王手里啊！这想法让虔诚的伯爵激动不已，他全然忘了费迪南德国王的布置，或者更确切地说，先前的胜利冲昏了他的头脑，使他把一切都寄希望于胆量和运气上。心想，只要大胆袭击，他就会再次赢得那个最好的猎物，从而让自己戴上无与伦比的桂冠。[1]

伯爵到达莫克林附近时已是夜色笼罩。这是一个充满月光、万里无云的明亮夜晚。伯爵正穿过一个深谷或沟壑——它们在西班牙的大山中，受到秋雨时节常有的短暂而凶猛的急流冲击。深谷的每一边都是高大并且几乎笔直的悬崖，不过大量的月光照射到谷底，使得服饰华丽的队伍静静地从中穿过时，身上的盔甲被照耀得发光。突然间，摩尔人的呐喊声在山谷各处响起。"扎加尔！扎加尔！"悬崖上面无

---

1 见马里亚纳著《西班牙史》第二十五卷第十七章；阿瓦尔卡及苏里塔等的相关著作。——原注

不传来这样的喊声，随即雨点般的投射物打倒了几个基督武士。伯爵抬起眼睛，借助月光注意到悬崖上处处闪耀着摩尔的军队。他们那些致命的东西密密麻麻地投到他周围，而部下们闪亮的盔甲又成为敌人很好的目标。伯爵看见自己兄弟贡萨洛被打死在旁边，自己的马在身下让四支摩尔人的长矛刺死，他的手也被敌人的火绳枪打伤。他记起马拉加山的那次可怕残杀，担心遭到类似的灾难。没时间停留了。兄弟的战马由于失去了主人，四处乱跑，他抓住缰绳一下跃上马背，让部下们跟上，然后转身撤出了这个要命的山谷。

摩尔人从高处猛冲下来，追击着撤退的基督徒。这样持续了一里格远，而这一里格的路崎岖不平，差不多每走一步基督徒都得转身还击。在这场短暂而激烈的战斗中，敌人损失了不少有名的骑士，但基督徒的损失远更惨重得多，其中有许多韦纳及其附近最高贵的勇士。很多基督徒由于受伤致残或累得精疲力竭转到了一边去，极力在岩石和树丛中躲藏起来，可再也没有回到战友们当中——他们要么被摩尔人杀死或捕获，要么在可怜的隐藏处死掉。

卡拉特拉瓦团长和耶内主教带领的部队赶到后，敌人被彻底击溃。扎加尔为自己获得的殊荣感到满意，他命令吹响号角让部队停止追击，带着巨大的胜利返回莫克林。[1]

身处韦纳的伊莎贝拉王后，无比焦虑地等待着这次出征的结局。她在城堡的一间富丽堂皇的屋子里，遥望着从莫克林穿过大山的那条弯曲道路，并注视着附近高处的瞭望塔，希望看到有利的信号。和她

1　见苏里塔所著《阿拉贡王国史》第二十卷第四章；普尔加著《天主教君王编年史》。——原注

在一起的有王子和公主，以及尊敬的顾问红衣主教。他们此刻都像她一样焦虑不安。终于，他们看见信使骑着马直奔城镇。信使们进入了大门，但没等他们来到城堡，王后就从下面街上的尖叫与恸哭声中知道了他们带来的是什么消息。在他们的身后不久就出现了受伤的逃亡者，这些人急速赶回来以便得到救治，或者在亲友们当中死去。整座城回响起哀号声，因为它失去了最有朝气的青年和最为勇武的战士。伊莎贝拉是个勇敢无畏的女人，然而面对处处悲哀的场面她也深感痛苦：她那怀着母爱的心为众多忠诚的臣民失去生命而哀悼，他们不久前还忠心耿耿地聚集在她身边；她为此失去了常有的自制，悲伤不已。

她处在这种忧郁的状态中，万般焦虑。她担心此次失败会让人们对基督徒失去信心；她还为重要的阿哈玛要塞担心，自从它那支前去掠夺的队伍也是被这个扎加尔拦截后，其驻军尚未得到充实。她处处都看见危险和灾难，担心卡斯蒂利亚军队的命运将出现一个大的逆转。

红衣主教从宗教和世俗方面对她进行劝告，给她以安慰。他让她想到，任何国家在被征服之前总会时而让征服者受到挫折；他说摩尔人是个尚武的民族，在多山崎岖的地方筑堡设防，她的祖先从没能将他们征服过；事实上她的军队在三年时间里，所夺取的城市比她任何一位前任在十二年里夺取的都多。最后他主动提出亲自率领三千名骑兵奔赴战场——这些骑兵都是他自己雇用和供养着的家臣——要么赶去解救阿哈玛，要么听从王后陛下的命令，无论出征到哪里都行。红衣主教贤明睿智的话语使王后平静下来，她总是从他那里得到安慰，不久她便恢复了镇定。

伊莎贝拉的某些顾问是一类精明狡猾的人，他们借着别人的错误一心寻求攀升，因此，这时对伯爵的轻率行动大加指责，王后立即宽大地为他辩解。"这次行动是轻率，"她说，"但还没有卢塞纳的那次行动轻率，而那次却大获胜利，我们都把它看成是最为英勇的行为，为它喝彩。假如卡夫拉伯爵抓获了扎加尔，就像他抓获扎加尔的侄子一样，那么是不是又会把他捧上天呢？"

王后宽宏大量的话，让在场的人都不再发表不受欢迎的言论了，不过有些朝臣先前就妒忌伯爵所取得的战功给他带来的荣耀，他们继续私下之间对他这次的轻率行为予以夸大。阿加皮达说，他们嘲笑地把卡夫拉伯爵这位可敬的骑士称为"捉王者"。

费迪南德这时已到达边境上叫作"王泉"的地方，这儿离莫克林有三里格。他在此听说了刚刚遭到的惨剧，为伯爵的仓促行动深感惋惜，不过极力控制着没有说出严厉的话来，因他知道这位忠诚、英勇的骑士多么重要。[1] 他召开了一个军事会议，确定下一步该如何办。有些骑士建议他放弃进攻莫克林，因它已得到强有力的增援，并且最近的胜利又鼓舞了敌人的士气。某些西班牙的老贵族提醒他说，军队中只有少数卡斯蒂利亚的部队，而他的前任们在缺少这些忠实的军队时从来没有贸然进入摩尔人的领地；但另一些人表示反对，说由于某个骑士及其家臣遭到失败就撤退，有失国王的尊严。这样，国王被一群出谋划策的人弄得不知如何是好，这时幸好王后送来一封信，才消除了他的困惑。我们将在下一章里讲述信的内容是什么。

1　见阿瓦尔卡所著《阿拉贡王国史》。——原注（据原著，苏里塔和阿瓦尔卡均所著有《阿拉贡王国史》。——译注）

第三十三章　出征进攻卡姆比尔和阿巴哈城堡

"那些君王多么幸运，"可敬的教士阿加皮达说，"他们有女人和牧师出主意，一些意见的主旨就包含在这些人当中。"正当费迪南德和他的将领们于"王泉"边进行商议，彼此不知所措的时候，在韦纳这座古老城堡的贵宾室里，王后伊莎贝拉、尊敬的西班牙红衣主教冈萨雷斯和尚武的哈恩主教堂·加西亚·奥索里亚正召开一个安静而神秘的小型军事会议。最后，这位可敬的高级教士已将他的主教法冠更换成了钢盔，他一看到对莫克林采取的军事行动失败后，就掉转战马的缰绳——这匹马关在厩中养得十分肥壮，皮毛光滑发亮——急忙赶回韦纳，为了军队的战事、信仰的发展和本主教教区的利益，他很有一番计划。他知道国王的行动容易受到王后的意见影响，而王后又总爱倾听圣徒们的建议，所以，他凭着教士通常的智慧提出自己的想法，将王后的意见转入正当渠道。如下便是这位可敬的主教所提建议的大意：

长期以来，哈恩主教教区都受到两座城堡的骚扰，它们给整个这一带造成灾难和恐怖。城堡位于格拉纳达王国的边境上，离哈恩约有四里格，处在一个狭窄崎岖的深谷里，周围是高大的群山。河床不浅的里奥-费罗河（或称"冷河"）从山谷中流过，河岸又高又陡。在河流的每一边耸立着两块几乎笔直的巨大岩石，彼此离得很近，它们将山谷遮挡。在岩石的顶部是两座不易攻破的卡姆比尔城堡和阿巴哈城堡，它们有高大厚实的城墙与塔楼。一架桥横跨河流，搭建于两座岩石之间，把城堡连接起来。穿过山谷的道路要经过此桥，在城堡上看得一清二楚。城堡就像两个传奇的巨人，守卫着通道，控制着山谷。

格拉纳达的君王们明白这两座城堡的重要性，始终让重兵把守，并供给足够的食物，以便能够抵挡住围攻；同时还配备有飞快的战马和勇猛的骑兵，对基督徒的领地进行掠夺。尚武的阿文塞拉赫家族、皇家部队和其他格拉纳达最精锐的骑兵，将这儿作为要塞或据点，由此出发去展开他们乐于从事的掠夺或巡游行动。而富饶的哈恩主教教区就在一旁，所以更容易受到这些掠夺者的侵害——他们把一群群肥壮的牛羊从牧场上赶走，还把地里干活的农民赶跑。他们会一直冲到哈恩的大门口，因此，居民们一旦冒险出城就有被抓去关在城堡的地牢里的危险。

可敬的主教像一位虔诚的牧师，悲哀地看着自己肥沃的教区变得日益瘦弱和贫瘠，想到教会的财产竟然这样让一帮异教徒为所欲为地糟蹋，他那圣洁的怒火被点燃。这位主教因此迫切建议，如此按照天意聚集在附近的军队——它攻击莫克林显然受到阻止——就应转而攻击这两座傲慢无礼的城堡和从他们手中被夺去的周围地区。红衣主教支持主教的建议，声称他早已思考着某种类似的措施。他们共同的意见得到王后赞同，于是她就此问题给国王寄去一封急件。国王让一群顾问们弄得不知如何是好，这封信正好及时替他解了围，他立即着手攻打城堡。

卡迪斯侯爵因而被先派出去，他带领两千名骑兵，对这里的驻军加以监视，并堵住所有出口和入口，直至国王率领主力部队以及负责轰炸的炮兵赶到。王后为了离得近一些，以防需要，将军营移到了哈恩城；尚武的主教以隆重的军礼迎接她，他已经扣好胸甲，佩戴好刀剑，准备为教区的事业而战。

与此同时，卡迪斯侯爵赶到山谷，将摩尔人完全堵到城堡里。两座城堡均由阿文塞拉赫家族的穆罕默德·朗坦·贝·乌塞夫负责指挥，他是格拉纳达的一位最勇武的骑士。在他的驻军里，有许多属于戈默雷斯家族的凶猛的非洲部队。乌塞夫对城堡的军力充满自信，他从城垛上看见下面的基督骑兵在崎岖狭窄的山谷里不知所措，露出微笑。他派出散兵队去扰乱他们，在双方的小型队伍和单个武士之间展开了不少激烈的战斗，不过摩尔人被赶回城堡，他们把情报送到格拉纳达的一切企图都被机警的卡迪斯侯爵挫败了。

皇家部队终于沿着山隘蜂拥而至，一路传来夸耀、自负的号角，同时挥舞着战旗。他们在城堡前面停下，但国王在这狭小不平的山谷里找不到可以扎营的地方。他不得不把营地分成三部分，分别设在三个不同的高处，使邻近的山腰被帐篷映照得发白。营地扎好后，部队仍然白白地盯着城堡。此时炮兵还在后面四里格多远，而没有炮火一切进攻都是无益的。

乌塞夫司令明白，必须要有什么样的路大炮才能运到。这儿只是一条狭窄崎岖的小径，有时需要爬上几乎垂直的悬崖峭壁，所以任何车子要过去都是完全不可能的，而无论人还是兽都无力将炮弹和其他重型武器拉上去。因此他确信，他们根本无法把炮火弄到营地，而没有了炮火，基督徒又能拿他建造在岩石上的城堡有什么办法呢？于是，他在周围的山头上白天看见他们的帐篷、夜晚看见营火时，加以嘲笑。"让他们再在那儿待上一阵子吧，"他说，"秋季的洪流会把他们从山里冲走的。"

司令就这样深深隐藏在城堡里，营地里的基督徒也按兵不动。但在一个宁静的秋日，他注意到山中回响起劳动工具的声音，不时有一棵树轰然倒下，或者传来轰鸣的爆炸声，好像某块岩石被彻底搬开，推入山谷。司令站在城垛上面，身边有一些武士。"我想，"他说，"这些基督徒在向山中的岩石和树木开战吧，因为他们发现我们的城堡无法攻破。"

甚至晚上那声音也没停止：摩尔哨兵在城垛上来回走动时，听见高山上回响起爆裂声。次日白天这件不可思议的事便得以说明。太阳刚刚照射到山顶上，城堡对面的悬崖上就传来呼喊，然后营地上又用欢快的铜鼓和号角给予回应。

惊讶的摩尔人抬起眼睛，仿佛看到战争的洪流正从一条隧道爆发出来。只见许许多多男人在用镐、铲和铁棒清除一切障碍，他们身后是大群大群的牛，这些牛缓慢地拉动着重型大炮及其需要的所有物品。

"当女人与牧师互相联手的时候，什么事情办不到呢？"可敬的阿加皮达又热切地说。王后再次与红衣主教和尚武的哈恩主教商讨。显然，重型大炮从常有的道路根本无法运送到营地，而没有大炮便会一事无成。不过，热心积极的主教建议，可以通过群山中的某处更可行的地方另外开辟一条路。如果用普通工具开路，真是一项既花费很大又显得荒唐的工程，所以敌人也就不会料到；但拥有财力和军队的君王们，又有什么办不到的呢？

这一方案深深打动了富有胆识的王后。于是有六千名男工用镐、铁橇和所有其他必要的工具夜以继日地干活，要从大山中央开辟出一条路来。他们必须争分夺秒，因听说扎加尔将带领一支强大的军队前来解救城堡。哈恩主教作为先遣兵中的一员忙个不停，既要标明挖掘路线又要监管工人；红衣主教则负责保证供应各种劳动所需，以免影响工程进度。[1]

"当国库的金钱由神职人员来分配时，"阿加皮达说，"是绝不会吝惜的，正如西班牙光辉的编年史所证实。"在圣徒们的指挥下，似乎创造了奇迹。差不多整座山被夷平，山谷被填起来，树木被伐倒，岩石被打碎推翻。总之，一切自然挡在那里的障碍都迅速彻底地消失了。仅仅用十二天就完成了这项巨大的工程，大炮拉到了营地，基督徒们充满胜利的喜悦，摩尔人却陷入慌乱之中。[2]

重型大炮刚一运到，就被火速安放在附近高处：弗朗西斯科·拉米雷斯·德·马德里是西班牙最优秀的工兵，他亲自指挥炮兵，不久便向城堡发起了毁灭性的轰击。

乌塞夫司令发现一座座塔楼在周围倒塌，最勇武的战士也飞快地躲开城墙，简直连打伤敌人都办不到，他那骄傲的心恼怒不已。"面对从远处进行杀戮的怯懦机器，"他忿忿地说，"骑士们的勇武有什么用？"

整整一天猛烈的炮火轰击着阿巴哈城堡。射石炮射出大块大块的石头，将两座塔楼和一切护卫着入口的墙体摧毁。如果摩尔人企图保卫城墙或修复裂口，他们就会被一些轻型大炮与其他大炮的小弹打倒。基督士兵在炮火的掩护下冲出营地，逼近城堡，通过大炮打出的裂口向里面发射出一支支利箭和石块。

---

1 见苏里塔所著《阿拉贡王国史》第二十卷第六十四章；普尔加所著《天主教君王编年史》第三部第五十一章。——原注

2 见苏里塔所著《阿拉贡王国史》。——原注

最后，为了结束此次围攻，乌塞夫准备将一些最重型的大炮再提升到一座山上，这座山离阿巴哈不远，它在河边像圆锥体或金字塔一样高耸着，俯临两座城堡。这一行动需要很好的技巧和高强度的劳动，不过是得到了回报的，因为基督徒大获成功，摩尔人没敢等到可怕的大炮发出怒火。勇武的司令确信再抵抗下去徒劳无益，便发出谈判的信号。投降条款很快谈好，司令和他的驻军被允许安全回到格拉纳达，城堡在 9 月的圣马太节[1]这天交到费迪南德国王手中。城堡随即得以修复，严加守卫，并交给哈恩城代管。

这次胜利的影响立即显露出来。主教教区再次变得宁静安全。农民安然地在地里耕种；一群群牛羊在牧场上静静吃草，日益肥壮；葡萄园产出丰富的玫瑰色红酒。在人们的感激之中，虔诚的主教享受着大家对他道德的赞美、增加的收入和丰盛的佳肴——这些都是对他所吃的苦头和冒的危险给予的奖赏。"这个辉煌的胜利，"阿加皮达高兴地大声说道，"是个很好的榜样，它说明，为了促进信仰的发展和有利于教区的工作，一位主教可以发挥多么大的作用。"

1　时间为 9 月 21 日，这天将举行一些宗教活动等。

第三十四章 卡拉特拉瓦骑士对扎勒亚城的军事行动

　　当格拉纳达王国的北部边境发生上述战事时，重要的阿哈玛要塞给忽略了，它的司令帕迪利亚，即卡拉特拉瓦的司库，陷入极度的困境之中。先前出去掠夺的队伍，在扎加尔去格拉纳达接受王冠的途中遭到他的袭击和残杀，剩下的残兵败将狼狈、惊慌地回到了要塞。他们只能述说自己的耻辱，因不得不抛弃队伍逃跑受到一支强大的敌军追击：至于在山谷里留在后面的最优秀的战士——即卡拉特拉瓦英勇的骑士——的情况，他们一无所知。几天后这些人的命运之谜就清楚了，有消息说他们血淋淋的脑袋被敌人耀武扬威地带进了格拉纳达。驻军中有一部分幸存的卡拉特拉瓦骑士，他们迫切要替死去的战友报仇，为此次遭遇的失败雪耻；但这场灾难使司令变得谨慎起来，他反对他们袭击的一切请求。由于损失了许多最勇敢的战士，他的驻军的力量已被削弱。扎加尔又派出不少强大的骑兵在平原上巡逻。尤其是驻军的行动都受到扎勒亚的武士监视，那座兵力不小的城只有两里格远，就在通往洛克萨的路边。在阿哈玛最有威力的时候，此城也不断对它进行阻碍，设下埋伏，在基督骑士出击时让他们落入陷阱。结果是双方经常发生流血冲突，阿哈玛的部队袭击返回的时候，常不得不拼杀着冲过扎勒亚的骑兵中队。

面临重重危险，帕迪利亚制止了部队迫切要出击的愿望，明白那样可能会让阿哈玛失守，从而再次遭遇不幸。

就在这时他们的供应物越来越少，而现在又无法像往常一样出去掠夺以获得食物，只得依靠卡斯蒂利亚的君王派人来解救。卡夫拉伯爵的失败更使他们的困境雪上加霜，因为预期提供的援军和供应品都给中断了。在这种极度的困境中，为了得到食物他们被迫将一些马杀死。

一天，可敬的帕迪利亚司令正思考着目前这种令人忧郁的处境，忽然有一个摩尔人被带到他面前，此人在阿哈玛大门口自首，要求拜见。帕迪利亚对叛变的摩尔人这样来访习以为常，他们作为探子和向导四处漫游，不过这个人的面容他颇不熟悉。他肩头上用皮带系了一只盒子，里面装有贩卖的各种物品；他看起来像个流动商贩，常常到阿哈玛和其他驻防的城镇，以卖廉价的小商品如护身符、香水和饰物为借口，出售一些富丽的围巾、链子和项链，以及贵重的珠宝。

摩尔人要求私下和司令谈。"我有一枚珍贵的珠宝要卖。"他说。

"我什么珠宝也不需要。"帕迪利亚回答。

"看在那位死在十字架上的他——即你们信仰的先知 [1]——"摩尔人严肃地说，"别拒绝我的请求。我说到的珠宝只有你才能够买去，但我只能和你私下谈。"

帕迪利亚察觉，在这些带有比喻性的神秘话语后面隐藏着什么，摩尔人常习惯于这样说话。他示意随从们退下。待只留下他们两人后，摩尔人谨慎地环顾着屋子，然后靠近骑士，低声问道："假如我把扎

1　指耶稣基督。

勒亚要塞交到你手中，你会给我什么？"

帕迪利亚吃惊地看着提出这样一件事的、看似卑微的人。

"你有什么法子，"他说，"实现这个目的？"

"我有个兄弟在扎勒亚的驻军里面，"摩尔人回答，"如果能够得到适当的补偿，他就会让一支部队进入要塞。"

帕迪利亚仔细审视着摩尔人。"我有什么权利相信，"他说，"你对待我，会比对待那些有着与你相同血统与信仰的人更忠实？"

"我和他们一刀两断了，不管血统上的还是信仰上的。"摩尔人回答。"我母亲是个基督俘虏，她的国家从此以后就是我的国家，她的信仰就是我的信仰。"[1]

这个混血的基督徒作出的表白，并没打消帕迪利亚的疑虑。"假定你是真心皈依基督徒，"他说，"难道对于你要背叛的要塞司令，你就没有任何感激的义务或责任吗？"

听到这些话摩尔人两眼闪现出怒火，他气得咬牙切齿。"那个司令是一条狗！"他大喊道，"他把我兄弟应分到的战利品剥夺了；他还抢走了我的商品，我抱怨他不公平时，他对待我比对待犹太人还坏，让人把我可耻地抛出城墙。我要是不彻底报仇就满足了，那就让上帝诅咒我吧！""够啦，"帕迪利亚说，"我更相信你的复仇而不是你的信仰。"

虔诚的司令召集官员们开了一个会。卡拉特拉瓦骑士们一致同意采取行动，他们迫切要抚慰被杀害的战友的在天之灵。帕迪利亚让他们不要忘记驻军的状况，最近遭受的损失使得它力量薄弱，几乎难以

1　见宫殿牧师所著《卡托尔国王史》。——原注

守卫要塞。骑士们回答说，没有冒险哪来的战功；假如没有勇敢无畏的精神，为了获得崇高的荣誉随时准备冒生命危险，历史上也就根本没有伟大的战斗了。

帕迪利亚只好接受骑士们的意愿，再反对下去就会给自己招来胆怯的污名。他通过可信的密探查明，扎勒亚的一切仍然处于通常状态，于是他为进攻作出了所有必要的布置。

在指定的夜晚到来时，骑士们无不急于投入战斗，但其他个人则通过抽签决定谁去参战。他们在摩尔人的带领下出发，到达扎勒亚时他们将他的双手反绑起来，基督首领对他发誓说，只要他一有背叛的迹象就会将他打死。然后，首领吩咐他带路。

近午夜时分他们到达了要塞的墙边。他们静静地沿着墙移过去，直至来到这座堡垒的下面。摩尔向导低声发出预定好的信号，随即上面有了回应，一根绳索从墙上放下来。骑士们把它拴在一把梯子上，之后梯子被拉上去并固定好。古铁雷·穆尼奥斯第一个爬上去，随后是佩德罗·德·阿尔瓦拉多，两位都是勇敢顽强的战士。再后面是少数其他的人，他们遭到一队卫兵攻击，不过卫兵被控制住了，直到更多的战友爬上来。在战女们的协助下他们占领了一座塔楼和部分城墙。这时驻军警觉起来，可没等他们赶到现场许多基督骑士已爬入城垛。双方展开了大约一小时的血战，有几个基督徒被杀死，但摩尔人被杀死很多。最后基督徒把要塞攻占了，该城也毫无抵抗地投降。

这样，英勇的卡拉特拉瓦骑士便夺取了坚固的扎勒亚城，几乎没什么损失，从而弥补了扎加尔让他们的战友遭受的可耻失败。他们发现这儿的仓库装满了供应物资，足以给他们处于饥荒中的驻军提供及时的物品。

在卡姆比尔和阿巴哈刚刚投降之后，基督君王就得知了这一重大事件的消息。他们为军队额外取得的胜利高兴不已，立即向阿哈玛和扎勒亚派出强有力的援军，并提供足够的补给。费迪南德和伊莎贝拉回到埃纳雷斯，王后于 1485 年 12 月 16 日在这里生下凯瑟琳公主，她后来成为英格兰亨利三世[1]的妻子。这一重要年头变化不定的战役就如此幸运地结束了。

1　此处似乎有误，因亨利三世的生卒时间为 1207—1272 年，任英格兰国王的时间为 1216—1272 年。

第三十五章　哈桑之死

扎加尔打败卡夫拉伯爵回到格拉纳达后，受到热烈的欢呼迎接。他最初极力在臣民当中充分利用所取得的胜利开展摩尔人喜欢的各种马上比武和其他公共的欢庆活动。然而，卡姆比尔和阿巴哈城堡失守、扎勒亚要塞被攻占，使他突然得到的如潮水般的声望受到了影响，一些朝三暮四的民众开始怀疑他们是否太急于废黜他的哥哥哈桑。

那位老朽的君王，仍然住在地中海边境上他忠实的阿尔穆勒卡城里，身边只有少数随从，妻子佐拉亚和孩子们同他在一起，他所有的财产也安然地掌握在手中。这位老国王那颗烈火般的心也差不多燃尽，不管好事、坏事他似乎都无力去做了。

就在他处于这种被动无助的状况时，弟弟扎加尔忽然对他的健康表现出焦虑。他十分体贴、关心地把哥哥转移到地中海海岸的另一座要塞——萨洛布雷纳，那儿因空气纯净、有益健康而出名。要塞司令是扎加尔的忠实随从，被指示要对哈桑特别关照，竭尽全力让他过得舒适，得到安慰。

萨洛布雷纳是一座小城，位于一片美丽富饶的平原中部多岩高大的山头上，三面是群山，一面朝向地中海。牢固的城墙和强大的城堡将它护卫着，被认为是无法攻取的，所以摩尔国王们常把自己的财宝都放在这里。对于有可能危及自己王位安全的儿子和兄弟，国王们也通常把他们弄到此处居住。一个个王室贵族们在这儿过着奢侈、宁静的生活：他们拥有美妙的庭园、芳香的浴室，后宫中有许多随意支配的美女——除了行动受限制外什么都不缺，而这个居住之地如果不是缺少这一点，就成为人间天堂了。

这便是扎加尔安排哥哥去居住的可喜地方，但尽管它的空气非常有益健康，老君王刚转移到这儿没多少天就断气了。他的死并没什么特别之处：生命对于他而言，早已像座位上发出的微弱烛光，一段时间来他也许已被列入了死者而非生者的行列。然而，公众就喜欢从邪恶、神秘的角度看待事情，他们对于这一重大事件的原因作出许多不祥猜测。而扎加尔的行为，在某种意义上又对他们的猜测起到了推波助澜的作用：他让人将已故兄长的财产收拾好用骡子驮到格拉纳达，并据为己有，根本没有哈桑的孩子们的份儿。佐拉亚和她的两个儿子被安排住在阿尔罕布拉宫的科马雷斯塔里。这是宫殿中的一处住所，不过事实证明也是关押奥拉和她年轻的儿子布阿卜迪勒的皇家监狱。不幸的佐拉亚为了自己和孩子们，曾有过那一切雄心计划，并因此犯下许多罪过，玷污了自己的良心。现在她有时间去思考自己的这一失败了。

哈桑的遗体也被带到格拉纳达——不是以适合一位曾经势力强大的君王的庄重方式，而是把他的遗体像最贫穷的农民的尸体一样，用一头骡子驮去。扎加尔并没给予体面的迎接或举行任何仪式，似乎一声不响地把它埋葬了，以免引起大众的骚动。据当时一位年老可靠的编年史学家记载，老君王的遗体由两位基督俘虏放进了他的藏骸所里。[1]

---

[1] 见宫殿牧师所著《卡托尔国王史》第七十七章。——原注

民众一旦确知老哈桑已死不能复活了，就无不开始对他的名望加以赞美，为失去他而悲哀。他们承认他凶猛残暴，不过他也很勇敢；固然，他让这场战争降临到他们头上，但他也同样被战争摧毁。总之他是死了，他的死弥补了一切过错，因为一位刚去世的国王通常要么是英雄，要么就是圣人。

他们不再憎恨老哈桑了，而是将同等的憎恨转移到了他的弟弟身上。老国王死时的处境、他弟弟占据其财产的迫切行为、他的遗体所遭遇的可耻的怠慢、以及他的妻子、儿女受到的监禁，这一切让公众心里充满了阴郁的猜疑，人们在自己的窃窃私语中，有时便用"杀兄者"取代了扎加尔的另一称号[1]。

公众总是必须要有喜欢和憎恨的对象，所以他们又开始打听逃亡的国王布阿卜迪勒的情况。这位不幸的君王仍然在科尔多瓦，靠费迪南德冷淡的礼貌和贫乏的友谊活着，而自从布阿卜迪勒不再对他不久前的领地有任何影响后，这种礼貌与友谊也大大地减弱了。但摩尔民众对他的命运重新产生的关注，以及向他提出的某些秘密建议，再次引起费迪南德对他的同情：他劝说布阿卜迪勒在格拉纳达境内又一次拿起武器，并为此给他提供钱财。布阿卜迪勒只进入了自己不久前的领地一点点就在贝莱斯 - 埃尔 - 布兰科驻扎下来，这是穆尔西亚界内的一座坚固城镇。他在此建立了影子朝廷[2]，一只脚踏在边界的另一边，一有警告就把它抽回来。然而，由于他以国王的身份出现在王国里，所以他在格拉纳达的小集团又有了生机。

1　即"勇者"。

2　既然有"影子内阁"，"影子朝廷"的含义就不言而喻了。

阿尔巴辛的居民通常都支持他，他们在民众中最为好战；而阿尔罕布拉宫的那些最富有尊贵的贵族居民，则团结在似乎最可靠的权威周围，支持扎加尔的统治。这样便很好地依照了人世间的规律：即物以类聚，有钱人亲近有钱人；有权人支持有权人；穷人乐于受到穷人的保护，于是世界得以和谐。

第三十六章　基督军队云集科尔多瓦城

卡斯蒂利亚的君王们又辉煌、壮观地开始了另一年的战役。这就像上演一场庄严的英雄剧一般，只见幕布在鼓舞人心的军乐声中升起，整个舞台上显现出威武雄壮的勇士和锃亮耀眼的武器。科尔多瓦这座古城，就是基督君王指示让部队聚集的地方。1486 年的初春，瓜达尔基维尔的美丽山谷里回响起嘹亮的号角和战马急切的嘶叫。在西班牙骑士制度这个辉煌的时期，贵族们当中存在着一种竞争，谁会以其光彩显赫的形象，及其封建[1]制度下的随从的数量和装备而鹤立鸡群呢？每天都可见某位显要的骑士——他是某个骄傲强大的家族的代表人物——在号角声中进入科尔多瓦的大门，同时展现出在许多争战中出现过的著名旗帜和徽章。他总是身着华丽漂亮的服饰，身边的听差侍从所穿的服装也并不逊色；他的身后有一大队属下和家臣，有骑兵和步兵，全都穿着闪亮的盔甲，令人赞叹。

伊方塔多公爵伊尼戈目前便处于此种情形，他可被说成是那个时代尚武的贵族的化身。他带领家族中的五百名重骑兵，个个全副武装，骑着骏马。随行骑士的武器和服饰也都异常华丽。有五十匹战马的马

1　"封建"是一种分封的政治制度。君王把土地分给宗室和功臣，让他们在这块土地上建国。

衣布料极尽华美，绣以金边，其余的马衣则用锦缎制成。驮骡也有同样的服饰，缰绳是丝绸的，而笼头、头饰和所有马具无不银光闪闪。

这些高贵、奢华的武士在营地的装备上也不同凡响：他们的帐篷颜色十分鲜艳，多种多样，配备有丝绸的幔帐，装饰着飘舞的三角旗；餐桌上用的是金银器皿，仿佛他们将参加隆重的盛宴和富有朝廷气派的狂欢，而不是要去崎岖的山中参加严峻的战斗。有时他们夜里高举着许多火把，极其威武地经过科尔多瓦街上，火光照耀到光亮的盔甲、一点一点的羽毛、柔软光滑的头巾和有金色刺绣的饰物上面，让旁观者们赞美不已。[1]

不过涌入科尔多瓦街上的，不仅仅是西班牙的骑士。这场战争的声望已经传遍整个基督教国家：它被视为一种宗教战争，因此各国的基督骑士们急速赶来，以便在如此神圣的事业中大显身手。有几位骁勇的法国骑士，其中最著名的便是加斯顿·迪·利昂，他是图卢兹[2]的总管。他带领了一支豪侠的队伍，个个全副武装，骑着高头大马，身上饰以富丽的外套和羽饰。据说，这些骑士在宫廷欢快、轻松的欢庆中的表现无与伦比：他们一心专注于美女，但却不像西班牙的男情人们那样既端庄又多情。他们在男女关系上放荡不羁、寻欢作乐，醉心于不断向女人们发起进攻。庄重、威严的西班牙骑士最初对他们不屑一顾，直到后来他们在战场上表现出惊人的英勇之后，才受到了尊敬。

然而，此时出现在科尔多瓦的最为显著的自愿者，是一位英国的

---

1 见普尔加所著《天主教君王编年史》第三部第四十一章、第五十六章。——原注
2 法国南部城市。

皇家骑士。他就是里韦尔斯伯爵斯凯尔斯阁下，此人是英格兰王后——即亨利七世[1]的妻子——的弟弟。他曾在前一年的"博斯沃思原野战役"[2]中超凡出众，当时的里士满伯爵亨利·都铎即在此打败理查三世。那次决定性的战役使国家得以和平，于是对战场满怀激情的里韦尔斯伯爵来到了卡斯蒂利亚的宫廷，以便在反击摩尔人的战役中让他的武器继续发挥作用。他带来了一百名射手，个个精于使用长弓和布码[3]箭。此外，他还带来两百名卫士，他们无不全副武装，用长枪和战斧作战——这些人身强体壮，力量惊人。可敬的教士阿加皮达像通常那样，精确细致地对这位外国骑士及其随从们进行了描述。

"这位骑士，"他说，"来自遥远的英国岛，他同时带来了一队随从。他们的国家爆发了激烈的内战，而这些人就是在内战中变得坚强起来的。他们那个民族的男人长得英俊标致，但作为武士就显得太白皙嫩气了，不像我们老练的卡斯蒂利亚战士皮肤黝黑，适合打仗。他们还是些食量很大的人，爱大吃大喝，无法适应我们部队有节制的定量伙食，而吃喝都不得不按照他们本国的方式。在痛饮时他们常常又吵又闹，不能自制，其军营易于成为高声狂欢和突然打斗起来的场所。此外，他们还颇为骄傲，但不像我们西班牙人的那种显得易于激动的骄傲：他们并不过分拘泥细节，在争吵中很少拔出刀来；他们以沉默无声的态度和带有侮辱性的举止显露出自己的骄傲。虽然来自一座遥远而有些粗俗的岛屿，但他们自认为是世上最完美的人，大力夸赞他

1　亨利七世（1457—1509），都铎王朝第一代英格兰国王（1485—1509）。

2　1485年8月22日，在英国玫瑰战争中，约克王理查三世与亨利·都铎的一次交战，并在战斗中击毙理查三世。

3　英国国王爱德华六世规定为三十七英寸。也用作大弓的箭身长度。

们的首领斯凯尔斯阁下，说他胜过西班牙最伟大的大公。尽管如此，必须指出他们在战场上还是相当不错的，个个都是熟练的射手，颇善于使用战斧。由于他们十分骄傲、固执任性，所以打仗时总是极力冲锋在前，极力去攻占危险的要塞，试图强过咱们的西班牙骑士。他们并不匆忙地猛然投入战斗，也不像摩尔人和西班牙部队那样一开始就展开不同凡响的进攻，而是表现得从容不迫、顽强持久，所以，即使他们被打败时也不是很快就会看出来的。另外，西班牙军人虽然很尊重他们，但却不怎么喜欢他们，一方面，在战场上把他们视为忠诚的战友；另一方面，在营地里却几乎不想和他们有什么友情。

"他们的指挥官斯凯尔斯阁下是一位卓越的骑士，仪容雅致、高贵，语言优美、悦耳。至此为止，若要看见在卡斯蒂利亚的宫廷里培养出一位如此礼貌谦恭的骑士，那真是一个奇迹。国王和王后对他尊重有加，宫廷中美丽的贵妇人们也特别喜欢他，外国的骑士确实更讨她们欢心。他走到哪里始终颇有气派，身边有各种随从护送，有本国高贵年轻的骑士相伴。这些骑士在他的旗下入伍，并学会巧妙地使用武器。在所有的盛会和节庆上，这位英国伯爵及其队伍独特的举止和华丽的服饰，无不吸引民众的眼球，他为自己总是以本国的服饰和风貌出现在人们面前而自豪，这样的服饰和风貌，看起来确实带着某种非常悦目、与众不同的东西。"

可敬的编年史学家阿加皮达对于圣地亚哥、卡拉特拉瓦和阿尔坎塔拉的团长及其英勇的骑士们——他们个个全副武装，饰着本骑士团的徽章——也同样详加描述。他断言，他们是基督骑士的精华：由于一直在服兵役，他们比临时征来的、非正规的封建贵族更加坚定、出色地执行着纪律。他们沉着、庄严、高贵，像一座座塔似的骑在雄壮的战马上。阅兵时,他们绝不像其他部队那样炫耀、卖弄;在战场上,他们也不会以急切的行动或铤而走险、贪图虚荣的战功来突出自己:不管做什么他们都谨慎稳重,但人们也注意到在营地里他们看起来是最善战的,在战场上他们的战绩也最了不起。

而西班牙骑士异常华丽的服饰,却不怎么受两位君王的青睐。他们看到在军费开支上形成了一种攀比,这给不很富裕的骑士带来损害;他们担心会让部队变得软弱娇气,这与战争的严酷性质是相违背的。君王向几位为首的贵族表示了反对意见,建议在现行兵役中使服饰显得更严肃一些,看起来更像军人。[1]

"这样的部队参加比武是少有的,大人。"费迪南德看见伊方塔多公爵的随从穿戴着金制的和刺绣的服饰,闪闪发光,便对他说,"不过,金子尽管华丽漂亮,但却柔弱易弯,而铁才是用来打仗的金属。"

"陛下,"公爵回答,"假如我的部队在阅兵行进时衣着华贵,您就会看到他们将用钢枪去战斗。"国王露出微笑,不过摇着头,公爵也把他的话铭记在心里。

骑士们这样大规模地进行准备的直接目的,现在该予以说明了——实际上,这将会解除君王的心头之恨。那位老练的阿塔在洛克萨城墙前给予费迪南德的沉重教训,虽然起了很大作用,让他在进攻坚固堡垒时变得谨慎起来,但那次失败仍使他满怀愤怒,从此以后他就对洛克萨特别憎恨。事实上,它是边境上最好战、最麻烦的城市之一,不断袭击侵扰安达卢西亚。并且,它还挡在一些基督领地、阿哈

---

1 当时,上述各骑士团尚未完全收归统一,各自都有较强的势力与独立性,所以君王的权力是比较有限的。

玛和在格拉纳达王国内夺得的其他重要地方之间。由于这一切原因，费迪南德国王已决定对这座好战的城市再展开一次大规模的攻击，为此，他将最强大的骑士队伍召集起来准备参战。

5月，国王率领部队从科尔多瓦出发，共有一万二千名骑兵和四万名步兵，他们武装着石弓、长矛和火绳枪。六千名先遣兵手持用来开辟道路的短柄斧、铁镐和铁锹。他还带了一长队射石炮和其他重型大炮，同时有许多精于操纵炮火轰炸城墙的德国人。

这真是一个壮观的场面（阿加皮达说）：看，庄严雄伟的队伍从科尔多瓦出发；西班牙最骄傲的家族的三角旗和徽章与豪侠的外国骑士的旗帜和徽章，飘扬在一大片头盔的顶端和羽饰上方；瞧，庞大的队伍在缓缓行进着，勇士们的头盔、胸甲和圆盾发出光来，他们穿过那座古老的桥，身影倒映在瓜达尔基维尔河中；战马的嘶叫和嘹亮的号角在空中响起，回荡在远处的大山之中。"不过，"虔诚的教士像通常那样热情地说，"尤其让人满怀胜利喜悦的是，看见处处展现着基督的旗帜，并且想到这绝不是一支世俗的军队——它只为了自己的野心或报仇采取某种一时的行动——而是一支神圣的基督军队，它将投入一场宗教战争，把异教徒的根源从大地上消灭，从而扩大基督教徒纯洁的领地。"

第三十七章　格拉纳达发生新的骚动，人们如何使其平息

　　由于目标完全一致，行动彼此协调，所以基督军队的力量强大起来，而注定灭亡的格拉纳达王国却继续受到内在矛盾的困扰。自从扎加尔的哥哥死后，他一时获得的声望便每况愈下，不过布阿卜迪勒一派却在日益强盛。阿尔巴辛和阿尔罕布拉宫彼此为敌，相互进行着殊死的斗争，不幸的格拉纳达的街上每天都染红了它孩子们的鲜血。就在发生这些冲突的时候，传来消息说，在科尔多瓦正聚集起强大的军队。于是各个抗衡的派系暂时停止了愚蠢、糊涂的争斗，一时意识到共同的危险。他们立即又采取重建政府的老一套办法，或更确切地说是推举和废黜国王。他们把扎加尔推上王位并没达到预期的效果，那么接下来怎么办呢？召回布阿卜迪勒，再次承认他为君王？正当他们在商议中普遍骚动不安时，别号埃尔·桑托的阿梅·阿文·萨拉克斯站了出来。这就是那个曾预言格拉纳达将遭遇灾难的疯狂忧愁的男人。他从邻近高山的一个大洞穴中钻出，这座高山耸立于达罗河之上，从此被称为"圣山"。他看起来更加憔悴，因为他那被忽略的预言精灵似乎已转向他的体内，损害着他的重要器官。"啊，伊斯兰教徒们，"他高喊着，"当心那些急于统治王国，却又无法予以保护的人。干吗为了布阿卜迪勒或扎加尔而相互残杀呢？让你们的国王停止争夺吧，

联合起来拯救格拉纳达，或者将他们都予以罢免。"

萨拉克斯早就被尊奉为圣人，现在他又被视为了神使。老人和贵族们立即商议如何才会让两位抗衡的国王协调起来。他们已试过一些最有利的办法，现在决定将王国在他们两人之间进行瓜分，把格拉纳达、马拉加、贝莱斯 - 马拉加、阿尔梅里亚、阿尔穆勒卡及其属地给扎加尔，其余部分给布阿卜迪勒。在给予后者的城市中洛克萨被特别指定出来，条件是他应该立即亲自控制它，因为政务会认为他受到基督君王喜欢，这或许会防止可能受到的攻击。

扎加尔欣然同意了这样安排：他是在人们兴奋激动时被轻率地推举到王位上的，也可能被轻率地罢免。现在他获得了一半的、毫无世袭继承权的王国，相信通过武力或欺诈的办法以后可以获得另一半。这个老谋深算的老君王甚至派了一个代表团去侄子那里，居功自傲、高兴地把本来不得不放弃的另一半王国主动让给布阿卜迪勒，并请他为了国家的利益友好地联合起来。

对于一个曾试图要自己命的人，布阿卜迪勒打心眼里不想和他有任何联系，他认为扎加尔就是杀害自己亲人的凶手。他是从国民手中接受一半王国的，一位对自己站着的土地几乎没什么拥有权的王子，不会拒绝这部分领地。不过他声称自己对整个王国拥有绝对的权力，之所以服从这样划分，是为了眼下人民的利益。他将不多的随从召集起来，准备赶赴洛克萨。就在他骑上马要离开时，萨拉克斯突然站在他面前。"请务必忠实于你的国家和信仰，"他高声说，"别再与那些卡斯蒂利亚的家伙们往来了。不要相信卡斯蒂利亚国王的虚情假意，他正在你的脚下暗中挖掘破坏呢。如下两者选择其中之一吧：要么做君王；要么做奴隶——你是不能两者都做的。"

　　布阿卜迪勒思考着这番话。他作出过许多明智的决定，但总易于照一时的冲动行事，不幸地爱见风使舵临时改变策略。他写信给费迪南德，说洛克萨和某些其他的城又效忠他们了，按照协定他让它们成为卡斯蒂利亚的属地。他因此恳求费迪南德别发动任何计划中的进攻，并向基督军队主动提出他们可以自由通过马拉加，或其他任何自己叔父控制的地方。[1]

　　但费迪南德对这一恳求和所有关于友情与属地的表白都充耳不闻。在他看来，布阿卜迪勒不过是煽动起内战战火的工具而已。现在他坚持认为布阿卜迪勒与其叔父结为了敌对的一方，并因此丧失了一切得到宽容的权利；他也更加迫切地要进攻洛克萨城了。

　　"如此，"可敬的阿加皮达说，"这位最富有远见的君王便实践了福音传教士圣路加第十一章的经文，即'自相纷争的王国站立不住'[2]。他利用异教徒们内部的纷争使其荒废、自相毁灭，并最终将幸存者抛弃；而摩尔君王则以其自身毁灭性的纷争，在内战中证实了卡斯蒂利亚的格言，即'被征服者得以征服，征服者被予以推翻'。"[3]

　　若一国自相纷争，那国就站立不住。[4]

1　见苏里塔所著《阿拉贡王国史》第二十卷第六十八章。——原注
2　实际应为《圣经·新约·马可福音》第三章第二十四节。本书第二十章有注解。
3　见加里贝所著《西班牙史简编》第四十卷第三十三章。——原注
4　此句即引用《圣经·新约·马可福音》第三章第二十四节的原文。

第三十八章 费迪南德国王在"情人岩"召开军事会议

皇家部队这时行军前往进攻洛克萨,在5月里一个晴朗的夜晚,部队于叶加斯河岸的一片草地上扎营,此处在一块被称为"情人岩"的高大的悬崖底部。每一位贵族的住处就像一个独立的小营地,他那富丽华贵的大帐篷高耸在中央,顶端有飘扬的三角旗,四周是其诸侯和随从的小帐篷。不远处是那位英国伯爵的营地,它仿佛处于自己傲然独立的保留地当中,设备豪华,军需品应有尽有。射手和手持战斧的士兵守卫在周围,上方的英国军旗在夜风中高高飘扬。

这些军人们在河里给马喂水,或者在火堆旁忙来忙去——薄暮中一堆堆火开始在这儿、那儿燃起来——此时,他们操着不同国家的不同语言,各种声音混杂在一起:有法国人快乐的小调,哼着自己在卢瓦尔河[1]或加伦河[2]令人愉快的岸边有过的恋情;有德国人宽广的喉音,喃喃地唱着某支刚强的德国战歌,或者赞美莱茵河[3]的葡萄酒;有西班牙人狂放的浪漫曲,吟唱着某位首领的战绩和摩尔人的战争中许多著名事件;有英国人忧郁的长音小曲,述说着某位封建时代的英雄,或

---

1 法国中部的一条河流。

2 位于法国西南部。

3 源出瑞士境内的阿尔卑斯山,贯穿西欧多国。

者其遥远岛国的某个有名的逃亡者。

有一处高地俯临着整个营地，这儿便搭着国王豪华的大帐篷，它的前面竖立着卡斯蒂利亚和阿拉贡的旗帜，以及基督教的圣旗。在这个帐篷里汇聚着军队的主要首领，他们是费迪南德召集来参加一个军事会议的，因得到消息说布阿卜迪勒率领庞大的援军进入了洛克萨。经过一番磋商后，决定从两边围攻洛克萨：一部分部队要夺取城前面圣阿波哈森那个危险的制高点，其余的部队则绕过去在对面扎营。

这个决定一旦作出，卡迪斯侯爵就站出来要求去夺取这一危险的要塞——为了他自己和那些骑士战友，他们前一次围攻时，不得不在部队的大撤退中将它放弃。那次敌人对他们幸灾乐祸，好像把他们耻辱地赶跑了。为夺回那个危险的高地在那里扎营，替洒下鲜血的英勇战友们报仇，曾攻打过此城的卡拉特拉瓦骑士团团长应该替他们的荣誉雪耻。因此，卡迪斯侯爵让他们率先进攻，夺取制高点并牵制住敌人，直至主力部队占领洛克萨城的对面。

费迪南德国王欣然答应，为此卡夫拉伯爵请求也派给他一项艰巨任务。他总爱冲锋在前，既然布阿卜迪勒将投入战场，有可能抓获一位君王，他怎么愿意留在后方呢。费迪南德同意了伯爵，他愿意给虔诚的伯爵一切机会，以挽回其最近遭遇的不幸。

那位英国伯爵听说有一个危险的行动，迫切想要参加，但国王对他的热情予以了制止。"这些骑士们，"他说，"认为应该挽回自己的尊严，让他们去完成此次任务吧。阁下：只要长期参加这些与摩尔人的战斗，你会发现危险的任务特别多。"

卡迪斯侯爵和他的重骑兵于黎明时拔营，他们有五千名骑兵和一万二千名步兵。部队迅速地沿着山隘前进，骑士们渴望在国王率领主力部队赶来增援前发起进攻，占领阿波哈森制高点。

洛克萨城在赫尼尔河两岸，位于两座大山之间的一处高高的山冈上。为到达阿波哈森制高点，部队不得不穿过一片岗峦起伏的地方和一个由运河、水道交叉纵横的深谷（摩尔人即用这些水源灌溉田地）。部队行军到此处时十分艰难，在到达制高点前随时面临着被各个击破的危险。

卡迪斯侯爵不顾一切障碍，怀着往常的迫切心情极力穿过山谷，结果不久便和骑兵一起被困在河道中，而急于求成的他又不愿撤回去另外选择一条更可行、但更迂回的路线。其他部队则借助浮筒穿过山谷的另一处。卡迪斯侯爵、阿隆索和乌雷纳伯爵，从前面的战役中取得了更多的战地经验，他们从制高点的底部绕过去，蜿蜒着往上爬，然后将骑兵队展开，把一面面旗帜高高地竖立在这个令人敬畏的地方——他们就是在先前的围攻中，被迫不情愿地将它放弃了。

第三十九章　皇家军队出现在洛克萨城前遇到的情况及英国伯爵取得的英勇战绩

　　基督军队的挺进，使得摇摆不定的布阿卜迪勒又像往常一样陷入进退两难的境地。一方面，是曾宣誓效忠西班牙君王；另一方面，他又对自己的臣民怀有责任感，这让他纠结不已。不过眼见敌人在阿波哈森高地上亮光闪闪，耳听人民让他率领大家投入战斗的呼喊，他才打消了顾虑。"真主啊，"他大声说道，"您了解我的心，您知道我一直忠实于那位基督君王。我已将洛克萨作为他的属地，可是他宁可把它当成敌人来对待，我们的协定被违反都要归咎于他！"

　　布阿卜迪勒并不缺乏勇气，他需要的只是果断。一旦下定决心后他就全力付诸行动。但不幸的是，他要么根本不作出决断，要么就决断得太晚。而凡是决断迟缓的人通常都行动鲁莽，力求通过紧急的行动弥补思考缓慢而造成的不足。布阿卜迪勒匆忙扣紧盔甲，在卫士们的簇拥下出发，身后是五百名骑兵和四千名步兵，他们是他军队里的精华。他派遣一些部队与分散在山谷里不知所措的基督徒展开战斗，阻止他们集中军力；同时他自己率领主力部队向前挺进，力图把敌人从阿波哈森高地赶走，以免他们聚集起更多数量的兵力，或者在那个重镇巩固力量。

　　可敬的卡夫拉伯爵和他的骑兵仍然被困在山谷的水道之间，这时他忽然听见摩尔人战斗的呐喊，看见他们的部队正冲过桥梁。他根据富贵的盔甲、华丽的马衣和簇拥着的耀眼卫士，认出了布阿卜迪勒本人。于是这支皇家部队赶紧向阿波哈森高地冲去。一座横隔在中间的小山使他看不见高地，不过高声的呐喊呼叫、锣鼓与号角的回响以及火绳枪的爆炸声，都表明战斗打响了。

　　一个最好的战利品就在战地里，而卡夫拉伯爵却无法投入战斗！这位虔诚的骑士极度焦急不安，他每一次试图强行穿过山谷都只是陷入新的困境。最后，经过许多次急切无效的努力，他不得不命令部队下马，缓慢、小心地牵着它们沿滑溜的小径返回，置身于泥潭和水坑中间（这儿常常连立足的地方都没有）。虔诚的伯爵一边走一边心里叹息，急得直冒汗，他担心在自己赶到战场前战斗已打完，那个战利品让人夺去或者丧失。终于，他艰难地摆脱了迷宫般的山谷，来到更坚实的地面上。他命令部队上马，带领他们全速冲向高地。虔诚的伯爵实现了部分愿望，但最宝贵的愿望却落空了：他及时赶到并参加了最激烈的战斗，可是那个最好的战利品却不见了。

　　布阿卜迪勒先前率领部队投入战斗时非常勇猛，或者更确切地说十分仓促、鲁莽。他毫不留心地冲在前面，一开始交锋就受了两处伤。卫士们把他挡在中间，无比英勇地保护着他，并将流着鲜血的他抬离了战场。卡夫拉伯爵赶到时正好看见皇家（摩尔人）骑兵中队穿过桥梁，慢慢将受伤的君王抬向城门。

　　布阿卜迪勒撤离之后，战斗仍然激烈地进行着。有个外表阴险可怕的摩尔武士骑着一匹黑马，带领一群凶猛的戈默雷斯家族的人冲在前面，他就是龙达那位勇武的司令塞格里，他带领曾经使人敬畏的驻军的剩余人马。摩尔人在他的带动下受到鼓舞，再次向高地发起进攻。卡迪斯侯爵和阿隆索分别从两面英勇地守卫着，一旦摩尔人爬上来就将他们从山坡上打下去。乌雷纳伯爵站在他兄弟阵亡的那个致命地点，随从们也同样满怀着这位指挥官心中的仇恨，让一群群敌人倒在他们的武器之下，成为令人哀悼的卡拉特拉瓦骑士团团长的亡灵的祭品。

　　战斗无比顽强地进行着。摩尔人知道这个高地对于洛克萨城的安全十分重要，而基督徒则感到为了荣誉他们需要保卫好它。这时城里又涌出了其他部队，有的在高地上战斗，有的去攻击仍在山谷、果园和菜园里的基督徒，阻止他们集中兵力。山谷里的敌军被渐渐打退，于是，所有的摩尔人围着阿波哈森高地猛攻。卡迪斯侯爵及其战友们处于极度的危险之中：他们兵力不多，并且在与进攻高地的摩尔人短兵相接时，不断增多的摩尔部队又从远处用石弓和火绳枪打击他们。在这千钧一发的时刻，费迪南德国王率领主力部队从山中出现了，他们来到一个可以俯瞰整个战场的地方。他的旁边是高贵的英国骑士里韦尔斯伯爵。这是伯爵第一次目睹与摩尔人的战争场面。他兴致勃勃地看着突然出现的混战，只见骑兵在疯狂地奔驰，步兵在混乱、喧闹中猛冲，基督徒和摩尔人相互殊死搏斗着。见此情景，高贵的英国骑士登上战马，混乱的呐喊、锣鼓与号角的声音，以及火绳枪的爆炸，使他的心灵受到激励。看见国王正将增援部队派往战场，他请求允许他依照本国的方式参加战斗。

　　他的请求得到准许，于是他从战马上下来，只武装着无面甲的头盔、护背和胸铠——他的剑佩带在腰上，手里挥舞一把威猛的战斧。他带领一群以同样方式武装起来的卫士和一队射手，射手的弓用坚韧的英国紫杉树做成。伯爵转向他的队伍，然后依照本国的方式简短直率地对他们讲话。"我所有的同胞们,"他说,"别国的人都盯着你们。你们是在异国的土地上,为了上帝的荣耀和快活、古老的英格兰[1]的荣誉而战!"部下们跟着他高喊起来。伯爵把战斧举过头挥舞着。"求圣乔治[2]保佑英格兰吧!"他喊道。等发出英国这句古老而鼓舞人心的呐喊之后,他便带领部队断勇敢地冲向了战场。[3]卡斯蒂利亚的山民们看见英国卫士如此勇敢,也不甘示弱。他们虽然在体重或身高上敌不过对方,但在气势与活力上并不比任何人差。所以他们与英国人并肩作战,有着同样的胸怀和并不逊色的威力,给了坚强的英国人无畏的支持。

摩尔人被这疯狂的攻击打得惊慌失措,加之塞格里受伤后被抬离了战场,他们个个灰心丧气。他们逐渐退回到桥上,基督徒则乘胜追击,把他们混乱不堪地赶过了桥。摩尔人退回到城郊,里韦尔斯伯爵带领部队一窝蜂地冲过去,与他们在街上和房子里拼杀着。费迪南德国王带领王室卫队赶到战场,把异教徒们赶进了城墙。于是城郊就这样被大无畏的英国勋爵[4]拿下了,而先前从没预料到会有这样的事。[5]

里韦尔斯伯爵尽管受了伤,但仍然在向前攻击。雨点般射来的东西打死了他许多随从,但他奋不顾身地差不多打到了城门口。一块从城垛上打来的石头阻止了他猛烈的进攻:石头打在他嘴上,有两颗门牙被打掉,他也被打倒在地,不省人事。部下们把他抬到不远处,但

1　有"快活的英格兰"之称,是对英国的传统爱称。

2　英格兰的守护神。

3　见宫殿牧师所著:《卡托尔国王史》。——原注

4　对侯爵、伯爵、子爵、男爵等贵族或高级官员的尊称。

5　见宫殿牧师著《卡托尔国王史》手稿。——原注

他恢复知觉后拒绝让人带离城郊。

战斗结束后，街上呈现出一片凄惨的景象，很多居民在保卫他们的家时死去，或者毫无反抗地被杀死。这些遇难者中有一个可怜的织工，暴乱发生时他一直在家干活，妻子催促他逃到城里去。"我干吗要逃？"这个摩尔人说，"为了留条命忍饥挨饿或者受人奴役？告诉你吧，老婆，我会在这儿等敌人到来，因为让钢刀很快杀死，总比戴上镣铐关在地牢里慢慢死去好些。"之后他没再说什么，继续纺织着，在不分青红皂白的疯狂攻击中被杀死在织机旁。[1]

基督徒们仍然占领着战场，并着手在三处安营扎寨以便展开围攻。国王率领大部队于城市靠近格拉纳达的一边扎营；卡迪斯侯爵和他勇敢的战友们，再次于圣阿波哈森高地搭起帐篷；而英国伯爵则将旗帜牢固地竖立于他夺取的城郊以内。

1　见普尔加所著《天主教君王编年史》第三部第五十八章。——原注

第四十章　围攻洛克萨城的结局

占领阿波哈森制高点和城郊后，基督徒们可以选择最有利的地方进行轰炸了。他们立即将那座石桥摧毁——敌人的驻军就是通过它突围的——并在河上搭起两座木桥，在水道与溪流上也另外搭起一些，以方便各个营地之间相互联系。

一切安排就绪后，他们便从各处向洛克萨城猛烈开火。他们不仅抛去石球和铁球，而且投去大块的火把，它们像流星一样落到房子上，立刻让房子陷入火海之中。猛烈的射石炮将城墙击碎，把塔楼打垮。这样，城墙被打出一个个裂口，他们看见了城内——幢幢房子要么倒塌，要么燃烧起来，男人、女人和孩子们惊恐地跑过街道，让小型的大炮、石弓和火绳枪从城墙裂口射进的东西打死。

摩尔人极力修复城墙裂口，但大炮发射出新一轮的轰炸，将他们埋在自己正在修的城墙的废墟下面。许多居民绝望中冲进城郊狭小的街道，用标枪、短弯刀和匕首攻击基督徒，企图消灭敌人而不只是自卫；他们把死置之度外，深信与基督徒战死后随即会升入天堂。

这可怕的场面持续了两个夜晚和一个白天，此时某些为首的居民开始考虑到这样下去毫无希望：他们的国王已丧失战斗力，主要的将领要么被杀死，要么受伤，防御工事比一堆堆废墟好不了多少。他们曾强烈要求不幸的布阿卜迪勒投入战斗，现在他们又叫嚷着投降。基督君王同意谈判，投降条件不久即确定下来。他们将立即交出城市和所有的基督俘虏，尽可能多地带上自己的财物离开。卡迪斯侯爵——他们对于他的道义和仁慈非常信赖——将把他们护送到格拉纳达，以免受到攻击或抢劫。愿意留在西班牙的人，他们可以居住在卡斯蒂利亚、阿拉贡或巴伦西亚[1]。至于布阿卜迪勒，他要作为诸侯效忠费迪南德国王，但不能因为他违反了先前的誓言加罪于他。假如他对格拉纳达放弃一切奢望，那么他将获得瓜迪克斯公爵的头衔以及附属的领地，只要能把它在6个月内从扎加尔手中收复。

投降协定安排好后，他们交出了人质，其中有洛克萨城的要塞司令，主要的官员，以及最近死去的首领、老练的阿塔的儿子们。然后洛克萨的武士们出来了，他们不得不放弃英勇顽强、颇有声望地保卫了这么久的城墙，为此感到羞辱和沮丧；妇女和孩子们为被迫离开家乡悲哀不已。

最后出来的是布阿卜迪勒，更确切地应称为埃尔·佐哥比或"不幸者"。他这人已习惯了被推上王位或者赶下王位，习惯了让人赎回去和被作为一种交易，所以他当然接受了投降。他因受伤变得很虚弱，现出沮丧的样子，不过人们说他虽然违背了对卡斯蒂利亚的君王许下的誓言，但他是问心无愧的；他个人所表现出来的英勇行为，使许多基督骑士都对他产生同情之心。他按照诸侯的礼节跪拜在费迪南德面前，之后怀着忧郁的心情前往普里戈镇，那是一个约三里格远的城镇。

费迪南德马上下令修复洛克萨并严加防守。攻下这个地方使他高兴万分，因为先前曾败在它的城墙前。他对表现出色的指挥官们大加

1　西班牙港市。

赞赏，历史学家对他亲临英国伯爵的帐篷一事详加描述：陛下安慰被打掉牙齿的伯爵，说就把它想成是自然脱落的，而现在失掉它们会被看作是一种美而非缺陷，因为它成了他所参与过的光荣事业的纪念。

伯爵回答说，他感谢上帝和圣母马利亚，因为基督世界最了不起的国王来看他，使他感到荣幸；对自己失去牙齿而受到国王仁慈的安慰，深表感激，尽管他觉得为效忠上帝失掉两颗牙齿微不足道，因为上帝赐予了他一切。"这样的话语，"阿加皮达说，"充满了高贵的智慧和基督的虔诚。而它却是由一位远离卡斯蒂利亚的一座岛上的人说出，这只会令人惊讶。"

第四十一章　夺取伊罗拉

继在洛克萨取得胜利后，费迪南德国王又开始围攻坚固的伊罗拉城。这座可怕的要塞位于宽阔的山谷中央一块高大的巨石上，离摩尔人的首府四里格远；它那居高临下的城堡警惕地监视着周围广阔的地区，被称为格拉纳达的右眼。

伊罗拉的司令是摩尔人最勇武的指挥官之一，为誓死保卫要塞他做好了一切准备。他将妇女、儿童和老弱者送到了首府，并在城郊设置障碍，让房子与房子门门相通；又在墙上打出洞孔，以便用石弓、火绳枪和其他发射物射击。

费迪南德国王率领整个部队来到城前，在恩西尼拉山上驻扎下来，并让其余营地分散在各个位置，准备包围要塞。他知道要塞司令是个十分骁勇的人，那些摩尔人也敢于拼死战斗，所以下令对营地加强防守——在四周挖出战壕、设置栅栏，并增加一倍的卫队，在附近高处所有的瞭望塔上布下哨兵。

待一切准备就绪后，伊方塔多公爵即开始请战：这是他第一次参加战斗，君王曾暗示他那些身穿刺绣服饰的骑士打不得仗，他急于证明这种看法是错误的。费迪南德国王答应了他的请求，并对他的勇敢精神给予适当赞扬。国王又命令卡夫拉伯爵在另一个地点同时展开进攻。两位首领带领各自的部队出发了——公爵的部队穿着崭新耀眼的盔甲和华丽的服饰，他们至今尚未参加战斗、受过伤；而伯爵的部队则是些饱经风霜的老战士，在许多次残酷的战斗中，他们的盔甲被砍出了道道凹痕和缺口。年轻的公爵为这一鲜明的对比感到脸红。"骑士们，"他高喊道，"有人责备我们服饰华丽，让咱们证明锋利的战刀可以插在豪华的刀鞘里。前进吧！向敌人冲杀！我相信上帝——既然我们能成为穿着漂亮服饰的骑士投入战斗，我们也会充分证明战斗结束后个个都是勇武的骑士。"属下们热切地高声回应着，然后他带领他们冲向了战场。他冒着雨点般飞来的石头、飞镖、球状物和利箭向前挺进，什么都无法阻止他。他手中持剑进入城郊，他的部队打得很勇猛，虽然损失惨重，因为每一个住处都成了一座堡垒。经过激烈的交锋，他们把摩尔人打进了城里，与此同时卡夫拉伯爵和他久经沙场的战士们也攻下另一处郊区。伊方塔多公爵的部队结束战斗时，兵力减少了，战士们的身上沾满鲜血和尘土，处处是伤。他们受到国王最高的赞赏，从此再没有谁嘲笑他们穿漂亮的刺绣服饰了。

　　郊区攻下后，三个炮组——每一个都配备有八门巨大的射石炮——同时向要塞开火，使其遭到严重摧毁，因为这些防御设施并非是建造来抵挡如此强大的武器的。塔楼被轰垮、城墙被炸得粉碎，里面完全暴露出来，只见一座座房子被摧毁，很多人被杀死。摩尔人让坍塌的废墟和巨大的轰鸣吓坏了。司令本来决心把要塞保卫到最后一刻，但他看见它已成了一堆废墟，也根本无法指望格拉纳达增派援军；人们已失去了一切战斗的勇气，大喊着投降；于是他才不情愿地屈服了。除武器外，允许居民们带着自己所有的财产离开，由伊方塔多公爵和卡夫拉伯爵把他们安全送到皮诺斯桥，这儿离格拉纳达只有两里格远。

费迪南德国王下令修复伊罗拉要塞，并对其严加防守。他任命阿隆索的弟弟贡莎尔沃为该城及其要塞的司令。这位英勇的骑士是费迪南德和伊莎贝拉的皇家卫队队长，他已经让人们看到自己多么英勇，而正是这样的英勇后来使他闻名四方。

第四十二章　伊莎贝拉王后来到莫克林前的营地及英国伯爵有趣的话语

对于格拉纳达战争，无论诗人们怎样用想象的鲜花去装饰，它无疑都是最残酷、最严峻的战争之一，在"圣战"的名义下受到赞美。那崎岖不平的山中的一次次军事行动、一个个血腥的战役以及无情的劫掠与袭击，都是这场战争所具有的特征，可敬的阿加皮达怀着无尽的喜悦予以详加叙述。不过我们发现在基督徒全速取得胜利之际，他一时暂停下来，详细讲述了基督君王举行的一个庄严而堂皇的盛典。

洛克萨一被攻下，费迪南德就写信给伊莎贝拉，请她亲临营地，以便商量如何处置刚刚获得的领地。

6月初，王后带着公主和许多宫廷侍女从科尔多瓦出发，另有一大队十分显赫的骑士、听差、卫兵和家仆护送。还有四十匹骡子供王后、公主及其队伍使用。

这支富有朝廷气派的队伍接近叶加斯河岸的"情人岩"时，注意到有一队威武漂亮的骑士前来迎接。领队的便是那位战功赫赫的骑士——卡迪斯侯爵；随行的有安达卢西亚的行政长官。在夺取伊罗拉后的那天他便离开营地，赶这么远的路程来迎接王后，并将她护送过边境。王后以非同一般的殊荣接待了侯爵，因为他被视为骑士的典范。他在这场战争中已成为每个人谈论的话题，在英勇顽强方面，许多人毫不犹豫地将他比喻为不朽的英雄。[1]

王后在这种特别周到的护送下，进入了格拉纳达被征服的边境地区，安然地行进在赫尼尔河令人愉快的河岸，这儿最近还经常遭到摩尔人的侵扰。她在洛克萨停留了一下，给伤员以帮助和安慰，根据各自的职位和作出的贡献把赏钱发放给他们。

在夺取伊罗拉之后，国王将营地转移到了莫克林要塞前，以便对它进行围攻。王后此刻继续向那里赶去，仍然由卡迪斯侯爵护送着穿过山道。伊莎贝拉来到离营地不远处时，伊方塔多公爵赶到一里格半远的地方去接她。他的服饰十分华丽，身后所有骑士的装束也光彩耀眼。他还随身带来了塞维利亚旗，由那座名城的重骑兵扛着，圣胡安修道院院长也在他的随从当中。他们按照作战的队形排列在道路左边，王后即将从这条路上经过。

在描述基督君王异常华丽的外表时，可敬的阿加皮达一丝不苟，细致入微：王后骑着一匹栗色的骡子，她坐在镀得银光闪闪的豪华鞍座上；骡子的外套用精美的深红色布料做成，绣着金边；缰绳和头饰都是用缎子做的，用丝绸刺绣制成奇特的浮饰，并且绣有金色字母；王后穿着一条高贵的天鹅绒裙，里层又有锦缎裙子；她身上的披风是鲜红色，依照摩里斯科人[2]的式样予以装饰；她还戴着一顶黑色帽子，顶端和边缘都有刺绣；公主同样骑在一匹披着华丽服饰的栗色骡子上，她穿一条黑色的锦缎裙，黑色的披风装饰得像王后的一样。

皇家队伍经过伊方塔多公爵那些排列成作战队形的骑士时，王后

1　见宫殿牧师所著《卡托尔国王史》。——原注

2　指被迫改信基督教的西班牙摩尔人。

向塞维利亚旗敬礼，并指示把旗帜转到右边。她来到营地，大量的民众无比高兴地跑出去迎接，因为她普遍受到臣民们的爱戴。一支支部队全都整队出去，他们扛着营地各种各样的旗，在王后经过时予以降低以示致意。

国王这时高贵、威严地过来了，他骑一匹栗色的骏马，身边伴随着卡斯蒂利亚的不少大公。他穿着合身的深红色马甲、黄色锦缎的腿甲[1]或短短的裙状服饰，以及宽松的织锦袈裟，佩戴一把摩尔人的短弯刀，头戴一顶有羽饰的帽子。随同他的大公们也都根据自己的趣味和创意，穿着非同一般。

这些高贵显赫、势力强大的贵族（阿加皮达说），怀着极大的尊敬彼此视为同盟君王，而不仅仅像夫妻那样只有婚姻上的亲密关系。所以他们相互走近时，在拥抱前会深深地三鞠躬；王后则脱帽，仍然让丝绸面纱将面部遮住；然后国王走上前去和她拥抱，恭敬地吻她面颊。之后他拥抱女儿，一边画十字一边祝福她，亲吻她的嘴唇。[2]

而英国伯爵的外表给虔诚的阿加皮达留下的印象似乎并不比君王留给他的差多少。伯爵（他说）紧跟在国王后面，极尽堂皇威武，举止也非凡无比；其后才是其他的显贵们。他骑着一匹栗色的高头大马，其马镫较长，天蓝色的丝绸饰物拖到地上。马衣呈深紫红色，上面撒有粉状金星饰物。他身穿坚固的盔甲，盔甲外面是一件黑色锦缎的法国短披风；头戴饰有羽毛的白色法国帽，左臂上挎着镶有金带的小圆盾。随同他的有五个侍从，个个穿着丝绸锦缎的服饰，骑着身披豪华

---

1 用以护腿。

2 见宫殿牧师所著《卡托尔国王史》。——原注

外套的马匹。他另有一队随从，他们依照本国的方式也穿得鲜艳夺目。

他颇有骑士风度、礼貌谦恭地走上前去，首先向王后和公主致敬，然后向国王致敬。伊莎贝拉王后对他亲切和蔼，称赞他在洛克萨所表现出的英勇行为，对他失去牙齿给予安慰。然而，伯爵对有损自己形象的伤害不屑一顾，说："我们神圣的主建造了那一座房屋，他在那儿开了一个窗口，以便更容易看到里面的情况。"[1] 因此，可敬的阿加皮达对于这位岛上[2] 的骑士所具有的聪明才智，更是惊讶不已了。伯爵继续留在国王一家人的身旁，用礼貌的言辞向他们每人致意；他的马则一会儿腾跃、一会儿半转动身子，但都被伯爵极其优雅、熟练地驾驭着，使所有大公和大众对于他那奇特不凡的风貌与卓越的马术充满同样的钦佩之感。[3]

在此场战争中，这位高尚的英国骑士不远万里前来支援，王后为证明自己对他的英勇与贡献不无赏识，次日便送了他一些礼物，其中有十二匹马、一些华丽的帐篷、精美的亚麻制品、两张配有贵重锦缎床罩的床，以及许多其他价值不菲的物品。

可敬的阿加皮达就这样描述了伊莎贝拉王后前往营地的情况，以及基督君王堂皇、显赫的风貌；之后他似乎又精神一振，带着新的趣味回到让摩尔人困惑的虔诚工作上。

在阿加皮达的手稿中，对上述高贵的盛会和有关英国伯爵的详细情况所作的描写，与宫殿牧师贝纳尔德斯在编年史中的记载完全吻合。

1　见彼得·马蒂尔（Pietro Martyr）所著《使徒书信》第六十一章。——原注［彼得·马蒂尔（1500—1562）意大利宗教改革家。——译注］

2　英国是个岛国。

3　见宫殿牧师所著《卡托尔国王史》。——原注

后来，这位英国伯爵在此场战争中便没有显露身手了。根据各种传说，似乎他于这一年回到了英国。次年他满怀战斗激情，率领四百名雇佣兵[1]奔赴欧洲大陆，支援布列塔尼[2]公爵弗朗西斯反击法兰西的路易一世[3]。他在同年（1488年）布列塔尼[4]人与法国人之间的圣奥尔本战役中被杀害。

---

1 这里指为追求冒险经历而从军的兵。
2 法国西北部一地区。
3 路易一世（778—840），法兰克帝国皇帝（814—840），查理大帝之子。
4 相当于历史上的布列塔尼省。1532年正式并入法国并享有地方特权。

第四十三章　费迪南德国王进攻莫克林，以及其中出现的奇异现象

"基督君王，"阿加皮达说，"这个时候已完全剪掉了如秃鹰[1]般的摩尔人的右翼。"换句话说，格拉纳达西面边境的大部分坚固堡垒都在基督徒的炮火之下纷纷倒塌。基督部队目前驻扎在哈恩边境一带的莫克林城前。该城位于一座多岩的高山上，山脚几乎被一条河流包围，一片茂密的森林护卫着通往大山的城的背面。它即处于如此牢固的地势，一个个城垛显得十分险恶，一座座塔楼高大结实；凡是进入那片地区的山道，无不处在它的眼皮底下，它也因此被称为"格拉纳达之盾"。基督徒们与它有两笔血债要清算：两百年前，一位圣地亚哥的首领及其所有骑士曾在它的大门前遭到摩尔人的长矛攻击；最近，虔诚的卡夫拉伯爵贸然试图捕获那位年老的摩尔君王时，其部队又遭到可怕的残杀。那次费迪南德不得不收回计划，放弃所商定的对它的攻击，自己的尊严也受到伤害。现在他已准备好了要狠狠地予以报复。

扎加尔这位格拉纳达尚武的老国王，预料会再次受到攻击，已给该城提供了足够的军火和粮食，并下令挖掘战壕，另外抓紧建造一些

1　喻指贪得无厌的人。

壁垒；他又让所有老人、妇女和儿童转移到首府去。

这便是此座堡垒目前的实力及其地势带来的困难，费迪南德试图将它攻陷时，预料会有不少麻烦；他为展开一场正式的围攻做好了充分准备。在他的营地中央有两大堆东西，一堆是一袋袋的面粉，另一堆是一袋袋的谷物，它们被称为皇家粮仓。有三门重型大炮朝着城堡和主要的塔楼开了火，小型一些的炮、各种发射器、火绳枪和石弓则分布在各处，不断向大炮打出的任何裂口和出现在城垛上的驻军射击。

射石炮对敌人的工事给予了狠狠打击，将部分城墙和几座傲然的塔楼摧毁，它们在发明火药以前曾经是坚不可摧的。摩尔人尽最大努力修复墙体，仍然相信自己的地势有着巨大的威力，他们继续负隅顽抗，从高高的城垛和塔楼上射击基督营地。双方持续不停地打了两个晚上和一个白天，每时每刻都能听见大炮的轰炸声，要么是基督徒、要么是摩尔人遭到某种破坏。然而，这样的战斗却只体现在工兵和炮手身上，而非英勇的骑士们身上。部队或武装人员根本没有突出，骑兵也没有冲锋陷阵。骑士们握住闲着的武器站在那儿旁观，等待有机会爬上城墙或对其裂口展开猛攻，以此显露自己的本领。不过，由于这儿只有一处才易于攻下，所以敌人很可能会长久地进行顽强抵抗。

工兵们像往常一样，不仅发射石球和铁球摧毁城墙，而且发射专门设计、无法扑灭的易燃火球，将一座座房屋点燃。有一块火球像流星似的从空中飞过，一边发出火星一边发出爆裂声，最后落入一座用作军火库的塔楼的窗内。塔楼顿时被猛烈地炸毁，城垛上的摩尔人也被炸飞到空中，个个皮开肉绽地落到城中各处，附近的一些房子也都被震裂、震垮，就像发生了地震一般。

摩尔人从未见过这样的爆炸，认为塔楼被毁是发生了奇迹所致。有些看见火球落下去的人，以为这种火从天而降，以便对顽固不化的他们进行惩罚。虔诚的阿加皮达自己认为，这种燃烧的投射武器是神圣的力量用来挫败异教徒的，其他的基督史学家们对这一观点也给予支持。[1]

摩尔人眼见天地都联合起来攻击他们，使丧失了一切勇气；他们投降了，被允许带着自己的财物离开，但必须把所有武器和军需品都留下。

这支基督教军队（阿加皮达说）庄严、肃穆地进入了莫克林——它不是作为一支决心要进行掠夺和破坏的、放荡不羁的军队，而是一支前来使此地变得纯洁并重获新生的队伍。这支神圣的十字军将其十字旗高举在前，后面是各种其他的旗帜。然后是国王和王后，他们行进在一大队武装骑士前面；一队牧师和修士相伴在旁，皇家教堂的唱诗班吟唱着圣歌《感恩赞美诗》[2]。他们就这样庄严地穿过街道，一切都很安静，只有唱诗班吟唱圣歌的声音。突然他们听见一种合唱声仿佛从地下传来，在庄严地吟唱着《奉主之名而来的当受赞美》。[3]队伍惊奇地停下来。这声音是关在地牢里的基督俘虏们发出来的，他们当中有几位牧师。

伊莎贝拉深受感动，她指示把俘虏们从牢房里救出来。更使她难

1　见普尔加、加里贝的相关著作；西库罗所著《值得纪念的西班牙大事记》第二十卷。——原注

2　原文为拉丁语，由阿瑟·沙利文（Arthur Sullivan）作。下一首歌曲也为拉丁语。

3　见西库罗所著《值得纪念的西班牙大事记》。——原注

过、不安的是她注意到他们经受了难以想象的痛苦，个个面色苍白无血，十分衰弱；他们蓬头垢面，头发和胡须又长又乱，饿得瘦弱不堪，还半裸着身子、戴着镣铐。她命令给他们穿上衣服，予以悉心照料，并且给钱让他们各自回家。[1]

有几个俘虏是英勇的骑士，前一年卡夫拉伯爵被扎加尔挫败时，他们受了伤，成为囚犯。那次惨败还留下了另外一些可悲的痕迹。基督徒们重返遭遇过失败的隘道时，在灌木丛、岩石后面或山中的裂缝里发现了几个基督勇士的尸骨。他们曾被从马上打下来，因伤势过重无法逃脱，因此爬到一边躲藏起来，以免落到敌人手中，他们就这样悲惨而孤独地死去。那些颇有名望的骑士的尸骨，从其盔甲和纹章上即可知道。与他们一起经历过那天的灾难的战友，对他们给予哀悼。[2]

王后将这些尸骨作为许多为信仰而牺牲的烈士的遗骸，让人恭敬地收集在一起，把它们极其庄严地埋葬在莫克林的清真寺里。"在那儿，"阿加皮达说，"长眠着基督骑士的尸骨，从某种意义上说，是他们的鲜血使那个地方变得神圣起来。凡经过那些大山的朝圣者无不为他们祈祷、望弥撒，让他们的灵魂得到安息。"

一段时间王后继续留在莫克林，给伤员和俘虏们以安慰，让刚获得的领土进入正轨，同时建立教堂、修道院和其他宗教机构。"当国王在前方挺进，夺取非利士人[3]的土地时，"善于使用比喻的阿加皮达说，"伊莎贝拉王后便跟随着他的足迹，就像打包工跟在收割者后面

---

1 见伊莱斯卡斯所著《主教史》第六卷第二十章。——原注
2 见普尔加所著《天主教君王编年史》第三部第六十一章。——原注
3 《圣经》中巴勒斯坦西南岸的古代居民。

一样，将收割的丰富庄稼收集起来储藏好。在这方面她得到众多主教、修士和其他圣徒的大力支持，他们始终簇拥在她周围，给她提出种种建议，使她得以把从异教徒的领地上收获的第一批果实[1]存入教会的粮仓。"国王就这样让她从事着虔诚的工作，自己继续去征服，决心要攻下维加平原，把战火一直打到格拉纳达的大门口。

1　指一个季节中最早成熟并收获的农产品。这里是比喻。

第四十四章　费迪南德国王进攻维加平原："皮诺斯桥之战"以及两位摩尔兄弟的命运

自从老国王哥哥可疑地死后，扎加尔就好像被某种倒霉的符咒镇住了似的。胜利从他的旗下逃之夭夭，而在那些浮躁无常的臣民看来，不能取得胜利就是君王最大的一个罪过。他发现自己越来越不受欢迎，人们对他完全失去了信心。基督军队公然挑衅地从他的领地里穿过，并故意在要塞前面坐下，而他却不敢带领部队去反击，唯恐阿尔巴辛的居民——他们时刻准备好了反叛——奋起反抗，把他关在格拉纳达的大门外。

每隔几天就有一队沮丧悲哀的人进入首府，他们是某个被夺取的城镇的居民，身上带着允许带走的少数财物，个个为家乡遭到毁灭哭泣、叹惜。当伊罗拉和莫克林沦陷的消息传来时，人们惊恐不已。"格拉纳达的右眼被挖掉了，"他们大喊道，"它的盾牌也被打破了，我们用什么来抵挡敌人的袭击呢？"那些城镇幸存的驻军士兵到来时现出忧郁的样子，他们身上有打过仗的痕迹，但却被夺走了武器和军旗。为此，民众愤怒地对他们进行责骂，不过他们抗辩说："只要我们还有力量，或者只要有墙体保护，我们都会竭尽全力反击了。可是基督徒把我们的城镇和城墙炸成了废墟，而我们又无望得到格拉纳达的增援。"

　　伊罗拉和莫克林的司令是两兄弟，他们在摩尔骑士当中同样出色，都是最为勇武的军人。在各种马上比武中他俩都超凡出众，而那样的比武又给格拉纳达一度更加幸运的日子增光添彩；在更为严峻的战场上两兄弟也卓越超群，他们的旗帜后面总是伴随着欢呼声，长期以来他们也一直给人们带来欢乐。可是如今，他们在要塞被攻占后回来时，后面却跟随着对他们进行诅咒的反复无常的民众。两个司令的心中充满了愤慨，他们发现同胞如此忘恩负义，甚至比基督徒所怀有的敌意更难以忍受。

　　这时传来消息说，敌人的部队正带着胜利不断逼近，企图把格拉纳达的周围地区夷为平地。扎加尔仍然不敢投入战场。伊罗拉和莫克林的两位司令站在他面前，"我们已经保卫了你的要塞，"他们说，"直到几乎被埋在废墟下面；我们接受人们的嘲笑和斥责，以此作为对我们的惩罚。国王啊，给我们一个机会吧，骑士的勇武会在其中体现出来——别躲在石墙后面，而要公开宣战。敌人正赶来把我们的领土摧毁，快派给我们兵力吧，让我们去前面迎击他们。假如人们发现我们在战场上无能，那就让我们蒙受耻辱吧！"

　　于是扎加尔让两兄弟带领大批骑兵和步兵出征，假如他们取得成功，他就打算率领整个部队出击，以决定性的胜利来弥补他所遭受的损失。当人们看见两兄弟著名的旗帜被高举着奔赴战场时，他们发出轻微的喊声。不过两位司令神情严肃地走了过去，他们知道假如自己吃了败仗回来，那些人也会用同样的声音咒骂他们。他们最后告别似的看了一眼美丽的格拉纳达和从小生活过的田野，仿佛是为了这些而非忘恩负义的人们，他们才愿意献出生命。

费迪南德的部队已到达离格拉纳达两里格远的皮诺斯桥，在摩尔人与基督徒的战争中，这一要道因有过多次血战而著名。卡斯蒂利亚的君王常常通过它进行袭击，由于周围崎岖险峻，桥梁难以通过，所以此处的通道得以严密防守。国王率领主力部队已到达一座山顶，他们注意到卡迪斯侯爵和圣地亚哥骑士团团长率领的先遣部队正在桥附近受到敌人的猛烈攻击。摩尔人像通常那样呐喊着向前冲杀，但他们比通常更加凶猛。双方在桥旁展开了激战，因彼此都明白这一通道的重要性。

国王特别注意到有两个摩尔骑士非常勇猛，他们的武器和徽章都一样，根据他们的举动及其身边的人，他发觉他们是敌军的指挥官。他们正是那两个兄弟，即伊罗拉和莫克林的司令。无论他们冲向哪里，都会把那里的基督徒打得一片混乱，致他们于死命，不过他们的拼杀中绝望多于英勇。卡夫拉伯爵和他兄弟，即科尔多瓦的堂·马丁急切地向他们扑过去，但因过于仓促鲁莽而被敌人包围，危在旦夕。一个年轻的基督徒骑士眼见他们面临危险，带领部下前去解救。国王认出他就是阿拉贡的唐璜，里巴戈扎伯爵，他的侄子——他是比利亚赫莫萨公爵的庶生儿子——费迪南德国王庶生兄弟的儿子。只见唐璜身上的盔甲光彩耀眼，战马身上的马衣也十分华丽，使他成为醒目的进攻目标。他因此受到四面攻击，骏马被刺死，不过他仍然英勇抗击着，一时间首当其冲，从而给了卡夫拉伯爵被打得疲惫不堪的部队喘息的机会。

看见部队陷入危险，战斗打得十分顽强，国王下令高举起皇家旗帜，迅速率领整个部队前去解救卡夫拉伯爵。他一赶到，敌人就屈服了，他们向桥头撤离。两位摩尔司令把部队集结起来，激励士兵全力保卫要道：他们祈祷、告诫、威胁，但几乎都没用。他们只能集结起少数骑士，坚守在桥头，一点点地抵抗着。战斗打得激烈而顽强，不过很少有能够短兵相接的，大多从河岸用石弓和火绳枪射击。河上漂浮着许多尸体。那一队摩尔骑士差不多被彻底粉碎，两个兄弟遍体鳞伤，战死在他们毅然保卫的桥上。这场战斗他们认输了，可是他们绝不活着回到忘恩负义的格拉纳达去。

　　首府的人听说他们多么忠实地战死在沙场时，深感悲哀，并对他们的声名大加赞扬：为纪念他们，人们在桥附近竖立了一根圆柱，它长期以来被称为"兄弟墓"。

　　费迪南德的部队这时继续向前，并在格拉纳达附近安营扎寨。可敬的阿加皮达对于维加平原上遭到的袭击，提供了许多充满胜利喜悦的具体情况：平原再次被摧毁，谷物、水果和其他农产品遭受破坏，这片人间天堂成了寂寞、荒凉的地方。他讲述了几起摩尔人为保卫自己特别喜爱的平原所有过的猛烈但无效的突击与冲突。其中，有一起这里应予以提及，因为它记载了这场战争中一位圣洁的英雄所取得的丰功伟绩。

　　有一次基督军队向格拉纳达的城墙逼近时，一支有一千五百名骑兵和大量步兵组成的军队从城内出发，在某片果园附近驻扎下来，它的周围是一条运河，其中横穿着一些用于灌溉的沟渠。

　　摩尔人发现伊方塔多公爵带领两支威武的军队经过，一支是重骑兵，另一支是武装着"a la gineta"的轻骑兵。作为后卫部队跟随他的有加西亚，他就是哈恩那位尚武的主教；护送的有本城的行政首长弗朗西斯科·博瓦迪罗，其后是从哈恩、安杜克萨、乌贝达和巴埃萨派去的两支骑兵中队。[1] 在上一年的战役中取得的胜利，使虔诚的主教喜欢上战事，他因此再次扣上了胸甲。

摩尔人非常习惯于展开战略战术。他们沉思地看着伊方塔多公爵那些异常华丽的骑兵中队，根据其军事阵容，一切进攻都不可能：不过倒有希望更易于抓获那位虔诚的主教。于是，他们让公爵及其部队顺利通过，并不断接近主教的骑兵，然后佯攻了一下，只略为发生一点冲突就逃之夭夭，好像陷入了混乱。主教以为胜利属于他了，在行政首长博瓦迪罗的协助下，虽然勇猛但却轻率地向摩尔人扑去。摩尔人逃入"国王园"中，主教的部队也紧紧跟去。

待摩尔人发觉追击的敌军在错综复杂的果园里陷入极度困境时，他们猛然转身反击，而另一些人则将赫尼尔河的水闸打开。顿时，环绕的运河与横穿果园的沟渠灌满了水，英勇的主教及其部下们被包围在洪水里。[2] 随即出现了一大片混乱的场面。哈恩的一些最为勇敢、力量过人的武士，与园中的摩尔人展开搏斗，另一些人则与洪水搏斗，他们极力想穿过运河，在这当中许多马都被淹死了。

幸运的是，伊方塔多公爵觉察到战友们掉入陷阱，将轻骑兵派去救援。摩尔人不得不退却，沿着埃尔韦拉的道路向格拉纳达的大门跑去。[3] 有几位基督骑士在这场冲突中牺牲，主教本人艰难地逃脱——他在通过运河时从马鞍上滑落下去，幸好抓住马尾巴才救了自己的命。他这次的功绩充满危险，它似乎满足了虔诚的主教尚武的性情。他为

1　见普尔加所著《天主教君王编年史》第三部第六十二章。——原注

2　见普尔加所著《天主教君王编年史》。——原注

3　见普尔加所著《天主教君王编年史》。——原注

既得的荣誉感到高兴（阿加皮达说），回到了哈恩城，在那儿享受着
一切美好的东西，渐渐胖得再也穿不上盔甲了——它被挂在主教宅邸
的大厅里——在随后整个格拉纳达的这场圣战中，我们再没听说他参
加过任何军事行动。[1]

　　费迪南德国王对维加平原袭击并将扎加尔堵塞在首府里后，让部
队通过洛佩关口与莫克林的伊莎贝拉王后会合。

　　他让最近攻占的要塞严加防守并获得充分的供给，将这一边境的
指挥权交给自己表弟法德里格——他后来成为尼德兰[2]非常著名的阿
尔瓦公爵。此次战役就这样大获成功，两位君王于是胜利地回到了科
尔多瓦城。

1　路易斯·奥索里奥从 1483 年起为哈恩的主教，直到 1496 年止均负责这座教堂；
　　此时他死于佛兰德斯——他曾与大公堂·费利佩（Don Felipe）的妻子胡安娜
　　去了那里。——见弗尔·M. 里斯科所著《西班牙的萨格拉达》第四十一卷第
　　四章。——原注（萨格拉达是西班牙教育改革中的一位有代表性的历史人物。
　　此注原文为西班牙文。——译注）
2　16 世纪前指莱茵河、马斯河、斯凯尔特河下游及北海沿岸一带。

219

第四十五章 扎加尔极力谋害布阿卜迪勒，后者受到激励采取行动

　　基督骑士的最后一支队伍刚从埃尔韦拉的山后消失，其号角声一旦听不到的时候，久久地压制着愤怒的扎加尔就立即爆发出来。他决心不再只做半个国王，在一个分裂的首府里统治着一个分裂的王国，而是要通过任何正当的或卑劣的手段将侄子布阿卜迪勒及其党派根除。他猛烈地把矛头指向那些好捣乱的人，就是他们的行为阻止着他对敌人进攻：他对他们予以惩罚，有的没收财产，有的流放，有的处死。一旦成为整个王国无可争辩的君王后，他相信凭借自己的军事本领就可以收回财产，并将基督徒赶出边境。

　　然而，布阿卜迪勒又回到了穆尔西亚界内的贝莱斯，万一遇到紧急情况时，他可以在这儿得到费迪南德的政策所给予的任何帮助或保护。他遭到的失败使自己正在复苏的命运受到打击，人们认为他不可避免地注定要遭遇不幸。并且，只要他活着，扎加尔知道他就会成为党派的一个凝聚力，易于随时让反复无常的民众授予王权。他因此求助于最奸诈的手段要致布阿卜迪勒于死命。他派出一些特使，声称为了拯救王国必须团结一致；他甚至主动提出辞去国王的称号，成为布阿卜迪勒统治下的臣民，只要能获得一些财产平静地隐退就行。不过特使们带去这些和平的话语时，也带上了毒药——他们将暗中对布阿

卜迪勒施毒，假如失败，他们已发誓要在谈话时公开把他杀死。扎加尔还答应对他们大加奖赏，神职人员又断言说，布阿卜迪勒是一个背教者，他的死是合天意的，从而使他们的这种叛逆行动受到怂恿。

有人悄悄把这个密谋的叛逆行动告诉了年轻的君王，他因此拒绝接见特使。他谴责叔父是杀害自己父亲和亲属的凶手，是王位的篡夺者，并发誓永远与叔父不共戴天，直到把他的脑袋搁在阿尔罕布拉宫的城墙上为止。

两位君王之间再次开战，尽管由于彼此都陷入困境，战斗十分不力。费迪南德又向布阿卜迪勒伸出援助之手，命令各要塞司令在他反击叔父以及那些拒不承认他为王的一切行动中予以支持。在洛尔卡任指挥官的唐璜·德·博纳维德斯，甚至以他的名义袭击阿尔梅里亚、巴萨和瓜迪克斯这些效忠扎加尔的领地。

不幸的布阿卜迪勒有三个大麻烦要对付——变化不定的臣民、满怀敌意的叔父、以及要与费迪南德保持的友好关系。最后一个也最让他苦恼，他的命运即在这种关系下衰亡。人们将他看成是自己的信仰和国家的敌人。各个城市把他拒之门外，人们诅咒他，甚至迄今还跟随在他倒霉的旗下的少数骑士也开始离他而去，因为他没有必要的钱财奖赏他们或予以资助。他的精神随命运一起沉没，他担心不久自己会连一块插旗子或让一个随从在旗下站立的地点都没有。

就在他失望之时，他收到勇敢的母亲奥拉送来的一封信。信由与他们的命运息息相关的最忠实的科米克萨送来。"一个篡位者坐在你首府的王位上，你却担惊受怕地徘徊在王国的边界上，"她说，"真是可耻啊！你在格拉纳达有着忠实的人们，他们的心在为你跳动，干吗要去外面寻求不义的帮助呢？阿尔巴辛随时敞开大门迎接你。狠狠地予以打击吧——突然的打击会使一切得到弥补，或者让一切结束。要么是王位，要么就是坟墓！因为国王是绝没有体面的中间路可走的。"

　　布阿卜迪勒是个优柔寡断的人，但在有的情况下即使最动摇不定的人也会下定决心，而一旦如此他们就易于产生一种胆大无畏的动力，这样的动力甚至不为一个判断更加坚定的人所知。奥拉的信让他从一场梦中惊醒。格拉纳达，美丽的格拉纳达，它有堂皇富丽的阿尔罕布拉宫，以及令人愉快的庭园，清澈的喷泉在橘子树、香橼和爱神木中间水花四溅，这些又呈现在他眼前。"我都做了什么啊？"他大喊道，"竟然从祖先的乐园里被驱逐出来，成了自己王国的流浪者和逃亡者，而一个凶恶的篡位者却傲然地坐在我的宝座上。安拉一定会保佑正义的事业，只要给予打击，一切都会是我的。"

　　他召集起为数不多的骑士。"谁愿意跟随君王去死？"他问。之后每个人都把手放在他的弯刀上。"好啦！"他说，"大家都暗中武装起来吧，把马准备好，咱们将采取一个艰巨而危险的行动。假如成功，帝国就是给我们的奖赏。

第四十六章　布阿卜迪勒秘密回到格拉纳达，他如何受到迎接；唐璜第二次执行外交使命，他在阿尔罕布拉宫面临危险

"君王的命运，"一位过去的阿拉伯编年史学家指出，"掌握在真主手中，只有他才能赐予帝国。一天有个摩尔骑兵骑着一匹阿拉伯骏马，穿行在格拉纳达与穆尔西亚边境之间的大山中。他飞快地冲过一个个山谷，但在每一座山顶都要停下来谨慎地观察。一队骑士警惕地跟在不远处，他们共有五十支长矛。其富贵的盔甲和服饰，表明他们是些高贵的武士，他们的首领也有着君王般的高贵举止。"阿拉伯编年史学家如此描写的这支队伍，就是摩尔王布阿卜迪勒和他忠诚的随从们。

他们用了一天两夜冒险前行，极力避开所有人多的地方，选择最为偏僻的山道。他们经受着重重艰难，累得精疲力竭，但却毫无怨言：他们已习惯于在崎岖不平的地方作战，其战马也是出身高贵、坚强不屈的。时值午夜，他们下山向格拉纳达靠近时一切又黑又静。在城墙的阴影掩护下他们默默向前，直至来到阿尔巴辛的大门附近。在这儿，布阿卜迪勒让随从们停下并隐藏起来。他只带了四五个人，毅然走到大门边，用短弯刀的刀柄敲了一敲。卫兵问谁这么晚了还要进去。"你们的国王！"布阿卜迪勒大声说道，"快把门打开让我进去！"

卫兵把一盏灯往前伸过来，认出是年轻的君王本人。他们顿时感到敬畏，赶紧把门打开，布阿卜迪勒和随从们便顺利进去了。他们冲到阿尔巴辛的首要居民的住处，用力敲打其家门，让他们起来，为了自己合法的君王拿起武器。居民们立即听从他的号召：一条条街上响起了号角声，在火把的光线与武器的闪光中，可看见摩尔人正急忙赶到集合地点；拂晓时阿尔巴辛的整个部队都聚集在布阿卜迪勒的旗下，科米克萨成为要塞司令。这便是年轻君王不顾一切突然采取行动所取得的成功，因为同时代的史学家使我们确信事先根本就没有布置或安排。"当卫兵将城市的大门为他打开时，"一位虔诚的编年史学家说，"真主也让摩尔人敞开心扉欢迎他们的这位国王。"[1]

一大早，这个消息就把阿尔罕布拉宫的扎加尔从睡梦中惊醒。火爆的老武士急忙调集起卫队，手中持剑赶向阿尔巴辛，企图对侄子进行突然袭击。不过布阿卜迪勒与随从们迎头痛击，把他打回到了阿尔罕布拉宫以内。两位国王在大清真寺前的广场上展开搏斗，他们怀着满腔怒火短兵相接，仿佛已商定好通过一对一拼杀的方式来决定谁称王。然而在这样的打斗中他们被分开，布阿卜迪勒最终将扎加尔的队伍从广场上赶跑。

战斗在城市的街道上和别处猛烈地持续了一些时间，但双方发现在这样狭小的地方难以施展杀伤的威力，便冲到外面的田野里，在城墙下面一直打到傍晚。两边都有许多人倒下，到了晚上均撤回到自己的地盘，等次日天亮时又继续这种异乎寻常的战斗。在几天时间里，城市的两大派系就像敌对的军队时刻严阵以待。阿尔罕布拉宫一派的

1　见普尔加所著《天主教君王编年史》。——原注

人数比阿尔巴辛的多，并且大多是贵族和骑士；而布阿卜迪勒的部下则在劳动中锻炼得坚强有力，也惯常精于使用各种武器。

阿尔巴辛受到扎加尔的部队某种围攻，他们把城墙打出一些裂口，手中持剑一次次地攻击，但均被打退。而另一方，布阿卜迪勒的部队也经常出击，在这样的拼杀中战士们的仇恨变成了无比的愤怒，彼此都寸土不让。

布阿卜迪勒认识到自己的部队要差一些，他也担心多数由商人和工匠组成的随从会因为他们有利可图的职业受到影响而变得不耐烦，并且让连续不断的残杀场面弄得灰心丧气。所以，他火速给在边境上指挥基督部队的法德里格送去信函，请求他增援。

法德里格已从足智多谋的费迪南德那里得到指示，凡是年轻君王与他叔父展开的争夺都要给予帮助。于是，他带领一支队伍来到格拉纳达附近。布阿卜迪勒从阿尔巴辛的塔楼上，一发现基督的旗帜和长矛沿着埃尔韦拉的山脚蜿蜒前进时，就在一队由科米克萨带领的阿文塞拉赫家族的骑兵护卫下冲出去迎接。同样保持警惕的扎加尔得知基督部队前来援助他的侄子，也冲了出去让部队严阵以待。机警的法德里格唯恐有诈，暂时停在一片橄榄树林中，把布阿卜迪勒留在身边，表示希望科米克萨带领队伍去向老国王挑战。但尽管挑了战，扎加尔仍按兵不动。不过他派出少量的人马，只与科米克萨的阿文塞拉赫家族的人发生小冲突，之后他便让部下吹响号角把他们召回，撤退到城里。据说，他为让基督骑士目睹真正的信徒这种亲属间的不和感到羞辱。

法德里格仍然将信将疑，他撤退到远处，在卡比拉斯桥附近扎营过夜。

次日一早，一位摩尔骑士在一支卫队的护送下靠近基督先遣部队，他发出谈判的号角声。他请求作为扎加尔的特使受到接见，于是他被带到了法德里格的帐篷。原来扎加尔得知基督部队前来援助他的侄子，现在主动提出与他们联盟，条件比布阿卜迪勒的更为有利。机警的法德里格倾听着摩尔人的话，显得自鸣得意，不过决定派出一位最勇敢慎重的骑士在基督旗帜的保护下前去阿尔罕布拉宫城内与老国王会谈。选派出来执行这一重任的官员便是唐璜，即战前将基督君王的信带给老哈桑，要求继续交纳贡金的那位坚强虔诚的骑士。国王以盛大的仪式欢迎唐璜。关于他的外交谈判没有留下任何记载。不过他们一直谈到夜里，由于时间太晚无法返回营地，他便被安排住在阿尔罕布拉宫豪华的房间里。早上，一个有点爱开玩笑、喜欢逗趣的朝臣邀请唐璜去参加某个仪式———一些神职人员将在宫殿的清真寺里举行。这位最谨慎的骑士十分拘泥于宗教仪式上的细节，他认为这是一种取笑，顿时恼羞成怒。"卡斯蒂利亚的伊莎贝拉王后的仆人，"他坚定而严厉地说，"盔甲上佩戴着圣杰戈[1]十字，绝不会进入穆罕默德的寺庙，除非将它们夷为平地并踩在上面。"

穆斯林朝臣离开了，他让那个宽容但不是很礼貌的回答弄得有些不安，将此事报告给安提奎拉的一个西班牙叛徒。后者也像所有叛变者一样，迫切想表明自己忠实于新皈依的信仰，自愿同朝臣一起回去对暴躁的外交官抨击一番。他们发现唐璜正在同阿尔罕布拉宫的司令下棋，便趁机对基督教的某些秘密仪式大开玩笑。这可点燃了虔诚的骑士和谨慎的特使心中的怒火，不过他克制着，只是现出傲然严肃的

---

1 西班牙的一座城镇。

样子。"你们最好别谈论自己不懂的东西。"他说。而这只是让两个玩弄小聪明的人又作出轻率的攻击，最后，其中一个竟敢在圣母马利亚与穆罕默德的母亲阿米纳之间进行有辱人格、猥亵、淫秽的对比。唐璜一下跳起来，把棋盘和棋子猛地掀到一边，并且拔出剑来——宫殿牧师说——巧妙地朝那个亵渎神明的摩尔人头上一挥，将他砍倒在地。叛徒见同伙倒下，赶紧逃命，让大厅和走廊都回响起他的叫喊声。卫兵、听差和侍从冲进来，但被唐璜挡住，直到国王出面才恢复了局面。国王了解到造成这次冲突的原因后，适当地予以区别对待。作为一名特使，唐璜被视为是神圣的；那个叛徒则受到严厉的惩罚，因为他的行为损害了皇宫的一片盛情。

　　然而，阿尔罕布拉宫里的骚乱，不久在城里引起了一场更加危险的骚乱。人们传说，一些基督徒怀着叛变的企图被带进了宫殿。民众拿起武器一群群地爬上"正义之门"，要求处死所有的基督间谍和把他们引来的人。这可不是与狂怒的民众论理的时候，他们的喊叫声会把阿尔巴辛的驻军引过来，给他们以支持。现在扎加尔只能给唐璜一身用于伪装的衣物、一匹快马和一支卫队，让他从一扇暗道离开阿尔罕布拉宫。这位高贵的骑士没别的办法，只得接受这些权宜之计，他因此非常恼怒。他把自己打扮成摩尔人的模样，经过了叫嚷着要他脑袋的人群，一旦离开城门就快马加鞭地飞跑起来，直至安全到达法德里格的旗下为止。

　　唐璜就这样完成了第二次特使重任，虽然不如第一次庄重、堂皇，但却经历了更多危险。不管法德里格认为唐璜谨慎得如何，他对其勇敢的行为是赞美的；他赏给唐璜一匹骏马，同时给扎加尔写了一封信，感谢对方礼貌地接待自己的特使并给予保护。伊莎贝拉王后对于唐璜在维护纯洁无瑕的圣母马利亚时所表现出的虔诚与勇敢，也特别高兴，她除授予他各种光荣的勋章外，还赠送了三十万金币[1]的礼物。[2]

这位骑士带回的关于格拉纳达情况的报告，以及先前于城墙前面发生在摩尔人的派系之间的冲突，使法德里格确信两位君王不存在任何勾结。因此在返回自己边境的驻地时，他给布阿卜迪勒增援了一支由步兵和火绳枪兵组成的部队，其指挥官是科洛梅拉的司令费尔南·阿尔瓦雷斯·德·索托马约尔。这就像是一支火把，被抛进城里把战火重新点燃，它在摩尔居民当中熊熊地燃烧了五十天之久。

1　古西班牙所用的金币。

2　见阿尔坎塔拉所著《格拉纳达史》第三卷第十七章。——原注

第四十七章　费迪南德国王率兵围攻贝莱斯-马拉加

　　至此为止，这场著名战争所发生的事件，都不过是一系列辉煌、短暂的战功而已，诸如突然的进攻、山中猛烈的冲突，以及对城堡、要塞和边境城镇的袭击。现在我们来看看一些更加重要和持久的军事行动，在这当中一座座庞大的古城——它们是格拉纳达的壁垒——被强大的军队包围，慢慢地在正规的攻击中被征服，从而使首府成了一个孤城。

　　基督君王所取得的辉煌胜利（阿加皮达说）震动了整个东方，使所有的异教徒感到惊恐。高贵的土耳其人巴哈泽特二世[1]和他的死敌，即埃及的大苏丹[2]，暂时停止了他们的血腥斗争，相互结为联盟，以便保卫穆罕默德创立的宗教和格拉纳达王国，共同抵抗基督徒的进攻。他们之间达成协定，巴哈泽特应派出一支强大的舰队攻击当时属于西班牙王国的西西里岛，意在转移基督君王的注意力；与此同时，大批部队将从非洲对岸源源不断地进入格拉纳达。

　　费迪南德和伊莎贝拉及时得到这些企图的情报。他们立即决定将

1　巴哈泽特二世（1447—1512），曾为土耳其的最高统治者。

2　一些伊斯兰国家最高统治者的称号。

战火打到格拉纳达的海岸，占领其港口，似乎这样就可以关闭王国的大门，阻止任何外援。马拉加将是首要的进攻目标：它是王国主要的海港，几乎是其存在必不可少的地方。长期以来它都是繁茂的商业中心，将许多船只派往叙利亚和埃及的海岸。它还是连接非洲的重要通道，钱财、部队、武器和战马即从突尼斯、特黎波里[1]、非斯[2]、特雷梅詹和其他巴巴里国家由此运送进来。它因此被着重地称为"格拉纳达的手和口"。然而，在围攻这座不可轻视的城市前，基督君王认为有必要先夺取邻近的贝莱斯-马拉加城及其附属之地，否则它们会妨碍围攻的部队。

为了这次重要的战役，王国的贵族再次被召集起来，准备于1487年春带领部队投入战斗。东方的异教国家威胁着将要入侵，这在所有忠诚的基督骑士心中唤起了新的热情，他们非常积极地响应君王的号召，一支有两万名骑兵和五万名步兵组成的军队——他们是西班牙武士的精华——在最勇敢的西班牙骑士率领下，于指定时间云集在著名的科尔多瓦城。

在这支庞大的军队出征前的晚上，城里发生了地震。居民们被摇晃的墙壁和塔楼惊醒，慌忙跑向庭园和广场，担心被住房的废墟埋没。地震在皇家官邸最为强烈，此处是一位位摩尔王的古老宫殿的所在地。许多人把这看作是即将发生什么灾难的凶兆，不过阿加皮达——他那可靠的预言随后总能得到事实证明——从中清楚地看到，这预示着摩尔人的帝国将要彻底动摇。

1　黎巴嫩港市。

2　摩洛哥北部一城市。

　　时值星期六，这是"圣枝主日"[1]前夕（当时一位可敬而忠实的编年史学家说），最虔诚的基督君王率领部队出发了，他将替上帝效劳，向摩尔人宣战。[2]因下大雨所有的河流涨起来，致使道路水深难走。于是国王将军队分成两部分：一部分包括整个炮兵，由一队强大的骑兵护卫，指挥官是阿尔坎塔拉骑士团的团长和蒙特马约家族的元老阿隆索。这支部队将穿越一些山谷，在那儿拉大炮的牛可吃到丰富的牧草。

　　另一部分是主力部队，由国王亲自率领。它又分成若干支队伍，每一支均由某位有名的骑士指挥。国王所走的道路崎岖而危险，几乎没有什么山比安达卢西亚的更凹凸不平、艰难险峻的了。一条条路仅仅是些羊肠小道，它们蜿蜒于岩石当中和悬崖边上，要么爬上宽阔峻峭的高处，要么深入到可怕的峡谷和沟壑，无论人或马都难以有可靠的立足之地。部队派出了四千名先遣兵，由多塞勒斯的司令指挥，以便在一定程度上扫清路上的障碍。有的用镐和铁锹打碎石块，有的用各种工具在山洪上面架桥，其余的则在小一些的溪水里铺设踏脚石。这一带居住着凶猛的摩尔山民，所以派遣堂·迭戈·德·卡斯特雷罗带领一队骑兵和步兵去占领制高点与要道。尽管做了充分的防范，皇家部队在行进途中仍然吃尽苦头。曾有一时，在长达五里格的特别艰险多山的地方，根本就没有可以扎营之处，许多役畜[3]倒下死在路上。

　　因此，这支皇家军队走出严峻可怕的山隘，来到俯视着贝莱斯-马拉加维加平原的地方时，真是欣喜若狂。眼前这片地区曾遭到一支

1　基督徒于复活节前的星期日举行的一种节日，

2　见普尔加所著《天主教君王编年史》。——原注

3　供乘骑、拉车、负载、犁田等的牲畜。

部队的掠夺，现在看起来多么赏心悦目。这个可爱的山谷向南边倾斜过去，一座座大山将狂风阻挡在外面，最充足的阳光使其充满生机，闪着银光、蜿蜒曲折的贝莱斯河让它得到足够的水源，地中海凉爽的微风又使它清新无比。倾斜的小山上覆盖着葡萄园和橄榄树；远处的田野里谷浪起伏，或者长满翠绿的牧草；而城市周边则不乏令人惬意的庭园，它们是摩尔人最喜爱的休养之处，其白色的大帐篷在橘子林、香橼林或石榴中隐隐显现，再外面是一些高大巍峨的棕榈——这些南方的植物预示着将有一个十分宜人的天气和晴朗的天空。

在这片可爱的山谷上方，耸立起贝莱斯-马拉加城处于战斗中的城垛，与美丽的风景形成严峻的对比。它建造在一座陡峭、孤立的山上，由墙体和塔楼严加防守。高耸在城镇之上的山顶只是一座峭壁而已，无论从哪一边都难以接近，它的上面有一座强大的城堡高耸于周围地区。有两个郊区从城镇的外围伸向山谷，由一些壁垒和深沟防护着。阴暗高大的山脉——其上空常常笼罩着阴云——屹立在北边，它们上面居住着一个勇敢善战的民族。其科马雷斯、卡尼拉斯、科佩塔和贝纳马戈萨这些坚固的要塞，仿佛皱起眉头盯住下面似的。

当基督军队来到这儿看见此座山谷时，有一支舰队在展示出卡斯蒂利亚的旗帜前正徘徊于平静的海面上。这是特里文托伯爵指挥的队伍，由四只武装大帆船组成，它们护送着不少满载军需品的轻快的小帆船。

经过对这片地方进行查看后，费迪南德国王在一座山边安营扎寨，这儿紧靠城镇是起伏不平的山脉或连绵的高山的末端，正好伸向格拉纳达。这座山顶之上是称为本托米兹的摩尔人的城镇，它凭眺着营地，防守牢固，人们认为它可以给贝莱斯-马拉加提供极大的援助。有几位将军反对国王选择一个如此容易受到山民攻击的地方扎营，但他回答说这样可以切断本托米兹与城市的一切联系。至于危险，士兵们必须保持更高的警惕防止遭到袭击。

费迪南德国王在几位骑士和少数胸甲骑兵的随同下，骑着马到各处指定扎营的地点。他指派一队步兵作为先遣部队，占领了一个俯视城市的制高点，然后回到帐篷吃点儿东西。他坐在桌子旁时，突然一阵骚动使他大吃一惊，于是，他往前面看去，只见士兵们被一队强大的敌人追得仓皇逃跑。国王没穿盔甲，只穿着一副胸甲。然而，他抓起一支长矛，跳上马猛冲过去保护逃跑的士兵，后面跟着不多的骑士和胸甲骑兵。士兵看见国王冲去解救他们，便转身迎击追踪的敌人。费迪南德由于心切而陷入敌群当中。一个侍从官战死在他的身旁，不过那个杀死侍从官的摩尔人没来得及跑掉就被国王用长矛刺穿。然后国王试图拔出悬挂在鞍穷上的剑，但是没有。他从未面临过这样的危险，敌人把他团团围住，而他手里却连防身的武器都没有。

就在这万分危急的时刻，卡迪斯侯爵、卡夫拉伯爵和穆尔西亚的行政长官，以及另外两位骑士——即加西拉索·德·维加和迭戈·德·阿特德——骑着马飞奔而来，把国王围在中间，用他们的身体组成一道壁垒阻止摩尔人的攻击。侯爵的马被一支箭射中，这位可敬的骑士随即面临危险，但在勇武的战友们的援助下他很快把敌人打跑，一直将他们追杀到城门口。

忠诚的武士们追击回来后，劝告国王不要冒着生命危险亲自去拼搏，他有很多专门在战场上拼杀的英勇将领。他们让他想到，一位君王的生命就是他的人民的生命，许多英勇的部队就是因为失去了指挥官而战败。所以他们恳求他，今后要在屋里用头脑而不是在战场上用武器保护他们。

费迪南德感谢他们提出明智的建议，不过郑重地说，他不能眼见自己的人陷入危险而不冒险相助——这一回答（过去的编年史学家们说）让全军高兴，他们看到他不仅是一位好国王统治着他们，而且是一位英勇的将领保护着他们。然而，他也意识到自己当时面临的巨大危险，发誓身边没有佩带上剑时绝不再冒险投入战斗了。[1]

伊莎贝拉听说了国王的这一战绩后，高兴之余不禁为他的安全担忧。后来，为了纪念此次重大事件，她将国王骑在马上的塑像——另有一个侍从官死在他的脚旁，一些摩尔人正在逃跑——作为城市的标志授予了贝莱斯 - 马拉加。[2]

他们扎下了营，不过大炮还在路上，行进得无比费力，每天只能前进一里格的路程，因大雨使山谷里的小溪变成了汹涌的急流，完全把道路阻断。同时，国王下令对城郊进行攻击。经过六小时的血战后它们被占领，在这当中有许多基督骑士阵亡或受伤，后者里面就有布拉干扎公爵的儿子、葡萄牙的堂·阿尔瓦罗。然后，在朝向城市一面的郊区用战壕和木栅加强了防卫，并让法德里格率领下的一支精兵驻守。沿着城市外围和从城郊到皇家营地的地方另外挖掘了一些战壕，以便切断所有与周边地区的联系。并且还派了一些部队去占领一条条军需品必须经过的山道。可是这些山非常陡峭、崎岖，处处是狭窄的小径和藏匿处，摩尔人可以极其安全地冲出来、退回去，常常突然冲向基督徒的护卫队，把战利品和俘虏带到他们的据点。有时摩尔人夜

1　见伊莱斯卡斯所著《主教史》第六卷第二十章；韦德玛（Vedmar）所著《贝莱斯 -
　马拉加史》。——原注

2　同上。——原注

里会在山腰上点燃火，之后一些瞭望塔和要塞也点火回应。他们借助这些信号协同对基督营地发起攻击，所以营地不得不随时保持警惕。

费迪南德国王以为他的军队所显示出来的威力足以让城市惊恐，并以为如果对敌人表现得宽厚一些，他们也许会投降。于是，他写了一封信给指挥官们，答应只要他们立即投降，所有的居民都可以带着自己的财物离开；但他又威胁说，假如他们坚持抵抗，他将用武力征服。这封信由一位名叫卡瓦哈尔的骑士快速送去，他把信放在长矛的顶端递给了城墙上的摩尔人。卡西姆——即要塞司令雷杜安的儿子——回答说国王太高尚宽厚了，不会将这样的威胁付诸行动；他说他不会投降，知道大炮无法运到营地，并且格拉纳达的国王答应要援助他。

就在国王得到上述回答的同时，他获悉在科马雷斯这一坚固的城镇，也即在离营地约两里格远的高地上，聚集了大量从阿克萨奎亚去的武士——战争开始时，就是在那些山上基督骑士曾遭到残杀——并且每天还期待着增加别的兵力，因为从这一带起伏不平的大山里可以增派出一万五千名战士。

费迪南德国王觉得部队这样分散，又处在敌人的领地以内，情况是很危险的，因此必须要有严密的纪律和高度的警惕。他给营地制定了最严格的规定，禁止一切赌博、咒骂或争吵，把放荡的女人和伴随她们的、恃强凌弱的恶棍统统赶走，这些人通常在士兵当中挑动骚乱和争斗。他下令，没有指挥官的允许，谁也不准与敌人发生冲突；谁也不准在附近的山上点燃柴火；一切给予摩尔地区或个人的防卫口令，都要不可违背地予以遵守。凡违反这些规定者将受到严惩，从而收到了很好的效果：尽管由各种各样的人组成一支庞大的军队，但并没听到有骂人的话，也没有人争吵时拔出武器来。

与此同时，战争的阴云继续积聚在山顶之上，这些连绵的山中有大量凶猛的武士下降到本托米兹的高地——这儿处在营地上方——他们想要强行打进城里。一支分遣队被派去打击他们，经过一阵激战后，把他们赶到了更高的悬崖上，那儿不可能继续追击。

自从部队扎营后已过去十天，可大炮仍然没有运到。射石炮和其他重型炮火被无望地留在安提奎拉，其余的则一路嘎吱嘎吱地慢慢穿过狭小的山谷，其中有不少长队长队的大炮和满载着军需品的车辆。终于有一部分小型的炮火到达了离营地半里格处，基督徒们受到鼓舞，有望不久能够对城市的防御工事发起常规进攻了。

第四十八章　费迪南德国王及其军队在贝莱斯 - 马拉加前面临危险

就在基督的十字旗飘扬于贝莱斯 - 马拉加前面的山上时，每一个高处和悬崖上都布满了敌对的武器，阿尔罕布拉宫与阿尔巴辛之间的宗派战争，或者说扎加尔与布阿卜迪勒之间的内战，一直震撼着格拉纳达城。贝莱斯 - 马拉加被包围的消息终于引起老人和神职人员的注意，他们的头脑并没有因为每天的争斗而发热；他们极力唤起人们意识到自己共同的危险。

"为什么，"他们说，"要在兄弟和亲属间继续争斗下去呢？这是什么样的战斗啊？——即使胜利了都不光彩，胜利者会脸红，并把他的伤痕掩饰起来。看看那些基督徒吧，他们正在掠夺你们的祖先英勇地用鲜血赢得的土地；他们居住在祖先修造的房子里，坐在祖先种植的树下，而你们的兄弟却无家可归、十分凄凉地四处流浪。你们想要找到真正的敌人吗？他就住在本托米兹山上。你们想要展示自己英勇行为的战场吗？在贝莱斯 - 马拉加的城墙前面即可找到。"

他们将人们鼓动起来后，又来到彼此对抗的两位国王面前，用同样的话予以告诫。那位受神灵感召的圣人萨拉克斯，指责扎加尔怀着盲目无知的野心。"你一心要当国王，"他严厉地说，"却要丢掉王国！"

　　扎加尔发现自己处于进退两难的局面。他有着双重战争要对付，即要对付国内国外的敌人。假如基督徒占领海岸，那么，王国就将遭到毁灭；假如他让格拉纳达与之作战，自己空空的王位就会被侄子篡夺。于是他采取一个权宜之计，假装听从神职人员的告诫，极力与布阿卜迪勒妥协。首府的宗派纷争使得国土每天都在丧失，他对此表示深深的担忧：眼下有了机会，只要予以还击就可把一切收复回来。从某种意义上说，基督徒们已将自己埋在大山之间的坟墓里——现在只剩下给他们盖上泥土了。他主动提出辞去国王的头衔，服从侄子的统治，在他的旗下去战斗；他唯一渴望的就是赶紧去解救贝莱斯－马拉加，并对基督徒进行彻底报复。

　　布阿卜迪勒拒绝了他的提议，把这看作是一个伪君子和叛国者玩弄的伎俩。"我如何能相信一个背信弃义的人呢？"他说，"是他谋害了我的父亲和亲属，又不断用武力和诡计要我的命。"

　　这使得扎加尔非常气愤、恼怒，可是根本没时间浪费了。宫廷里的神职人员和贵族们缠着他不放，年轻的骑士们迫切要投入战斗，普通人又在大声抱怨说一座座最富有的城市被抛弃，任凭敌人摆布了。扎加尔这位老武士自然乐意战斗，他也看到如果按兵不动，无论王冠还是王国都将遭遇危险；而如果给予成功的打击他就会在格拉纳达受到欢迎。他的兵力远比侄子的强，因最近从巴萨、瓜迪克斯和阿尔梅里亚得到了增援。所以他可以带领一大批部队前去解救贝莱斯－马拉加，同时把一支强大的驻军留在阿尔罕布拉宫。他因此采取措施，夜里率领一千名骑兵和两万名步兵突然出发，沿着从格拉纳达连绵的高山到贝莱斯－马拉加的高地，在最偏僻的道路上急速前进。

　　一天夜晚，基督徒们看见本托米兹要塞周围的山上一下子燃起大火，大吃一惊。借助红红的火光，他们注意到闪光的武器和严阵以待的部队，听见远处传来摩尔人的锣鼓与号角。贝莱斯 - 马拉加的一些塔楼上随之也燃起火来，与本托米兹的火相回应。"扎加尔！扎加尔！"的喊声响彻悬崖峭壁，又从城里回荡过来，基督徒们发现格拉纳达那位尚武的老国王就在俯瞰着营地的山上。

　　摩尔人突然间变得狂喜不已，而基督徒则惊讶地发现战争的风暴将随时在他们的头上降临。每当战场上有一位国王的时候，卡夫拉伯爵就通常变得急于求成，他真想趁扎加尔还没来得及扎营就带领队伍爬上高处予以攻击。不过更加冷静谨慎的费迪南德阻止了他。要攻击高处就得放弃围攻，所以他命令每个人保持警惕，坚守岗位，时刻准备尽全力保卫阵地，无论如何都不准冲出去攻击敌人。

　　一堆堆烽火通夜在山上燃烧，把整个地方的人都鼓动激发起来。早晨的太阳升起在本托米兹高高的山顶上，照耀着一片壮观的战场。当阳光从山上照射下去时，可见到基督骑士白色的帐篷显现在矮一些的山顶上面，他们的三角旗和军旗在晨风中飘扬。国王豪华的大帐篷处于营地上方，神圣的十字旗及卡斯蒂利亚和阿拉贡的皇家旗帜竖立在一旁。营地那边是城市，它那高高的城堡和众多的塔楼上闪现出各种武器；而在最高处，就在高山的侧面，可看见那位摩尔王的帐篷显现于十分明媚的晨曦里，他的部队聚集在周围，其异教徒的旗帜在天空下迎风飘扬。在夜里的火燃烧过的地方升起一柱柱青烟，摩尔人击打钹时的撞击声、吹出的号角声和马发出的嘶叫声，隐隐从高空中传来。这里的大气非常纯净透明，每一样物体很远都看得一清二楚，基督徒们能够注意到在周围的一座座山顶上，有着许多令人敬畏、满怀激情的部队。

摩尔王最初采取的办法之一，就是派遣由格拉纳达司令雷杜安带领的一支大军前去攻击护送炮火的队伍，这支队伍拉着长长的战线穿过山隘。费迪南德已预料到这一企图，派遣利昂的指挥官带领一队骑兵和步兵增援阿尔坎塔拉骑士团团长。扎加尔从山上注意到这支分遣队从营地出发，立即召见雷杜安。部队一时保持着安静，这位摩尔人冷冷地看着下面基督徒的营地，像一只老虎正想着要扑向猎物似的。

扎加尔对基督徒的营地的情况作了充分考虑，并对所有山道进行了了解，然后制定出一个袭击敌人的计划——他自以为必定会摧毁敌人，也许还能捉住费迪南德国王本人。他给贝莱斯 - 马拉加城的司令写了一封信，要求他在夜深人静山上燃起烽火时，带领整个部队冲出来狠狠攻击基督徒的营地。同时，他将带领部队冲下山去，从对面予以攻击，这样在万籁俱寂的时候把敌人彻底打垮。他让一个叛变的西班牙人将信送去，此人对这一带所有的秘密通道无不熟悉，如果被抓住他还可自称是逃跑出来的基督俘虏。

对自己的谋略满怀信心的扎加尔看着下面的基督徒，就像看着敬献给自己的牺牲品一样。太阳西沉时，维加平原上留下了长长的山影；他欣喜地指着下面的营地，显然没有意识到迫在眉睫的危险。"看吧，"他说，"基督徒们被送到了我们手里，他们的国王和最精良的骑士不久将任凭我们处置。现在是显示男人勇气的时候了，只需取得一个大胜利就将把我们失去的一切收复回来。为了先知[1]的事业而战死

1　指伊斯兰教的创始人穆罕默德。

的人是幸福的！他会立即被送到信徒的天堂，身边簇拥着天国美女。胜利后幸存下来的人是幸福的！他会看到格拉纳达——这是一个人间天堂——再次从敌人手中夺回来，恢复它所有的荣耀。"扎加尔的话受到部队的欢呼，他们急切地等待着指定的时刻到来，以便从山上的据点向基督徒冲去。

第四十九章　扎加尔企图袭击费迪南德国王的结局

　　伊莎贝拉王后及其朝臣们仍留在科尔多瓦，为国王出征会有什么样的结局万分焦虑。每天都会传来消息：说运送大炮和军需品困难重重；说部队正处于关键状态。

　　就在他们感到焦急不安时，一些信使又火速从边境带回消息，说扎加尔突然从格拉纳达出发，向营地展开进攻。整个科尔多瓦都陷入惊愕之中。人们又想起就在邻近大山中安达卢西亚的骑士曾经遭遇到的毁灭，担心类似的毁灭会突然从岩石和悬崖间冒出来，降临到费迪南德和他的部队头上。

　　伊莎贝拉王后也和众人一样惊愕，不过这却激起了她那勇敢的精神所具有的一切力量。她并没表示出无用的担忧，而只是寻求着如何转危为安。她号召安达卢西亚所有七十岁以下的男人拿起武器，迅速前去解救他们的君王，她自己则准备率领第一批征集起来的部队出发。红衣主教老冈萨雷斯——在他身上，圣人的虔诚和军师的智慧与骑士的激情融合在一起——主动给愿意跟随他去援助国王、支持基督事业的所有骑兵提供高额酬金；他扣紧盔甲，准备带领他们奔赴危险的战场。

　　王后的号召使机敏的安达卢西亚人受到鼓舞。早已不再打仗并且将儿子送去战斗的武士们，现在抓起挂在墙上正生锈的剑和长矛，召集起白发的家仆和自己的孙子投入战场。他们最大的担心在于一切援助都为时已晚，扎加尔和他的部队已像风暴一样穿过大山，他们害怕最猛烈的风暴已经降临到基督徒的营地。

与此同时，扎加尔指定执行其计划的这天夜晚已经降临。先前他一直观察着白天的最后一点光线消失，整个西班牙人的营地都保持安静。随着时间一小时一小时过去，营火也渐渐熄灭了。下面没有了鼓声和号角声，什么都听不见，只是偶尔传来部队重重的脚步声或马匹行走的回响——那是营地通常在巡逻、卫兵在换岗。扎加尔极力克制住自己和部队的急躁情绪，直到夜晚来临，营地陷入沉睡之中，这个时候人不容易惊醒，即使醒了也易于变得迷惑、惊慌。

指定的时间终于到了。摩尔国王一声令下，只见本托米兹的山顶上蓦地燃起明亮的火焰，不过扎加尔并没看见城里燃起回应的火光。急不可待的他无法再拖延下去，于是命令部队出发，从山隘上下去攻击营地。隘道十分狭窄，上面又悬着岩石。部队来到一个阴暗的洼地时，突然遇上一片黑压压的武士，他们大喊着冲过来进行攻击。惊慌失措的摩尔人又慌乱地退回到高处。扎加尔得知山隘里有一支基督部队，怀疑敌人有什么反击计划，便下令点燃山火。得到这一信号，每一个高处都用专门为此准备的木柴燃起大火，一个接一个的悬崖发出熊熊的火光，直到整个地方都仿佛被炉火照亮一般。

红红的火光照亮了峡谷和山道，强烈地把光线投射到基督徒的营地上，使得所有的帐篷、每一处岗位和堡垒都显现出来。无论扎加尔把眼睛转向哪里，他都注意到火光从胸甲、头盔和闪烁的长矛上反射过来；他还注意到每一处关口都标枪林立，每一个易于攻击的地点都布满各种武器，一队队骑兵和步兵严阵以待地恭候着他去进攻。

事实上，扎加尔给贝莱斯-马拉加司令的信让警惕的费迪南德截获，那个叛徒也被绞死，并且天黑以后采取了秘密措施，以便热情地迎接摩尔人。扎加尔发现他的袭击计划被发现和挫败，失望地狂怒不已，他命令部队发起进攻。他们冲下山道，不过再次遭到大批基督武士的迎头痛击，这些武士是由红衣主教的兄弟堂·乌尔塔多·德·门多萨指挥的部队。摩尔人又一次被击退，撤回到高处。门多萨本想继续追击，但山坡陡峭崎岖，容易防守。整个晚上双方用石弓、飞镖和火绳枪展开了激战。峭壁上回荡着震耳欲聋的轰鸣声，而山上燃烧的火焰则给战场上投下一片忽明忽暗的红红的火光。

天亮时，摩尔人看到城里根本没有配合作战，因此丧失了战斗热情。他们还注意到每一条山道都布满了基督部队，开始担忧会遭到反击。正在这时，费迪南德国王派遣卡迪斯侯爵带领一支骑兵和步兵夺取一个由敌军占领的制高点。侯爵以他通常的那种勇猛攻击摩尔人，不久即将他打得逃之夭夭。其他的摩尔人眼见战友逃跑，也丢下武器撤退。大批的摩尔人时时陷入莫名其妙的恐慌——变化不定的摩尔人常会如此——这样的恐慌此时弥漫着整个营地。他们感到恐惧，既不知为什么，又不知对什么恐惧；他们丢下剑、长矛、胸铠和石弓，以及所有妨碍自己行动的东西，疯狂地四处逃散。后面并没有追击的敌人，他们只是在避开彼此闪光的武器和发出的脚步声。只有格拉纳达的司令雷杜安才把一队逃兵召集起来。他带领他们绕道穿过一条条山道，从基督边界一处薄弱的地方强行冲过去，奔向贝莱斯-马拉加。其余的摩尔军队则彻底溃散了。扎加尔和他的骑士试图将部队聚集在一起，但徒劳无功；他们几乎被独自抛下，为了安全不得不逃走。

卡迪斯侯爵发现此时敌人毫无抵抗，便从一个高处爬到另一个高处，同时小心翼翼地侦察着，担心会有什么计谋或埋伏。然而一切都很平静。于是，他带领人马来到摩尔部队先前占领的地方，只见一个个高地被遗弃，到处丢弃着胸甲、弯刀、石弓和其他武器。他的部队太小，难以追击敌人，于是满载战利品回到了皇家营地。

最初费迪南德并不相信会取得如此重大的奇迹般的胜利，而是怀疑有什么潜在的阴谋。他因此下令整个营地严加防守，每个人都要随时准备战斗。次日晚上派了一千名骑士和下级贵族[1]守卫皇家帐篷，就像前几晚上一样。国王也没有放松警惕，直至他得到确切情报，获悉敌人已彻底溃散，扎加尔也在混乱中逃跑。

正当增援部队准备出发时，敌人败退以及基督部队安全的消息传到了科尔多瓦。王后和众人的担忧与惊恐转而变成狂喜与感激。部队于是解散，并举行了隆重的游行，各教堂里也吟唱起《感恩赞美诗》，以庆祝这个重大的胜利。

1　指低于最高贵族或大公的贵族。

第五十章 格拉纳达人如何惩罚英勇的扎加尔

扎加尔把一位武装的对手留在首府，自己却出征去保卫领土，这一勇敢无畏的精神使格拉纳达人感到钦佩。他们回想起他先前的战功，再次预料着他的这种勇猛会取得来之不易的战绩。但部队的通信兵报告说，他们在本托米兹山上处境艰难。一时间城里的流血混战停止了，大家都把注意力转到即将给予基督营地的打击上。同样的想法——它们使得整个科尔多瓦弥漫着焦虑与恐惧——让每个摩尔人的胸中都对格拉纳达充满了令人喜悦的信心。摩尔人期待着听到又一个发生在马拉加山中的那种残杀。"扎加尔已经再次让敌人落入陷阱了！"人们高喊着，"基督徒的政权就要被彻底粉碎。咱们不久就会看见俘获的基督国王被带到首府。"这些话挂在每个人的嘴上。他被赞美成国家的救星，是唯一值得戴上摩尔王冠的人。布阿卜迪勒则受到人们痛骂，因为在国家遭到侵略时他却无动于衷。民众的呼声非常强烈，随从们不禁为他的安全担忧。

就在格拉纳达人急切地盼望所期待的胜利消息时，一个个溃散的骑兵飞奔着穿过维加平原。他们是摩尔部队的逃兵，最先把遭到挫败的消息支离破碎地带回来。他们的恐慌和溃败真是不可思议，每个人极力讲述时，似乎被断断续续想起的某个噩梦弄得迷惑不解。他不清楚是如何发生的，或者为什么会发生。他谈着夜里在岩石和悬崖间，在一处处烽火的映照下进行的战斗；谈着每一条要道上，显现于各种光里的、大群大群的武装敌人；谈着部队黎明时突然产生的恐惧，及其仓皇逃跑、彻底溃败的情况。其他的逃兵接连不断地回来，从而证实了他们所遭遇的毁灭和耻辱。

格拉纳达人最近还在大肆吹嘘，与之相应的是他们现在感到了极大的羞辱。人们普遍怀有的不是悲哀而是愤怒。他们将领导者与部队混为一谈——将被抛弃的人与将他抛弃的人混为一谈，扎加尔因此从他们的偶像一下变成他们诅咒的对象。是他牺牲了部队，使民族蒙受耻辱，是他背叛了国家；他是一个懦夫和叛国者，不配统治天下。

忽然间人群中有一个人高喊"布阿卜迪勒万岁！"这喊声回响在四面八方，于是人人都高喊着"布阿卜迪勒万岁！格拉纳达合法的国王万岁！所有的篡夺者都去死吧！"激动之下他们涌向阿尔巴辛，那些最近曾经武力围攻布阿卜迪勒的人，现在又欢呼着把他的宫殿团团围住。城市和所有要塞的钥匙都搁在了他的脚旁，他被庄严、堂皇地簇拥到阿尔罕布拉宫，在一切应有的仪式中又一次坐在了祖先的宝座上。

大众一会儿将布阿卜迪勒推举为王，一会儿又将他罢免，他现在对此已习以为常，并不十分相信他们的忠诚会持续很久。他知道自己周围都是些虚伪的人，阿尔罕布拉宫的朝臣私下大多是忠诚于他叔父的。他以被篡夺了王位的合法君王的身份登上宝座，并下令将四位最热心于支持篡夺者的首要贵族斩首。这样的死刑，在摩尔政府的任何变革中都是理所当然的事，而布阿卜迪勒还由于自己的克制和人道受到人们称赞，因为他只让这么少的人作出牺牲就满足了。两个派系敬畏之下不得不服从他；喜欢任何变革的民众又把布阿卜迪勒捧上了天；扎加尔的名字则在整个城里一时成为人们轻蔑和责骂的笑料。

世上再没有哪位领导者像扎加尔那样，为命运的突然转折感到如此震惊和困惑的了。傍晚时还可见他指挥着一支强大的军队，把敌人掌握在手中，胜利也即将为他增光添彩，使他的政权得到巩固；可到了早晨他却成为山中的一个逃兵，他的军队、胜利和权力统统都烟消云散，他不知道是怎么回事——它们就像夜里的梦一样消失了。他极力阻止仓皇逃跑的部队，但毫无用处。他看见一支支队伍在悬崖峭壁间溃不成军，直到全军人马中只剩下少数骑士还对他忠心耿耿。他带领他们闷闷不乐地向格拉纳达撤退，心中充满不祥之兆。接近城市的时候他在赫尼尔河的岸边暂时停下，派遣侦察兵前去收集情报。随后他们灰心丧气地回来了。"格拉纳达的大门，"他们说，"已向你关闭。布阿卜迪勒的旗帜飘扬在阿尔罕布拉宫的塔楼上。"

扎加尔掉转马头默默地离开了。他撤退到阿尔穆勒卡镇，之后又到了阿尔梅里亚，这些地方仍然忠诚于他。可他为离首府如此遥远感到焦虑不安，便又改变住处，到了瓜迪克斯城，这儿离格拉纳达只有几里格远。他留在这里，极力把部队聚集起来，随时准备着利用这座都市动荡不定、突然发生的任何政治变革。

第五十一章　贝莱斯 - 马拉加及其他地方投降

贝莱斯 - 马拉加的人曾注意到扎加尔的营地就在本托米兹山顶上，并在落日的余晖中显现出来。夜里，他们又被山上的烽火和远处的战斗声震惊，弄得一片茫然。但天亮时，摩尔军队却像中了魔法似的消失了。正当居民们觉得惊讶、作出猜想时，有一队骑兵——他们就是格拉纳达勇武的司令雷杜安解救的残余部队——朝着大门飞奔而来。军队奇异地溃败的消息让城里充满惊恐，但雷杜安激励人们坚持抵抗。他对扎加尔是忠诚的，并对自己的本领和勇猛满怀信心，确信不久即可召集起溃散的兵力，从格拉纳达重新率领部队打回去。这些话让人们得到安慰，而雷杜安那镇定的举止又使其受到鼓舞；他们仍然怀着一线希望——基督徒的重型大炮也许会被一直堵塞在难以通行的山隘中。可这一希望不久即破灭。就在次日他们发现长队长队的炮火缓慢费力地进入基督营地，其中有射石炮、轻型大炮、弩炮和满载着军需品的车辆；而护卫队在阿尔坎塔拉骑士团勇敢的团长的带领下，也大队大队地进入营地，增援围攻部队。

格拉纳达已经把扎加尔拒之门外，根本不能指望得到任何增援。这一情报让居民们彻底绝望，甚至雷杜安本人也失去了信心，他提出投降。

费迪南德同意提供对他们有利的条件，因他急于要继续攻打马拉加。除了武器外允许居民们带着财物离开，假如他们愿意，还可以住在西班牙境内任何远离海岸的地方。有一百二十名投降被俘的男女基督徒获救，他们被送到科尔多瓦，并在人们欢庆胜利的喜悦之中、在有名的大教堂里受到王后和公主极其亲切的接待。

继贝莱斯－马拉加被夺取之后，本托米兹、科马雷斯和阿克萨奎亚所有的城镇与要塞都投降了，随即增派了强大的驻军把守，并任命一些谨慎而勇武的骑士为司令。阿普卡拉斯群山中近四十座城镇的居民也派代表拜见基督君王，宣誓作为穆斯林诸侯效忠他们。

大约就在这个时候布阿卜迪勒送来了信函，向君王报告说格拉纳达又在他的控制之下了。他请求对重新效忠他们的居民以及所有其他地方不再支持他叔父的人予以善待和保护。这样（他说），整个格拉纳达王国不久将接受他的统治，并在他的领导下忠实地臣服于基督君王。

君王答应了他的请求。格拉纳达的居民们立即受到保护，他们可以平安地在地里耕种，除武器外可以在基督领地内从事所有买卖——只要有某位基督将领或司令出具的担保信。凡在六个月内与扎加尔断绝关系并效忠年轻国王的其余地方，也得到承诺将获得同样的优越条件。这一举措效果显著，使许多地方重新回到了布阿卜迪勒的旗下。

费迪南德对这个新占领的地方在管理和防卫上作出一切必要的安排后，把注意力转向了战役中的重大目标——夺取马拉加。

第五十二章　马拉加城及其居民；埃尔南多的任务

马拉加城位于一个富饶山谷的山坳里，三面群山环绕，一面通向大海。在摩尔人的王国的各个城市当中，它是最重要的城市之一，所以也是最为强大的城市之一。其城墙庞大而牢固，另外布满了许多高大的塔楼。在陆地一边有群山形成的天然屏障，使其受到保护；在另一边，地中海的波浪冲击着它那巨大厚实的防波堤。

在城市一端靠近大海的一个高处，便是阿尔卡桑巴大本营，它是一座兵力强大的要塞。就在这上面是一座陡峭多岩的山头，其顶部过去曾有一座灯塔，而这顶部即据此取名为"灯塔山"。眼下它上面有一座庞大的城堡，由于处在又高又陡的地势，有着巨大的墙体和塔楼，因此被看作是无法攻破的。一条六步宽的隐秘小径，顺着两堵墙之间和山岩的侧面或脊上将它与阿尔卡桑巴相连。灯塔山的这座城堡俯临大本营和城市，假如两处都被夺取，它还可予以围攻。两处宽阔的郊区紧邻城市：一处通向大海，这儿是最富裕的居民的住宅，装饰着一些空中花园；另一处在陆地一边，这儿人口密集，周围是一些坚固的墙体和塔楼。

马拉加拥有一大批勇敢无畏的驻军，老百姓也行动积极、果断坚决。不过这座城市很富有，商业繁荣，通常受到许多殷实的商人支配，他们担心被围攻后遭到毁灭。对于本城尚武的名声他们几乎没有热情，而却一心想让自己的财产处在令人羡慕的安全之中，并得到有利可图的特权——它们提供给了所有宣布支持布阿卜迪勒的地区——安然地与基督领地通商。在这些唯利是图的市民当中，为首的名叫阿里·多杜克斯，他是一位有着无数财产、势力强大的商人，据说与格拉纳达的王室一家有亲属关系；他的一艘艘船开往黎凡特[1]各地做买卖，他的话在马拉加就是法律。多杜克斯召集起最富裕也是最重要的商业伙伴，他们一起来到阿尔卡桑巴要塞，司令科米克萨以通常对本地那些高贵富有的人所表现出的尊重接待了他们。多杜克斯身材魁梧高大，说话流畅有力，所以他讲到保卫马拉加如何没有希望，遭到围攻之后将会有怎样的不幸，以及被强行攻占后必将有怎样的毁灭时，对司令产生了影响。另外，他又指出，假如早早地自愿承认布阿卜迪勒为王，他们就可得到基督君王的恩赐，让他们安然地拥有自己的财产，并且与许可的基督港口从事有利可图的商业活动。他得到有权有势的副手们的支持。司令习惯于将他们看作是本地事务的权威人士，于是他接受了他们共同的建议。因此，他获得授权与基督君王协商投降事宜，全速前往基督营地，同时他的兄弟留下来指挥阿尔卡桑巴。

这个时候，在建造于峭壁上的灯塔山里的古老城堡中，有一位暴烈尚武的摩尔司令，他与基督徒是不共戴天的敌人。此人正是阿梅·泽利，即别号埃尔·塞格里，他是龙达城一度难以对付的司令，也是龙达山中令人可怕的人物。对自己心爱的要塞被夺取一事他从来没有原

1　地中海东部沿岸诸国家和岛屿，包括叙利亚、黎巴嫩等在内的自希腊至埃及的
　　地区。

谅，并渴望着向基督徒报仇。尽管遭遇失败，但他仍然得到扎加尔的厚爱——后者懂得如何赏识一位这样的勇士，于是让他负责指挥灯塔山这座重要的要塞。

塞格里把戈默雷斯家族的残余人马聚集在自己身边，此外还有其他刚从摩洛哥[1]来的同一种族的人。这些凶猛的武士就像许多好战分子一样，巢居在高高的悬崖峭壁周围。他们用军人的信念鄙视地看着下面受其保护的马拉加这座商城；或者更确切地说，他们只是认为它有着军事上的重要性，能够进行防守而已。他们与从事交易、唯利是图的居民毫无交往，甚至把阿尔卡桑巴视为自己的下级。战争是他们的追求和激情所在，一个个疯狂危险的战斗场面使他们喜悦。他们自信这座城市——尤其是他们的城堡——威力强大，所以对基督徒入侵的威胁不屑一顾。他们当中还有不少变节的摩尔人，他们曾经信奉基督教，不过后来放弃了，并从宗教裁判所的惩罚中逃脱出来。[2]这些人都是亡命之徒，假如再次落到敌人手里便根本不能指望得到宽恕。

塞格里决心采取不顾一切的办法，改变可能会被降服的局面。他知道城里有一大批人忠诚于扎加尔，他们都是些尚武者，从被攻占的各个山镇里逃了出来；他们怀着如命运一般铤而走险的心情，也像塞格里一样渴望着向基督徒报复。为此他召集了一个秘密会议，大家保证无论他采取什么防卫措施都要忠诚于他。至于喜欢保持安宁的居民们提出的建议，他认为不值得一个军人考虑；对于富有的多杜克斯在战事上的干预，他则予以弃绝。

1　位于西北非洲。

2　见苏里塔所著《阿拉贡王国史》第三十卷第七十一章。——原注

"咱们还是照常行动吧。"塞格里说。于是他带领戈默雷斯家族的人下去,来到城堡,突然闯进去,把司令的兄弟和驻军中有任何反抗的人杀死,然后把马拉加为首的居民召集起来,商讨如何为城市谋利。[1]富裕的商人们再次登上堡垒,只是多杜克斯没来,他拒不听从召集。他们进入堡垒时心里充满敬畏,发现塞格里身边全是些冷酷的非洲卫兵和整个严阵以待的军队,他们还注意到刚才屠杀之后留下的血迹。

塞格里转动着一双阴郁的眼睛在众人当中搜寻。"你们有谁对塞格里忠诚?"他问。每个在场的人无不表示自己忠诚。"好!"塞格里说,"谁愿意誓死保卫君王的这座重要城市,以此证明他对君王的忠诚?"每个在场的人都表示愿意。"行啦!"塞格里说,"科米克萨司令已表明他背叛了君王和你们大家,因为他图谋把这个地方交给基督徒。你们应该另外选取一位能够让自己的城市不受敌人侵犯的指挥官。"众人一致表示只有他本人才配指挥他们。所以,塞格里被任命为马拉加司令,他立即着手将自己的党徒配备到各个堡垒和塔楼,为随后孤注一掷的抵抗做好一切准备。

上述行动的情报,使费迪南德和被取代的科米克萨司令之间的谈判终止,国王认定除了围攻城市外别无他法。不过,卡迪斯侯爵在贝莱斯 - 马拉加发现一个有些名气的摩尔骑士,他是马拉加的本地人,他主动提出去说服塞格里交出城市,或者至少交出灯塔山的城堡。侯爵把这告诉了国王。"我将此事和金库的钥匙交到你手里。"费迪南德说,"你可以用我的名义,按照自己认为恰当的方式采取行动、规定

---

1 见宫殿牧师所著《卡托尔国王史》第八十二章。——原注

条件和支付款项。"

侯爵用自己的长矛、胸甲和小圆盾把这个摩尔人武装起来，并让他骑上一匹自己的马。他还用同样的方式装备另一个摩尔人——前者的同伴和亲戚。他们给塞格里带去侯爵的密信，提出如果他交出灯塔山，科因城将永久由他继承，另外给他四千多卜拉[1]，并给他的副官易卜拉欣·塞勒特一座农场和两千多卜拉，同时再把一大笔钱分发给其余的官兵。如果他交出城市，侯爵将给予他无限的奖赏。

塞格里对卡迪斯侯爵怀有一种武士的钦佩，他在灯塔山要塞里礼貌地接待了信使。他甚至耐心地倾听他们的陈述，并让他们安全离开，尽管他完全拒绝了。侯爵觉得他的回答并不十分果断，还可以再作一次努力。因此第二次派出了使者，进一步提出建议。他们是夜里到达马拉加的，但发现哨兵增加了一倍，并且四处有巡逻兵，整个地方都处于警戒状态。他们被发现，受到追击，只是由于马跑得快，加之他们熟悉山道，才得以获救。[2]

费迪南德国王发现，一切左右塞格里的信念的企图都完全徒劳无益，便公开号召城市投降，说假如立即屈服将获得最有利的条件；不过他又威胁说如果抵抗，所有居民都将被捕。

摩尔人目前处于激昂狂暴的状况，要把这一号召传递给他们，需要一位富有胆量的人。这样的人站了出来，他是皇家卫队的一位骑士，名叫埃尔南多·德尔·普尔加——这是一位出身高贵的青年，已经凭着富于传奇、胆大无畏的英勇壮举使自己崭露头角。他带着给塞

1　西班牙古金币。

2　见宫殿牧师所著《卡托尔国王史》，手稿第八十二章。

格里的官方信函和国王给多杜克斯的一封密信，在一面旗帜的保护下进入了马拉加的大门，当着首要居民的面大胆地表达着国王的号召。他在讲话中所用的语言或语调极大地激怒了摩尔人，塞格里竭尽全力，几位神职人员也加以影响，才阻止了他们对特使采取的暴行。塞格里的回答傲然而坚决。"马拉加城，"他说，"已经托付给我，不让它投降，只让它防卫，国王将目睹我如何履行自己的职责。"[1]

埃尔南多完成任务后，缓慢而沉着地骑马穿过城市，虽然民众满脸怒容予以威胁，几乎控制不住骚乱，但他完全置之不理；他将那个摩尔人傲然的回答带给了贝莱斯-马拉加的费迪南德，同时对敌人的驻军、要塞的防守力量和司令及其官兵坚决的态度作了很好的说明。国王马上下令将重型大炮从安提奎拉运过去，并于5月7日这天率领部队向马拉加进发。

---

[1] 见普尔加所著《天主教君王编年史》第三部第七十四章。——原注

第五十三章　费迪南德国王率军进攻马拉加

费迪南德的军队排成长长的队伍前进，它沿地中海海岸的山脚闪闪发光地行进着；另有一支舰队满载重型大炮和军需品，在离岸边不远处与之并行，使海上布满了一千只发亮的船只。塞格里看见这支军队逼近时，派人把与城墙相连的郊区的房子点燃，并派出三支部队去迎战敌人的先遣部队。

基督军队靠近了城市的一端，此处的城堡和灯塔山多岩的高处防卫着海岸。就在他们对面约两箭之遥的地方耸立着城堡，在城堡与高大的山脉之间是一座陡峭多岩的山头，当时叫圣克里斯托波尔山，它俯视着一条通道，基督徒必须经过它才能进入维加平原包围城市。塞格里命令三支部队坚守岗位——第一支把守圣克里斯托波尔山；第二支把守城堡附近的通道；第三支则把守靠近大海的山边。

先遣部队中的一支西班牙步兵——他们是加利西亚省[1]身强力壮的山民——迅速爬上靠近大海的高山，同时有许多王室的骑士和下级贵族对守卫下面要道的摩尔人展开进攻。摩尔人英勇顽强地坚守着阵地。加利西亚人一次次被打败并被赶下山去，不过他们也一次次重整旗鼓，在下级贵族和骑士们的增援下予以反击。这场顽强的战斗持续

---

[1]　西班牙西北部一省。

了六个小时：这是一种殊死搏斗，他们不仅仅用石弓和火绳枪，而且还用剑和匕首短兵相接；双方都寸土不让，他们战斗不是要俘虏敌人，而是要将其杀死。基督部队现在一心要做的只是向前挺进。沿岸的道路十分狭窄，部队只能够排成纵队前进；骑兵、步兵和役畜相互拥挤，彼此阻挡，把狭小崎岖的山隘都堵塞了。士兵们听见战斗的轰鸣声、号角声和摩尔人的呐喊，但却无法冲上去增援战友。

最后"圣兄弟会"的一队步兵非常艰难地爬上了要道上方陡峭的山边，高举七面旗帜向前推进。摩尔人看见高处的这支队伍，绝望地抛开要道跑掉了。战斗仍然在高处打得很激烈。加利西亚人尽管有门多萨和加西拉索带领的卡斯蒂利亚部队援助，但仍遭到摩尔人凶猛的进攻。最后有一位名叫卢伊斯·马泽达的勇敢的旗手冲进敌人当中，把旗帜插在了山顶。加利西亚人和卡斯蒂利亚人受到这一崇高的献身精神激励，也跟在他后面，拼死地战斗着，终于把摩尔人打回到他们灯塔山的城堡。[1]

这个制高点被攻下后，要道就向部队敞开了，不过此时已到傍晚，精疲力竭的部队已无力寻找适当的地方扎营。国王在几位大公和骑士的陪同下，夜里出去巡视，在朝向城市一方配置前哨，同时也配置了警卫队和巡逻队，只要敌人一有动静就发出警报。基督徒们睡觉时通宵紧握着武器，以防敌人冲过来攻击他们。

次日天亮时，国王不无惊叹地凝视着他希望不久将属于自己的领土的城市。城市的一边是葡萄园、庭院和果园，它们使山上呈现出一片青绿；在另一边，平静安宁的大海轻抚着城墙；高耸的塔楼和庞大

---

[1] 见普尔加所著《天主教君王编年史》。——原注

的城堡虽然历史悠久，但防卫力量并未削弱，这表明昔日那些心地高尚的人为了保卫自己喜爱的家园，所付出的艰辛劳动；空中花园、橘树、香橼和石榴林，以及高大的雪松和雄伟的棕榈与显得严厉的城垛和塔楼合在一起，显示出里面的生活多么富裕华贵。

就在这个时候，基督军队蜂拥着穿过要道，并迅速派出一支支纵队，把队伍拉得长长的，他们占领了城市周围的每个有利地点。费迪南德国王观察着地势，在各个阵地分别指派了一些指挥官负责把守。

重要的圣克里斯托波尔山——它面向灯塔山强大的要塞，为争夺它部队展开了非常激烈的战斗——交给卡迪斯侯爵把守，他在所有围攻中都要求把危险的阵地派给自己。他的营地里有几位高贵的骑士，他们都带着自己的随从，共有一千五百名骑兵和一千四百名步兵。这支队伍从山顶一直延伸到海边，完全把那面通往城市的道路阻断。一排营地从这一据点绕着城市延伸到海岸，它们由壁垒和深沟防护着；另有一支武装舰艇和大帆船在港口前面摆开阵势，于是此处便完全让大海和陆地上的基督徒包围了。这时山谷里各个地方回响起备战的杂声：有许多技术兵准备着打仗的机器和军需品；军械士和铁匠带着发光的熔炉和震耳欲聋的铁锤；木匠和工兵安装着用来攻击城墙的机器；石匠在为大炮制作石弹；燃烧木炭的人为熔炉准备着木炭。

扎好营地后，重型大炮从船上弄到了岸上，并运送到上面营地的各个地点。五门巨大的射石炮安放在卡迪斯侯爵指挥的高处，以便瞄准灯塔山的城堡。

摩尔人对基督徒的这些准备极力加以阻止。他们向挖掘战壕或安装大炮的人猛烈轰击，使后者只好主要在晚上干活。最初皇家帐篷扎在显要的地方，因在摩尔人的炮火射程以内，遭到了激烈攻击，所以不得不转移到一座山的后面。

待一切准备就绪后，基督徒用炮火不停地予以狠狠还击，而舰队则靠近岸边，从对面向城市猛烈开火。

"眼见这座异教徒的城市被强大的基督军队从海上和陆地上包围，"阿加皮达说，"真是令人赏心悦目。在这个包围圈中，每一个高处都仿佛是由帐篷组成的小城，上面飘扬着某一位著名的基督武士的旗子。除了前面的战舰和大帆船外，海面上还有无数小帆船，它们来来往往，一会儿出现，一会儿消失，正忙着给部队运送物资。这仿佛是一个设法用来悦人眼目的壮观场面——假如从船上发出的阵阵烟火（它们好像沉睡在平静的海上），以及从营地和城市、从塔楼和城垛上发出的隆隆炮声，不是在表明眼下正进行着一场殊死战斗。

"夜晚这个场面比白天可怕得多。令人愉快的阳光没有了，只有大炮的火光，或抛进城里的易燃物发出的凶险的红光和一座座房屋燃起的大火。基督徒的炮组不停地开火：特别是有七门称为'希梅内斯[1]七姐妹'的大型射石炮，有着极大的杀伤力。摩尔人隆隆的火炮从城墙上予以还击。灯塔山的底部卷起一股股浓烟。塞格里和他的戈默雷斯家族的人，不无喜悦地看着他们发起的这场暴风雨般的战斗。的确，他们是许多化身成人的魔鬼，"虔诚的阿加皮达最后说，"得到上天许可进入并占据这座异教徒城市，以便使其遭到毁灭。"

---

1 希梅内斯（1436—1517），西班牙的一位主教，宗教法庭大法官。此处大概指以他的名字命名的大炮。

第五十四章　围攻马拉加

　　通过海陆两面对马拉加展开的猛烈进攻持续了几天，但效果并不明显，因城市那些古老的壁垒非常坚固。西富恩特斯伯爵首先以显著的战功在部队崭露头角。有一座主塔，曾保卫着如今称为圣安那的郊区，但此时已经被炮火击垮，城垛也被摧毁，这样它们便无法给防卫者们提供藏身之处。看见这一情况，伯爵调集起一队英勇的皇家骑士对塔楼突然发起攻击，他们手中持剑借助云梯爬了上去。摩尔人没有了城垛的掩护，于是下到更低的一层，从窗口和枪眼处凶猛地抵抗着。他们把烧沸的沥青和松香倒下来，又向攻击者投射石头、飞镖和箭。有许多基督徒丧命，他们的梯子也被易燃物烧毁，伯爵不得不从塔前撤退。次日他带领更强大的部队再次进攻，经过激烈的战斗终于把胜利的旗帜插在了塔楼上面。

　　现在轮到摩尔人进攻塔楼了。他们在通向城市一方的下面挖地道，将一根根木头支撑起地基，并在点燃支撑物后撤离到远处。不久支撑的木头垮掉，地基下陷，致使塔楼出现裂口，有一部分墙体轰然坍塌，不少基督徒一头摔了下来，其余的则遭到敌人任意射击。

　　然而就在此刻，邻接塔楼一边的郊区的墙体被炸开了一个裂口，基督部队立即冲进去增援战友。从营地和城里派来的援军持续打了两天一夜的仗，一支支队伍穿过墙体的裂口忽前忽后地战斗着，同时也在邻近那些狭窄弯曲的街道上打起来，时而胜时而败，使得塔楼周围遍地是死者和伤员。最后摩尔人渐渐后撤，但仍在争夺着每一寸土地，直至他们被赶进城里，让基督徒占领了大部分城郊。

这种局部的胜利尽管来之不易，战士们为此付出了大量的艰辛与鲜血，但它一时使基督徒们受到鼓舞。不过他们发现，进攻城内主要的防御工事艰难得多。里面的驻军都是些老练的军人，他们曾在基督徒攻下的许多城镇服过役。他们不再让猛烈轰击的大炮和其余外国发明的奇异武器弄得困惑惊慌，而是变得颇善于躲避、修复被炸开的裂口和建造起各种对抗工事。

最近已习惯于迅速攻下摩尔人的要塞的基督徒，对这种缓慢的围攻不耐烦了。许多人担心出现补给不足，因为在敌国的心脏要为这么一大批军队提供粮食并不容易，必须要把供应物资运过一座座崎岖不平、充满敌意的大山，或者从变化无常的大海运送进去。很多人还为爆发在附近村子里的瘟疫感到惊慌，有些人甚至担忧得从营地跑回了家。

有几个长期寄生于大部队的、散漫可鄙的食客，听到这些怨言后心想围攻不久就会开始，便跑到敌人一方，希望发点财。他们对于部队的惊慌和不满夸大其词，声称每天都有士兵成群结队地跑回家去。尤其是他们指出火药快没有了，大炮就要毫无用处。他们因此让摩尔人确信如果再坚持防卫一下，基督国王就会被迫撤离部队，放弃围攻。

这些背叛者的报告给驻军增添了新的勇气，于是他们向营地发起有力进攻，日夜不停地进行侵扰，迫使各处基督军都保持最高度的警惕，严加防守。他们挖壕沟、筑栅栏，巩固城墙薄弱的地方，充分表现出他们坚定不屈的精神。

费迪南德不久即获悉摩尔人得到了报告，他也明白有人向他们通风报信。王后因此为营地的安全担忧，不断写信催促他放弃围攻。他给王后写信请求她前往营地驻扎下来，这是驳斥一切谎言、使敌人愚蠢的希望破灭的最好办法。

第五十五章　继续围攻马拉加；塞格里负隅顽抗

　　部队看见爱国的王后十分庄重地来到他们身边，与人民共同承担艰难与危险，因此热情高涨。伊莎贝拉在高官、权贵和宫中所有随从的陪同下进入营地，以此表明这绝非一次暂时的走访。她的一边是公主，另一边是西班牙的红衣主教。王后的告解神父弗洛里·埃尔南多·德·塔拉韦拉跟在后面，另有一长队高级教士、朝臣、骑士和贵妇人们。这支队伍平静而庄严地穿过营地，高贵、优雅，并且显示出一种女性的美，从而使战争残酷的一面有所温和。

　　伊莎贝拉先前已下令，她到达营地后恐怖的战争将暂时停止，她又对敌人重新提出了和平。所以，她到达后整个营地都全面停火。同时派遣了一个使者到被围攻的敌方，告知他们她来到营地，并且两位君王决意长期驻扎下来，直到攻下城市。假如敌人立即投降，他们还提出了给予贝莱斯-马拉加同样的条件；不过君王也威胁说，如果居民们坚持抵抗，他们将用武力予以镇压、抓捕。

　　塞格里傲然地对这个消息不屑一顾，他甚至毫不作答就把使者赶走了，并且让一支护卫队和他一起离开，以免他与街上的居民有任何接触。"基督君王，"塞格里对身边的人说，"之所以提出这个条件，是因为他们绝望了。他们的大炮毫无声响，这证明我们得到的情报属实，就是说，他们的火药打完了，他们再也没有办法摧毁我们的城墙。假如他们在那儿待得太久，秋雨就会将他们的护送队阻断，使其营地到处是饥荒和疾病。第一场暴雨将驱散他们的舰队，它们在附近根本没有躲避的港口。那时我们就可以畅通无阻地从非洲得到援军和供给物。"

塞格里的话被视为神谕受到人们拥戴。然而，社会上许多喜欢和平的一部分人斗胆予以反对，请求他接受基督徒提出的仁慈条件。严厉的塞格里用可怕的威胁让他们住口：他声明无论谁提到投降或者与基督徒有任何交往，都将被处死。戈默雷斯家族的人正如战争中真正的男子汉那样，把首领的威胁按照成文法来执行，他们发现有几个居民暗中与敌人勾结，便将其杀死，并没收其财产。这使得那些怨声最大的市民突然沉默不语了，人们还注意到他们在保卫城市当中表现得最为积极活跃。

使者回到营地报告说，敌人对国王的意见不屑一顾，这使费迪南德大为愤怒。他发现因王后到来暂时的停火，让敌人以为营地的炮火不足了，于是他命令所有大炮全面开火。顿时从各个地方突然开始射击，摩尔人这才相信自己搞错了，居民们大惑不解，不知最害怕的是哪一方——攻击他们的人还是保卫他们的人，即是基督徒还是戈默雷斯家族的人。

傍晚两位君王视察了卡迪斯侯爵扎营的地点，这儿俯临大部分城市、营地和有不少船队的海面。侯爵的帐篷特别大，幔帐用华丽的锦缎和最珍贵的法国布料做成。它具有东方风格，因高耸于山顶，周围是其他骑士的帐篷，无不装饰豪华，所以与灯塔山对面的一座座塔楼形成极其鲜明的对比。侯爵用丰盛的小吃招待君王，整个富有骑士精神的营地呈现出具有朝廷气派的狂欢，并且庆典光彩耀眼，音乐充满了节日气氛，这使摩尔人的城堡显得更加阴郁、寂寞。

在天还没黑尽时，卡迪斯侯爵视察了俯临下面战场的各个地点。他还让人用重型射石炮射击，让王后和宫廷的贵妇人们目睹庞大武器的威力。她们看见大炮的轰鸣把脚下的大山都震动了，还注意到摩尔人的围墙顺着岩石和峭壁纷纷倒塌，心里充满敬畏。

虔诚的侯爵向高贵的客人们展示这一切时，抬眼望着，吃惊地注意到自己的旗帜从灯塔山离得最近的一座塔楼上挂出来。他顿时涨红了脸，因为那是他曾在马拉加山上那场难忘的残杀中丢失的一面旗帜。[1] 有几个戈默雷斯家族的人，甚至穿戴上在那次残杀中杀死或被捕的骑士的头盔或胸甲，在城垛上显示给基督徒看，让这种嘲弄更加显眼。卡迪斯侯爵控制着自己的愤怒，保持平静，不过有几位骑士大声发誓，要对灯塔山上那些凶恶的驻军这一无情的虚张声势的行为进行报复。

1　见迭戈·德·巴莱拉(Diego de Valera)所著《编年史》手稿。——原注 [迭戈·德·巴莱拉（1412?—1488?），西班牙冒险家和作家。其著作涉及诗歌、哲学和历史，不过其历史著作最为重要。——译注]

第五十六章　卡迪斯侯爵进攻灯塔山

卡迪斯侯爵对于某个伤害或侮辱不是一位轻易原谅的骑士。在用小吃招待国王后的早晨，他命令部队用大炮向灯塔山猛烈开火。营地整天都笼罩在一团团烟雾之中，白天进攻也没有停止，射石炮通宵不断地发出火光与轰鸣，次日早晨进攻不但没有减弱反而增强了。摩尔人的壁垒根本阻挡不住威力强大的大炮。几天后，那座挂出嘲弄的旗帜的高塔被击碎了，它旁边的一座小塔楼也成为废墟，中间的墙体被打出很大的裂口。

有几位性情火爆的骑士迫切要手中持剑去猛攻炸出的裂口。其余的人则更冷静谨慎一些，他们指出这样的企图很鲁莽，因摩尔人夜里不顾疲劳地加紧防守——他们在裂口以内挖了一条深沟，并用木栅和一堵高高的临时护墙加固。不过所有人都同意可以把营地安全地向城墙废墟移得更近一些，以此对敌人傲慢无礼的挑衅予以还击。

卡迪斯侯爵感到这样做是冒失的，但又不愿意挫伤热情高昂的骑士们的积极性。他已在营地里选择了危险的岗位，所以不宜仅仅由于某个任务看起来危险就予以拒绝。因此，他命令前哨向前推进到围墙裂口附近，不过，告诫士兵们要保持高度的警惕。

大炮的隆隆声停止了。部队苦战了两个晚上，时刻警惕着，此时他们不再担心从倒塌的墙体里会冒出任何危险来，于是一半的人睡下了。其余的人也都放松了防卫，四处分散着。刹那间两千多名摩尔人在塞格里的部下塞勒特将领带领下，从城堡内冲出来。他们迅速扑向先遣部队，双方展开凶猛的混战，许多战士在睡梦中被杀死，其他的则仓皇逃跑。

侯爵听见敌人进攻的喧闹时，正在大约一箭之遥的帐篷里，他注意到自己的人于混战中被打得奄奄一息。他冲了上去，旗手紧跟在后面。"转过身去，骑士们！"他喊道，"我利昂在这里！向敌人还击！向敌人还击！"听见他那铿锵的声音，逃窜的部队停了下来聚集在他的旗下，并转而迎击敌人。营地这时被唤醒，几位从邻近驻地赶来的骑士与很多加利西亚人和"圣兄弟会"的战士一同奔向战场。随后展开了顽强、血腥的战斗。由于此地高低不平，多岩、多坑，地面倾斜，所以出现了数个战斗场面。基督徒和摩尔人用剑和匕首短兵相接，常常撕打在一起，并同时滚下悬崖。

侯爵的旗帜面临让敌人夺走的危险，他迅速冲过去保护它，后面紧跟着几位最勇敢的骑士。他们被敌人围住，有几个遭到砍杀。侯爵的兄弟堂·迭戈·庞塞·德·利昂让一支箭射伤，他的女婿路易斯·庞塞也受了伤。然而，他们成功地保卫住了旗帜，将它带到安全地点。战斗持续了一小时，高山上遍地是死伤的人，一处处岩石上也流满鲜血。最后，塞勒特被一支长矛刺得失去了战斗力，摩尔人撤退了，退回到城堡里。

摩尔人这时从城垛和塔楼上开火，让基督徒十分恼怒；他们还靠近围墙裂口，以便用石弓和火绳枪向基督营地的先遣部队射击。他们尤其将侯爵作为重点目标，各种射杀物密集地落在他身边，有一样东西刺穿了他的小圆盾撞击到胸甲上，但没有伤着他。人人都看到，这样把营地移到城堡附近既危险又无益，最初建议将营地移过去的人此时迫切要求把它撤回。营地因此转移到了最初的地点，当时侯爵就极不愿意把它向前推进。因有他勇猛及时的援助，才使得自己的前哨没有在这次攻击中遭到彻底摧毁。

许多卓越的骑士在这场战斗中阵亡，但人们感到最难过的莫过于失去了云梯队队长普拉多。他是这场战争中最勇敢的人之一，就是他最先想出了办法给予阿哈玛以成功的打击——在那儿他最先放好云梯并爬了上去。他总是很受侯爵的厚爱与信任，因凡是能干、英勇的人侯爵都懂得如何对他们的优点加以赏识和利用。[1]

1　见苏里塔、马里亚纳和阿瓦尔卡相关著作。——原注。

第五十七章　继续围攻马拉加采用的各种战略

　　围攻者和被围攻者双方都在竭尽全力拼死战斗。塞格里巡视着城墙和塔楼，增加了一倍的警卫，让一切处于最佳的防卫状态。驻军被分成一百人一组，每一组指派一名将领指挥，有的负责巡逻，有的与敌人展开小冲突，有的则武装着随时准备战斗。六组水上部队配备了攻击敌舰的武器。

　　另一方，基督君王则通过海上与西班牙各地时刻保持联系，从这些地方获得各种各样的供给。他还命令巴伦西亚、巴塞罗那、西西里和葡萄牙提供弹药。为了攻城他们也做了大量准备：他们用木头修造起可以用轮子移动的塔楼，每一座能够容纳一百人。这些塔楼配备着梯子，以便从其顶部很快把它们搁到城墙顶端。在梯子里面还另外装有一些小梯子，为的是放下去让部队进入城内。有一些龟甲形大盾也是木制的大防护物，外面有一层兽皮，用来保护攻击者和挖墙脚的人。

　　同时，在各个地点开始秘密挖掘地道：有的意在到达城墙的根基，这些根基将用木头撑起来，随时准备点燃；有的将从城墙下面穿过去，它们随时会被砸开，让围攻者冲到里面去。部队就这样夜以继日地挖着，并在暗中备战的同时不停地向城市开火，以转移被围攻者的注意力。

　　与此同时，塞格里在保卫城市、通过深沟修复或加固被敌人炸出的裂口方面显示出惊人的魄力与机灵。他还注意到每个可以有效地攻击营地之处，日夜都不让围攻部队得到片刻休息。就在部队从地面出击时，六组水上部队也从海上发起攻击，小冲突接连不断。称为"王后医院"的帐篷里挤满了伤员，整个基督部队不得不时刻警惕着，弄得精疲力竭。为防止摩尔人突然进攻，他们把战壕挖得更深，并在营地前面竖起了栅栏。在朝向灯塔山一面——这儿都是多岩的高地，无法像前面那样防卫——则用泥土建起一座高高的壁垒。骑士维加、苏尼加和阿特德被指派去巡视，时刻保持警戒，让一个个防御工事处于正常状态。

不久塞格里发现了基督徒暗地里挖掘地道，他马上下令挖对抗地道[1]。双方的士兵一直挖到彼此相遇，并在地道里面肉搏起来。基督徒被赶出了自己挖出的一条地道，木架被点燃，地道给毁掉了。这一胜利使摩尔人受到鼓舞，他们试图对营地、地道和围攻的舰队展开全面进攻。战斗在陆地和海上、地面和地下、壁垒上、深沟里和地道内，一直持续了六小时。摩尔人虽然表现得非常勇猛无畏，但最终被彻底击退，他们不得不撤回到城里，在那儿被紧紧包围住，根本无法从外面得到任何援助。

所有喜欢安宁的富有居民为这样的抵抗感到悲哀——他们的房子因此被破坏，家人丧命；他们还看到自己必将遭到毁灭，让人抓去。可谁也不敢公开说投降的事，或甚至不敢流露出痛苦，唯恐使凶猛的抵抗者们愤怒。他们把公民斗士多杜克斯围住，他就是那位富裕的大商人，曾经穿戴上盾牌和胸甲，拿起长矛保卫自己生长的城市，并带

1　指对付敌方所挖的地道。

领一大群比较勇敢的市民负责守卫一扇大门和城墙某个重要的部分。他们把多杜克斯拉到一边，悄悄向他倾诉自己的忧伤。"为什么，"他们说，"我们要让自己生长的城市仅仅成为野蛮、亡命的外国人的壁垒和战场呢？他们在这里没有需要关心的家人，没有财产会失去，对这片土地没有爱，对他们的生命也毫不珍惜。他们打仗就是为了满足杀戮或报复的渴望，他们会一直打到马拉加成为一片废墟，人民成为奴隶。咱们想想吧，为了我们自己和妻子、儿女，快行动起来。让咱们及时与基督徒私下达成条件，以免遭到毁灭。"

多杜克斯对自己的同伴满怀同情，他也想到安宁的日子多么可贵，想到能获得有利可图的买卖而又不流血牺牲多么令人满意。另外，与基督君王秘密谈判或协商拯救他生长的城市这一想法，也比诉诸武力更适合于他的习性，因为尽管他曾做过一段时间的武士，但他并没忘记自己是个商人。多杜克斯因此与他指挥下的民兵秘密商谈，他们欣然听从他的意见。于是，他们一起给基督君王写了一封信，主动提出让基督部队进入受他们看管的那部分城市，条件是要确保居民的生命和财产安全。他们把这封信交给一名可靠的使者带到基督营地，并约定了他回去的时间和地点，以便他们准备好让他进城而不致被人发觉。

这个摩尔人安全地到达营地，得以来到君王面前。两位君王因急于获取城市而又不需付出更多的鲜血或金钱，便写了一份承诺答应对方的条件，这样摩尔人就高兴地返回了。他靠近多杜克斯及其同伙正等着迎接他的那部分城墙时，却被一队巡逻的戈默雷斯家族的人发现，他们把他看作是从围攻者的营地派来的间谍。他们冲过去，在那些指派他出来的人的眼皮底下将他抓获，这些人认定自己完蛋了。就在戈默雷斯家族的人快把他带到城门时，他突然挣脱逃跑。他们极力追赶，可是身上穿着盔甲根本跑不快，而他却穿着轻便的衣服拼命地逃跑。有一个戈默雷斯家族的人停下来，用石弓瞄准他，把一支箭射进了这个逃跑者的两个肩头之间。他倒下去，差点被他们抓住，不过他又站起来，不顾一切地跑到了基督徒的营地。戈默雷斯家族的人这时放弃追击，那些指派他的市民感谢安拉让自己从这种可怕的危险中获救。至于这个忠诚的使者，在到达营地后不久即因伤势过重死亡。想到自己保守了秘密，也保护了给他指派任务的人的生命，他感到安慰。[1]

1　见普尔加所著《天主教君王编年史》第三部第八十章。——原注

第五十八章 马拉加人所遭受的灾难

　　马拉加的灾难让摩尔人感到悲哀和忧虑，他们唯恐这座曾经是王国的堡垒的美丽城市落到基督徒手中。尚武的老国王扎加尔仍然隐藏于瓜迪克斯城，他在这儿慢慢聚集起溃散的部队。瓜迪克斯的人听说马拉加陷入危险和困境后，迫切要求扎加尔派人带领他们前去解救，神职人员也告诫扎加尔在这样一座正义而忠诚的城市面临绝境时，不要将它抛弃。他自己那种好战的本性，也使他对一个如此英勇地抵抗的地方产生同情，于是他尽量派出一支有力的增援部队，命令他们在一位杰出将领的带领下冲进城里。

　　身居阿尔罕布拉宫皇宫的布阿卜迪勒得到有关增援部队的情报。他对叔父满怀敌意，同时迫切想证明自己忠诚于基督君王，因此立即派出一支由骑兵和步兵组成的、更加强大的队伍，让他们在一位富有才能的指挥官带领下去拦截特遣部队。随后展开了一场激烈战斗，扎加尔的部队被击溃，损失惨重，他们慌乱地逃回到瓜迪克斯城。

　　并不习惯于取得胜利的布阿卜迪勒，为眼前这个显得忧郁的胜利脸红。他把这一消息带给了基督君王，并且将一些富贵的丝绸、一盒盒阿拉伯香水、一只制作精美的金杯和一名乌贝达的女俘作为礼物送给王后，又将四匹服饰华丽的阿拉伯战马、一把镶嵌着珍贵宝石的剑和匕首、几件摩尔人的大氅和其余刺绣华贵的长袍送给国王。同时，他又恳求他们始终要把自己看作是他们忠实的诸侯予以青睐。

布阿卜迪勒注定要遭遇不利，即使在胜利的时候也如此。叔父的部队本来肯定会解救不幸的马拉加，但是被他打败了，这使他许多最忠实的追随者感到震惊，他们的忠诚也冷淡下来。只有商人或许为暂时得到的可贵的安宁高兴，不过格拉纳达富有骑士精神的人们，却对以牺牲自尊与情感换来的安全予以唾弃。大家对变革的喜好已经得到满足，普遍开始怀疑自己是否对好战的老君王宽宏大量了。"扎加尔，"他们说，"是凶猛残忍的，不过他忠实于国家。他的确是一个篡位者，但他维护了所篡夺的王位的荣耀。如果说他的权杖对于臣民是一根铁棒，那么它也是反击敌人的一把钢剑。仅仅为了获得一个虚有其表的王权，布阿卜迪勒就牺牲掉了信仰、朋友、国家以及所有一切，乐于拼命地争夺王权。"

这些派系中的怨言不久传到布阿卜迪勒的耳里，他担心自己又像通常那样被推翻，于是火速给基督君王去函，恳求给予军事援助，让他能够稳坐王位。费迪南德仁慈地答应了这一请求，因它与其政策颇为一致。他派出一支由一千名骑兵和两千名步兵组成的特遣部队，其指挥官为科尔多瓦的贡莎尔沃，此人后来成为有名的大将。得到援助后，布阿卜迪勒将那些与自己为敌和支持叔父的人统统赶出了城。他在这些部队当中感到安全，因为他们的举止、语言和信仰都与他的臣民不同；他放弃了自己的尊严，在所有高贵的场面当中显得最为异常，也最为耻辱——他竟成了一位依靠外国武器和与本国人民为敌的士兵支持的君王。不过，布阿卜迪勒也不是唯一寻求费迪南德和伊莎贝拉保护的摩尔君王。某天有一艘华丽的大帆船驶进了海港，船帆上面写着拉丁文，船上有几排桨，它上面展示出一面新月旗[1]，同时也有一面表示友好的白旗。一位特使从这只船上登岸，来到基督徒的境内。他是特雷梅詹国王派来的，随身带的礼物与布阿卜迪勒的差不多，有阿拉伯猎狗、马嚼子、马镫和其他金制器具以及昂贵的摩尔人穿的披风。他还给王后带来了豪华的披肩、长袍、丝绸、金制饰品和精美的东方香水。

西班牙部队迅速地征服一个个地方，这使特雷梅詹国王感到恐慌，几艘西班牙的巡洋舰突然出现在非洲海岸也让他震惊。他很希望被视为基督君王的一位诸侯，很希望他们对他的船只和臣民给予恩赐与保护，就像臣服于他们的摩尔人所得到的那样。他请求获得一幅他们的徽章，这样他和臣民们无论在哪里遇见他们的旗帜，都会认出来并予以敬重。与此同时，他恳求君王对不幸的马拉加仁慈一些，让它的居民也得到好处，就像被夺取的其他城市的摩尔人所得到的那些。

基督君王礼貌客气地接待了这位特使。他们同意给予所需的保护，命令司令官们对特雷梅詹的国旗予以尊重，除非发现它给敌人提供援助。他们还给这位巴巴里的君王送去了金制的盾形皇家徽章，它有一只手那么大。[2]

从外面得到援助的机会就这样日见减少，致使城里的饥荒严重起来。居民们不得不吃马肉，许多人饿死。更令人痛苦难忍的是，他们

---

1 伊斯兰教的象征。

2 见宫殿牧师所著《卡托尔国王史》第八十四章；普尔加所著《天主教君王编年史》第三部第六十八章。——原注

发现海面上有不少船只，它们每天都给围攻者运来物资。他们还一天又一天地看见一群群肥壮的牛羊被赶进营地。大堆大堆的麦子和面粉放在营地中央，它们在阳光下十分耀眼，让可怜的居民们万分着急——就在他们和自己的孩子慢慢饿死时，他们却注意到在离城墙仅一箭之遥处堆放着大量吃的东西。

第五十九章 一位摩尔修士如何设法解救马拉加城？

这个时候，在瓜迪克斯城附近的一座村子里住着一位年老的摩尔人，名叫易卜拉欣·埃尔·格尔比。他是突尼斯王国格尔贝斯岛的本地人，几年来过着修士或隐士的生活。非洲的烈日烤干了他不少的血气，使他变得情绪高昂，不过其中也饱含着忧郁。他大部分时间都在山洞里度过，进行冥想[1]、祈祷和严格的斋戒，直到身体消瘦下去，头脑变得迷糊；他自以为有幸得到神灵的启示，并且穆罕默德还派来天使拜访了他。对类似所有的宗教狂极为敬重的摩尔人，相信他受到神的感召，把他的一切胡言乱语当成名副其实的预言来听，并将他称为"圣人"。

格拉纳达王国的悲哀早就把这位忧郁的人激怒了，他不无愤怒地注意到这个美丽的国家从信徒们的领土中遭到强夺，成为基督徒猎取的对象。他曾乞求安拉保佑瓜迪克斯派出的部队解救马拉加，可却看见他们被自己的同胞打得溃不成军地逃回来，因此他退隐到山洞里，让自己与世隔绝，一时忧郁无比。

突然间他又出现在了瓜迪克斯城的街上：他面容憔悴，身体瘦弱，不过两眼却冒出怒火。他说安拉已派了一位天使到他寂静的山洞里，

---

1 尤指宗教方面的默想、沉思。

向他显示如何将马拉加从危险中解救出来，并使基督徒的营地陷入恐怖与慌乱之中。摩尔人倾听着他的话，满怀渴望地信以为真，有四百人主动提出甚至死也要跟随他，他们将会绝对服从他的指挥。这些人里有不少是戈默雷斯家族的人，他们一心要解救马拉加驻军里的那部分同胞。

他们从荒野、偏僻的山道穿过王国，白天隐藏起来，只在晚上行进，以便避开基督徒的侦察兵。他们终于到达了高耸于马拉加之上的大山，往下俯视时，注意到城市完全被包围，营地从一个海岸连接到另一个海岸，把它团团围住，一排船只又从海上将它封锁。与此同时，大炮不断地轰击，硝烟从各处冒起来，表明围攻进行得非常激烈。隐士站在高处机警地扫视着营地。他看出卡迪斯侯爵的那部分营地最易于攻击，它就在山脚下和海边上，那儿的土地岩石多，无法挖掘壕沟或搭建栅栏。他一整天都躲藏着，夜里才和随从们下山来到海岸，悄悄靠近敌人的外围工事。他已向他们发出指示：要突然冲向营地，一路打进城里。

正当黎明天色灰暗之时——这会儿样样东西隐约可见——他们开始了铤而走险的攻击。有的猛然扑向哨兵，有的冲入大海避开防御工事，其余的则爬过一处处胸墙。双方展开了激战，许多摩尔人被砍成碎块，不过有大约两百人终于打进了马拉加的大门。

修士并没有参加战斗，也没设法进入城里。他有不同的计划。他让自己置身于战斗之外，在一个高处双膝跪下，两手举向苍天，像是在专心祈祷。基督徒在岩石缝里搜寻逃兵时，发现他正祈祷着。他们走近时他也没动一下，仍然像雕塑一般跪着，脸不变色，连肌肉也没动一动。他们深感惊讶，不无敬畏，把他带到了卡迪斯侯爵处。他穿一件摩尔人的粗糙的大氅，灰白的胡须留得很长，他的表情显露出某种狂热与忧郁，令人好奇。在接受审问时，他说自己是一个圣徒，安拉已向他显露出这场围攻将发生的事情。侯爵问马拉加会在什么时候、用什么办法攻下？他回答说，自己完全知道，但除了国王和王后外，不能把这些重要的秘密泄露给任何人。虔诚的侯爵也像当时的指挥官们一样，并不喜欢那些带有迷信的奇思怪想，然而这个人又似乎显得独特而神秘。或许他有什么重要的情报要说吧？于是他们说服他，要把他送到国王和王后那里。他被领到了皇家帐篷，周围有一大群好奇的人高喊着"摩尔圣人！"原来，他们捉到一位摩尔先知的消息已经传遍了营地。

国王已吃过午饭，正在帐篷里午休；王后尽管很想见见这个奇特的男人，但她天生体贴、谨慎，总要等到有国王在场。摩尔人因此被带到旁边的一座帐篷，里面有莫亚女侯爵比阿特丽克斯·德·博瓦迪利亚夫人，布拉干扎公爵的儿子、葡萄牙的堂·阿尔瓦罗，另有两三个随从。摩尔人不懂西班牙语，听不明白卫兵在说什么，只是根据富丽的设施和丝织幔帐认定这就是皇家帐篷。又根据随从对阿尔瓦罗和女侯爵所表现出的敬重，他断定他们就是国王和王后。

这时摩尔人想喝点水。有人便给他拿来一罐水，卫兵松开他的胳膊让他喝。女侯爵发觉他的脸色忽然变了，眼里流露出某种阴险的东西，于是移到帐篷里远一些的地方。他假装把水端到嘴边，解开大氅，以便抓起藏在里面的短弯刀。然后，摩尔人一下把水罐摔在地上，拔出武器朝着阿尔瓦罗的头上一挥，把他砍倒在地，差点要了他的命。接着摩尔人转向女侯爵，狠狠地朝她砍过去，不过由于他太心切激动，弯刀被帐篷的帷幔套住，所以没有了什么力量，只是毫无伤害地碰到她头饰上的一些金制饰品上面。[1]

王后的司库鲁伊·洛佩斯·德·托莱多和胡安·德·贝拉尔卡萨——他是一个身强力壮的修士——当时在场，他们抓住暴徒与他搏斗起来，随即那些把他从卡迪斯侯爵处护送过来的卫兵向他扑过去，把他砍得稀烂。[2]

国王和王后听见杂乱的声音从帐篷里出来，得知他们刚才躲过了一场危险深感惊骇。被乱刀砍死的摩尔人的尸体让人带到营地，并用弩炮射进了城里。戈默雷斯家族的人将尸体当成圣人的遗骸，毕恭毕敬地收起来，洗净后洒上香水，怀着极大的崇敬与无比的悲哀将它埋葬了。为替这位修士报仇，他们杀死了一个为首的基督俘虏，把尸体拴在一匹驴子上，然后将它赶进营地。

从这时起，在国王和王后的帐篷周围另外指派了一支卫队，队伍由卡斯蒂利亚王国和阿拉贡王国的四百名高级骑士组成。任何人都不准携带武器出现在君王面前；任何摩尔人都不准进入营地，除非事先掌握了他的特性和目的；不管怎样都不能把摩尔人带到君王的面前。

如此凶恶的叛逆行为引起了一系列令人阴郁的担忧。在营地附近有不少用树枝搭建起来的棚屋和茅屋干燥易燃，人们害怕来参观部队的、已宣誓效忠基督徒的摩尔人会将它们点燃。有人甚至担心他们会企图在井水和泉水中下毒。为了平息这些使人沮丧的惊慌，所有这些摩尔人都被命令离开营地，所有散漫闲荡、不能很好地说清自己行为的人，都被拘留起来。

1　见彼得·马蒂尔所著《使徒书信》第六十二章。——原注

2　见宫殿牧师相关著作。——原注

第六十章　摩尔巫士如何使塞格里更加强硬

前面那位圣人使他的追随者们得以进入城里，在他们当中有一位戈默雷斯家族的非洲黑人，他也是个隐士或苦修僧人，在摩尔人里被看成是一个受神感召的圣人。前一位圣人惨遭乱砍的遗体刚以殉道的殊荣安葬后，这位苦修僧人就接替了他，表明自己被赋予了预示事物的灵气。他展示出一面白旗，向摩尔人保证说它是神圣的；为了某个重大目的他已把这面旗留存了二十年；安拉已向他显示，马拉加的居民们应该高举这面旗帜冲向基督徒的营地，把它彻底击溃，并尽情享用营地里的丰富食物。[1] 这一预言让饥饿而轻信的摩尔人十分高兴，大喊着立即带领他们去攻击敌人。但苦修僧人说时候还没到，因每一件重大的事都按照天意有其指定的日子。所以他们必须耐心等待，直到上天向他显示出指定的时间。塞格里非常敬重地倾听苦修僧人说着，他所树立的榜样产生了很大影响，使得随从们更加敬畏和顺从。他将苦修僧人领到灯塔山的要塞里，无论任何事情都要请教他，并把他的白旗挂在最高的塔楼上，以示对马拉加人的鼓舞。

同时，西班牙最优秀的骑士正逐渐聚集在马拉加的城墙前。那支最初围攻的部队因极度艰辛已经精疲力竭——它不得不建造庞大的防

1　见宫殿牧师所著《卡托尔国王史》第八十四章。——原注

御工事，挖掘战壕和地道，在大海和陆地上站岗守卫，在大山里巡逻，并且还要不断投入战斗。因此，君王只得号召各个远方的城市增援骑兵和步兵。许多贵族也调集起他们的诸侯，并自愿来到皇家营地。

每隔不久就有某只堂皇的军舰或华丽的快船停泊在海港，并展示出某位西班牙骑士有名的旗帜；大炮发出轰鸣，以此向君王致意，也对摩尔人进行挑衅。在陆地一边，还可见到增援部队朝着锣鼓和号角声弯弯曲曲地从山上下去，他们的武器闪闪发光，因为还是崭新的，至今尚未在战争中使用过。

一天早上整个海面呈现出一片白帆，各种各样的船划着桨驶向港口，把海水激荡起来。一百只不同种类和大小的船到达了，它们有的已武装好准备作战，有的满载供应品。同时，还响起锣鼓与号角声，表明一支强大的军队从陆地上赶到了，它排列成长长的纵队涌入营地。这支强大的援军是麦地那 - 西多尼亚公爵派来的，他像一位小君王似的统治着自己广阔的领地。两位君王并没有召集他，他是自愿率领威武的部队来到皇家旗下的，另外还带去了两万多卜拉金币的借款。

待营地得到这样强有力的增援后，伊莎贝拉提出重新向居民们提出宽容的条件，因为她迫切想阻止长期围攻带来的痛苦，或者阻止全面进攻必然造成的流血牺牲。所以，再次向马拉加城发出了劝其投降的要求，答应只要立即投降，将不会伤害居民的生命、自由和财产；但假如继续负隅顽抗，所有战争的恐惧都将降临到他们头上。

塞格里又对这个提议不屑一顾。他主要的防御工事至今只受到一点损害，还可以坚持很久。他相信，有许许多多的不幸与意外灾难困扰着围攻部队，即将到来的季节也会非常恶劣。并且，据说他和随从们都对那位苦修僧人的预言狂热地信以为真。

　　可敬的阿加皮达毫不犹豫地确认，城里那位人们声称的圣人是个精明的摩尔巫士，他说"这类人在穆罕默德邪恶的宗派中有不少"，说这个巫士与天军的君王联合，极力要把基督部队搞乱、打败。可敬的教士还断言，塞格里把巫士雇用到灯塔山的一座高塔里，那儿俯瞰着广阔的大海和陆地；巫士在此利用星盘和其他恶魔般的器具发出种种符咒，为的是只要基督的船只和军队与摩尔人对抗就将被击败。

　　一队皇家骑士在攻占名为"普埃尔托-格拉纳达"城门的拼死战斗中，面临危险，遭受损失，阿加皮达把这归因于巫士的强有力的符咒。基督徒们在王后英勇的司库托莱多带领下，先将一座座塔楼攻占，随后失去，接着再次攻占——它们最终被摩尔人放火烧毁，双方都将其遗弃在火光之中。基督徒的舰队也遭到毁损，摩尔人的几组水上部队对它们进行了猛烈攻击，其中有一艘麦地那-西多尼亚公爵的船只被击沉，其余的不得不撤退。阿加皮达将此事也归因于那些致命的符咒。

　　"扎加尔，"阿加皮达说，"站在灯塔山的高塔顶端，看着基督军队遭到破坏，不禁骄傲地得意起来。那位摩尔巫士站在扎加尔旁边。他向扎加尔指着下面的基督军队，它们驻扎在城市周围的每一个高处，并且遍布富饶的山谷，还有许多船只漂浮在平静的海上；他嘱咐扎加尔要坚定信心，因为几天后这支强大的舰队都将被天风驱散——他应该在圣旗的指引下去进攻基督军队，将它彻底打败，并对那些豪华的帐篷洗劫一空；马拉加应该对自己的攻击者报复，从而夺取胜利。所以，塞格里的心变得像法老[1]的一样强硬，他始终对基督君王及其由圣洁的武士组成的部队予以蔑视。"

1　古埃及王的尊称。

第六十一章　继续围攻马拉加；马德里将一座塔楼摧毁

基督徒见被围攻的敌人负隅顽抗，便把工事向城墙推进，于发起全面进攻前先夺取一个接一个的阵地。在城市的屏障附近有一座四个拱的桥，每一端都有一座坚固的高塔防卫，进攻时有一部分部队必须从桥上经过。炮兵总司令受命占领这座桥梁。但要靠近它非常危险，因攻击者会暴露在外，并且守卫塔楼的摩尔人又相当多。于是马德里暗中让人挖了一条通往第一座塔楼的地道，并安装上一门炮，炮筒向上正对塔楼地基，另外配备了一条必要时引爆的导火线。

这样布置好后，他带领部队慢慢向塔楼挺进，每一步都搭建起壁垒，渐渐地到达了桥附近。然后，他在工事里面安装好几门大炮，开始轰击塔楼。摩尔人从城垛上勇猛地还击，不过激战当中塔楼地基下面的大门开了火。地面被炸裂，一部分塔楼倒塌，几个摩尔人被炸得粉碎，其余的逃之夭夭。他们听见脚下发出隆隆的爆炸声，看见地面冒出火焰和浓烟，万分惊恐——他们从来没有目睹过这样的战术。基督徒冲上去占领了这个被遗弃的阵地，接着立即开始攻击桥另一端的塔楼，摩尔人已撤退到那里。两座对抗的塔楼不断用石弓和火绳枪开火，同时发射出一块块石头，谁也不敢冒险冲上中间的桥梁。

最后，马德里重新采取先前的挺进方式，每一步都修筑壁垒，而驻扎在另一端的摩尔人则用发射飞弹的武器对桥梁猛射。战斗持续了很久，不少人流血牺牲——摩尔人打得十分凶猛，而基督徒则表现得坚忍不拔。基督徒慢慢地打过了桥，把敌人向后逼退，最后终于占领了这个要道。

　　由于英勇而巧妙地取得了这一战功，也由于马德里如此卓越地将塔楼夺取，在马拉加城投降之后费迪南德国王将骑士的称号授予了他。[1] 可敬的教士阿加皮达用了一页多的篇幅，对他发明的用炮火炸毁塔楼地基的办法大加赞赏。事实上，人们说根据记载，这是在地道里使用炮火的第一例。

1　见普尔加所著《天主教君王编年史》第三部第九十一章。——原注

第六十二章 马拉加人对塞格里的告诫

就在苦修僧人用徒然的希望哄骗马拉加的驻军时，饥荒严重到了可怕的程度。戈默雷斯家族的人在城市周围乱跑一气，仿佛它是一个被征服的地方；不管他们在喜爱和平的公民家里发现什么可以吃的东西都强行夺走；凡是他们以为藏有粮食的地方，他们都会把地窖和地下室砸开，将一堵堵墙拆毁。

可怜的居民们再也没有食物吃。马肉现在无法满足了，他们不得不在火上把马皮烤来吃；他们还把葡萄叶切碎油炸后，拿来给孩子充饥。许多人死于饥荒，或者因为吃了用来充饥的不健康食物。还有许多人到基督营地里避难——他们宁愿成为俘虏也不愿遭受身边的恐惧。

居民们遭受着巨大的苦难，最后，他们甚至都不害怕塞格里和他的戈默雷斯家族的人了。他们聚集在富裕的商人多杜克斯的房前，他那堂皇的宅第位于阿尔卡桑巴山脚下；他们强烈要求他作为领头人站出来，替他们请求塞格里投降。多杜克斯是一位既勇敢又明智的人，他也发觉饥饿给公民们增添了胆量，同时也相信它正在将军人的勇猛削弱。他因此把自己全副武装，前去与要塞司令进行危险的谈判。一起前往的另有一位名叫亚伯拉罕·阿哈雷兹的神职人员和一位名叫阿马尔·本·阿马尔的重要居民，他们登上了灯塔山要塞，后面还跟着几个颤抖的商人。

他们发现，塞格里不像过去那样身边全是勇猛的卫兵和所有战争武器，而是待在一座高塔的房间里，身前的石桌上摆满了纸卷，它们上面画着奇异的字符和神秘的图表；屋子四周摆放着一些形状奇异独特、不为人知的器具。那位能够作出预言的苦修僧人站在塞格里旁边，他好像一直在给塞格里解释纸卷上的神秘字符。由于有他在场，居民们充满了敬畏，因即使多杜克斯也把他看成是一位受神感召的人。

神职人员阿哈雷兹——他那神圣的身份使他敢于说话——这时抬高声音庄重地对塞格里说："我们恳求您以最强大的神的名义，不要再进行徒劳无益的抵抗了，那必将使我们遭到毁灭；趁现在还可以得到宽容的时候把城市交出去吧；想想有多少武士被杀害，别让幸存的人们饿死；我们的妻子儿女哭喊着要吃的，而我们却拿不出来，我们眼睁睁地看着他们在久拖不去的痛苦中断气，而敌人却在取笑我们的痛苦，让我们看到他们营地里大量的粮食。这样防卫有什么用呢？我们的城墙可能比龙达的更坚固吗？我们的武士比洛克萨的更勇敢吗？龙达的城墙被推翻，洛克萨的武士也不得不投降。我们想要得到援助吗？从哪里得到？希望的时刻已不复存在。格拉纳达已失去了它的威力，它不再拥有骑士和指挥官，也没有一位国王。布阿卜迪勒成了一个诸侯，待在阿尔罕布拉宫衰败的宫殿里；扎加尔成了一名逃亡者，躲避在瓜迪克斯的城墙内。王国遭到分裂，它已丧失了势力，没有了傲气，几乎要完蛋了。我们以安拉的名义——他是我们的统率——恳求您不要成为我们可怕的敌人，而是把一度快乐的马拉加这座废墟交出去，使我们免于遭受巨大的不幸。"

这便是居民们遭受极度的苦难之后，不得不提出的请求。塞格里倾听着神职人员讲述而没有发怒，因为他敬重其神圣的职责。但他怀着一种富有虚荣的自信，心里这时振奋起来。"不过只要再耐心等待几天，"他说，"所有这些不幸都会突然终止。我一直在与这位圣人商讨，看到我们获得解救的时间不远了。命运的判决是不可避免的。这本命运之书上写着，我们将冲出去摧毁基督徒的营地，尽情享用堆放在中间的大量粮食。安拉已经通过他这位圣人的口答应我们。安拉阿克巴尔啊！万能的主啊！咱们谁也不要违反天意吧！"

市民们怀着深深的敬意鞠躬，因为凡是真正的穆斯林信徒，都不会声称要与写在命运之书上的任何东西作对。多杜克斯本来做好了准备要捍卫城市并勇敢地面对塞格里，但在圣人面前他感到自卑，相信圣人的预言就是安拉所显示出来的东西。于是这几位代表回到市民当中，劝诫他们要振作起来。"再过几天，"他们说，"我们的苦难就将结束。在那面白旗从塔楼上弄走时，等待着获得解救吧，因为那时就到了出击的时刻。"人们带着悲伤的心情回到家里，尽管他们极力不让孩子哭出来，可是没用；一双双焦虑的眼睛，一天又一天、一小时又一小时地转向那面圣旗，它仍然飘扬在灯塔山的塔楼上。

第六十三章 塞格里高举圣旗攻击基督营地

"这位摩尔巫士,"可敬的阿加皮达说,"一直深藏在灯塔山的塔楼里,他想出种种阴险的办法对基督并进行捣乱和破坏。塞格里每天都来请教他,对他从信仰异教的非洲带来的邪恶巫术深信不疑。"

根据这个苦修僧人的说明,以及可敬的教士阿加皮达所说的他的那些咒语,似乎他是一位占星家,正在研究星宿,极力要计算出胜利攻打基督营地的日子和时间。

虽然戈默雷斯家族的人已把在城里发现的粮食都夺取了,但饥荒仍然蔓延且越来越严重,甚至让灯塔山的驻军也受到困扰。他们因饥饿日益感到愤怒,变得不安和狂暴,急于要采取行动。

一天,塞格里与将领们商议着,因眼前的事情逼得他们十分困惑;就在这时苦修僧人来到他们中间。"胜利的时刻,"他大声说道,"快要到了。安拉已指示你们明天早上出击。我会在前面高举着圣旗,将敌人交到你们手里。不过记住,你们只是安拉手中的工具,目的在于向信仰的敌人报仇。所以要怀着纯洁的心投入战斗,相互原谅一切往日的冒犯行为,因为彼此仁慈的人才会战胜敌人。"人们非常高兴地听取了苦修僧人的话。整个灯塔山和阿尔卡桑巴立即回响起各种武器的声音，为展开这次重大的战斗，塞格里从城里所有塔楼和要塞派遣出了最精锐的部队，并挑选出最卓著的将领。

一大早全城都在传言说，那面圣旗从灯塔山的塔楼上消失了，因此整个马拉加振奋起来，它要目睹这场即将打败基督徒的突围行动。塞格里由他的主将塞勒特陪同从堡垒上下去，后面跟随着戈默雷斯家族的人。苦修僧人在前面带路，他举着白旗——它是胜利的神圣象征。在这面旗帜经过时，民众高呼"安拉阿克巴尔！"并拜倒在它面前。甚至民众对自己害怕的塞格里也予以欢呼赞扬，因为他们希望通过他的武力迅速得到解救，除了他勇敢无畏外人们把其余一切都忘记了。马拉加的每个人心里由于怀着希望和担忧而激动不安，所有没去参加战斗的老人、妇女和儿童都爬上塔楼、城垛和房顶，观察将要决定他们命运的战斗。

在出城之前苦修僧人向部队发表讲话，他让他们记住这是一次神圣的行动，告诫他们不要因为任何可耻的行为而失去圣旗的保护。他们要毫不迟疑地进行掠夺、俘虏敌人，要奋勇向前、英勇战斗，而不要有丝毫的慈悲。然后城门打开，苦修僧人冲了出去，部队跟随在后面。他们直奔圣地亚哥和阿尔坎塔拉两位骑士团团长的营地，对其发起突然攻击，首先将一些卫兵杀死、打伤。塞勒特冲进一个帐篷，看见几个基督小青年刚刚惊醒，这位摩尔人忽地对年幼的他们同情起来，或者也许是他对敌人的柔弱不屑一顾。

他用剑背而非剑刃打击他们。"滚开，小鬼们！"他吼道，"滚到你们的母亲那里去！"狂热的苦修僧人责备他太仁慈。"我不杀他们，"

塞勒特回答，"是因为我一点胡子也没看见！"[1]

营地发出了警报，基督徒们从各处冲出来保卫堡垒的一道道大门。莫古尔的元老堂·佩德罗·普埃尔托·卡雷罗和他的兄弟堂·阿隆索·帕切科，带领随从们守卫在圣地亚哥骑士团团长的营地入口，在得到增援前一直首当其冲。阿尔坎塔拉骑士团团长的营地入口也同样被洛伦索·索雷兹·德·门多萨守卫着。塞格里本来期待取得奇迹般的胜利，现在却受到阻击，十分恼怒。他带领部队一次次发起攻击，希望赶在敌人的援军到达前强行攻下一些入口。他们激烈地拼搏着，可次次被击退，而每次他们重新进攻时都发现敌人增加了一倍。基督徒们从堡垒上用各种投射物交叉射击。敌人就这样用防御工事作掩护，摩尔人难以给他们造成损伤，而自己却完全暴露在外。基督徒这时挑选出最杰出的骑士，他们大多不是阵亡就是受伤。而让那位苦修僧人的预言冲昏头脑的摩尔人仍在拼命、忠实地战斗，他们狂怒地向杀死自己长官的凶手报仇。他们冲向某种死神，疯狂地爬上一座座堡垒或强行打进大门，却倒在雨点般的飞镖和长矛之中，让壕沟里填满了他们遭到射杀的尸体。

塞格里在一座座堡垒前面发狂，他极力要找到一个攻击口。眼见自己的许多精兵强将在周围被杀死，他气得咬牙切齿。他似乎有着受魔法保护的生命，[2] 因尽管经常置身于枪林弹雨里，投入到最激烈的战斗中，但他都安然无恙。他盲目地相信关于胜利的预言，驱使忠诚的部队继续打仗。苦修僧人也像个疯子一样在队伍中奔跑，他挥动着白

1　见宫殿牧师所著《卡托尔国王史》第八十四章。——原注
2　意指危险时总能逢凶化吉，安然渡过。

旗，用号叫而非高喊怂恿摩尔人。"别害怕！胜利是我们的，这明明写在书上！"他说。正当他这样发狂时，从石弩射出的一块石头击中他糊涂的头，把脑浆都打了出来。[1]

摩尔人看到自己的圣人被打死，他的旗子掉在尘土里，他们绝望了，慌乱地向城里逃去。塞格里极力把他们聚集起来，可他自己也因苦修僧人阵亡变得不知所措。他掩护着破败的部队逃离，不断转身还击追踪的敌人，慢慢撤退到了城内。

马拉加的居民从城墙上把这场损失惨重的战斗整个看在眼里，感到担忧、焦虑。最初他们注意到营地的卫兵被打得仓皇逃窜，高喊"安拉已将胜利给了我们！"并高呼着胜利。然而，看到自己的部队在一次次进攻中被打退时，他们的狂喜不久变成了疑惑。他们时时看见某个有名的武士被打死，其他的则被血淋淋地抬回城里。最终，那面圣旗倒了下去，溃败的部队逃向大门，遭到敌人追击、砍杀，使得民众惊恐和绝望。

塞格里进入城门时只听见传来大声的哀号。在他经过的时候，儿子被杀死的母亲们尖叫着诅咒他。有的在极度痛苦中猛地把饿着的婴儿放到他面前，大喊："用你的马蹄踩死他们吧，我们没有一点东西给他们吃，也受不了他们哭喊。"所有人都把他看成是给马拉加带来悲哀的祸根，对他大肆咒骂。

那部分好战的市民，以及很多带着妻室儿女从山中要塞躲进马拉加的武士，这时也同民众们一起叫嚷，因为家人的痛苦让他们难

1　见加里贝所著《西班牙史简编》第十八卷第三十三章。——原注

以忍受。

　　塞格里不可能抵挡住这些洪流般的哀号、诅咒和责备。他的军事势力已经丧失，因为多数军官和非洲部队中的优秀武士都在这次损失惨重的突围中丧生。他因此转身离开城市，让它愿怎么样就怎么样去；他带着戈默雷斯家族的残兵败将回到了灯塔山的要塞。

第六十四章　马拉加城投降

马拉加人不再受到塞格里及其戈默雷斯家族的人的威慑，他们这时求助于心胸宽阔的商人多杜克斯，把城市的命运交到他手里。他已经赢得了赫诺斯城堡与大本营的司令官们，并让他们加入到自己的团体里，在最近的混战中又控制了那些重要的要塞。此时，他与神职人员阿哈雷兹和四名为首的居民联合，组成一个临时军政府，向基督君王派出使者，提出投降，只要能保护居民们的人身和财产安全，并允许他们作为附庸的臣民居住在马拉加或其他地方。

使者到达营地并向费迪南德说明来意，这可点燃了国王的怒火。"回到你们的同胞那里去吧，"他说，"告诉他们慈悲的日子已不存在。他们徒劳地进行抵抗，直到不得不屈服为止。他们必须无条件投降，接受被征服者的命运。那些应该去死的人将被处死，应该关押的将被关押起来。"

这一严厉的回答让马拉加人感到惊恐，不过多杜克斯安慰他们，并亲自前去请求给予有利的投降条件。人们看见城里这位赫赫有名、十分富裕的大商人带领同伙们去完成使命，便鼓起了勇气，说："对于多杜克斯这样的人，基督君王肯定是不会置若罔闻的。"

然而，费迪南德甚至不愿让使者们到他面前。"让他们见鬼去吧！"他满怀愤怒地对利昂的司令说，"叫他们回到城里去。他们都将作为被征服的敌人任我处置。"[1]

为了对自己的回答予以强调，他命令所有的炮火全面射击，顿时整个营地传来巨大的轰鸣声，射石炮、弩炮和其他战争武器统统向城里猛烈开火，造成极大的损坏。

多杜克斯和同伙们垂头丧气地回到城里，隆隆的炮声、一堵堵墙体倒塌的声音、妇女和孩子的哭喊声，使他简直无法让人们听清基督君王是如何回答的。市民们发现自己最为赫赫有名的人都没受到尊敬，惊讶不已。不过城里的武士大喊着，"这个商人与军人之间的问题有啥关系？让咱们别成为无力还击的、卑躬屈膝的哀求者，而要成为手中拥有武器的勇敢男人与敌人交涉。"

于是，他们又给基督君王送去了一封信，提出只要能获得人身自由，他们就将把城市和一切财产交出去。假如这个条件被拒绝，他们声称将在城垛上绞死一千五百名男女基督俘虏，并把所有的老人、妇女和孩子弄到大本营里，放火烧毁城市，然后手中持剑冲出去战斗到最后一息。"这样，"他们说，"西班牙君王只会取得一个血腥的胜利，而沦陷的马拉加将永远闻名于世。"

对于这封狂热自负的信，费迪南德回答说，如果有一个基督俘虏受到伤害，那么马拉加的摩尔人将一个不剩地死在剑下。

这时，马拉加人们的商议产生了很大冲突。武士们赞成不顾一切地采取报复或自我牺牲的办法，继续进行威胁。而那些有家庭的人则极其痛苦地看着他们的妻子和儿女，心想，宁愿死也不活着下来看见她们成为俘虏。不过，他们的愤怒和绝望渐渐地平息下去，对生命的

1　见宫殿牧师所著《卡托尔国王史》第八十四章。——原注

爱占了上风；他们再次求助于多杜克斯，因为他在商议事情方面最为谨慎，在谈判中也最有才能。根据他的建议，从城市的十四个地区选出十四位为首的居民，让他们把一封长信带到营地，信里用最谦卑的言辞提出了恳求。

现在基督营地里出现了各种争论。马拉加长期以来都在抵抗，致使许多骑士的亲戚和挚友丧命，他们对此感到气愤。它还是摩尔掠夺者的堡垒和商业中心，有不少在阿克萨奎亚被捕获的基督武士曾被耀武扬威地展示出来，并作为奴隶卖掉。基督徒们还指出，另外有许多摩尔人的城市要围攻，应该用马拉加来杀一儆百，以防止今后任何地方顽固抵抗。他们还建议把居民们全部杀死。[1]

伊莎贝拉反对如此血腥的建议，她坚持主张不应让胜利因为残暴失去光彩。可是，费迪南德仍毫不动摇地拒绝提供任何初步的条件，一定要摩尔人无条件投降。

马拉加人忽然陷入绝望之中，他们看见一边是饥饿和死亡，另一边是奴役和监禁。那些纯粹的军人，他们没有家人需要保护，大喊着采取某种光荣的行动让失败令人瞩目。"咱们先让基督俘虏献祭吧，然后再自杀。"一些人叫道。"咱们把所有妇女和孩子处死，放火烧毁城市，攻击基督营地，手中持剑战斗至死。"另一些人大喊。

在一片叫嚷声中，多杜克斯渐渐让人们听到了他的声音。他向为首的居民和有小孩的人大声说，"让军人们去战死吧，不过咱们别听从他们那些亡命的建议。基督君王看见我们丝毫不会给人伤害的妻子儿女和无依无靠的孩子时，谁知道在他们的心中不会引起一点点同情

1　见普尔加相关著作。——原注

呢？他们说，那位基督王后充满了仁慈。"

听到这些话，不幸的马拉加人深深挂念着自己的家人，他们授权给多杜克斯，让他把城市交给基督君王处置。

这位商人现在来来回回地奔波，与费迪南德和伊莎贝拉有了几次交往，还让几位为首的骑士对他做的事引起关注。他给国王和王后送去贵重礼物，它们是东方的商品、丝绸、金制物件、首饰、宝石、香料、香水，以及许多其他奢侈物，它们是他在与东方做大交易时积累下来的。渐渐地，他发现自己受到了君王的垂青。[1]眼看已无法为城市争取到什么，他这时像个谨慎的男人和能干的商人那样，着手替自己和身边的朋友进行谈判。他说，从一开始他们就一心想交出城市，但是被好战专横的人们阻止，生命受到威胁。他因此恳求得到怜悯，不要把他们与有罪之人混为一谈。

君王接受了多杜克斯的礼物——他们怎么能对他的恳求充耳不闻呢？于是他们答应宽恕他和他提及的四十个家庭，并同意让他们的自由和财产受到保护，允许他们作为宣誓效忠基督徒的摩尔人住在马拉加，并从事自己习惯的职业。[2]这一切安排妥当后，多杜克斯把二十名为首的居民作为人质交出去，直至整座城市交给基督徒为止。

利昂的高级指挥官古铁雷，这时骑着马全副武装进入城里，以基督君王的名义把它接手过来。他后面跟随着家臣和部队的将领与骑士，不久，十字旗、神圣的圣地亚哥和基督君王的旗帜便高挂在

1　见巴莱拉所著《编年史》手稿。——原注

2　见宫殿牧师所著《卡托尔国王史》第八十四章。——原注

阿尔卡桑巴的主塔上。营地里的人看见了这些旗帜，王后、公主、宫廷里的贵妇人和所有王室随从都跪在地上，为这一信仰上的重大胜利感谢并赞美圣母马利亚和圣地亚哥。主教和其余在场的神职人员，以及皇家礼拜堂的唱诗班歌手，此时吟唱起了《感恩赞美诗》和《崇高的荣耀》。

第六十五章　苦修僧人的预言之结局；塞格里的命运

　　城市刚一交出去，悲惨的居民们就恳求从那些大堆大堆的粮食中——这之前他们常常在城墙上满怀渴望地注视着它们——为自己和孩子们买到一些。他们的恳求得到同意，于是，他们像饿得要死的人那样急不可待地冲出去。这些不幸的人相互争夺着，力求首先弄到生活必需的东西，看到如此情景真是让人觉得可怜。

　　"那些虚假的圣人的预言，"虔诚的阿加皮达说，"有时就这样得到证实。不过它们总是让相信的人疑惑，因为那位摩尔巫士说马拉加的人应该有丰富的粮食吃，可他们却蒙受着羞辱，遭到失败，心中充满悲哀和痛苦。"

　　塞格里从灯塔山的城堡上看着下面，注意到基督部队正一批批涌入城里，十字旗取代了大本营里的新月旗,他因此感到郁闷和难受。"马拉加的人，"他说，"已寄希望于一个商人，而他却把他们出卖了。不过咱们别让自己的手脚给束缚住，别成为他的一部分交易。我们周围还有坚固的城墙，手中还有可靠的武器。让咱们坚持战斗，直到灯塔山的塔楼最终倒塌在我们身上；或者，让咱们从废墟中冲下去，趁基督徒大量聚集在马拉加的街上时，给他们造成巨大破坏。"

　　然而，戈默雷斯家族人的勇猛被摧毁了。假如城堡遭到攻击，他们本可以在突破的时候死去；可是缓慢到来的饥饿削弱了他们的力量，使其丧失了战斗激情，变得身心疲惫。他们几乎一致同意投降。

对于骄傲的塞格里而言，要屈尊俯就提出投降条件，真是需要经过一番激烈的思想斗争。他仍然相信，自己英勇的抵抗会使他在具有骑士风度的敌人眼里受到尊敬。"多杜克斯，"他说，"是像商人那样进行谈判的。我会像个军人一样投降。"所以，他向费迪南德派出一位使者，提出把城堡交出去，不过要求有一个单独的协定。基督君王简短而严厉地回答说："他只能得到答应给予马拉加的大众的条件。"

在城市落入基督徒手中后的两天里，塞格里都伏窝般地躲藏在城堡内，随从们的叫嚷最终迫使他投降。这支凶猛的非洲驻军的残余部队从崎岖的要塞下去时，由于他们一直保持高度警惕、忍饥挨饿，同时还要打仗，所以变得憔悴不堪，不过个个眼里隐含着愤怒，使他们看起来更像是魔鬼而不是人。除塞勒特外，所有人都受到奴役。就在最后从马拉加突围时，他曾阻止伤害那些西班牙青年，这一仁慈的事例让他获得了有利条件。西班牙骑士赞扬说这是一种宽大的行为，大家无不承认尽管塞勒特有着摩尔人的血统，但他却不乏卡斯蒂利亚贵族所具有的基督精神[1]。[2]

至于塞格里，在被问道他为何顽强抵抗时，他回答说："在我负责指挥的时候，我发誓要捍卫自己的信仰、城市和君主，直到战死或被俘。我敢说，如果身边还有人我是会战斗到死的，而不是这样赤手

1　指仁爱、谦恭等。

2　见宫殿牧师所著《卡托尔国王史》第八十四章。——原注

空拳、顺顺从从地投降。"

"就是这个异教徒，"虔诚的阿加皮达说，"对我们神圣的事业恨之入骨，拼死反对。不过由于他负隅顽抗，我们最宽容高尚的君王已经让他罪有应得，因费迪南德命令给他戴上镣铐并把他投入地牢。"后来他被严密地关押在卡蒙拉要塞。[1]

1 见普尔加所著《天主教君王编年史》第三部第九十三章；马蒂尔所著《使徒书信》第一卷第六十九章；阿尔坎塔拉所著《格拉纳达史》第四卷第十八章。——原注

第六十六章　基督君王占领马拉加；费迪南德与该城居民商谈赎金显示卓越才能

　　征服者们进入马拉加后，首先关心的问题之一是寻找基督俘虏。他们几乎发现了一千六百名男女，其中有一些声名显赫的人。他们中有的被囚禁了十年，有的被囚禁了十五年或二十年。许多人在公共建设上成为摩尔人的仆人或苦力，有的被戴上镣铐长年关在地牢里。人们准备着庆祝他们获得释放这一基督徒的胜利。在离城不远处搭起一个帐篷，并布置了圣坛和小礼拜堂所具有的一切庄重的装饰。国王和王后在这儿等候着迎接基督俘虏们——他们排列着聚集在城里，显得可怜、凄惨。很多人的脚上仍然戴着镣铐，他们饿得十分消瘦，蓬头垢面的，因长期被囚禁变得脸色苍白而憔悴。他们发现自己重获自由、让同胞们团团围住时，有的发狂地盯着周围，仿佛在梦里一般；有的简直激动得发疯了，不过大多高兴地哭泣起来。所有在场的人都被如此动人的场面感动得流下眼泪。队伍到达被称为"格拉纳达之门"的地点时，一大群人拿着十字旗和三角旗从营地出来迎接，他们转身跟在这些俘虏后面，同时吟唱起赞美诗和感恩祈祷。到了国王和王后面前他们都跪拜下去，本来要把两位君王当作救命恩人吻他们的脚，但君王阻止了这种羞辱的行为，亲切地向他们伸出双手。然后他们平伏在祭坛前，所有在场的俘虏都同他们一起，感谢上帝把自己从如此残酷的束缚中解放出来。国王和王后下令将他们的镣铐打开，他们穿上了像样的衣服，面前也摆上吃的东西。他们吃饱喝足后又有了精神和力量，并且得到旅行所必需的一切，各自高高兴兴地回家去了。

昔日的编年史学家们一方面怀着适当的热情，对人类这一圣洁而感人的胜利详加叙述；另一方面，又同样用赞美的笔调，对又一个截然不同的场面予以描写。原来，在城里发现了十二名投奔到摩尔人的基督叛徒，他们在围攻期间传递非法情报。他们受到了一种残暴的惩罚，而这样的惩罚据说是从摩尔人那里学来的，它们在这些战争中不同寻常。叛徒被捆绑在公共地方的桩子上，让骑兵练习武艺——用尖尖的芦苇刺向他们，在骑马全速飞奔时向他们投去，让痛苦的牺牲者受伤致死。另有几个变节的摩尔人也被公开烧死：他们本来皈依了基督教，但随后又回到最初的信仰上，为逃避宗教裁判所的惩罚他们躲藏在马拉加。"这些用芦苇给予的惩罚以及神明的启示，"一位过去的耶稣会史学家欣喜地说，"就这个胜利的节日和君王对基督所表现出的虔诚而言，是最令人高兴的。"[1]

围攻期间马拉加城里积聚起不少废物和难闻的气味，待这些被清洁之后，主教和其他宫廷里的教士以及皇家教堂的唱诗班排成一队走

---

1 "叛徒们受到折磨，然后被烧死——这是胜利的庆典中最欢乐的火焰，它们向虔诚的基督君王表示祝贺。"——见阿瓦尔卡所著《阿拉贡王国史》（原文为西班牙语）

进大清真寺——它已经过圣化，并被授予"圣玛丽亚大教堂"[1] 的称号。之后，国王和王后在西班牙红衣主教及主要贵族和部队的骑士陪同下进入城里，并庄严地望过弥撒。然后，这座寺庙便升为大教堂，马拉加也成为一个主教教区，附近许多的城镇被包括在其中。王后于阿尔卡桑巴住下来，由她英勇的司库洛佩斯安排住在官邸房间里，这儿可以看到整座城市；而国王则住在战斗中的灯塔山城堡内。

现在该考虑如何处置摩尔囚犯了。所有的外地人——他们要么到马拉加来躲避，要么来保卫它——都被立即视为奴隶。这些人被分成三批：第一批替上帝效劳，极力将基督俘虏从束缚中解救出来，无论在格拉纳达王国还是在非洲；第二批根据职位高低，划分出在战场上或室内于眼下的围攻中提供过帮助的人；第三批则予以卖掉，用于支付攻陷马拉加所需的巨大费用。一百名戈默斯雷斯家族的人被作为礼物送给英诺森三世[2]，他们让人怀着胜利的喜悦从罗马街上带过去，后来都皈依了基督教；五十名摩尔少女送给了费迪南德国王的妹妹、那不勒斯[3] 的乔安娜王后；三十名送给了葡萄牙的王后，伊莎贝拉还将其余的送给了王室和西班牙贵族家庭的小姐们。

在马拉加居民中有四百五十名摩尔犹太人，他们大多为妇女，讲阿拉伯语，穿着摩里斯科人[4] 的服饰。卡斯蒂利亚一位富裕的犹太人将他们赎回，此人是皇家税收包税人，有着西班牙犹太人的血统。他

1　位于市中心，皇家教堂和费迪南德与伊莎贝拉的陵墓即在其中。

2　英诺森三世（1161？—1216），意大利籍教皇。

3　意大利西南部港市。

4　指被迫改信基督教的西班牙摩尔人。

答应在一定时间内凑齐两万多卜拉，并将俘虏所有的钱财作为部分款项支付。这些钱财用两艘军舰押送到了卡斯蒂利亚。至于多杜克斯，因他在投降中考虑周到地进行过调解，西班牙君王对他大为青睐，给予了很高的殊荣，以致人们对其无私的行为提出质疑。他被任命为首席法官和摩尔诸侯或宣誓效忠基督徒的摩尔人的司令，获得二十座房子、一座公共面包店、几座果园和葡萄园，以及一片片空旷区的土地。他退休后回到安提奎拉，几年后去世，把财产和姓留给了儿子穆罕默德·多杜克斯。后者及其妻子——她是一位摩尔贵族的女儿——信奉了基督教。在接受洗礼时他取名为堂·费尔南多·德·马拉加，他妻子则与王后同姓伊莎贝拉。他们融入了卡斯蒂利亚贵族当中，其子孙仍然姓马拉加。[1]

　　至于大量的摩尔居民，他们恳求不要被遣散关押起来，而允许他们在一定时间里支付一笔钱将自己赎回。在这一点上，费迪南德国王采纳了最得力的顾问们的建议。他们说："假如你一直毫无希望地将这些异教徒囚禁起来，他们就会把所有的金币和珠宝丢到水井里和深坑中，那么你便会失去大部分战利品；但假如你确定一个赎金的总额，并让他们先支付部分钱财，那么什么也不会损失。"国王非常喜欢这一建议，他规定所有的居民不管男女和大小，每人都可以用三十多卜拉或皮斯托尔赎回；他们的一切金子、珠宝和其他贵重物品可作为赎金总额的部分款项马上予以接收，余下的应在八个月内付清——如果现在活着的人有谁在这期间死了，他们的赎金仍然要支付。而如果八

---

[1]　见阿尔坎塔拉所著《格拉纳达史》第四卷第十八章所引《马拉加谈话录》第二十章。——原注

个月后赎金总额不能如数交纳，他们就将统统被视为奴隶并受到相应的待遇。

　　不幸的摩尔人迫切想要抓住最后一线获得自由的希望，同意了这些苛刻条件。基督徒采取了最为严格的预防措施，迫使摩尔人最大限度地把钱财交出来。他们根据住房和家庭对居民进行编号，并记录下每个人的名字。摩尔人最贵重的财物被打包封好、写上名字，再让他们带着这些东西来到阿尔卡桑巴附近的大畜栏或围栏，这儿四周是高墙，另有一座座高耸的瞭望塔——大批的基督俘虏过去就通常被赶到这里像市场上的牲畜一样被关起来，直到出售的时间到来。摩尔人不得不一个个离开家，他们所有的金钱、项链、手镯、金脚镯、珍珠、珊瑚和宝石在门口都被取走，并且被严格地搜身，所以他们一样东西都没法藏着带走。

　　然后可见到老人、无助的妇女和温柔的少女，他们带着沉重的负担从街上朝阿尔卡桑巴走去，其中有的出身高贵、条件优越。他们离开家时狠狠捶着胸口，难受地绞着双手，并在哭泣中极其痛苦地抬眼望着苍天。根据记载他们这样哀叹道："啊，马拉加！这么有名而美丽的城市！你城堡的威力哪里去了，你雄伟的塔楼哪里去了？你那些保护孩子们的大墙有什么用呢？看他们被从惬意的住处赶出去，注定要在异国他乡过漫长的奴役生活，在远离从小长大的家乡死去！当你年老的男人和主妇的白发不再受到尊敬时，他们又将会如何呢？当你的一个个少女——她们娇生惯养、倍加疼爱——受到无情的奴役时，她们将会如何呢？看看你一个个曾经幸福的家庭变得四分五裂，再也无法团聚——儿子离开父亲、丈夫离开妻子、柔弱的孩子离开母亲，他们将会在异国他乡相互哀泣，而他们的悲哀将受到外人嘲笑。啊，马拉加！我们出生的城市！谁看到你悲惨的处境后不会流下痛苦的眼泪呢？"[1]

马拉加被彻底夺取之后，国王派了一个分遣队去攻打离海不远的两座叫米克萨斯和奥苏纳的要塞，它们过去经常袭击基督营地。要塞的居民受到被武力征服的威胁，除非他们立即投降。他们要求得到给予马拉加的相同条件：他们以为马拉加的人获得了人身自由，财产也有保障。他们的要求得到同意，于是他们带着所有财物送到马拉加，到达后却发现自己成了俘虏，震惊不已。"费迪南德，"阿加皮达说，"是一位说话算数的男人。他们与马拉加人一起被关在阿尔卡桑巴的围栏里，得到了相同的命运。"

不幸的俘虏们，就这样像关在围栏里的羊群挤在阿尔卡桑巴的一处处院子里，直到从海上和陆地上被送往塞维利亚。然后他们被分散到城市和乡下，每个基督家庭都会分到一个以上的摩尔人，把他们当作仆人使唤，直至规定支付余下赎金的期限到时为止。俘虏们得到允许，让他们中的几个人到格拉纳达王国内一些摩尔人的城镇去募捐，以便帮助换回他们的自由；可是战争使这些城镇变得非常贫穷，它们自身都陷入极大的困境，哪还能听取他们的话。因此期限到达时余下的赎金并未支付，致使马拉加所有的俘虏——有人说是一万一千名，又有人说是一万五千名——都成为奴隶。"根据记载，"可敬的阿加皮达也像通常那样满怀热情和忠诚地高声说道，"基督君王所作的安排

1　见普尔加所著《基督教国王史》第九十三章。——原注

是最为机敏睿智的了，他不仅获得异教徒们全部的财产和一半的赎金，而且最终他们的人身自由仍然掌握在他手里。这的确可被看作是十分虔诚、注重策略的费迪南德取得的一个巨大胜利，使他在众多的征服者当中出类拔萃——那些征服者只具备赢得胜利的勇猛，却缺少必然会使他们获益的审慎与手段。"[1]

1　在对待摩尔俘虏的问题上，费迪南德所采取的让摩尔人憎恶的策略，宫殿牧师（他是与国王同时代的人，是国王热诚的敬慕者）作了详细记录（见第八十七章）；对此作了详细记录的还有一位最忠实的编年史学家，他确实认为自己在体现出明智策略的虔诚之举上，记录下了一个有名的事例。——原注

第六十七章　国王准备将战火打到摩尔人的其他领地

　　如今格拉纳达王国的西部已被基督部队征服了。马拉加的海港被夺取，龙达凶猛、尚武的居民和边境上其余的山中堡垒，也统统被解除了武装，他们平静而艰难地隶属于基督徒。一座座高傲的要塞，长期以来威慑着安达卢西亚的山谷，现在却悬挂起卡斯蒂利亚和阿拉贡的旗帜。每一个高地上的瞭望塔——异教徒们曾从上面贪婪地盯住基督领地——如今不是被拆除就是驻扎着基督军队。"使这一巨大胜利变得显著和神圣的，"可敬的阿加达补充道，"是基督主权的象征从各处显露出来。各个方向都出现了庄严肃穆的女修道院和男修道院，它们像是基督教的堡垒，由僧侣和修道士组成的神圣军队驻守着。基督神圣的钟声再次回荡在山中，召唤着人们去晨祷；或者在庄严的傍晚响起祈祷的钟声。[1]"

　　王国的这部分地方就这样被基督徒武力征服了，而它的中部——即格拉纳达城周围，组成了摩尔人的中央领地——又让布阿卜迪勒隶属了基督君王。这个不幸的诸侯不失时机地谋求本国征服者的好感，

1　可敬的宫殿牧师在其编年史中表明，这一悦耳的钟声在虔诚的基督徒们听起来如此令人愉快，但却总是让异教徒们痛苦难受。——原注

用行动予以效忠，并向他们作出种种一定与其内心相违背的表白。他一听说马拉加沦陷后就向基督君王表示祝贺，同时送给国王一些服饰华丽的马匹，又送给王后极其珍贵的布料和东方香水。两位君王非常亲切和蔼地接受了他的祝贺和礼物，费迪南德富策略性的暂时容忍，使这个眼光短浅的君王受到哄骗，他自以为从君王那里获得了永久的友谊。

布阿卜迪勒的政策表面上也有它一时的长处。在他直接控制下的那部分摩尔人的领地暂时没有遭遇到战争的灾难，农民们安然地在肥沃的土地里耕作，格拉纳达维加平原再次像玫瑰一样盛开。商人们又从事着有利可图的买卖：城市的大门挤过不少役备，它们把丰富的货物从各地带回来。然而，就在格拉纳达人在富饶的田野和拥挤的市场中兴高采烈时，他们背地里却鄙视让自己获得益处的政策，认为布阿卜迪勒比一个变节者和异教徒好不了多少。扎加尔现在成了王国中尚未被征服部分的希望，每个摩尔人——其精神还没完全同财富一道被摧毁——对这位老君王的英勇和虔诚加以赞扬，希望他旗下的人取得胜利。

扎加尔虽然不再坐在阿尔罕布拉宫的宝座上，但他控制的领土却远比侄子的多。他的领地从穆尔西亚一带的哈恩边境延伸到地中海，并到达王国的中央。在最北边他控制着巴萨和瓜迪克斯城，它们位于富饶的地区中部。他还拥有重要的阿尔梅里亚海港，它在富裕程度与人口数量上一度不亚于格拉纳达。此外，他的领地还包括阿普卡拉斯群山很大一部分，这些山穿越王国，形成一些支脉伸向海岸。这片多山的地区就是一座既富裕又强大的堡垒。它那些多岩严峻的高山耸入云霄，似乎对敌人的侵犯不屑一顾；而在其崎岖不平的怀抱里却隐藏着一个个快乐的山谷，这里的温度惬意无比，物产极为丰盛。清凉的泉水和明净的小溪从大山各处涌出来，充盈的河流——其水源一年大部分时间都来自内华达山脉——使周围一带和山坡常年清新翠绿；它们在山谷中汇聚成银色的河水，蜿蜒穿过一片片桑树、橘子、香橼、杏树、无花果和石榴。这儿出产西班牙最精致的丝绸，数以千计的厂商得以在此从事生产。受到日晒的山腰上布满了葡萄园。山中的沟壑和峡谷里有充足丰富的牧草，喂养着大量的牛羊。即便是高处干旱、岩石众多的中部，也蕴藏着各种丰富的金属矿物。总之，阿普卡拉斯山区一直是格拉纳达的君王们重要的收入来源。其居民也勇敢善战，国王只要一声令下，就可以随时从那些多岩的要塞召集起五万名斗士。

这便是一个物产丰富、但位于崎岖不平的山中的帝国，它仍然在尚武的老君王扎加尔控制之下。一座座大山就是它的屏障，它被包围在其中，因而眼前的战争所造成的破坏大多未能降临于它。扎加尔已做好防备，加强了每一座要塞的力量，以便为保卫帝国展开激烈的战斗。

基督君王看出他们还会遇到更多的麻烦和困扰。战争不得不打到新的地方，这就需要有大量的开支，所以必须想出新的办法充实已经耗尽的金库。"不过，由于这是一场圣战，"阿加皮达说，"它特别有助于教会的兴旺，所以牧师们满怀热情，他们捐助出大量的金钱，并且提供了大批部队。声名显赫的宗教裁判所也从最初的收益中捐出了神圣的资金。"

大约这个时候，在阿拉贡和巴伦西亚王国以及加泰罗尼亚[1]公国[2]有许多富裕高贵的家庭，其祖先是犹太人，不过后来皈依了基督教。尽管这些家庭表面上虔诚，但人们猜测——不久便十分怀疑——他们当中的很多人暗地里渴望信仰犹太教，人们甚至耳语说他们有的人私下举行犹太教仪式。

基督君王（阿加皮达继续说）对于各种异端邪说自然憎恨，而对基督教则满怀热情。他因此下令对这些虚假的基督徒的行为严加调查。于是宗教法庭的审判官们被派往各地，他们怀着通常的热情开展工作。结果证明许多家庭背叛了基督教，暗中实行犹太教。有些人凭借自己的仁慈与智慧，足以及时悔过自新，所以在被重重地处以罚金并以苦行赎罪之后，再次被接纳进基督教会。其余的则在"判决仪式"[3]中被处以火刑，让公众得到教诲；[4]他们的财产也为了国家的利益被充公。

这些希伯来人非常富裕，历来对珠宝有着强烈的喜爱，所以他们手头拥有大量的金银、戒指和项链，以及一串串珍珠、珊瑚和宝石——类似财宝易于携带，在紧急的战争中也能派上用场。"这样，"虔诚的阿加皮达最后说，"无所不见的上帝便设计出种种办法，让一个个堕落者们服务于自己极力背叛的正义事业。在这场讨伐异教徒的圣战中，他们那些叛教后的财产用到了替上帝和君王效力上面，从而得以圣化。"

然而，必须补充的是，这些财政上的、虔诚的权宜之计受到了

1　西班牙东北部一地区。

2　欧洲封建时代以公爵为元首的诸侯国家或领土。

3　指中世纪天主教会异端裁判所的一种仪式。

4　尤指道德或精神方面的教诲。

伊莎贝拉王后的某些干预、阻止。她眼光敏锐，发现有人打着宗教热情的幌子犯下不少暴行，许多无辜的人被作伪证者指控变节——他们要么心怀恶意，要么希望得到他们的财产。王后因此让人对事件严加调查，很多都被纠正过来，教唆他人作伪证者也根据其罪行受到相应惩罚。[1]

1　见普尔加所著《天主教君王编年史》第三部第一百章。——原注

第六十八章　费迪南德进军格拉纳达王国东面，扎加尔予以迎击

"扎加尔，"耶稣会德高望重的神父阿瓦尔卡说，"是穆斯林中最恶毒的伊斯兰教徒。"而可敬的阿加皮达也非常虔诚地与其看法产生共鸣。"当然，"他补充道，"从来没有谁用野蛮的异教徒那种恶魔般的行为，如此顽固地反抗以十字架和剑 [1] 进行的神圣攻击。"

扎加尔觉得他必须做点什么，以便让自己在民众当中更快地提高声望，而最为有效的办法就是取得一次成功的袭击。摩尔人喜欢听到拿起武器那激动人心的号召，喜欢在山中进行疯狂袭击；他们更乐于迅速掠夺一番，与基督徒展开猛烈拼搏，而不是在平静的买卖中赚到稳定、可靠的钱。

在哈恩边境一带，此时普遍存在着一种无忧无虑的安全感。基督要塞的司令官们对布阿卜迪勒的友谊确信不疑，以为他的叔父离得太远，并且深深陷入自己的困境中，根本不会想到要去骚扰他们。可是突然间，扎加尔带领一支精兵从瓜迪克斯城冲出去，飞快地穿过格拉纳达后面的大山，像霹雳一般闪现在阿卡拉附近地区。没等发出警报，边境上也没来得及醒悟，他已经在广阔的区域里迅速进行了摧毁，把

1　分别是基督教和武力的象征。

一座座村子洗劫、烧掉，赶走一群群牛羊，同时把俘虏们抓走。边境上的武士们聚集起来，可扎加尔已经穿过大山远远地返回了。扎加尔又胜利地进入瓜迪克斯城里，部队满载着从基督徒那里夺来的战利品，他们还带回了大量的牛羊。扎加尔准备着要对基督国王采取袭击，这次行动便是其中之一，它激发了人们的士气，也为扎加尔赢得了一时的声望。

1488 年春费迪南德国王将部队聚集在穆尔西亚。6 月 15 日，他率领一支有四千名骑兵和一万四千名步兵组成的行动迅速的军营士兵离开了此城。卡迪斯侯爵担任先锋，穆尔西亚的行政长官跟随其后。部队从海岸进入摩尔人的边境，一路无不弥漫着恐惧。不管它出现在哪里，城镇都会在毫无打击的情况下投降，因为人们很害怕遇到对面的边境曾经有过的灾难。这样，维拉、贝莱斯 - 埃尔 - 鲁维奥、贝莱斯 - 埃尔 - 布兰科和许多不太有名的城镇——它们多达六十个——听到招降劝告就屈服了。

部队直至接近阿尔梅里亚时才遇到抵抗。这座重要的城市由摩尔王室成员塞里姆控制着，他是扎加尔的一个亲戚。他带领摩尔人勇敢地迎击基督徒，在城市附近的园林里与先头部队展开激烈冲突。费迪南德国王率领主力部队赶到，阻止了队伍与敌人发生冲突。他看到用现有力量攻击此地是徒劳的，所以他派人对这座城市及其郊区进行了侦察，以便为将来的战役做好准备。然后，率领部队向巴萨进军。

扎加尔这位老武士就待在巴萨城里，手下有一支强大的驻军。他自信这儿军力雄厚，听说基督国王正在靠近十分高兴。在巴萨前面的山谷里有一大片园林，像一片连绵不断的小树林，一些运河和水道穿过其中。他让火绳枪兵和石弓兵埋伏在这儿。基督军队的先头部队在卡迪斯侯爵和穆尔西亚的行政长官的带领下敲锣打鼓并吹出嘹亮的号角，欢快地沿着山谷挺进。等他们接近时，扎加尔带领骑兵和步兵一时发起猛烈攻击。之后他和部队渐渐退回去，好像被更加勇猛的基督徒打退一般——他将欢喜得意的基督徒引到了园林里。忽然间埋伏着的摩尔人从隐藏处冲出来，从侧面和后面狠狠地开火，许多基督徒被杀死，其余的陷入一片混乱之中。费迪南德国王及时赶到，他看见部队损失惨重，于是发出信号让先头部队撤退。

扎加尔可不容许敌人平平安安地撤退。他又派出几支骑兵中队，在胜利的呐喊中扑向敌人后面的队伍，给他们造成了可怕的打击。摩尔人再次发出昔日那种"扎加尔！扎加尔！"的呐喊，这喊声无比强烈地在城墙上回荡。基督徒面临着彻底溃败的危险，但幸运的是，穆尔西亚的行政长官突然带领一大队骑兵和步兵挡在追击者和被追击者中间保护基督徒撤离，让他们得以重新聚集起来。现在轮到摩尔人遭受猛烈攻击了，他们最终放弃对抗，慢慢撤回到城里。很多英勇的基督骑士在这场遭遇战中阵亡，其中就有蒙特索的圣乔治、骑士团团长堂·菲利普：他是国王的庶生兄弟堂·卡洛斯的私生子，费迪南德为他的死悲痛不已。他先前曾是巴勒莫的大主教，不过他脱掉袈裟换上了胸甲，据阿加皮达说，他因为在这场圣战中牺牲而获得殉道的光荣称号。

费迪南德的先头部队所受到的热烈欢迎，使得他暂时停住：他在邻近的瓜达奎唐河的两岸扎下营，开始考虑用眼前的兵力去打这场战役是否明智。最近取得的胜利大概让他过于自信，但扎加尔又叫他有了特有的谨慎。他看到，那位老武士如此难以对付地深藏于巴萨，只能依靠强大的军队和大炮才可以把他赶走；他担心如果坚持进攻，部队便可能遭受某种灾难——不是因为敌人拼死反击，就是由于瘟疫正流行于各处。他因此在巴萨前面撤退了（正如先前在洛克萨前面撤退一样），因在战斗中获得一个有益的教训而变得更加明智；但他绝不会感激那些给予这个教训的人，而是严肃地决定要对给予教训的老师们进行报复。

他现在采取措施，对在战斗中夺取到的地方加以防卫，并安排布置了一些力量雄厚的驻军，让其获得充足的武器装备和粮食供应；同时命令司令官们坚守岗位，保持警惕，要让敌人不得安宁。整个边境一带均由卡雷罗负责指挥。根据扎加尔好战的性格，显而易见将会有大量的人服役参加激烈的战斗。所以，许多迫切希望崭露头角的下级贵族和年轻骑士便加入了卡雷罗的队伍。

待完成这一切部署之后，费迪南德国王结束了本年中的这一令人疑虑的战役。但他不是像通常那样，率领部队胜利回到领地内的某座重要城市，而是把部队解散，自己则前去"卡拉瓦卡十字架"[1]祈祷。

---

1 一种双重的十字架，其耶稣的两旁是两个跪拜祈祷的有翼天使。卡拉瓦卡系西班牙东南部的一座城镇。

第六十九章　摩尔人对基督徒进行勇敢反击

"正当虔诚的费迪南德国王，"阿加皮达说，"在十字架前谦卑而真诚地祈求消灭敌人时，凶猛的异教徒扎加尔却凭借人体力量和钢铁武器，对基督徒采取恶魔般的暴行。"进攻的基督军队刚一解散他就从堡垒里冲出去，把战火打到所有已经被西班牙人控制的地方。防守松懈的尼克萨城堡遭遇了袭击，驻军士兵被杀死。扎加尔的队伍在整个边境一带疯狂残暴地乱杀一气，他们攻击护卫队、打死打伤敌人、抓获俘虏，无论在哪里基督徒只要一不提防就会遭到袭击。

卡洛斯·德·别德马是卡拉要塞的司令，他相信自己的要塞有坚固的墙体和塔楼，处于难以攻击的地势——要塞建筑于一座高山顶部，周围是一些悬崖，因此，他大胆地脱离了岗位。他已经订婚，将与巴埃萨一位美丽、高贵的小姐结婚，现在要回到那座城去举行婚礼。前往护送的是驻军中的一队卓越优秀的骑兵。机警的扎加尔得知他已离开，便带领一支强大的部队突然出现在卡拉前面，手中持剑对城镇进行了一番猛攻，把基督徒从一条街打到另一条街上，对他们大肆杀戮，将其一直逼到堡垒里面。此时，有一位名叫胡安·德·阿瓦洛斯的老将，他是个已经头发花白的武士，曾在多次战斗中受伤；他指挥着部队顽强抵御。尽管敌军人数众多，并且在可怕的扎加尔亲自带领下进行猛烈攻击，但都没能动摇这个刚强的老兵坚强的意志。

摩尔人在外墙和要塞的一座塔楼下面挖地道，进入了外庭。老将把一些士兵派到塔楼顶部，从上面倾往下倾倒融化的沥青，并把飞镖、箭、石头和各种发射物如雨点般地向攻击者身上投去。摩尔人被赶出了庭院，不过在新的部队增援下他们又一次次发起攻击。战斗持续了五天，基督徒们差不多已精疲力竭，但是他们受到坚强、老练的老将鼓舞，同时也担心投降后被扎加尔杀死，所以仍然坚持着。最后，卡雷罗带领一支强大的军队赶到，把他们从可怕的危险中解救出来。这时，扎加尔放弃攻击，不过他在愤怒和失望中放火烧毁城镇，然后回到了瓜迪克斯城堡。

扎加尔所树立的榜样激励着随从们展开战斗。有两个勇敢的摩尔司令——阿里·阿利亚塔和伊赞·阿利亚塔，分别控制着阿亨顿和萨洛布雷纳要塞——他们将布阿卜迪勒的臣民所拥有的领地和最近向基督徒投降的地方摧毁：他们迅速地夺走家畜，抓走俘虏，让整个刚被征服的边境地区不得安宁。

阿尔梅里亚、塔韦纳斯和普尔切纳的摩尔人则对穆尔西亚展开袭击，把战火打到了它最富饶的地区。另外在对面的边境上，在贝尔梅加山脉（或称"红山"）荒野的山谷和崎岖的凹地一带，许多不久前才投降的摩尔人又马上拿起了武器。卡迪斯侯爵及时警惕起来，将戈桑山镇的叛乱镇压下去。此镇坐落于高高的山顶之上，几乎耸入云霄。不过其他的摩尔人却坚守在建造于岩石上的塔楼和城堡里，在此驻扎着武士，他们不断地从此处出去进行袭击、掠夺，时不时地冲入山谷，把牛羊和各种各样的战利品抢到这些如鹰巢一般的地方，而要把他们追击到这儿既危险又徒劳。

在一个个人们因胜利而喜悦的时期，可敬的阿加皮达总是用获胜的战役来结束他的记叙；但是对于眼前这个变化多端之年的历史，他却用了一种截然不同的笔调来结束描写。"大约在这个时候，"这位可敬的编年史学家说，"整个卡斯蒂利亚和阿拉贡王国普遍遭受巨大的洪灾和风暴。好像天窗又打开了，洪水再次凶猛地淹没大地。乌云犹如大瀑布突然向地面倾泻下来。洪流从大山里奔涌而出，汹涌地卷过山谷。一条条小溪暴涨成狂怒的河水。房屋遭到破坏。磨坊被本身的溪流冲走。惊恐的牧羊人眼睁睁地看见畜群淹死在牧地中央，却无力救它们一命，把它们带到塔楼或高处。瓜达尔基维尔河一时成为咆哮翻腾的海洋，淹没了格拉纳达维加平原，使美丽的塞维利亚城充满恐慌。

"一块庞大的乌云从大地上空飘过，同时伴随着一阵飓风，地面也颤抖起来。房顶被掀开，要塞的墙壁和城垛震动着，一座座高塔整个儿在摇晃。停泊的船只要么搁浅、要么被淹没，其余航行中的船则在山一般的巨浪里被抛来抛去，然后又抛到岸边，再让旋风卷成碎片，在空中到处飘散。凡是这块恶毒的云飘过之处，它都会带去可悲的毁灭和巨大的恐惧，在海上和陆地上留下一大片凄凉的惨景。有些胆怯的人，把自然因素造成的痛苦看作是一件产生于自然规律的、惊人异常的事情。他们在害怕的时候变得软弱起来，把此事与发生在各地的麻烦相联系，认为这是一个不祥之兆，它预示着血腥残忍的扎加尔及其凶猛的随从们将会以其暴行带来巨大灾难。"[1]

1　见宫殿牧师所著《卡托尔国王史》第九十一章；帕伦西亚（Palencia）所著《美丽的格拉纳达》第八卷。——原注

第七十章　费迪南德准备围攻巴萨城，该城做好防卫准备

狂暴的冬天过去了，1489 年的春天正慢慢来临，然而一场场大雨已把道路毁坏，山溪涨成了汹涌的急流，不久前还是平静的浅河变得深广、湍急而危险。早春时节基督部队即得到在哈恩边境会聚的号召，可是它们却缓慢地到达指定地点。部队不是被困扰在泥泞的山隘，就是焦急烦恼地停留在无法通过的洪水岸边。一直到了 5 月末部队才聚集起足够兵力，以便展开预期的进攻——这个时候，终于有一支由一万三千名骑兵和四万名步兵组成的英勇部队，迈着轻快的步伐跨过了边境。王后则与太子和公主们留在哈恩城里，陪伴和拥护她的人员中有德高望重的西班牙红衣主教，以及在整个圣战中充当她顾问班子成员的高级教士们。

费迪南德国王的计划是要围攻巴萨城，这是摩尔人余下的领地中关键的地方。这座重要的堡垒攻下之后，瓜迪克斯和阿尔梅里亚必定不久也会沦陷，那时扎加尔的政权就将结束。在国王向前挺进的时候，他不得不先夺取巴萨附近的各个城堡、要塞，否则它们会对部队进行阻碍。有些地方展开了顽强抵抗，尤其是苏加镇。基督徒用各种武器破坏城墙，将它们击垮。但勇武的摩尔司令乌贝克·阿卜迪巴与敌人展开了势均力敌的对抗。他让最勇敢的武士守卫塔楼，他们把一种铁

弹像雨点般地打到敌人身上；他还用结实的铁链将一口口大锅连接起来，把火从中抛下去，从而烧毁攻击者的木制武器，并烧死使用这些武器的人。

这次围攻持续了几天。面对势不可当的敌人，勇武的司令虽然并未能保全要塞，不过却为他赢得了体面的条件。费迪南德允许驻军和居民带着各自的财物去巴萨，于是，英勇的乌贝克带领残余部队前往那座忠诚的城市。

由于这些各种各样的情况，围攻部队行进缓慢，而扎加尔也极力采取了阻击措施。他感到自己正在为帝国作最后的抵抗，感到这场战役将决定他是继续称王还是沦为诸侯。他身在瓜迪克斯城，离巴萨不过几里格远。在目前剩下的领地中，瓜迪克斯是最重要的地方，成为他们和敌对的格拉纳达城（他侄子的政权所在地）之间的某种堡垒。因此，虽然得知战争的潮流正在聚集并卷向巴萨城，但他却不敢亲自前去增援。他担心假如自己离开瓜迪克斯，布阿卜迪勒就会从后面攻击他，而基督部队又会从前面同他展开战斗。扎加尔相信巴萨力量强大，足以抵挡任何猛烈的进攻，加之由于基督部队进攻缓慢，他因而得以给巴萨提供一切可能的防御手段。他尽可能地从瓜迪克斯的驻军中抽调人马前去增援，并向整个领地发出了信，号召所有真正的穆斯林迅速赶往巴萨，为保卫家园、自由和信仰而进行忠诚的抵抗。塔韦纳斯城、普尔切纳城和周围的高山与山谷一带予以响应，派出武士投入战斗。阿普卡拉斯的一座座多岩的要塞也响起武器的声音：一支支骑兵和步兵出现在眼前，它们弯弯曲曲地从坚硬的大山上那些悬崖和崎岖的隘路下去，直奔巴萨。格拉纳达也有许多勇武的骑士，他们对从属于基督所获得的宁静与安全予以唾弃，于是悄悄离开城里，很快加入到战斗的同胞当中。不过，扎加尔十分依靠、信赖的，还是他勇猛忠诚的表弟锡德·希阿亚·阿尔纳加，[1] 他是阿尔梅里亚的司令——一位在战争中富有经验、在战场上令人生畏的骑士。扎加尔写信给他，让他离开阿尔梅里亚，率领部队火速前往巴萨。于是，希阿亚立即率领王国中最勇敢的一万名摩尔人出发。他们大多是身强力壮的山民，长期在烈日与风暴中经受锻炼，个个身经百战。在突围与遭遇战方面谁都不如他们厉害。他们精于无数的战术、伏击和队形变换。他们在攻击中非常勇猛，但即便处于最狂怒的时候，只要指挥官发出指令或信号他们便会打住，一听到号角声就会停止冲击，迅速转身散开；而再一次听到号角声时，他们又会同样突然地聚集起来，重新发起进攻。他们会在敌人最猝不及防时像一阵狂风冲出来，大肆破坏，让敌人惊惶失措，然后转眼间消失。所以，当敌人从震惊中回过神来看着四周时，他们什么也见不到，也听不到激烈的战斗声——唯有卷起的一团尘土，以及嘚嘚消失的马蹄声。[2]

希阿亚率领一万名骁勇的武士进入巴萨的大门时，整座城都欢呼起来，一时间居民们认为自己安全了。扎加尔也因为有了信心感到喜

1　这个名字通常写成锡迪·亚赫（Cidi Yahye）。目前采用的方式是根据阿尔坎塔拉所著的《格拉纳达史》，他似乎是从希阿亚的后代科维拉（Corvera）侯爵的档案中得来的。希阿亚是阿尔梅里亚的一位已故首领 prince 阿文·塞里姆（Aben Zelim）的儿子，也是著名的阿文·胡德（Aben Hud）——即别号"正义者"——的直系后裔。希阿亚的妻子是两位摩尔将军——阿布·卡西姆和雷杜安·瓦尼加斯——的妹妹，她像他俩一样，也是一位名叫堂·佩德罗·瓦尼加斯（Don Pedro Vanegas）的基督骑士同一位名叫塞蒂梅瑞恩（Cetimerien）的摩尔公主结合生下的孩子。——原注

2　见普尔加所著《天主教君王编年史》第三部第一百零六章。——原注

悦，尽管他本人没有在城里。"希阿亚，"他说，"是我的表弟，通过血缘和婚姻成为了我的亲属，是我的得力助手：君王有自己的亲属替他指挥军队，是幸运的。"

得到这一切增援后，巴萨的驻军总共达到了两万人以上。此时城里有三位主帅：即穆罕默德·伊本·哈桑，别号"老将"，他是军政府首长或司令官，是一位经验丰富、颇有判断力的老摩尔人；第二位是阿梅·阿布·扎里，他是此地驻军的指挥官；第三位是乌贝克，即前面那位苏加镇的司令，他曾带领残余的驻军来到这儿。希阿亚由于是扎加尔的王室成员，特别受到后者的信任，所以三人中他有着至高无上的权力。他在军事会议中既很有口才又充满激情，喜欢取得显著而惊人的战绩；不过他有点容易被一时的兴奋和狂热的想象冲昏头脑。所以，由这些指挥官组成的军事会议，更常常受到伊本的意见左右。此人机敏谨慎、经验丰富，甚至希阿亚本人对他都极为尊重。

巴萨城位于一座大山谷里，它长八里格、宽三里格，人称巴萨盆地。其周围被叫作克萨巴科霍的山脉环绕，一条条小溪汇聚成两条河流，灌溉着这片地方，使之变得肥沃起来。城市建造在谷中的平原上，一部分由大山多岩的悬崖峭壁和一座强大的堡垒护卫，另一部分则由一堵堵布满高大塔楼的厚实墙体护卫。它朝向平原的郊区只是用泥墙不够完善地防护着。在这片郊区前面是一大片果园和花园，有近一里格长，植物十分茂盛，就像一座连绵不断的森林。凡是有经济能力的市民，都在这儿有一小片林子、果园、花园和菜园，让一些水道和小溪灌溉着，另有一座供消遣娱乐或防卫的小塔楼高耸其间。这是一大片茫茫的树林和园子，各处都有水道和溪流交叉纵横，并布满了上千座小塔楼——它们对城市的这一面形成某种保护，使一切靠近它的行动变得极其艰难，令人困惑。

正当基督部队被阻挡在边境驻地的前面时，巴萨城毫不松懈地抓紧备战。周围山谷里的庄稼尽管尚未成熟，但全都被很快收割完并运到城里，以免把粮食留给敌人。整个这片地方的东西都弄走了，哞哞叫的牛和咩咩叫的羊也被赶进了一扇扇大门。长队长队的役畜——有的驮着粮食，有的驮着长矛、标枪和其他各种武器——不断涌进这里。所聚集起来的军需品已足以能抵挡十五个月的围攻；而就在费迪南德的部队出现于眼前时，摩尔人仍然在急切迅速地做着准备。

这个时候，一边可以看见分散的步兵和骑兵直奔大门，一个个骡夫急忙把负载着重物的牲畜向前赶去，他们无不急于要在正聚积的风暴前躲藏起来；而另一边，战争的风云正卷向山谷，隆隆的鼓声或嘹亮的号角声时时从山谷深处传来，或者一支支明亮的武器像闪电般从纵队中发出亮光。费迪南德国王在迷宫一样的绿色园子前面搭起帐篷。他派传令官去向巴萨城招降，答应假如立即服从就可获得最有利的条件，不过他也用最为郑重的言辞声明绝不放弃围攻，直到占有此地为止。

得到招降的要求后，摩尔指挥官们召开了一个军事会议。希阿亚亲王对基督国王的威胁感到愤怒，他予以反击，声明驻军绝不会投降，而要一直战斗到被埋没在城墙的废墟下。"这样的声明，"这位老资格的伊斯兰教徒说，"有什么用呢？我们也许会用行动证明它不真实。让咱们用自知能够采取的行动来威胁他们吧，让咱们努力让行动多于威胁吧。"[1]

因此，依照他的建议向基督君王作了一个简洁的答复，感谢他给予有利条件；不过也告诉他，他们在城里是要保卫它而不是交出它。

1　即要少说多做，用行动证明自己的意愿。

第七十一章　巴萨城前的园林之战

得到摩尔指挥官们的答复后，费迪南德国王便准备全力加紧围攻。他发现营地离城太远，隔在中间的众多园林可以掩护摩尔人突围，于是他决定将营地推进到园林与城郊之间的地方，在这儿大炮完全可以对城墙进行全面轰击。一支特遣部队被首先派去占领园林，对城郊予以攻击，以便在扎营设防时抵挡住任何突围。各个指挥官进入了园林不同的地点。年轻的骑士们无所畏惧地前进着，不过富有经验的老兵却预见到在这迷宫般的绿林里危险重重。圣杰戈的首领带领部队进入园林中央时，告诫战士们彼此不要分开，要不顾困难或危险向前挺进；他向他们保证，只要顽强战斗、坚持到底，上帝就会让他们赢得胜利。

他们刚一进入园林的边缘，就从城郊响起了锣鼓声和号角声，同时混合着战斗的呐喊；一大批摩尔武士在希阿亚亲王的带领下跑着冲了出来。他看到只要基督徒占领园林，城市就会危在旦夕。"军人们，"他高喊着，"我们为生命和自由而战，为家庭、国家和信仰而战。[1]我们只能依靠自己双手的力量、内心的勇气和安拉强大的保护。"一个个摩尔人用呐喊声回应他，冲上前去投入战斗。两支军队在园林中央相遇，随即双方突然用长矛、火绳枪、石弓和短弯刀交战起来。由于

1　见马蒂尔所著《使徒书信》第七十章。——原注

此地错综复杂，一条条水道和小溪横七竖八地穿越其中，加之树林茂密，又有众多的塔楼和小建筑，所以摩尔人更有优势：他们都是徒步，而基督徒则骑在马上。摩尔人还熟悉地形，熟悉所有的小径和通道，因此能够潜伏、突围、攻击，几乎毫无损害地撤退。

基督指挥官们看到这一情形，命令许多骑兵下马战斗。双方打得非常凶猛、激烈，每个人都把生死置之度外，只要能够杀死敌人就行。这并不是一场全面的战役，而只是许许多多的小型战斗，因为每一座园林都在分别进行搏斗。任何人都无法看得很远，只能见到身边小小的残酷的流血场面；他们也不知道整个战斗进展如何。将领们极力高喊着，号角发出信号和指令，但这些均无济于事：在全面的混乱与喧嚣中，一切都令人困惑，无法听清。谁都没有坚守在旗帜旁，而是凭着自己的狂怒或恐惧在拼搏。在有的地点基督徒占据优势，而在另外的地点又是摩尔人占据优势。常常是胜利一方追击失败一方时，会突然遇到更加强大、一时获胜的敌军，于是逃兵又势不可当地反扑过来。有些溃散的基督队伍由于恐惧和慌乱，竟从同胞中跑到敌人那边去寻求躲避，他们在一片模糊的林子里已分不清敌我。摩尔人则更善于这些疯狂的遭遇战，他们灵活敏捷，能够迅速分散、集中，并再次发起攻击。[1]

在园中的一座座小塔楼和亭子（它们成了许多小堡垒）边展开了最激烈的战斗。每一支队伍依次夺得它们，拼命进行防卫，然后被赶了出来。不少塔楼给烧毁，冒出的一团团浓烟和火焰将园林埋没，那些被烧着的人发出尖叫，这一切使得战斗中的恐怖有增无减。

---

[1]　见马里亚纳所著《西班牙史》第二十五卷第十三章。——原注

有两个基督骑士让喧嚣混乱的场面弄得不知所措，他们被四处的残杀震惊了，本来要带领自己的人离开，可是他们陷入一片错综复杂的地方，不知道从哪里撤退。就在他们感到困惑时，红衣主教有个中队的旗手胡安·佩雷拉的一只胳膊被炮弹炸掉。眼看这位旗手就要落入敌人手里，忽然间罗德里戈·德·门多萨——他是一个无畏的青年，也是红衣主教的私生子——冒着枪林弹雨急忙跑上去救援，他高高地扛起旗帜冲入最激烈的战斗中，士兵们高声呐喊着紧跟在他后面。

费迪南德国王仍然停留在果园外边，焦急万分。由于到处是树林、塔楼和一团团的烟雾，所以不可能看到多少战斗情况；有些人遭到击败后被赶出来，或者受了伤筋疲力尽地跑出来，他们根据各自参加的战斗作出不同说明。费迪南德竭尽全力激励、鼓舞部队投入这场盲目的战斗，同时对最为残酷、难以预料的地点增援了骑兵和步兵。

在受到致命伤被抬回来的人当中有唐璜·德·卢纳，他是一个异常优秀的青年，深受国王青睐，部队也很喜欢他；他最近娶了美丽出众的小姐卡塔莉娅·德·乌雷拉。[1] 大家把他放到一棵树下，极力用新娘为他缝制的围巾给他止血、包扎。可是他生命所必需的血液已流失太多，正当一位神圣的修士为他举行教会最后的圣礼时，他几乎就在君王的脚下断了气。

而另一方面，经验丰富的司令伊本从城墙上焦急地注视着战斗场面，他的身边有一小队指挥官。近十二个小时里战斗激烈地进行着，从未中断。由于树叶茂密，他们无法看清一切具体情况，不过能够看见树林中闪现出刀光剑影和一个个头盔的光亮。一柱柱烟雾从各个方

1　见马里亚纳、马蒂尔和苏里塔相关著作。——原注

向升起，而武器的撞击、轻型大炮和火绳枪的轰鸣、战士们大声的呐喊、伤员们的呻吟与祈求，都表明了林子中央正进行殊死搏斗。摩尔妇女和孩子发出的尖叫与哀叹也困扰着基督徒，因为他们受伤的亲戚被血淋淋地从战场上抬回去；当雷杜安·扎法加尔——他是个基督叛徒，也是他们当中最勇武的将军之一——在断气后被抬进城里时，所有的居民悲哀地大叫起来，使得基督徒震惊不已。

最后，喧嚣的战斗打到离城那面的园林边更近的地点。摩尔人看见自己的武士被增援的敌军从林子里赶出去，经过一寸寸的争夺之后，他们不得不撤退到园林和城郊之间的某处，并用栅栏进行设防。

基督徒立即搭建了与其对抗的栅栏，在靠近摩尔人撤退的地方修筑起坚固的前哨，同时费迪南德国王命令将他扎营的地点移到来之不易的园林里面。

伊本冲出去援助希阿亚亲王，不顾一切地要把敌人从如此可怕的地方击退，但是夜晚已到来，夜色会使进攻毫无作用。然而，摩尔人却通宵不停地攻击，发出恐吓，让白天已被艰巨的战斗弄得疲惫不堪的基督徒得不到片刻休息。[1]

1　见普尔加所著《天主教君王编年史》第三部第一百零六、一百零七章；宫殿牧师所著《卡托尔国王史》第九十二章；苏里塔所著《阿拉贡王国史》第二十卷第三十一章。——原注

第七十二章　围攻巴萨城——部队受阻

早晨的太阳升起来，照耀在巴萨城墙前悲惨的战场上。整夜受到骚扰的基督前哨似乎显得苍白憔悴，而大量被杀死在栅栏前面的人，则表明他们曾经有过激烈的攻击和勇猛的抵抗。

在这些死者的那面是一片片巴萨的小树林和园林，它们一度是消遣、娱乐的可爱胜地，如今却成了恐怖、荒凉的战场。一座座塔楼和亭子变成冒烟的废墟；一条条运河和水道染红了鲜血，让一具具尸体给阻塞。这儿、那儿的地面——已被人和马踩出深深的凹痕，并且飞溅着血淤，十分滑溜——表明此处曾经有过猛烈殊死的拼搏；而有些摩尔人和基督徒的尸体看起来苍白可怕，他们半掩在铺上席子、受到踩踏的灌木丛以及花草之中。

基督徒的帐篷就设在这些血腥的地方里面，它们是前一晚上匆忙于园林中搭建起来的。然而，夜里的经历和早晨所有的悲惨场面，使费迪南德国王确信他的营地眼前必定面临着危险和困境。他与首要的骑士磋商之后，决定放弃园林。

面对如此警惕和胆大的敌人，要把部队从如此错综复杂的地方撤离，是一次危险的行动。因此在朝向城市的那面保留了一支勇敢的先头部队，并另外向前哨增派出一些队伍，好像在为一个长期固定的营地进行备战似的。园林中没有任何一个帐篷撤出，不过与此同时，部队又在毫不松懈地极力将营地所有的行装和设备迁移到最初地点。

在园林前面，摩尔人一整天都注意到可怕的战斗迹象；而在园林后面，则可见到基督徒的帐篷顶端和各位指挥官的旗子升起在树林之上。突然间，黄昏时分一个个帐篷消失不见了，一处处前哨也给撤离掉，整个营地忽然从他们的眼前消失得无影无踪。

摩尔人看出费迪南德国王精明的计谋时，已为时已晚。希阿亚再次带领一支强大的骑兵和步兵冲出去，凶猛地追击基督徒。然而，后者对摩尔人的攻击已富有经验，他们彼此紧密地撤退着，时而转向敌人，将其打回到设防的栅栏处，然后继续撤退。部队就这样撤离了，并没有在园林那些危险的迷宫中再遭到多少损失。

现在营地没有了危险，可是它也离城太远了，无法造成什么破坏，而摩尔人却可以冲出来，并毫无阻碍地退回去。国王召开了一个军事会议，商量该如何办。卡迪斯侯爵赞成暂时放弃围攻，因为此地太坚固，驻防相当严密，供给也十分充足；而且在这么广阔的地方，以他们有限的兵力去进攻和包围，或者用饥饿来降服敌军，都是办不到的；而假如老待在城前，又会面临围攻部队通常遇到的疾病和困难，到了雨季时它还会被暴涨的河水困住。他因此提出另一个建议，即国王将驻防的骑兵和步兵全部派往附近已被夺取的城镇，让他们继续对巴萨展开掠夺战；同时国王应对整个周围进行侵占和劫掠，这样次年阿尔梅里亚和瓜迪克斯——此时它们管辖的所有城镇和区域都被夺走——就会因为遭受饥饿而投降。

而利昂的高级指挥官古铁雷则认为如果放弃围攻，就会被敌人看作是软弱和犹豫的表现。这又会给扎加尔的党徒们增添士气，使得布阿卜迪勒许多摇摆不定的臣民投入到他的旗下——如果不会激起格拉纳达那些反复无常的民众公开反叛的话。所以，他建议应全力以赴展开围攻。

费迪南德心中的自尊恳求他支持后一种意见，因为置身于这片摩尔人的王国里，不在这场战役中予以打击一下就撤回去又将使他们加倍地蒙受耻辱。但是想到部队所有的遭遇，想到如果继续围攻必将面临的艰难——特别是在这么崎岖多山、十分广阔的区域里，要让如此庞大的军队获得常规供应并不容易——于是他决定为自己的部队安全着想，采纳了卡迪斯侯爵的建议。

战士们得知国王一心考虑到他们的困难将要停止围攻，个个满怀热情，仿佛异口同声地恳求绝不放弃围攻，直到这座城投降为止。

因意见不一，国王不知如何是好，他派传令兵前往哈恩的王后那里，征求她的看法。由于在他们之间设了一些哨所，所以从营地发出的信十小时内即可送到王后手里。伊莎贝拉马上作出回复。对于采取停止围攻还是继续围攻的策略，她让国王和他的将领们决断；不过如果他们决定继续围攻，她承诺将在上帝的保佑下，给他们提供兵力、金钱、粮食和所有其他物资，直至夺取城市。

王后的回答使得费迪南德决心继续围攻，部队知道他的决定后极其高兴地欢呼起来，就像欢呼胜利的消息一样。

第七十三章　继续围攻巴萨——费迪南德将城市全面包围

　　摩尔亲王希阿亚得到了消息，知道基督营地里有过疑惑和商讨，他因此自以为是地希望围攻部队不久会绝望地撤离，尽管老将伊本并不相信地摇摇头。一天早上基督营地里突然有动静，这似乎证实了希阿亚怀有的希望。只见帐篷撤除了，大炮和行装被转移走，大批的士兵开始沿着山谷行进。但这一时的胜利之光很快消失。原来基督国王只是将军队分成两个营地，这样将更加有效地打击城市。

　　一个营地驻扎在朝向大山的城市一边，它拥有四千名骑兵和八千名步兵，并拥有一切大炮和轰炸武器。这个营地由卡迪斯侯爵指挥，另有阿隆索、卡雷罗和许多其他著名的骑士。

　　另一个营地由国王指挥，它拥有六千名骑兵和大量步兵，他们都是比斯开、吉普斯夸、加利西亚和阿斯图里亚斯这些省份勇敢、顽强的山民。同国王一起的骑士当中有英勇的胜迪拉伯爵伊尼戈和圣地亚哥骑士团团长卡德纳斯。

　　两个营地相隔遥远，分别在城市的两边，它们之间隔着茫茫的一大片园林。所以，两个营地都挖掘了一条条大沟，修筑了护墙和栅栏，予以防卫。老将伊本看见城两边显现出令人可怕的营地，又注意到一些有名的指挥官众所周知的三角旗飘扬在上空，不过他仍然安慰战友们："这两个营地，"他说，"彼此离得太远，无法相互援助或协作，茂密的园林又成了它们之间的鸿沟。"这一安慰也只起到短暂的作用。基督徒的营地刚一设防好，摩尔驻军的耳里就响起无数斧子的砍劈声和树木轰然倒塌的声音，使得他们震惊不已。他们从一座座最高的塔楼上焦急地观察着，注意到自己特别喜爱的林子被基督先遣队一一砍倒。摩尔人怀着满腔热情，冲出去保卫可爱的花园和果园——他们多么喜欢它们。然而砍伐的基督徒们得到强有力的支持，无法赶走。园林一天又一天地成为不断发生流血冲突的地方，而林子在继续遭到毁坏，因费迪南德国王非常明白必须把它清除掉，所以要竭尽全力予以砍伐。然而，这又是一项相当艰巨和需要有耐性的工作。树林既宽阔又浓密，虽然动用了四千人，可他们一天十步宽的距离也只能清除狭长的一小片地。加之又受到摩尔人不停的袭击，所以用了整整四十天才把园林彻底夷为平地。

忠诚的巴萨城现在失去了美丽的树林和花园，同时也失去了它的装饰和保护以及令人喜悦的东西。围攻者们缓慢、稳步地用几乎难以置信的辛劳，对城市进行包围和孤立。他们在平原上挖了一条长一里格的深沟，把营地连接起来，并将山溪的水引入沟中。他们还用栅栏保护它，每隔一定距离就建一座堡垒，共有十五座。另外，他们又从城市后面挖了一条两里格长的深沟越过山上，从一个营地到达另一个营地，并在沟两边用泥墙、石墙和木头防护。这样就从四面用沟渠、栅栏、墙体和堡垒把摩尔人团团围住，他们不可能冲出这个大包围圈，而任何部队也无法进去增援。此外，费迪南德又设法切断城市的水源。"因为水，"可敬的阿加皮达说，"对于这些异教徒而言比面包更必需，他们的信仰要求他们每天要用水洗礼，用它洗澡，还要用于上千种其他悠闲、奢侈的享受方式——对此我们西班牙人和基督徒不屑一顾。"

就在城市的后面，有一口优质的纯净泉水从阿波哈森山的脚下涌出来。摩尔人对这口泉几乎有一种不无迷信的喜爱，他们主要依靠它获得用水。他们从一些逃亡者那里得到费迪南德计划夺取这口宝贵的泉水的暗示，于是便于夜里冲出去，在高悬的山上匆匆建起强有力的防御工事，甚至对基督徒的一切攻击公然蔑视。

第七十四章　埃尔南多和其他骑士的英勇行动

围攻巴萨城，一方面显示出基督指挥官们的本领和才能，但另一方面对于富有冒险精神、充满激情、英勇年轻的西班牙骑士而言，却几乎没有发挥能力的机会。虽然所设防的营地处在安全之中，但他们抱怨它单调乏味，渴望采取艰难危险、激动人心的英勇行动。在这些年轻骑士中有两位最为斗志昂扬，他们名叫弗朗西斯科·德·巴桑和安东尼奥·德·奎瓦，后者是阿布奎尔奎公爵的儿子。一天，他们坐在营地的防御物上，对眼前这种无所事事的生活发泄自己不耐烦的情绪，被一个老向导无意中听到了。此人是个侦察兵或带路者，对这里的所有地方无不熟悉。"长官，"他说，"如果你们希望效力，采取危险、有效的行动，如果你们想要拔掉那个暴躁的老摩尔人的胡子，我可以带你们到能检验你们的勇气的地方。就在瓜迪克斯城附近，有一些可夺得丰富战利品的村庄。我能把你们从一条路带过去，让你们从那里袭击他们。假如你们头脑冷静，行动迅猛，你们就可以在扎加尔的眼皮底下夺走财物。"

想到就这样去瓜迪克斯的大门前夺取战利品，热情高涨的青年们感到高兴。这些掠夺性的出击近来时常发生，阿普卡拉斯的帕杜尔、阿亨顿和其他镇的摩尔人，最近曾采取类似出击对基督领地进行骚扰。弗朗西斯科和安东尼奥不久发现，与他们同龄的其余年轻骑士也很想加入此次冒险行动，没多久他们便有了近三百名骑兵和两百名步兵，他们个个整装待发，渴望袭击敌人。

他们对自己的目的保守秘密，傍晚时分从营地出发，在向导的带领下借助星光穿过了最隐秘的通道。他们就这样日夜兼程，快速前进，直至一天清晨鸡还没叫时他们突然冲向了村庄，把一个个居民俘虏，洗劫了一座座房子，掠夺了一片片田地，并且从牧场上席卷而过，将所有牛羊赶到一起。他们也没休息片刻就返回了，赶在敌人发出警报、让这片地方惊醒之前，他们已全速向山里撤退。

但是，有几个牧人已经逃到瓜迪克斯，并把遭到掠夺的消息带给了扎加尔。这位老君王的胡子气得直发抖，他立即派出六百名精锐的骑兵和步兵，并命令将财物夺回来，还要把那些掠夺者抓回到瓜迪克斯去。

基督骑士们虽然疲劳，可他们仍然尽可能快地把大量牛羊往山上赶去；就在回头看的时候，他们忽然注意到后面扬起一大团尘土，随即发现包头巾的部队紧紧追了上来。

他们看出摩尔人在数量上占优势，并且人和马都精神抖擞；而他们的人和马却因艰难地行军了两天两夜，弄得十分疲乏。有几个骑兵因此围在指挥官们身边，提出丢下战利品自己跑掉。首领弗朗西斯科和安东尼奥对这一怯懦的建议予以弃绝。"什么？"他们大声说，"也不打击一下就把夺取到的东西放弃了？还要让咱们的步兵陷入危难，被敌人彻底打垮？假如谁由于畏惧提出这样的建议，他可就错看了如何才是安全，因为大胆正面迎击敌人比胆怯地转身逃跑更少危险，勇敢进攻比怯懦地撤退死的人更少。"

一些骑士被这番话打动了，他们声明要像真正的战友那样站在步兵一边。然而这支队伍大部分的人都是志愿者，他们是偶然被召集到一块的，既无报酬又无任何共同的联系，难以在危险时刻将他们团结起来。现在出征的乐趣已经过去，每个人都只为自己的安全着想，顾不了战友们。随着敌人的不断逼近，大家也越来越吵闹地发表各自的看法，一切陷入混乱之中。为了终止这样的争吵，首领们命令旗手向摩尔人迎上去，深知真正的骑士总会毫不犹豫跟上来捍卫自己的旗帜。但旗手迟疑着，因部队正要逃离。

这时皇家卫队中有一名骑士骑马来到前面。他就是埃尔南多——萨拉要塞的司令，即那位曾经将国王的招降信带给狂暴的马拉加人的无畏特使。他照着安达卢西亚人的方式，把戴在头上的头巾取下来系在一支长矛的顶端，高高地举向空中。"骑士们，"他喊道，"假如你们依靠双脚获得安全[1]，干吗手里要拿着武器？今天将决定谁是勇士谁是懦夫。愿意战斗的人不需要旗帜，跟随这面头巾好啦。"说罢，他挥舞着自己的旗子，勇敢地向摩尔人冲去。他所树立的榜样使一些人羞愧，又让另外的人争相仿效。所有人都一致转身跟在埃尔南多后面，呐喊着冲向敌人。摩尔人根本没等到与之交战，他们惊慌失措，拔腿就跑，被追击了很远，遭到惨重的残杀。路上到处是被杀死的摩尔人，有三百名之多，他们被征服者们洗劫一空。许多人成了俘虏，基督徒们胜利凯旋，他们赶着长长的牛羊和满载着战利品的骡子回到营地，最前面高举着的是指引他们夺取胜利的非凡旗子。

费迪南德国王对埃尔南多的这一英勇行为大为赞赏，他立即授予埃尔南多骑士称号，用皇家卫队队长迭戈·德·阿奎罗的剑举行了仪

1　意指逃跑。

式。埃斯库罗拉公爵把自己的一只镀金马刺系在他的脚后跟上，圣地亚哥骑士团高贵的团长、卡夫拉伯爵和科尔多瓦的贡莎尔沃，则行使了证人的职权。此外，为了在他的家族中永远纪念其战绩，君王授权在他的徽章上另外饰以一只青色画面中的金狮，它佩戴着一支顶端系有头巾的长矛。徽章的边缘刻画出战斗中被击败的十一位司令。[1] 在与摩尔人展开的一场场战斗中，这位勇敢的骑士曾有过许多英勇顽强的行为，而上述行为只是其中之一；他为此获得了很高的声望，也获得了"英勇无畏的人"这一卓越的称号。[2]

---

1 见阿尔坎塔拉所著《格拉纳达史》第四卷第十八章；普尔加所著《天主教君王编年史》第三部。——原注

2 有些作家将史学家埃尔南（Hernando del Pulgar）——他是伊莎贝拉王后的秘书——与这位骑士相混淆。围攻巴萨城时他也在场，并且在其《基督君王史——费迪南德与伊莎贝拉》中对此事作了描述。——原注

第七十五章　继续围攻巴萨城

摩尔国王扎加尔登上一座塔楼，急切地望着外面，希望欣赏到基督掠夺者们被俘获并带进瓜迪克斯的大门的情景，可是当注意到自己的部队黄昏时支离破碎、沮丧悲哀地悄然回来时，他的情绪消沉下去。

战争的命运让这位老君王承受着极大的压力。每天都会从巴萨带来悲惨的消息，说居民们遭受着怎样的痛苦，许多驻军部队的战士在时常发生的遭遇战中阵亡。他不敢亲自前去解救巴萨，必须留在瓜迪克斯阻击格拉纳达的侄子。他派去增援部队，也送去物资，可是都被拦截了，战士们要么被捕、要么被赶回来。尽管如此，他的处境在某些方面仍比侄子布阿卜迪勒强。他身为君王，仍然像一名武士战斗到最后；而布阿卜迪勒却像某种领取养老金的诸侯，待在阿尔罕布拉宫豪华的住宅里。巴萨的勇士为了国家和信仰拼命抵抗着，而格拉纳达的居民们却随波逐流地屈服于基督徒的束缚，具有骑士精神的那部分居民不得不将两者进行比较。他们每得到巴萨城遭受不幸的报告都痛苦不已，每听说忠诚的卫士们取得战功都会羞红了脸。不少人带着武器悄悄跑出去，很快加入到遭遇围攻的部队。而扎加尔的党徒们又激发起了其余人员的爱国精神和热情，最后他们再次共同密谋，不断地威胁着格拉纳达摇摇欲坠的王权。共谋者们商定将对阿尔罕布拉宫采取突然袭击，杀死布阿卜迪勒，然后把部队聚集起来前往瓜迪克斯；

在那里的驻军援助下、在尚武的老君王率领下，他们便可以势不可当的力量向巴萨城前的基督部队发起进攻。

布阿卜迪勒有幸及时发现了这一阴谋，因此一个个首犯的头被砍下来放在阿尔罕布拉宫的城墙上——对于这位性情温和、优柔寡断的君王而言，这可是一个严厉的举动，让那些不满的人感到畏惧，从而使整个城市都平静得无话可说了。

费迪南德对一切解救巴萨的行动和办法了如指掌，并采取措施予以阻止：大量的骑兵被派往一条条山道上守卫着，为的是拦截各种物资，并阻击从格拉纳达去的慷慨的志愿者；在每一座制高点上都建起瞭望塔或布置了侦察兵，只要包着头巾的敌人一出现就发出警报。

这样，希阿亚亲王和勇敢的战友们仿佛被用墙围在里面与世隔绝了一般。城周围设置了一圈塔楼，其城垛上布满部队，而在它们之间的堡垒和栅栏后面又有一支支部队不断来回巡逻。一周又一周、一月又一月地过去，可费迪南德却徒劳地等待着摩尔驻军在恐惧和饥饿中投降。每一天摩尔人都会出击，他们吃得饱饱的，个个信心十足、敏捷活泼。"那个基督君王，"老将伊本说，"希望我们越来越衰弱消沉——我们必须表现出异常的喜悦与活力。在其他的行为中也许是轻率的地方，对于我们而言却变得审慎了。希阿亚同意他的意见，他带领部队冲出去采取各种疯狂的行动。他们设下埋伏、布置突袭，进行着最胆大妄为的攻击。由于基督徒的防御工事十分宽广，所以许多地方比较薄弱，摩尔人就把这些地点作为攻击目标。他们有时会突然冲进去，匆忙劫掠一番，然后带着战利品胜利地回到城里；有时他们从城后面难以防守的山道和裂缝处出击，迅速冲下平原，很快把正在城郊附近吃草的牛羊全部赶走，那些从营地跑出来的士兵也被他们统统抓走了。

这些游击性的出击引起许多激烈的血战，而阿隆索和多塞勒斯司令在一些战斗中相当出色。有一次大约黄昏时分，在山边发生了激烈的遭遇战，一位名叫加林多的骑士注意到有个威力强大的摩尔人在旁边不顾一切地拼杀着，把基督徒们打得一片混乱。于是，加林多迎上前去挑战，要与对手单独搏斗。摩尔人马上向他迎战。

他们手持长矛，猛烈地冲向对方。在第一次冲击中摩尔人脸上受了伤，被从马鞍上打下来。没等加林多勒住马掉过头，摩尔人已一跃而起，重新握住长矛冲向他，把他的头和胳膊刺伤。尽管加林多骑在马上，摩尔人在地上，可是后者既非常英勇又颇有本领，以致胳膊失去战斗力的基督骑士处于极大的危险之中——就在此时他的战友迅速赶来相救。见他们逼近，勇敢的异教徒才慢慢地退到岩石上，坚持阻击他们，直至看到战友们出现在身边。

有几位年轻的西班牙骑士，心里被这个穆斯林骑士的胜利刺痛了，他们本来要向其他的摩尔人提出单独搏斗的挑战，但费迪南德国王阻止一切类似的自负炫耀的拼搏。他还禁止部队引起小冲突，因为他深知摩尔人对这种非正规的战斗比很多人熟练，并且对地形也更加熟悉。

第七十六章 两位修士从圣地来到营地

正当神圣的基督军队（阿加皮达说）这样围攻异教徒的巴萨城时，一天两个圣弗朗西斯修道会的修士骑着马来到营地。其中一位身材肥胖，颇有权威的样子。他骑着一匹优良的马，它身强力壮，身上穿着华丽的马衣；这位修士的同伴则骑着一匹低劣的老马跟在一旁，其马饰也很糟糕，并且他骑着马时几乎没抬一下两眼，显得谦恭而卑微。

两位修士来到营地并非是一件非同寻常的事，因为在圣战中教会的斗士频繁地卷入战事，你总是看见头盔和僧衣的头罩在一起。但不久人们发现这两位周游四方的圣徒来自一个遥远的国度，并肩负着一个十分重要的使命。

他们的确刚从圣地[1]来，是两位在耶路撒冷[2]为耶稣之陵守夜的圣徒。高大健壮、威风凛凛的一位是弗洛里·安东尼奥·米连，他是圣城[3]圣芳济会修道院的院长。他面容丰满红润，声音洪亮，讲话时夸夸其谈，铿锵有力，好像习惯于高谈阔论、让人恭恭敬敬地倾听似的。他的同伴则身材瘦小，面容苍白，说话柔声细气，几乎是在耳语一般。

---

1 指巴基斯坦。

2 巴基斯坦著名古城。

3 指耶路撒冷、罗马和麦加等。此处指耶路撒冷。

"他举止谦恭卑微，"阿加皮达说，"总是低垂着头，这仿佛成了他的一种职业。"然而，他又是修道院的一位最积极、热情和得力的会友，一旦从地上抬起小小的黑眼睛，他的眼角就会露出敏锐的目光，表明尽管他像鸽子一样温和无害，但他也像蛇一样精明。

这两个圣徒是埃及的大苏丹——按照阿加皮达当时的话说，就是巴比伦[1]的苏丹——派来的，他们身上肩负着重任。那位统治者和他的死敌，即高贵的土耳其人巴哈泽特二世，曾结为联盟，彼此团结起来拯救格拉纳达——这一点已如前所述——但是毫无结果。两位异教徒君王再次拿起武器相互为敌，又回到了他们的世仇上去。尽管如此，作为整个伊斯兰教的领袖，大苏丹感到自己必须保护格拉纳达王国，使其不受基督徒的控制。所以他派出这两个神圣的修士，让他们把信带给基督君王以及那不勒斯的教皇和国王，抗议对格拉纳达王国的摩尔人采取邪恶的行为，因这些人和他有着相同的信仰和宗族关系；而另一方面，众所周知在他的领地里，大量的基督徒却受到纵容和保护，充分享受着自己的财产、自由与信仰。他因此坚持要求停止这场战争，应该将格拉纳达的摩尔人被夺走的领土归还给他们。否则，他将把自己统治下的所有基督徒处死，摧毁他们的寺院和寺庙，并且将《圣经》也毁掉。

这个可怕的威胁让巴勒斯坦的基督徒感到惊恐；当米连和他卑微的同伴带着使命离开时，一大群满怀渴望的会友和信徒把他们远远地送出耶路撒冷城门，并满含眼泪目送到看不见两位修士。两位使者受到费迪南德国王特别隆重的接见，他们的修士在国王的宫廷里总是享

1　巴比伦王国首都。巴比伦王国通常指古代东方一奴隶制国家。

受到很高的殊荣和关照。国王曾与他们就圣地、大苏丹领地内的基督教会和那位大异教徒[1] 对该教会采取的政策和行为问题经常进行长谈。圣芳济会修道院这位身材魁梧的修士用圆润洪亮、雄辩有力的话予以回答，国王表示非常欣赏他的口才。不过人们也注意到，这位机敏的君王对其卑微同伴的低语也认真倾听。"他的话，"阿加皮达说，"虽然谦卑微弱，但是清晰流畅，充满睿智。两位神圣的修士途中去过罗马，并将苏丹的信递交给了至高无上的教皇。陛下通过他们给卡斯蒂利亚[2] 的君主写了一封信，想知道他们对于那位东方君王的要求作何回答。"

那不勒斯的国王也就此问题写信给他们，但用词谨慎。他问及这场与格拉纳达的摩尔人之间的战争原因何在，表示对其事态大为震惊，好像（阿加皮达说）在整个基督世界双方的名声都并非不好。"不仅如此，"阿加皮达愤怒地说，"他所说的观点，比该死的异端邪说好不了多少。因为他说，尽管摩尔人属于不同教派，但如果没有正当理由就不应该虐待他们。他还暗示，假如摩尔人并没给基督君王带来什么显著的伤害，那么做出任何会大大有损于基督徒的事就是不恰当的——仿佛一旦拔出信仰之剑就应该把它插入鞘中，一直等到卑劣的异教徒被彻底消灭或从大地上赶走。不过这位君王，"阿加皮达继续说，"对于异教徒所表现出的仁慈，就一位基督君王而言就不那么正当、合法——就是在这个时候，他

1　即前面说的大苏丹。

2　卡斯蒂利亚，是西班牙历史上的一个王国，由西班牙西北部的老卡斯蒂利亚和中部的新卡斯蒂利亚组成。

正与苏丹联合反击他们共同的敌人，即高贵的土耳其人巴哈泽特二世。"

真诚的阿加皮达这些虔敬的观点，在马里亚纳的历史著作中得到回应[1]。但是可敬的史学家阿瓦尔卡，则并不把那不勒斯国王的干预归因于缺乏宗教的正统信仰，而是归因于过分世俗的行为——因为那不勒斯国王担心，假如费迪南德征服了格拉纳达的摩尔人，他就会有时间和办法向那不勒斯国王提出建立一个阿拉贡的宗教会所。

"费迪南德国王，"可敬的阿瓦尔卡继续说，"在掩饰方面并不比他那不勒斯的同辈逊色。所以他用最为温和的方式回答了那不勒斯国王，详细而耐心地为这场战争辩护，显然在尽最大努力把世人都知道、但另一些人假装不知的事告诉对方。"[2]与此同时费迪南德又自我安慰，让自己不用为大苏丹帝国内的基督徒的命运担忧；他确信，他们在租金和贡金上被迫交纳的大量金钱将成为某种保护，从而使得自己不致遭到可能的暴行。

对于罗马教皇，他按照通常方式为这场战争辩护——他说这是为了收复被摩尔人侵占的古老领土，为了替基督徒们所遭受的一次次战争和暴行予以惩罚；最后，这是为了教会的荣耀和进步而展开的一场圣战。

两位修士拜见国王后，便在营地里四处走动，他们身边总是围聚着高贵威武、颇有名望的贵族和骑士，目睹此景真是富有意味。对于圣地的情形、耶稣之陵的状况，以及守卫它的忠诚兄弟和成群

1　见马里亚纳所著《西班牙史》第二十五卷第十五章。——原注
2　见阿瓦尔卡所著《阿拉贡王国史》第三章。——原注

结队前去那儿许愿的虔诚朝圣者所遇到的种种苦难，他们贪求无厌地提出诸多问题。魁梧的修士总会高傲、显赫地站在这些钢铁战士中间，响亮有力地讲述耶稣之陵的历史；不过他卑微的会友却不时深深叹息，低声讲述他们遭受苦难和凌辱的某个故事——听到这里身穿盔甲的武士们就会握紧剑把，从紧咬的牙缝间咕哝着，祈祷再发动一场圣战。

虔诚的修士在国王处完成了使命，受到一切应有的特别款待，之后他们离开，前往哈恩拜见最为宽容慈善的王后。伊莎贝拉——她的心胸就是虔诚的中心——将他们作为比常人更加高贵的圣人予以接待。他们逗留在哈恩期间一直有王后相伴。可敬的高大修士以其美妙言辞打动着宫廷的贵妇人；不过人们注意到，王后在不断地倾听他那位卑微的同伴说话。这位圣洁高尚、讲话温和的使者（阿加皮达说），凭借其谦卑获得了奖赏。因他经常在表述时极尽虚心谦逊，感动了王后，她因此每年赐予他一千达克特[1]金币，长期不断，用于资助"圣陵修道院"的僧侣们。[2]

此外，在这两位使者离开时，最具仁爱、卓越非凡的王后还把一副盖布[3]交给他们——那是她满怀虔诚之心用自己高贵的双手绣的——请他们盖在圣陵上面。这是一件极其珍贵的礼物，魁梧

---

1 从前流通于欧洲各国的钱币。

2 "国王和王后每年赐给僧侣们一千达克特，用以维护这座圣陵（耶稣之墓），这是耶路撒冷虔诚的天主教徒们迄今收到的最多的钱。国王和王后在此还赠送了他们一副手工织锦，用以覆盖在耶稣之墓上。"——见加里贝所著《西班牙史简编》第十八卷第三十六章。——原注

3 常指宗教仪式中用以覆盖圣器、圣物的布。

的修士为此意味深长地极力表示感谢，而卑微的同伴则感动得流下了眼泪。[1]

1　两位修士此次使命的结果应当予以提及，这一点可敬的阿加皮达在记录时忽略了。在后来的某个时期，基督君君王曾派著名史学家、安格勒雷亚的彼得·马蒂尔（Pietro Martyr, 1457？—1526，与上述那位宗教改革家同名同姓，但生卒时间不同。——译注）作为特使前往大苏丹。这位能人所作的完美陈述，让那位东方君王满意无比。大苏丹甚至因为他，免除了许多至此向前去圣陵朝圣的基督徒强征的种种费用。据推测，那位卑微的修士将这事善意中肯地详细报告给了君王。马蒂尔就自己的使命向大苏丹写过一份报告，学者们对它评价很高，其中包含有极其珍奇的信息。这份报告名为《巴比伦之行》。

第七十七章　伊莎贝拉王后设法给部队提供粮食

　　在这场最为艰难持久的战争中，人们习惯于赞美费迪南德国王的一言一行，但贤明的阿加皮达则更愿意颂扬王后是如何出谋划策的。他指出，王后虽然在军事行动上不那么显眼，但她的确是这场伟大事业的灵魂和不可缺少的要素。就在国王于营地中忙于指挥打仗，与其英勇的骑士们大显身手时，她则置身于哈恩主教殿里圣洁的军师们中间，想方设法让国王和他的部队不致被打垮。她发誓要不断向国王提供兵力、金钱和粮食，直至攻下城市。尽管这次围攻十分艰苦，死伤惨重，但是就她所采取的措施而言，提供兵力是最为轻而易举的事。西班牙的骑士们非常爱戴王后，只要她一发出增援的号召，那么凡待在家里的大公或骑士不是亲自赶到营地，就是派出部队。一个个古老尚武的家族竞相派来自己的诸侯、封臣，这样被围攻的摩尔人每天都看见新的部队到达城前，他们展示出各种新的旗帜，老武士们对于旗上的徽章颇为熟悉。

　　而最艰巨的任务还在于时常提供粮食。需要供应的除了部队外，还有被夺取的城镇及其驻军；因为他们整个周围都已遭到浩劫，这些征服者置身在他们所破坏的地域里，面临着挨饿的危险。在这样的地方，既没有运输水的工具又没有可供车辆行驶的道路，所以要给如此庞大的人员运送日常供应品，真是一项浩大的工程。一切东西都不得不靠役畜驮过崎岖不平的山道，穿过危险的隘路，并且经常会遭遇摩尔人的袭击和掠夺。

谨慎而精明的商人们本来惯常给部队提供物资，但是面对如此危险的任务他们却畏缩不前，不愿自己去冒险。王后因此租用了一万四千只役畜，并命令将所有小麦和大麦运到安达卢西亚、圣地亚哥和卡拉特拉瓦的领地内。她将这些粮食交给能干的心腹们管理。有的请来收集粮食，有的把它们运到磨坊，有的监管碾磨与交付，有的则把粮食送到营地。每两百只役畜都分派了一名骡夫，负责一路照管它们。于是长长的运输队伍来来往往不停地运送着，另有大批的部队护卫，以免遭到四处流动的摩尔人袭击。一天也不允许中止，因为部队需要靠源源不断的供应获得每天的食物。运送到营地的粮食被存放在一座大粮仓里，再以定价卖给部队，这个价格从不抬高，也不降低。

为提供粮食所需要的费用大得惊人，但王后有一位宗教界的顾问，他们极其精通如何获取国内的种种资源。许多可敬的高级教士把教会深藏的钱包打开，从其主教教区和修道院的收入中借出一部分钱，而他们虔诚的贡献最终获得了上帝一百倍的奖赏。商人和其余富有的个人，对于王后按时归还的承诺深信不疑，也凭借她的担保预付了巨款；许多贵族人家没等要求就捐出金银餐具；王后也将继承下来的某些每年收取租金的房屋非常廉价地出让，把从各个城镇得到的收入用到部队的开支上面。她发现这一切仍不足以支付巨大的费用，便把自己的黄金、金银餐具以及所有珠宝送到巴伦西亚和巴塞罗那市，在那儿抵押到一大笔钱，然后立即拿去维持部队的供应。

这样一位女人真是英勇而慷慨，通过她那非同寻常的行动、判断与胆识，一支庞大的部队——它扎营在战争之地的中心，只有翻过一条条山道才能到达——便源源不断地获得充足的食物。它所得到的不仅仅是生活中的必需品和使人舒适的物品。强大的护送队还把商人和技师从各地吸引到这支大军的市场，他们仿佛形成了一支支商队[1]似的。不久营地里便处处是商人和各种能工巧匠，他们设法让年轻的骑士们打扮得华贵耀眼。这儿可见到身穿铠甲、灵巧熟练的技师，以及多才多艺的军械师，他们努力制作出非常华丽的头盔和胸甲——这些东西镀得金光闪闪，镶嵌着饰物，并且上面还有浮雕，西班牙的骑士对此十分喜欢。马具制造商和贩卖马匹的人也在这儿，他们的帐篷闪耀着种种豪华的马衣、马饰。商人们则把华丽的丝绸、布料、锦缎、优质亚麻制品和挂毯展开。贵族们的帐篷大肆用各种最富贵的东西装饰起来，富丽堂皇得炫人眼目，尽管费迪南德国王表情和说话都显得严肃，但这仍无法阻止年轻的骑士们竞相攀比，在各种各样的检阅和仪式上看谁的服饰和马衣更加光彩耀人。

1　多指在沙漠或危险地区结伴而行的队伍。

第七十八章　灾难降临营地

正当基督营地这样沉浸在一片喜悦快乐之中，在巴萨城墙前像处于节日的盛典里一般；正当长长的役畜满载粮食和奢侈品，从早到晚进入下面的山谷，接连不断地给部队送去大量物资时，不幸的摩尔驻军却发现他们的资源在迅速减少，饥饿已经开始困扰着这片平静的地方。

只要有任何胜利的希望，希阿亚都会采取英勇无畏的行动。但现在他开始失去了通常的激情与勇气，人们看见他郁郁寡欢地在巴萨城墙边踱着步，经常满怀渴望地看一眼基督营地，然后陷入深深的沉思。老将伊本司令注意到他沮丧的情绪，极力给这位亲王鼓劲。"雨季就要来临，"他总是说，"洪水不久会从山上倾泻下来，河水将涨过岸边，把山谷淹没。基督国王已经开始动摇了，在一片河流和水道纵横的平原上，他不敢面对这样一个季节逗留下去。只需从咱们的山上刮起一场寒冷的风暴，就会把他那些躲在帐篷里的人统统卷走，把他们华丽耀眼的帐篷像雪花一样刮掉。"

希阿亚亲王听到这些话后鼓起了勇气，他一天天地数着日子，直到暴风雨季节到来。就在他观察基督营地时，一天早上他注意到整个营地骚动起来：只听见到处是铁锤发出的异样声音，仿佛正在建造什么新的战争机器。最后，让他惊讶的是，一座座房屋的墙体和顶部开始出现在防御物体上。不久便有一千多座用木头和灰泥修造的建筑物搭建起来，瓦片是从被毁坏的果园塔楼上取来的，上面还飘扬着各位指挥官和骑士们的旗帜；而普通士兵则用泥土和树枝搭起棚屋，屋顶用麦秆覆盖。而且，让摩尔人惊愕的是，在四天时间里那些曾经让山冈和平地发白、色彩浅淡鲜艳的大小帐篷，转眼间像夏天的云块一样飘走了，先前那个显得有些空洞的营地，也实实在在地变得像一座有了街道和广场的城市一般。中间耸立起一座大建筑，它俯瞰整个周围，阿拉贡和卡斯蒂利亚的皇家旗帜在上面骄傲地飘扬着，表明此处是国王的宫殿。[1]

原来费迪南德突然决定这样把营地变得像一座城市，一部分，是为了预防临近的雨季；一部分，是为了让摩尔人确信他要坚定不移地继续围攻的决心。然而，在匆忙搭建房屋时，西班牙骑士们可没有适当考虑到气候的性质。在安达卢西亚干燥的土地上，一年大部分时间都难得下一滴雨。那些干枯的溪谷，或者急流干枯了的水道，在山边只是形成深深的裂缝、裂口。四季不断的溪水也缩小得只有一点点流水了，它在很深的峡谷或沟壑底部细细地淌着，根本无法让山谷里的河水充盈起来。河水在宽阔裸露的河床里几乎消失了，它似乎像干渴的小溪，如蛇一般弯弯曲曲穿过沙地和石头，一路既浅湿又平静，差不多每处都能安全地涉水而过。但是一场秋季的暴风雨改变了整个大自然的面貌：云块在广阔的群山上空忽然变成瓢泼大雨；干枯的溪谷刹那间卷入汹涌的洪水；汩汩的小溪一下涨成轰鸣的急流，咆哮着从山上奔涌而下，在飞奔的途中将一块块大岩石冲倒。这新近冒出来的

1　见宫殿牧师和普尔加等的相关著作。——原注

河水蜿蜒着冲过一度裸露的河床，急浪猛烈地拍打着岸边，像一股十分宽阔、泡沫四溅的洪水卷过山谷。

基督徒们刚刚把房屋不太牢固地修建好，此种秋季的暴风雨就从山上席卷而来。营地顿时被淹没。许多房子由于遭到洪水破坏或者被雨水冲击，纷纷倒塌，把人和牲畜埋在下面。几个可贵的生命失去了，大量的马匹和其他动物被淹死。更让营地陷入危难和慌乱的是，每天的粮食供应突然中断，因为雨水冲毁了道路，无法通过河流。部队于是感到恐慌——如果某一天停止补给，就会引起食物和粮草短缺。幸运的是雨仅仅暂时下了一阵子，洪流卷过去后就终止了。河水又收缩成狭小的水道，在岸边遭遇阻挡的护送队也安然地到达营地。

伊莎贝拉王后一听说自己提供的东西受阻，就凭借她那通常的机警与灵活，着手防止此事再度发生。她派遣了六千名步兵，在经验丰富的军官指挥下修复道路，并修筑了堤道和桥梁，距离长达七里格。国王安排驻扎在山里保卫隘道的部队也修筑了两条小路，一条供到达营地的护送队使用，另一条供返回的护送队使用，这样他们就不会相遇、彼此阻碍了。被新近的洪水毁坏的房屋也重新修得更加牢固，并且采取了一些预防措施，使营地今后不致遭受洪水的损害。

第七十九章　基督徒与摩尔人在巴萨城前会战；
居民为保卫城市作出贡献

　　费迪南德国王注意到，一场秋天的暴风雨就造成如此严重的破坏与混乱，同时他也想到围攻部队在险恶季节里所面临的种种疾病，这个时候他开始为受苦的巴萨人民燃起同情之心，意欲给他们提供更加有利的条件。国王因此送了几封信给伊本司令，提出假如他交出城市，居民们就可获得人身自由和财产安全，他本人也可获得不小的奖赏。

　　基督君王虽然提出了极好的条件，但这位司令并没因此眼花缭乱。关于最近的暴风雨给基督营地造成的损害，以及由于供应一时中断给部队带来的困难和不满，他得到了言过其实的报告。他认为，费迪南德的建议证明其处境艰难。"再耐心一点，再耐心一点，"精明的老武士说，"我们就会看到这群基督徒被冬天的风暴赶走。等他们一旦转身撤离时，就该我们发起攻击了。在安拉的保佑下，我们将给予决定性的打击。"他坚决而礼貌地拒绝了基督君王，与此同时激励战士们更加勇敢地出击，袭击西班牙人的哨兵和正在挖掘战壕的人。结果每天都会发生胆大鲁莽的流血冲突，使双方部队中许多最为英勇、喜欢冒险的骑士丧失了生命。

　　在一次出击中，有近三百名骑兵和两千名步兵爬上了城市后面的高地，以便捕获在那里修筑工事的基督徒。他们突然冲向一队卫兵，这些人是乌雷纳伯爵的随从，其中有的被杀死，其余的则逃之夭夭，被一直追下山去，直到摩尔人看见胜迪拉伯爵和科尔多瓦的贡莎尔沃带领一小支队伍赶来。这时摩尔人极其凶猛地向他们发起冲击，使胜迪拉的不少人马仓皇逃跑。伯爵则握住圆盾，抓紧可靠的武器，像惯常那样岿然不动。贡莎尔沃与他并肩而立，调遣仍在身边的部队，他们英勇地迎击着摩尔人。

异教徒们对他们步步紧逼，占领着上风，这时阿隆索听说自己的弟弟贡莎尔沃遇到危险，飞奔前来援助；一道赶来的另有乌雷纳伯爵和他们的一支部队。随即战斗从悬崖打到悬崖、从峡谷打到峡谷。摩尔人虽然数量更少，但他们在攀爬性的争夺战中所必需的敏捷与灵活方面更有优势。最后，他们被从有利地势上赶走了，让阿隆索及其弟弟贡莎尔沃一直追击到城郊，把很多最勇敢的战友留在了战场上。

基督徒和摩尔人每天发生的无数激烈的冲突使不少勇敢的骑士被杀死，而这对于任何一方均没有明显的好处。摩尔人尽管一次次遭到失败和伤亡，但他们每天都带着惊人的勇气与魄力不断出击，好像越是面临艰难就越是防卫得顽强。

希阿亚亲王在这些出击中总是冲在前，不过他也一天天地对胜利越来越失望。军队金库里的所有钱都已用光，再也没有经费支付给雇佣部队。尽管如此，老将伊本司令仍然设法着手对付这一紧急情况。他召集起首要的居民们，指出为了能够继续保卫城市，需要他们作出某些努力与牺牲。"敌人担心冬季到来，"他说，"只要我们坚持下去他们就会绝望。再坚持一下，敌人就会让你们平平静静地享受到家[1]

---

[1] 指居住的家，强调地点。

与家人的快乐。可是必须付钱给我们的部队，以便让他们充满斗志。我们的钱已经用光，供应也中断了。没有你们的帮助要继续防卫是不可能的。"

为此市民们共同商议，并把所有的金银器皿收集起来交给伊本。"把这些东西拿去吧，"他们说，"用来铸币、卖掉或抵押都行，再把钱付给部队。"巴萨的妇女们也竞相慷慨解囊。"在我们的国家遭遇不幸，保卫国家的人缺少粮食时，"她们说，"我们还要用华丽的服饰打扮自己吗？"因此她们取下项饰、手镯、脚镯和其他金制饰物以及所有的珠宝，把它们交到老将伊本司令手里。"把我们这些虚荣的珍品拿去吧，"她们说，"让它们为保卫我们的家和家人作出贡献。假如巴萨被解救，我们用不着珠宝来为自己的欢乐增光添彩；假如巴萨沦陷，装饰品对于俘虏有什么用呢？"

有了这些捐献，伊本得以把钱支付给军队，让战士们毫不松懈地继续保卫城市。

巴萨人慷慨奉献的消息迅速传到费迪南德国王那里，他还得知摩尔指挥官们让巴萨人满怀希望，以为基督军队不久将绝望地放弃围攻。"他们会得到一个令人信服的证明，看到这样的希望是靠不住的。"这位机敏的君王说。他立即给伊莎贝拉王后写了一封信，请她带领所有随从堂而皇之地来到营地，这个冬天公开在此住下。这样，摩尔人就会深信基督君王怀着不可动摇的决心，意欲坚持围攻，直至交出城市；国王相信他们很快就会投降。

第八十章 伊莎贝拉王后如何到达营地？结果
怎样？

伊本仍然用希望鼓励战士们，说皇家军队不久将放弃围攻；但有一天，他突然听到基督营地传来欢呼声和礼炮的齐鸣。同时瞭望塔的哨兵带来消息，说一支基督部队正沿着山谷挺进。伊本和指挥官们爬上城墙最高的塔楼，确实注意到一支人数众多的队伍身穿耀眼的军服走下山去，他还听见远处传来号角声和渐渐增大的、欢欣鼓舞的乐曲。

待这支队伍离得更近一些时，他们察觉有一位身穿华丽服饰的高贵夫人，并很快发现她就是王后。她骑着一匹骡子，其豪华的服饰金光灿烂，直达地面。在她的右边公主也骑着一匹骡子，服饰同样华丽；左边是那位可敬的西班牙红衣主教。一长队高贵的女人和骑士跟在后面，另有一些听差和随从以及一大队护卫的高级贵族，他们身上的盔甲也极其精美。伊本注意到王后如此堂而皇之地要在营地驻扎下来，悲哀地摇摇头，转向将领们说，"骑士们，巴萨的命运已经定了。"

摩尔指挥官们既悲哀又钦佩地注视着这支壮观的队伍，它预示着他们的城市将会被征服。一些部队本来要冲出去不顾一切地展开战斗，攻击皇家卫队，但是希阿亚亲王予以阻止。他也不允许发射任何武器，进行任何骚扰或冒犯。因为伊莎贝拉的品格甚至受到摩尔人崇敬，多数指挥官都有着不乏骑士风度和英雄气魄的高尚礼节——他们在摩尔骑士中是最为高尚和英勇的。

巴萨的居民们迫不及待地寻找每一处可以俯瞰到平原的高地，每一处城垛、塔楼和寺院上都挤满了包着头巾的人，个个凝视着这壮观的景象。他们注意到费迪南德国王威武堂皇地走出去，陪同的人有卡迪斯侯爵、圣地亚哥骑士团团长、阿尔瓦公爵和卡斯蒂利亚海军上将，以及许多其他有名的贵族；而营地所有的骑士，则身穿豪华服饰跟在队伍后面，大家一见到满怀爱国之心的王后就欢呼起来，声音响彻空中。

两位君王相遇并拥抱之后，两支军队合在了一起，他们威武雄壮地进入营地；其闪耀的盔甲、光彩照人的金黄色马饰、极其华丽的丝绸、锦缎和丝绒、摇动的羽毛和飘扬的旗帜，把在一旁观看的异教徒们弄得眼花缭乱。与此同时，各种锣鼓、号角和喇叭发出欢快的声音，与洋琴悦耳的音乐交织在一起，音量越来越大，彼此和谐地迸发出来，似乎要升向天国。[1]

王后到达时（在场的史学家埃尔南说），战争的严酷与骚乱立即缓和下去，如暴风雨般的愤怒也变得平静了，目睹这一切真是奇妙。剑被插入鞘中，石弓不再射出致命的箭，至此不断发出轰鸣的炮也停下来，但双方仍然保持警惕。巴萨城墙上仍有不少手持长矛的哨兵，一支支警卫队在基督营地里巡逻，不过没有任何士兵出击，也没有任何蛮横的暴行或残杀发生。[2]

在希阿亚亲王的要求下君王同意举行一次会谈，并指派利昂的高

---

1 见宫殿牧师所著《卡托尔国王史》第九十二章。——原注
2 在围攻巴萨的战斗中，一些场面和事件的很多细节在博学多才的彼得·马蒂尔的信里也有记录，他当时在场，是一位不无钦佩的目击者。——原注

级指挥官古铁雷与司令伊本谈判。他们在各自部队的骑士陪同下于指定地点见面，这儿处在营地和城市的视线以内。他们的会面极其礼貌，因为都已从战场上激烈的交战中学会了欣赏彼此的英勇。利昂的指挥官真诚地指出，任何进一步的抵抗都毫无希望，他提醒伊本说，马拉加就是因为负隅顽抗而遭遇不幸的。"我以君王的名义保证，"他说，"如果你立即投降，居民们就会受到臣民的待遇，并在财产、自由和信仰上受到保护。如果你拒不投降，那么巴萨人的财产会被没收，他们也会被俘虏和处死，而这个责任都将由你这位以能干和明智而闻名的指挥官来承担。"

古铁雷说到这儿停下了，伊本回到城里与指挥官们商量。显然再作任何抵抗都无济于事，但是摩尔指挥官们又觉得，假如他们自行决定把如此重要的地方交出去而不反击一下，他们的名声就会留下污点。于是希阿亚亲王请求允许他派一位特使前往瓜迪克斯，给老君王扎加尔带去一封信，信中谈及投降的事。这个请求获得同意，特使得到了安全通行证——为执行这一重要使命，伊本起程了。

第八十一章　巴萨城投降

尚武的老国王坐在瓜迪克斯城堡的密室里，他十分沮丧，左思右想着自己令人悲哀的命运。这时有人报告巴萨城派来一位特使，随即老将伊本司令站在了他面前。从他的脸上扎加尔就看出消息不佳。"巴萨的情况怎么样？"他说，鼓起勇气提出这个问题，"你看看这个就知道了。"伊本回答，把希阿亚亲王的信交到他手里。

这封信谈到巴萨陷入绝境，说没有扎加尔援助不可能再坚持下去，并且提到基督君王给予的有利条件。假如此信是任何其他人写的，扎加尔会感到怀疑和愤怒，但是他信任希阿亚就像信任第二自我[1]一样，希阿亚信中的话渗透到他心里。他看完后深深地叹口气，一时间陷入沉思，头低垂在胸前。最后他恢复过来，把瓜迪克斯的神职人员和老者们召集到一起，征求他们的意见。一旦扎加尔向其他人征求意见时，就表明他极其困惑、烦恼，心情沮丧；而他那勇猛的精神也减退了，他看到自己的政权即将结束。神职人员和老者们提出各种建议，这只会使他更加心烦意乱，因为没一个建议看起来有用——除非巴萨得到增援，否则它不可能坚持住，而任何增援它的企图都已证明是无效的。扎加尔将顾问班子打发走，把老将伊本司令叫到面前。"安拉是伟大

1　指心腹朋友等。

的，"他高声说，"可安拉只有一个，而穆罕默德是他的先知！回到我表弟希阿亚那里去吧，告诉他我已无力援助，他看怎么最好就怎么办吧。巴萨人的英勇行为值得拥有不朽的名声。我不能再让他们坚持无望的防卫，继续遭遇不幸和危险。"

扎加尔的回答决定了巴萨城的命运。希阿亚和他的指挥官们投降了，并获得最有利的条件。那些从别处前来保卫此地的骑士和士兵们，被允许带着武器、马匹和财物离开。居民们则可选择，要么带着财物离开，要么住在城郊并享有自己的信仰和法律，只要起誓效忠基督君王，把以前支付给摩尔国王的贡金支付给他们。城市和城堡将于六天内交出，在这期间居民们要把所有财物弄走。与此同时，他们还要将十五名摩尔青年——首要居民的儿子——作为人质交给利昂的指挥官。希阿亚和伊本司令前来交出人质时——其中就有后者的儿子——向国王和王后表示了效忠，两位君王非常礼貌和蔼地予以接待，并吩咐送给他们极好的礼物，对于其他的摩尔骑士也要送礼，包括金钱、礼服、马匹和其他贵重的东西。

伊莎贝拉表现出的仁慈、尊严和宽大，以及费迪南德那高贵礼貌的举动，深深地把希阿亚亲王吸引住了，他发誓再也不与如此宽宏大量的君王为敌。而他那豪侠的举止与效忠君王的有力表白，也使王后大为高兴。她向他保证说，有他在身边，她已经认为这场使格拉纳达王国陷入悲惨境地的战争结束了。

从君王嘴里发出的赞扬有着不可抗拒的强大力量。卓越的伊莎贝拉这番美好的话彻底把希阿亚征服了。他心中突然为君王燃起忠诚的火焰。他请求被纳入他们最效忠的臣民当中，在忽然满怀激情之时，允诺不仅要用自己的剑为君王效劳，而且要竭尽全力利用自己的巨大影响说服表哥扎加尔把瓜迪克斯和阿尔梅里亚城交出来，不再作任何抵抗。不仅如此，他与君王之间的谈话产生的效果之大，甚至影响到他的信仰。因他立即受到启迪，竟至于对穆罕默德的教派产生了异教徒的厌恶，并为如此强大的君王所表现出的基督真诚深受感动。他因此同意接受洗礼，让他进入基督教会。高贵的异教徒就这样令人惊讶地突然皈依了基督教，虔诚的阿加皮达用满怀喜悦的笔调对此大加描述：他认为这是基督君王所取得的最伟大的功绩之一，的确也是这场圣战中的一个了不起的事件。"不过在为信仰而战的事业中，圣徒和虔诚的君王是易于创造奇迹的，而最为宽容的费迪南德在让希阿亚亲王转意归主即是一个奇迹。"

一些阿拉伯作家试图对这一惊人的奇迹加以贬低，他们间接提到基督君王给予亲王的大量钱财和马尔切纳内的一片领地，其中包括一些城镇、田地和诸侯。不过在这一点上（阿加皮达说），我们只看到费迪南德国王为了让那位改变信仰者牢牢地皈依基督教，所采用的是一种明智的预防措施。基督君王采取的政策，任何时候与他的虔诚都是相称的。为了不对这次重大的皈依之举进行吹嘘，不公开炫耀亲王进入教会，费迪南德国王还吩咐施行洗礼时要非常保密。否则，他担心希阿亚会被当作一个变节者受到摩尔人谴责、憎恶和抛弃，这样他的影响就会失去作用，难以使战争迅速结束。[1]

老将伊本司令同样被基督君王的宽大慷慨感动了，并恳求为他们效忠。许多其他的摩尔骑士也以他为榜样，君王宽宏大量地接受他们效忠，并给予很好的奖赏。

---

[1] 见孔代所著《阿拉伯史》第三卷第四十章。——原注

这样，经过六个月零二十天的围攻，巴萨城于 1489 年 12 月 4 日投降了，这便是光荣的圣巴尔巴拉[1] 节——在基督教的历法中，据说圣巴尔巴拉主管雷与闪电、火与火药以及所有爆炸物。次日，国王和王后怀着胜利的欢乐庄严地进入城里，当见到五百多名基督俘虏——其中有男人、女人和孩子——从摩尔人的地牢中得以解救时，大家的喜悦更是高涨起来。

在这场围攻中，基督徒的损失达到两万人，其中一万七千人死于疾病，仅仅受寒致死的就不少——这种死亡特别难受（史学家马里亚纳说）。不过（可敬的耶稣会士补充道），死于后者的主要是些地位卑微者、运送军队的行装者和类似的人，所以损失并不十分严重。

继巴萨城之后，阿尔穆勒卡、塔韦纳斯和阿普卡拉斯群山的多数要塞也随之投降。居民们希望能及时、自愿地屈服，以便获得给予被夺取的城市相同的有利条件，司令们也可得到慷慨给予其他指挥官的类似奖赏，这样谁都不会失望。居民可以作为宣誓效忠基督徒的摩尔人平静地享有自己的财产和信仰。至于一个个司令官，他们来到营地纷纷交权的时候，受到费迪南德特别优厚的接待，并根据各自管辖地区的重要程度获得不等的资金。然而机敏的君王十分小心，极力注意不要伤害了他们的自尊，也不要触动他们脆弱的神经。所以他说，先前的政府欠了他们的账，并以此为幌子把钱付给他们。在这场战争的初期费迪南德凭借武力进行征服，但他发现在巴萨城的战役中，金钱也像钢铁[2]一样管用。

1　圣巴尔巴拉（？—约 200），早期基督教女信徒、炮兵的主保圣人。

2　喻指武器。

在这些唯利是图的首领当中，有个名叫阿里·阿文·法哈尔的，他是一位老练的武士，曾管辖过许多重要防区。外表看来他是个傲然、严厉而忧愁的摩尔人，在别的首领交出各自的要塞并拿着不少钱财回来时，他静静地站在一边。轮到他表态的时候，他以一个军人的坦诚向君王说话，不过带着沮丧、绝望的语气。

"我是个摩尔人，"他说，"有着摩尔血统，并且是普尔切纳和帕特纳的美丽城镇和城堡的司令。它们是交给我防守的，可那些本来会支持我的人已经完全丧失力量和勇气，只是寻求安全了。所以，两位最为有力的君王，任何时候你们派人去占领那些要塞，它们都属于你们了。"

费迪南德马上吩咐给这位司令一大笔金钱，作为对他如此重要的投降的报偿。然而，摩尔人富有尊严地坚决退回了礼金。"我不是来出让不属于我的东西的，"他说，"而是来交出命运安排给你们的东西。陛下完全可以相信，假如我得到适当支持，死亡就将成为我的代价——我会以此出让自己的要塞，而不是你们给我的金钱。"

摩尔人这一傲然忠诚的精神使基督君王感动，他们很希望让这样一位忠诚的人为自己效劳。但无论怎么劝导，骄傲的穆斯林信徒就是不愿替自己民族和信仰的敌人做事。

"难道就没有任何办法，"伊莎贝拉王后说，"让我们能够满足你，向你证明我们的诚意吗？""是的。"摩尔人回答，"我已在交出的城镇和山谷中，留下了很多不幸的同胞和他们的妻子、孩子——他们舍不得离开故土。请你们对我作出高贵的承诺吧，要让他们得到保护，平静地享有自己的信仰和家庭。""我们答应你。"伊莎贝拉说，"他们将平静安全地住下来。不过你自己——你对自己有啥要求？""没什么，"法哈尔回答，"只是允许我平平安安地带着马和财产去非洲就行了。"

本来，基督君王非要他接受金银和披戴着富贵马饰的上乘马匹——不是作为奖赏，而是作为个人敬重的表示。但法哈尔对所有礼品和殊荣都予以拒绝，似乎他认为在公众遭遇不幸时，个人却兴旺起来是一种罪过。凡是好像从本国的毁灭中产生的繁荣，他都不屑一顾。

他获得皇家通行证后，便把马匹、仆人、盔甲、武器和所有作战物品聚集到一块，向哭泣的同胞们告别——他显得极其痛苦，但没有流下一滴眼泪。他登上巴巴里战马，转身离开被征服的、可爱的山谷，沿着孤寂的道路去非洲灼热的沙漠上寻找一个军人的命运去了。[1]

---

1 见普尔加所著《天主教君王编年史》第三部第一百二十四章；加里贝所著《西班牙史简编》第四十卷第四十章；宫殿牧师所著《卡托尔国王史》。——原注

第八十二章　扎加尔向基督君王投降

顺便说一下，即便缺少信使恶劣的消息也会传来，它们飞快地飘然而至，仿佛空中的鸟儿会把它们带到不幸者的耳旁。老国王扎加尔总是隐藏在城堡深处，整天不见阳光——这阳光已不再繁荣昌盛地照耀在他身上，每一小时都会有人把大门敲得砰砰响，送来报告又一灾难的信函。一座又一座要塞的钥匙放在基督君王的脚旁；战斗的高山上和绿色多产的山谷里，一片又一片土地从他的领地上被夺走，添加到征服者的版图上。除了阿普卡拉斯和瓜迪克斯及阿尔梅里亚两座可贵的城市外，属于他的地方差不多已所剩无几。谁也不再对这位凶猛的老君王望而生畏，他眉头上显露出的恐惧已经随其势力而减弱。他已经处于这样一种不幸境地：朋友敢于把无情的事实告诉他，向他提出令人不快的建议；他则屈从地（如果不是温顺地）静静倾听着。

扎加尔坐在沙发上，深深地沉思着人们有过的短暂荣耀，忽然有人报告表弟希阿亚亲王到了。这位对真正信仰[1]有名的皈依者、这位把利益转向本国的征服者的人，怀着一个新改变信仰者的满腔热情匆忙赶到瓜迪克斯，迫切想说服老君王也放弃信仰并交出领地，以此证明自己在效忠上帝和基督君王时的一片热诚。

1　意指基督教。

希阿亚仍然是一身穆斯林信徒的装束，因为他皈依基督教还是一个秘密。在这危难时刻，严厉的扎加尔看见出现了一个亲戚心便软了下来。他拥抱表弟，感谢安拉在自己陷入这一切麻烦时，还有一个可以信赖的朋友和顾问。

希阿亚不久开始讲出他此行的真正目的。他让扎加尔看到目前所处的绝境，看到格拉纳达王国的摩尔人的政权将不可挽回地倒塌。"命运，"他说，"在与我们的武器作对，我们的毁灭明明写在天国。记住在你侄子出生时占星家们作出的预言。我们希望他在卢塞纳被俘的时候，就实现了他们的预言；可是现在显而易见，星宿不仅预示王国遭遇了短暂的厄运，而且预示着它最终将被推翻。尽管我们付出了巨大努力，但总是不断遭受灾难，这表明格拉纳达的权杖注定要落入基督君王手里。这便是，"亲王怀着深厚而虔诚的崇敬，最后强调说，"这便是全能的神的意志。"

扎加尔默默地倾听着这番话，甚至脸上的肌肉也没动一下，或者眨一眨眼睛。亲王讲完后，他仍然长时间地默不作声，陷入沉思。最后他从心底发出深深的叹息，大喊道："神的意志实现了[1]！神的意志实现了！是的，表弟呀，很显然这是安拉的意志，他要做的事没有做不成的。假如他没有让格拉纳达陷落，这武器和权杖就会保卫好它。"[2]

"那么除了从你残存的帝国中获取最有利的条件外，"希阿亚说，"你还能有啥呢？把这场战争坚持下去，只会让国土彻底荒废，使忠诚的居民遭受毁灭和死亡。难道你愿意将剩下的城镇交给侄子布阿卜

1　这一句是用摩尔人的话说的。

2　见孔代所著《阿拉伯史》第三卷第四十章。——原注

迪勒？从而增加他的势力，使他在与基督君王的联盟中得到保护？"

扎加尔一听到这话眼里就闪现出怒火。他紧紧抓住刀柄，气得咬牙切齿。"我与那个懦夫和奴婢势不两立。我宁愿看见基督君王的旗帜飘扬在城墙上空，也不愿让它们加入到布阿卜迪勒那个诸侯的领地！"

希阿亚马上抓住这一想法，催促扎加尔坦率而彻底地投降。"相信基督君王会宽宏大量的，"他说，"他们无疑会给你提供很好的体面条件。而作为朋友把自己手头的东西给他们，比作为敌人让他们不久必将夺去更好些；因为，表哥，这是神强大的意志。"

"神的意志实现了！"扎加尔重复着，"神的意志实现了！"于是这位老君王低下他高傲的头，同意把领地交给与自己的信仰为敌的人，而不愿让它们在侄子的控制下给穆斯林增添势力。

希阿亚现在回到了巴萨，扎加尔授权他代表自己与基督君王谈判。这位亲王详细谈到他有权放弃的、残存的富饶帝国时，感到十分欢喜。在那儿，从大都市到地中海绵延着一大片群山，拥有一系列美丽青翠的山谷，它们像珍贵的绿宝石一样镶嵌在金链上。最重要的是有瓜迪克斯和阿尔梅里亚，这是格拉纳达的王冠上的两枚无价之宝。

扎加尔已交出这些领地，并且提出有权得到王国的其余地方，为了报答他，基督君王与他建立了友好关系，共同结盟，并让他永久继承安达克斯领土和阿普卡拉斯内的阿豪林山谷，其中包括马拉哈四分之一的盐地或采盐矿。他将享有安达克斯王的称号，并有两千名宣誓效忠基督徒的摩尔人或被征服的摩尔人作为他的臣民，他的收入也将达到四百万西班牙金币。他将作为基督君王的一名诸侯拥有这一切。

这一切安排妥当后，希阿亚又回到扎加尔那里，并商定投降和效忠的仪式应在阿尔梅里亚城举行。

12月17日，费迪南德国王前往此城。希阿亚和他的首要官员们与胜迪拉伯爵指挥的部队一道，行进在先头部队里。国王则在中坚部队当中，王后在后卫部队里面。费迪南德就这样威武地经过了几座刚被夺取的城镇，他为凭借自己的策略而非英勇得到的这些战利品高兴不已。在穿过绵延至地中海的山区时，部队严重遭遇了狂暴的西南风。有几个战士和许多马匹、牲畜被冻死。其中一支卡迪斯侯爵率领的部队，发现一天内穿过斐拉布雷斯群山冻结的山顶是不可能的，于是不得不在那些险恶的地区过夜。侯爵因此让人在自己营地附近燃起两堆大火，给在山隘里迷失、徘徊的人引路，同时让变得麻木、几乎冻僵的人有火烤。

国王在塔韦纳斯暂时停留下来，以便让零散的部队集中，让他们艰难地爬过山后喘息一下。王后这时正在后面赶着一天的行程。

12月21日国王到达了，并在阿尔梅里亚附近扎营。根据约定，他知道扎加尔正出来表示臣服，于是他骑上马前去迎接，右边是圣地亚哥骑士团团长卡德纳斯，左边是卡迪斯侯爵；另外他派遣了利昂的司令官古铁雷和别的骑士打头阵，去迎接摩尔君王，并为他组成一支体面的护卫队。同护卫队一起去的有富于好奇的目睹者马蒂尔，从他那里我们得知了很多细节。

扎加尔由十二名骑在马上的骑士陪同，其中有他表弟希阿亚（亲王无疑从西班牙营地加入到了扎加尔的人马中），以及英勇的雷杜安。马蒂尔声称，扎加尔的面容使他觉得同情，因为扎加尔"尽管是个无法无天的野蛮人，但他也是一位国王，显著地证明了他的英雄品质。"史学家帕伦西亚对于他的外貌为我们作了详细描述。他说，他身材高大匀称，既不强壮又不瘦弱；天生白皙的面容由于太缺少血色，显得更加苍白；他表情庄重，举止从容、高贵而威严；他适当地穿着显得悲哀的黑色衣服——一件宽松的外套，披戴着简朴的摩尔人的斗篷，并且戴了一副白得耀眼的包头巾。

司令官古铁雷接到扎加尔时，后者和随同的骑士们礼貌地向他致敬，然后骑马继续前行，通过翻译和他交谈。扎加尔看到费迪南德国王及其壮观的队伍在前面一定地方时，下马步行过去。拘泥细节的费迪南德以为，这一有损尊严的自愿行为是古铁雷强迫的，便对那位骑士严厉地说，让一位被征服的国王在另一位胜利的国王面前下马是极其无礼的。与此同时他示意扎加尔上马，自己骑马来到他身边。扎加尔坚持要作出臣服的表示，主动去吻基督君王的手，但被阻止了，于是他就吻自己的手——摩尔骑士面对自己的君王时即习惯如此——同时说了几句表示服从和效忠的话。费迪南德和蔼可亲地予以回答，让他再次骑上了马，自己来到他左边；他们后面跟着整个队伍，一起到达扎在营地最显著位置的皇家大帐篷。

按照西班牙宫廷严谨的作风和礼节，为两位国王举行了一个宴会。他们坐在同一天篷下的两把堂皇的椅子上，扎加尔在费迪南德右边。容许进入皇家帐篷的骑士和朝臣们则站立着。胜迪拉伯爵用金盘服侍费迪南德国王享用食品，西富恩特斯伯爵用同样贵重的金属杯服侍他饮酒；堂·阿尔瓦罗·巴桑和加西拉索则以类似方式，用同样豪华的器皿服侍摩尔君王。

宴会结束后扎加尔礼貌谦恭地与费迪南德告辞，由一些在场的骑士陪同走出帐篷。每位骑士都告诉了老君王自己的名字、头衔或职位，并且无不从他亲切友好的表示中得到回应。大家本来要把这位老国王送到阿尔梅里亚门口，但他坚持让他们留在营地，好不容易才答应让比列纳侯爵、古铁雷司令、西富恩特斯伯爵和卡雷罗送他回去。

次日早上（12月22日），整个部队辉煌壮观地排列在营地前面，等待着城市发出正式投降的信号。中午时分信号发出，城门被大打开，一支部队在古铁雷带领下进入城里，他已被任命为司令官。片刻后城墙和壁垒上出现了基督武士的身影。神圣的十字架取代了穆罕默德的旗帜，基督君王的旗帜胜利地飘扬在宫殿上方。同时，由该城神职人员和最高贵富裕的居民组成的、人数众多的代表团，走出来向费迪南德国王表示效忠。

12月23日，国王威武虔诚、堂皇壮观地亲自来到城里，并前往城堡内的清真寺——这儿先前已举行过净化与圣化仪式，将它转化成了一座基督教堂。盛大的弥撒在此进行，以便隆重地庆祝这一宗教信仰上取得的巨大胜利。

这些仪式刚结束就传来令人愉快的消息，说伊莎贝拉王后率领后卫部队赶到了。她由公主陪伴着，随同的有宗教界的顾问冈萨雷斯红衣主教和她那位告解神父塔拉韦拉。国王出来迎接她，扎加尔也在一旁陪同，据说王后以其宽容的天性所特有的尊重与体贴接待了扎加尔。

继阿尔梅里亚之后，阿尔穆勒卡、萨洛布雷纳和沿海与内地其他要塞也相继投降，就这样基督特遣部队平静地占领了阿普卡拉斯群山及其隐僻富饶的山谷。[1]

---

1 见宫殿牧师所著《卡托尔国王史》第九十三章；普尔加所著《天主教君王编年史》第三部第一百二十四章；加里贝所著《西班牙史简编》第十八卷第三十七章，等等。——原注

第八十三章　扎加尔投降后格拉纳达发生的事件

　　在这个动荡不安的世界里，谁知道何时才应该感到欣喜呢？每一股兴旺的微波都会卷起汹涌的巨浪，我们也常常会被这样的巨浪淹没——而我们却以为会乘着它漂入希望的港湾。当布阿卜迪勒的大臣科米克萨来到阿尔罕布拉宫的皇家客厅，并报告了扎加尔投降的消息时，年轻君王的心便欢跳起来：他那重大的愿望实现了——叔父已被打败并废黜，他成了格拉纳达唯一的君王，没有任何对手。他终于要享受叔父受辱、臣服他人的果实。他看到，与基督君王建立的友谊与联盟使自己的王权得到加强，所以毫无疑问它将是稳固的。"安拉阿克巴尔！万能的主啊！"他高喊道，"和我一起高兴吧，啊，科米克萨。命星已停止了迫害。今后谁也不准叫我'不幸者'了。"

　　布阿卜迪勒最初狂喜之时，本来要让公众举行欢庆，但精明的科米克萨摇摇头。"这场风暴已经从上天的某个地方停止了，"他说，"但它会从另一处卷起。我们身下的大海汹涌澎湃，并且岩石和流沙又将我们包围。请君王陛下等到一切都平静下来再欢庆吧。"然而，在这狂喜的日子里布阿卜迪勒无法保持安静。他让人给自己的马披戴上华丽的马衣，骑着它出了阿尔罕布拉宫的大门；他带领一群光彩耀眼的随从，沿着林荫道和喷泉进入城里，想要得到民众的欢呼。在进入比维瓦拉布拉大广场时，他注意到民众变得非常激动，他再靠近一些，吃惊地听到人们在叹息、抱怨，并发出诅咒！原来消息已经传到格拉纳达，说扎加尔是被迫投降的，说他所有的领地都落入了基督徒手里。没有任何人了解详细情况，但整个格拉纳达都陷入悲哀与愤怒的骚乱之中。在人们气愤到极点时，老扎加尔被捧上了天，人们说他是一位爱国的君王，为了拯救国家战斗到最后一刻——他是君王们的一面镜子，对任何通过臣属行为损害王权尊严的事不屑一顾。相反，对于叔父绝望而英勇的斗争，布阿卜迪勒却兴高采烈地袖手旁观。他曾为忠诚的战士遭到失败和基督徒取得的胜利高兴；他曾帮着让帝国瓦解、崩溃。因此，在他们认为让所有真正的穆斯林信徒羞辱的这一天，看见他堂而皇之地骑着马出来，他们无法控制心中的愤怒。他们大声叫嚷着，在这些吵闹声中，布阿卜迪勒不只一次听见自己的名字与叛国者和变节者这样的称号连在一起。

年轻的君王感到震惊和困惑，慌乱地回到阿尔罕布拉宫，把自己关在最深处的宫院里，自动成了某种囚犯，直到民众最初爆发的情绪平息下去。他相信这情绪不久会过去的，人们感受到了和平的甜蜜，不会抱怨为获得它而付出的代价。无论如何，他相信与基督君王建立的深厚友谊，甚至会使他能够抗击臣民中的各个派系。

贤明的费迪南德在最初写给布阿卜迪勒的信中，让他看到其友谊所具有的价值。这位基督君王提醒他自己在洛克萨被捕时签下的协定。在这一协定中，他答应假如基督君王夺取了瓜迪克斯、巴萨和阿尔梅里亚城，他就要在限定的时间内把格拉纳达交到他们手里；作为交换，他将作为诸侯拥有某些摩尔人的城镇。如今瓜迪克斯、巴萨和阿尔梅里亚已经沦陷，费迪南德便要求他履行协定。

即使布阿卜迪勒有那样的意愿，他也无力满足君王的要求。他把自己关在阿尔罕布拉宫里，外面却卷起民众愤怒的风暴。格拉纳达涌入了大量从被夺取的城镇来的难民，他们许多是被遣散的士兵，其余的则是因遭到毁灭而变得凶猛绝望、衰弱不堪的市民。无人不责骂他是他们遭受不幸的真正祸根。在这样的风暴中他怎么能冒险出去呢？最重要的是，他如何与这样的人们谈及投降的事？在给费迪南德的回复中，他讲述了自己面临的困境，说他非但不能控制臣民，自己的生命反而因他们的骚乱受到威胁。他因此恳求国王暂时满足于刚征服的地方，答应自己一旦能够对首府及其居民重新有了绝对的控制权后，他就会作为基督国王的诸侯对他们进行统治。

费迪南德对这样的回答是不会满意的。他的战略游戏该结束了，他要稳坐在阿尔罕布拉宫的宝座上，完成自己征服的任务。他声称，自己认为布阿卜迪勒是个不守信用的同盟者，违背了誓言；他不再同布阿卜迪勒保持友谊，并另外写了一封信——但不是给布阿卜迪勒的，而是给城里的指挥官和顾问。他要求该城彻底投降，无论市民还是最近跑到城里避难的人，都要把武器统统交出去。假如居民们照办，他保证让他们得到给予巴萨、瓜迪克斯和阿尔梅里亚的那些宽容条件；但假如他们拒不投降，他威胁说，他们将遭到马拉加的那种命运。[1]

这一消息在城里引起了极大震荡。繁忙的商业区阿凯塞雷亚的居民和所有其他在最近停止敌对期间尝到有利可图的商业者都支持及时投降，以便获得宝贵的有利条件。其余有妻子和孩子的人，疼爱而关切地看着他们，害怕坚持抵抗会使他们受到可怕的奴役。

另一方面，格拉纳达云集着来自各地的人，他们让战争给毁了，

---

[1] 见宫殿牧师所著《卡托尔国王史》第九十六章。——原注

为受到的灾难所激怒，只是一心想报仇——另有一些人从小在敌对状态中长大，靠打仗为生，而如果回到和平上去他们就将无家可归或没有希望。此外，有一些不那么暴烈好战的人，但是他们受着更崇高的精神鼓舞。这些人都是英勇高贵的骑士，有着古老的骑士血统，从很久很久以前自己尚武的祖先身上继承了对于基督徒的深仇大恨。在他们看来，如下想法甚至比死亡更糟糕——即辉煌灿烂的格拉纳达长期以来一直是摩尔人富丽堂皇、令人喜悦的所在地，竟然会成为基督徒的居所。

这些骑士当中最有名的是穆扎·阿布·加赞。他出身高贵，有着傲然、豪侠的天性，其外表集男子汉的魄力与英俊于一体。他颇善于驾驭马，并能熟练使用各种武器，在这方面无人能比。他的马上比武优雅而灵巧，成为摩尔贵妇人赞美的话题；在战场上他英勇善战，让敌人为之丧胆。他早就对布阿卜迪勒怯懦的政策不满，并极力不让其削弱人们的意志，使格拉纳达勇武的精神保持下去。为此他努力提倡各种马上枪术比武，以及其他看起来与战斗有关的大众比赛。他还设法把崇高的骑士情感灌输给战友们，这情感会使人们表现出勇敢、慷慨的行为，但也容易随着民族的独立而衰退。穆扎作出的巨大努力在很大程度上获得成功：他成了年轻骑士们的偶像，他们把他视为骑士的榜样，极力学习他高尚而英勇的优点。

穆扎听到费迪南德要他们交出武器时，眼里闪现出怒火。"难道基督国王以为我们是老头，"他说，"有拐杖就满足了吗？或者以为我们是女人，有纺纱杆就够了？让他明白摩尔人生来就是玩长矛弯刀的——生来就是骑马、射箭、掷标枪的：让一个摩尔人失去这些，就等于让他失去了生命。如果基督国王想要我们的武器，就让他来夺取吧，不过要付出高昂的代价。对我来说，在格拉纳达城墙下我死守的地点有一座坟墓，也比靠屈服于基督徒在其宫殿里得到最富贵的卧榻好。"

穆扎的话受到好战的民众热烈欢呼。格拉纳达再次醒来，犹如一位武士摆脱可耻的睡眠。指挥官和顾问们也像公众一样激动了，他们对基督君王作出答复，声称宁愿死也不交出城市。

第八十四章　费迪南德转而对付格拉纳达城

费迪南德国王见摩尔人违抗命令，便准备展开艰苦的战斗。时值冬季，不能马上打响战役，因此他将一支支强大的驻军派往格拉纳达附近所有的城镇和要塞，把整个哈恩边境的指挥权交给胜迪拉伯爵伊尼戈，此人在保护危险的阿哈玛驻地时，显示出相当不错的机敏与本领。这位有名的老将把司令部设在阿卡拉的山城里，这儿离格拉纳达城有八里格远，俯视着这片崎岖的边境最重要的通道。

与此同时，战争的骚动也在格拉纳达回荡起来。民族的骑士精神再次左右了它的军事顾问们，民众又拿起武器，迫切希望为最近英勇的重大行动中不得不投降的事予以雪耻。

穆扎是这一行动的中心人物。他指挥着骑兵，在他的训练下他们个个身手不凡。他的周围都是格拉纳达最高贵的青年，他们被他那慷慨勇武的精神所感染，渴望投入战场；而普通的战士们则对他本人忠心耿耿，甘愿跟随他参加最艰巨的战斗。他不让他们因缺少行动失去勇气。格拉纳达的大门再次涌出一批批飞奔的轻骑兵，他们迅速冲过田野，直奔基督要塞的门口，转眼间把一群群牛羊赶走。穆扎的名字在整个边境上令人生畏。在崎岖不平的山隘里他与敌人多次展开遭遇战，他的骑兵由于更加灵活机敏，所以占了上风。看见他那些耀眼的骑兵夺得大量牛羊从平原上回来了，摩尔人为他们古老的胜利得以再现发出欢呼。而当轻率的民众注意到基督旗帜被当作战利品扛进大门时，他们更是感到无限的狂喜。

就这样冬季过去了，春天到来，但费迪南德仍不开战。他知道格拉纳达城太强大，人口众多，难以攻击，并且它有足够的供应物资，无法迅速把它围攻下来。"我们需要耐心和坚韧。"明智的君王说："今年我们对附近地区进行掠夺，明年就会让他们供应短缺，然后就可以有效地包围城市了。"

现在一时处于安宁之中，加之肥沃的土地上植物很快生长出来，气候宜人，所以维加平原又恢复了它所有的繁茂与美丽。赫尼尔河两岸绿色的草地上处处是牛羊，盛开的果园丰收在望，开阔的平原上起伏着成熟的麦浪。在即将用镰刀收割绝好的庄稼时，突然间战争的洪流从山上席卷下来，费迪南德率领五千名骑兵和两万名步兵出现在格拉纳达城墙前。他把王后和公主留在莫克林要塞，随同他的有麦地那-西多尼亚公爵、卡迪斯侯爵、比列纳侯爵、乌雷纳和卡夫拉伯爵、堂·阿隆索以及其他著名的骑士。在这样的场合，他第一次带领儿子——胡安王子——投身战场，并授予儿子爵士的称号。仿佛为了激励他取得辉煌的战绩，仪式就在大河的岸边举行——这儿几乎在尚武的格拉纳达城严阵以待的城墙下面（该城是进行英勇战斗的目标所在），位于著名的维加平原中央——许多勇武豪侠的行动即在此展开。他们的上方，阿尔罕布拉宫的一座座红塔光彩夺目，它们耸立于令人愉悦的园林之上，穆罕默德的旗帜高高飘扬着，向基督部队发出挑战。

麦地那-西多尼亚公爵和卡迪斯侯爵负责指挥，营地所有的骑士都为此集合起来。王子被封为爵士后，将这同样的荣誉授予了几位年轻的高级骑士，他们也像他本人一样刚刚从戎。

费迪南德及时将他的摧毁计划付诸行动。他将一支支部队派到各处进行破坏：村子被洗劫、烧毁，可爱的维加平原再次被武力糟蹋。基督徒一直打到离格拉纳达很近的地方，以致城市被笼罩在它的园林和村庄燃起的烟雾之中。阴沉的浓烟卷上山冈，缭绕于阿尔罕布拉宫的塔楼周围，不幸的布阿卜迪勒仍然躲藏在里面，以免面对愤怒的臣民。倒霉的君王从山中宫殿看到下面新近的盟友造成的破坏，气得直捶胸口。他甚至不敢带着武器出现在民众当中，因为他们要诅咒他，说他是又把灾难带到他们家门口的祸根。

然而像往年一样，摩尔人并不会让基督徒顺顺当当地劫掠。穆扎激励他们不停出击。他将骑兵分成一支支小中队，每支中队由一位勇武的指挥官带领。他让他们围绕在基督营地周围；从不同的、相反的地方骚扰，切断护送队和落伍的散兵；在敌人出来掠夺时予以伏击——他们潜伏在岩石和山隘当中，或者维加平原的凹地和灌木丛里，施行数以千计的计谋展开袭击。

一天，基督部队毫无防备地在维加平原上展开掠夺。就在比列纳侯爵带领的队伍靠近山边时，他们注意到不少摩尔农民匆忙把一群牲畜赶进狭窄的山谷。士兵们急于夺到战利品，便紧紧追上去。他们刚一进入峡谷四面就响起呐喊声，他们遭到了埋伏的骑兵和步兵的猛烈攻击。有些基督徒逃之夭夭，有些坚守阵地，英勇反击。摩尔人占据有利地形，有的从悬崖和岩石上把标枪和箭雨点般地投射下来，有的在平原上与敌人短兵相接，而骑兵则冲入基督部队里面，给他们造成极大破坏，把敌人打得混乱不堪。

比列纳侯爵和他的兄弟堂·阿隆索·帕切科在摩尔人开始袭击时，便策马投入了最激烈的战斗。他们刚一交战，帕切科就在兄弟眼前从马上被打死。豪侠的埃斯特凡·卢佐上尉也英勇地战死在侯爵身旁，侯爵和他的侍从索莱尔以及少数爵士被敌人团团包围。有几位其他部队的骑士急忙赶来相助，这时费迪南德国王看见摩尔人处于有利地形，基督徒们损失惨重，于是他发出撤退的信号。侯爵不情愿地慢慢撤离着，兄弟的死使他心中充满了悲痛与愤怒。在撤退时，他发现忠诚的侍从索莱尔在自卫，对六个摩尔人勇猛地进行抗击。侯爵立即转身冲去救援，他亲手杀死了两个敌人，其余的仓皇逃跑。然而有一个摩尔人逃跑时从马镫上站起身子，把长矛猛然向侯爵投来，刺伤了他的右臂，使他终身残疾。[1]

这便是穆扎布置的许多伏击之一。有时，他也大胆地正面对抗基督部队，在旷野里向他们挑战。然而费迪南德不久发觉，摩尔人总是要占领有利地形后才会挑起战斗，尽管基督徒通常看来取得了胜利，但他们的损失最大。因为撤退是摩尔人的一部分战术，他们通过这一办法让追击者陷入混乱之中，然后转身更加猛烈地给予致命还击。费迪南德因此命令将领们，拒不受敌人挑衅与之发生任何冲突，而是采取可靠的办法摧毁对方——对周围乡村进行掠夺，在不冒多少危险的情况下尽可能给敌人造成损害。

---

[1] 这次受伤后，侯爵从此不得不用左手签名，虽然他仍能够用右手投掷标枪。一天王后问他："为什么要用自己的生命去为那个侍从冒险？陛下，"他回答，"假如那人拥有三次生命他都会为我去冒险，难道你不认为我应该为他冒一次险吗？"王后对这一慷慨的回答感到喜悦，她常把这位侯爵作为当时的骑士们的英雄榜样。——见马里亚纳所著《西班牙史》第二十五卷第十五章。——原注

第八十五章　罗马城堡的命运

　　离格拉纳达约两里格远处，在俯瞰广阔平原的一个高地上耸立着摩尔人坚固的罗马城堡。由于受到一支基督部队入侵，附近农民把他们的牛羊赶向这里，并且还匆忙带去了自己最贵重的财物。凡是从格拉纳达出来掠夺或展开小型战斗的摩尔人，回去受到阻截时会一头冲向城堡，把一座座严阵以待的塔楼控制起来，并不把敌人放在眼里。被紧追不舍的摩尔人总会急促地敲响大门，城堡的驻军对此已习以为常，他们几乎来不及把门完全打开就让这些摩尔人进来，并把追击者关在门外。而基督骑士也多次在城堡门口勒住喘息的战马退回去，诅咒罗马城堡坚固的墙体——它使他们丧失了自己的猎物。

　　费迪南德最近进行的争夺和维加平原上不断展开的冲突，引起城堡的警惕。一天清早哨兵们在城垛上站岗时，发现一团尘土迅速从远处卷过来：不久他们即看见摩尔人的头巾和武器，等全部靠近时，他们发现有一百五十名摩尔人匆忙把牲畜赶来，同时还押着两名戴上镣铐的基督俘虏。

　　这群牛羊接近城堡旁边时，一位高贵威严、装束华丽的摩尔骑士骑着马来到城堡脚下，请求进去。他说，他们带着从基督领土上抢夺到的丰富战利品返回，不过敌人紧追在后面，他们担心没等到达格拉纳达就会被追上。哨兵很快下去把门打开。长长的牛羊一一进入了城堡的庭院内，随即这儿便充满牛羊发出的哞哞、咩咩的声音和马的嘶叫与踩脚声，以及从山上下来的面容凶猛的摩尔人。那位要求进去的骑士是这支队伍的首领。他稍微上了点年纪，举止高尚豪侠；他还带着一个儿子，那是一位很有勇气和激情的青年。他们身边跟着两名显得沮丧、忧郁的基督俘虏。

驻军的士兵在睡梦中被惊醒，赶紧去照看挤满一个个庭院的牲畜，而出去抢夺的队伍则在城堡里四处分散，寻找喝的或休息地方。突然间，从庭院、厅堂和城堞上面回响起喊叫声。惊讶迷惑的驻军本来要冲去拿起武器，可是他们几乎没来得及抵抗，已发现完全被敌人控制了。

这支假装出去掠夺的队伍由宣誓效忠基督徒的摩尔人——或从属于基督徒的摩尔人——组成，指挥官是希阿亚亲王和他的儿子阿尔纳亚。他们带领小部队急忙从山上赶来，以便在夏季的这场战役中助基督君王一臂之力；他们对这座重要的城堡展开袭击，并将它呈献给费迪南德国王，以此作为自己改变信仰的保证及其献身于基督教后最初获得的果实。

为报答新的皈依者和同盟者让自己得到这一重大收获，明智的君王给予了他们不少恩赐与殊荣，不过他也留意派出一支老练纯正、强大有力的基督部队去控制要塞。

至于那些摩尔驻军，希阿亚没忘记他们是自己的同胞，他无法把他们交给基督徒，使其受到束缚。他让他们获得了自由，允许他们去格拉纳达。"这就证明，"虔诚的阿加皮达说，"他皈衣得并不彻底，在他心里仍然残留着异教徒的一些东西。"但他的仁慈在同胞们看来，是远远得不到宽容的。相反，格拉纳达的居民们从被释放的驻军那里得知罗马城堡如何中计陷落时，他们骂希阿亚是个叛国者，驻军部队的战士也一起诅咒他。[1]

而格拉纳达人的愤怒注定要增加十倍。老君王扎加尔已退避到小小的山中领地，在短时间内极力用安达克斯王这一微不足道的头衔自我安慰。然而，不久他便对自己虚假王国里寂静无为的生活感到不耐烦。他成天围于如此狭小的范围，这就把性情暴烈的他给激怒了，使他对布阿卜迪勒满怀仇恨——他认为自己垮台都是布阿卜迪勒造成的。当得知费迪南德国王正在摧毁维加平原时，他突然下定决心。他调集起自己王国里可任意支配的整个部队——一共也只有两百人——从阿普卡拉斯山下去并找到基督营地，甘愿作自己信仰与民族的敌人的一名诸侯，以便看见格拉纳达从侄子的手中被夺走。

这位愤怒的老君王在极度的盲目中损害了自己的事业，从而巩固了对手的事业。本来格拉纳达的摩尔人已经对他大加赞扬，说他牺牲于自身的爱国精神，他们对所有关于他与基督徒的协定拒不相信。可是，当他们从城墙上注意到他的旗帜加入到基督徒的旗帜中，他也与先前统治的人民和首府为敌，他们便立即对他进行斥责并大肆咒骂。

他们接下来的情绪当时是对布阿卜迪勒有利了。人们聚集在阿尔

1　见普尔加所著《天主教君王编年史》第三部第一百三十章；宫殿牧师所著《卡托尔国王史》第九十章。——原注

罕布拉宫的城墙下，把他作为唯一的希望和国家仅有的依靠，向他欢呼。布阿卜迪勒听到自己的名字与赞扬声交织在一起受到人们喝彩，简直不相信自己的感觉。他出乎意料地瞬间受到了欢迎，在这样的鼓舞下他大胆地从隐僻的地方出来，人们欢喜地迎接他。他过去的一切错误都被归因于命运艰难曲折，并且让残暴的叔父篡夺了权位；民众只要一不诅咒扎加尔，就会高喊着称赞布阿卜迪勒。

第八十六章 布阿卜迪勒投入战斗，出征攻击阿尔亨丁城堡

　　三十天来，基督部队一直在维加平原上横行霸道，使不久前还是富饶美丽的广阔平原转眼变得一片荒凉。负责破坏的部队完成任务之后，越过了皮诺斯桥，撤回山里前往科尔多瓦，同时带走了从城镇和村庄夺得的战利品，并赶走排成长长的牛羊，一路尘土飞扬。基督徒的号角声最后消失在埃尔韦拉山边，维加平原悲哀的田野上再也看不见一支敌人的骑兵。

　　布阿卜迪勒终于看到费迪南德国王的真正政策，他明白除了英勇战斗外再也没有什么可依靠的。事不宜迟，他必须设法尽快弥补近日被基督徒掠夺所遭遇的损失，并且要开辟通道从远处给格拉纳达提供物资。

　　费迪南德撤退的骑兵刚消失在山里，布阿卜迪勒就扣紧盔甲，从阿尔罕布拉宫出发，准备投入战斗。民众看见他真的武装起来反击不久前的同盟者，两派的人都积极地蜂拥到他旗下。内华达山脉——或格拉纳达之上白雪覆盖的群山——上的那些吃苦耐劳的山民，也从高处下来赶到城门内，要效忠于年轻的国王。比维瓦拉布拉大广场上出现了一批批的骑兵，他们用最古老的摩尔人家族的色彩和图案打扮起来，由爱国者穆扎指挥跟随国王去打仗。

　　时值 6 月 15 日，这天布阿卜迪勒为展开军事行动再次从格拉纳达的大门出来。离城几里格远处耸立着强大的阿尔亨丁城堡，它位于阿普卡拉斯山口，在城里完全可将它尽收眼底。城堡建造在一座小镇中央的高地上，可以俯瞰到维加平原多数地方和通往阿普卡拉斯那些富饶山谷的要道。城堡由一位名叫门多·德·克萨达的勇武的基督骑士指挥，有二百五十人驻守，他们都是身经百战的勇士。此城堡让格拉纳达的这一面不断受到困扰：勇猛的士兵会突然把维加平原上的农民从地里赶走；被护送的队伍在山道里遭到他们阻截；由于驻军居高临下，对格拉纳达的一扇扇城门一览无余，所以凡是有必要外出的商人，只要一冒险出城就会遭到阿尔亨丁城堡里的好战分子袭击。

　　布阿卜迪勒首先率领部队攻打这座重要的堡垒，六天六夜将它团团包围。司令及其老练的驻军战士英勇地防卫着，但因过于劳累，加之需要一刻不停地保持警惕，所以已经精疲力竭，因为摩尔人不断从格拉纳达增援，毫不松懈地猛攻着。城堡两次遭到强攻，攻击者们两次被驱使着向前猛冲，损失惨重。然而驻军也死伤了很多人，再也没有足够的兵力控制围墙和大门。勇敢的司令不得不带领残存部队撤退到城堡主楼，并在这儿继续拼命抵抗。

　　摩尔人把打湿的兽皮覆盖在木头挡板上，以便用以挡开投射物和易燃物。此时，他们在这些木头挡板的掩护下向塔楼底靠近。他们拼命在塔楼下面挖地道，将木头撑在塔基上，为的是随后点燃火，让围攻者在塔楼倒塌前来得及跑掉。一些摩尔人极力用石弓和火绳枪保护挖地道的人，把基督徒从墙上赶开，而后者却将石头、标枪、融化的沥青和燃烧物大量往他们身上投去。

　　勇武的门徒一次次往维加平原上看去，希望见到一些基督部队赶来援救。可是任何枪矛或头盔都没发现，谁也没想到摩尔人会突然闯入。司令注意到自己最勇敢的战士在身边死的死、伤的伤，余下的不得不高度警惕，极其疲劳，所以快支持不住了。摩尔人不顾一切抵抗挖出地道。他们把火带到大墙前面，假如驻军负隅顽抗就点燃支柱。这样片刻后塔楼就会在他们身下垮塌，成为平原上的一片废墟。就在最后一刻勇武的司令发出投降信号。他带领残兵败将走出来，全都成了俘虏。布阿卜迪勒立即下令把城堡的墙夷为平地，将支柱点燃，让此处再也不会是基督徒的堡垒和格拉纳达的祸害。司令和一起被俘的队伍被押着，沮丧不堪地穿过维加平原，这时他们忽然听见身后传来剧烈的垮塌声。他们转过头去看刚离开的城堡，可是只见到一堆倾倒的废墟和一大团烟尘——那儿一度耸立着高大的阿尔亨丁城堡。

第八十七章　胜迪拉伯爵取得的伟绩

随后布阿卜迪勒又取得胜利，攻下了希阿亚的马尔切纳和阿波罗德尼两座要塞。他还将神职人员派往各处宣布发起一场圣战，号召城镇或城堡、高山上或山谷里的所有虔诚的穆斯林信徒装上马鞍，扣紧盔甲，赶赴到信仰的旗下。布阿卜迪勒再次投入战斗并取得胜利的消息广泛传开。这一胜利之光使各地的摩尔人眼花缭乱，他们很快抛开效忠基督君王的誓言，高举起布阿卜迪勒的旗帜；这位年轻的君王自以为整个王国就要重新效忠于他了。

格拉纳达那些怀着火一般激情的骑士，渴望再次到以前所享乐的基督领地里去掠夺，他们打算入侵北边，进入哈恩领地，对克萨达附近的地方不断袭击。他们得知，有一队由商人和富裕的旅行者组成的有钱人正在去巴萨城的路上，并预料假如对其进行劫掠将会大获丰收。

他们聚集起许多骑兵——个个带着轻型武器，快速骑上战马——另有一百名步兵，一天夜里他们从格拉纳达出发，悄悄穿过一条条山隘，毫无阻挡地跨过了边境，像从云块里掉下来一般突然出现在基督领地的心脏。

那片将格拉纳达与哈恩相隔的多山的边境地带，此时在胜迪拉的控制之下，他就是那位在控制阿哈玛要塞的时候，凭借其机警与明智表现得卓越超凡的老将。从这座笼罩于云层中的据点上，他用一双老鹰眼敏锐地盯住格拉纳达，并把侦察兵和间谍派往各处，即便一只乌鸦飞过边境他都知道。他的要塞成了基督俘房的避难所，他们会在夜里从格拉纳达城内摩尔人的地牢里逃到这儿。但是，他们经常在山隘里迷失方向，糊里糊涂地四处乱窜，要么误走到某座摩尔人的城镇，要么白天被敌人发现后重新抓住。为防止这些意外，伯爵自己掏钱在阿卡拉附近的一个高地顶部修建了一座塔楼，它俯视着维加平原和周围地区。夜里他在塔楼上通宵燃起一堆火作为信号，指引所有逃跑出来的基督徒前往安全地点。

一天夜里镇上的喊叫声传到城堡，把伯爵从睡眠中惊醒。"快拿起武器！快拿起武器！摩尔人越过边境啦！"有人喊。一个苍白瘦弱的基督士兵被带到伯爵跟前，他身上仍留下摩尔人镣铐的痕迹。那些从格拉纳达出来的摩尔骑士先前把他抓来领路，可是他在山里得以逃脱，借助那堆烽火拐来拐去来到了阿卡拉。

尽管此时一片骚动忙乱，但胜迪拉仍平静、专注地倾听逃跑出来的人报告情况，并详细询问他摩尔人出发的时间、行进的速度和方向。他看到已来不及阻止他们袭击和掠夺，不过他决定等候着，在他们返回时好好欢迎一下。他的战士们始终保持警惕，只要一声令下就会投入战斗。他挑选了一百五十支长矛和一些强壮勇武的战士，他们受过严格训练，经验丰富——他的所有部队的确无不如此——然后他于破晓前悄然出发，穿过众多山隘下去，让小部队埋伏在峡谷深处，或者巴兹纳附近的一条干涸的水道；不过这儿离格拉纳达只有三里格，是掠夺者们回去的必经之路。与此同时，他把侦察兵派到各个高处，随时注意敌人靠近。

他们一整天和夜晚大部分时间都隐藏在峡谷里。然而却见不到一个摩尔人，只是偶尔有个农民收工回家，或者某个单身的赶骡人急忙向格拉纳达走去。伯爵的骑士们开始变得烦躁不安，担心敌人走了另外一条路，或者得到有埋伏的情报。他们极力劝伯爵放弃行动返回阿卡拉。"我们差不多到了摩尔人首府的门口，"他们说，"我们的行动可能被发现了，没等咱们意识，到格拉纳达就会派出大批飞奔的骑兵，势不可当地将我们粉碎。"然而，伯爵坚持要等到侦察兵回来。大约拂晓前两小时，在山上的某些摩尔人的瞭望塔上燃起了烽火。正当他们焦急地注视着时，只见侦察兵迅速进入峡谷。"摩尔人来了。"他们说，"我们是在近处侦察到的。他们有一两百人，个个强壮，可是让很多俘虏和战利品拖累着。基督骑兵们把耳朵贴在地面，听见远处马和步兵的脚步声。于是他们骑上马，握紧盾牌、手持长矛，向峡谷通往道路的入口靠近准备攻击。

摩尔人已经成功地伏击、抢劫了去巴萨的基督队伍。他们抓到一大批男女俘虏，夺得大量黄金、珠宝和满载着贵重货物的驮骡。带着这一切，他们强行翻过山中危险的地方，不过现在发现离格拉纳达很近了，便自以为已非常安全。他们因此一路闲荡，队伍七零八落，走得慢悠悠的，有的唱起歌来，有的则发出欢笑，十分高兴，连那位自诩警惕无比的胜迪拉伯爵都没发现他们。同时，他们还不时听见某个女俘发出哀怨，为自己的贞节面临危险悲叹着；或者某个商人眼见财产落入无情的掠夺者手里而深深叹息。

伯爵一直等到部分护卫队经过峡谷。然后，他发出了攻击的信号，骑士们高声呐喊着冲入敌人当中。由于此地昏暗朦胧，加上时间的原因，这样的袭击显得更加恐怖。摩尔人陷入一片混乱。有的再次聚集起来，拼命反击，但却遍体鳞伤地倒下去。有三十六人被杀死，三十五人成了俘虏，其余的借着夜色逃向了岩石和山隘。

仁慈的伯爵给俘虏们松了绑，把货物归还给商人，使他们满怀喜悦。他又把被夺去的女俘虏的珠宝还给她们，只是已经丢失无法找回的东西没法还了。有四十匹装上马鞍、十分优良的巴巴里战马以及贵重的盔甲和各种物品仍在摩尔人手里。伯爵赶快把一切都集中起来，调整好牛羊，然后带领部队全速返回阿卡拉，以免遭到格拉纳达的摩尔人追击。当他弯弯曲曲地爬上陡峭的山坡到达自己的山城时，居民们都涌出来，欢呼着迎接他。他取得了双重胜利，因此在城门受到了妻子的欢迎——她是比列纳侯爵的女儿，一位有着卓越美德的贵妇人；他已有两年没见到她，为了在这场残酷的战争中履行艰巨的职责，他与自己的家天各一方。

这位仁慈的胜迪拉伯爵还有一次行动，我们也在此讲一讲，他确实是具有骑士美德的人的一面镜子。一天有个刚从格拉纳达逃出来的基督士兵给伯爵带来消息说，有一位名叫法蒂玛的杰出女子——她是科米克萨司令的侄女——某一天将要出城，在众多高贵的亲友护送下去阿尔穆勒卡，并从那儿乘船前往非洲海岸，以便与特图安司令举行婚礼。这将会是一个相当好的战利品，不可忽视。伯爵因此带领一支轻骑兵出发，沿着山隘下去，埋伏在埃尔韦拉多岩的山后面，这儿离多事的皮诺斯桥不远，离格拉纳达也只有几格里。他从此处派遣阿隆索·德·卡德纳斯·乌略亚带领五十名轻骑兵，埋伏在送亲[1]队伍的必经之路旁。一段时间后队伍出现了，但人数没有预料的多，护送女子的只有四名武装家仆、几个亲戚和两名女侍。整个队伍被包围了，

1　与我国的"迎亲"相对。

几乎毫无反抗地被捕获，并带到了皮诺斯桥旁的伯爵身边。仁慈的伯爵把美丽的俘虏送到阿卡拉要塞，按照他们的地位以及他本人作为骑士所具有的礼貌品性，对她和她的随行人员们极尽体贴和尊重。

科米克萨大臣的侄女被捕的消息，使他万分苦恼。君王布阿卜迪勒——他是这位君王首要的心腹和极受信任的顾问——对其不幸感到同情。君王亲手给伯爵写了一封信，提出可从关押在格拉纳达的基督俘虏中，挑选一百人与美丽的法蒂玛交换。君王的这封信由堂·弗朗西斯科·德·苏尼加送去，他是阿拉贡的一名骑士，当时被科米克萨关押着，并为此得以释放。

收到布阿卜迪勒的信后，胜迪拉伯爵立即释放了摩尔女子，同时送给她一些华贵的珠宝，并把她及其随行人员体面地护送出格拉纳达的大门。

布阿卜迪勒于是马上释放了二十名被俘的教士，一百三十名卡斯蒂利亚和阿拉贡的骑士，以及许多农家妇女，超出了他先前的承诺。他的心腹大臣科米克萨为侄女获救高兴不已，同时为抓捕者所表现出来的侠义行为深受感动，以至他从此与胜迪拉伯爵始终保持着友好联系，在后者的手中，成为促使格拉纳达之战胜利结束的最有效的因素之一。[1]

1　胜迪拉伯爵这一有趣的轶事——它是随后科米克萨大臣所采取的行动的一个关键，对于布阿卜迪勒及其王国的命运有着重大影响——最初出现在《胜迪拉伯爵传》手稿中，此稿大约于 16 世纪中叶由格拉纳达的一名叫加夫列尔·罗德里格兹·德·阿迪拉（Gabriel Rodriguez de Ardila）的教士所写。阿尔坎塔拉最近在为写作《格拉纳达史》（第四卷第十八章）所作的研究中发现了这一轶事。——原注

第八十八章　布阿卜迪勒出征攻打萨洛布雷纳——埃尔南多取得的战绩

　　布阿卜迪勒发现，自己缩小了的领地太容易受到阿卡拉这样的基督要塞控制，也被胜迪拉伯爵这样机警的司令严格地监视着，无法凭借内在的资源维持下去。那些出去掠夺的队伍又容易被阻截、击败，而维加平原因遭遇洗劫又彻底失去了城市今后的生活所依靠的粮食。他觉得需要有一个港口，像先前一样通过它与非洲保持交往，从海上获得增援和物资供应。现在所有的海港都掌握在基督徒手中，而格拉纳达及其残余的领地又完全为陆地所包围。

　　由于形势所迫、情况紧急，布阿卜迪勒把注意力转向了萨洛布雷纳。这座令人生畏的城镇在本书中已经提及，它被摩尔人视为是无法攻破的，致使他们的一个个国王在面临危险时，都惯于把财宝保存在它的城堡里。它位于一座高大多岩的山上，此山坐落于一片通向地中海的富饶的小平原中间；不过，这片平原就像深深的绿色海湾一样伸入险峻的群山中央。平原上长满了美丽的植物、稻子和棉花，还有一片片橘子、香橼、无花果和桑树，以及用芦苇、芦荟和印度无花果做树篱的园林。一口口泉水流出清凉的小溪，内华达山脉的雪水又使得这片可爱的山谷常年清新青翠，尽管它几乎被封锁在一座座大山和远远伸向海洋的高大的海角之中。

萨洛布雷纳巨大的岩石高耸起它那粗犷的背部，横穿过富饶的维加平原中央，几乎将平原分割开，并且一直伸向海边，只在脚底才有一片狭长的沙滩让地中海蓝色的波浪冲刷着。

城镇覆盖了这座多岩的大山的山脊与山腰，用牢固的城墙和塔楼防卫着，而堡垒则耸立在最高也是最陡峭的地方——这是一座巨大的城堡，它似乎构成天然岩石的一部分。如今，当游人在下面深处沿路蜿蜒着穿过维加平原时，还会被它那庞大的废墟所吸引，对它远远地凝视。

这座重要的要塞由拉米雷斯负责控制，他是炮兵总司令，在所有西班牙首领中也最有技术专长。然而，这位富有经验的老将此时与国王一道在科尔多瓦，留下一位勇武的骑士担任司令。

布阿卜迪勒对驻军的情况了如指掌，知道司令官外出。他因此率领一支强大的部队从格拉纳达出发，迅速穿过大山，想在费迪南德国王赶来增援前夺取萨洛布雷纳。

萨洛布雷纳的居民都是已宣誓效忠基督徒的摩尔人。尽管如此，当听到摩尔人的锣鼓声和号角声，并注意到同胞的骑兵队穿过维加平原时，他们仍渴望着奔赴自己国家和信仰的旗下。于是这儿产生了骚动，民众高喊着布阿卜迪勒的名字，他们打开大门迎接他进城。

基督驻军部队人数太少，难以控制城镇。他们撤退到堡垒，把自己关闭在厚实的大墙内，这儿被认为无法攻破。他们在此拼死抵抗，希望一直坚持到附近的要塞派来援军。

萨洛布雷纳被摩尔国王包围的消息传到沿海，让基督徒们充满恐慌。国王的叔父堂·弗朗西斯科·恩里克斯当时控制着约十二里格外的贝莱斯－马拉加，不过中间有一座座高大坚固的群山阻隔，它们沿地中海绵延而去，形成陡峭的海角和悬崖，高耸于海浪之上。

弗朗西斯科召集起管辖区内的各个司令，以便带领他们迅速前去解救这座重要的要塞。许多骑士及其随从响应他的号召，其中就有埃尔南多，即别号"英勇无畏的人"——他就是那位在一次突袭中把头巾系在长矛上当作旗帜，带领气馁的战士们取得胜利，从而使自己卓越不凡的人。弗朗西斯科看见一小支队伍聚集在身边，便带领他们火速前往萨洛布雷纳。一路高低不平，十分险峻，他们翻过一座座大山，时时沿着让人眩晕的悬崖边绕过去，而很深很深的下面正卷起汹涌狂暴的巨浪。弗朗西斯科带领部下到达高耸的海角——它沿着萨洛布雷纳小平原的一侧向前延伸——这时，他悲哀而焦急地看着一支在要塞脚下扎营的、强大的摩尔部队，而飘扬在城墙各处的摩尔人的旗帜则证明，这座城镇已经落入异教徒手中。只有一面基督徒的旗帜孤零零地飘扬在城堡顶部，表明勇敢的驻军被包围在了建造于岩石上的堡垒中。事实上，由于缺少水和粮食他们已陷入绝境。

弗朗西斯科发现，自己这支小部队不可能对摩尔人的营地造成任何打击，也不可能解救城堡。他让自己的小队人马埋伏在大海附近一块多岩的高地上，因为这儿不会受到敌人攻击。驻军部队的战士看见友好的旗帜在不远处飘扬，顿时高兴起来，他们确信国王很快会派人来救援，而弗朗西斯科又对敌人形成了威胁，阻止着摩尔人对他们的堡垒展开进攻。

与此同时，总是渴望以显著的战功让自己卓尔不群的埃尔南多巡游时发现在多岩的山丘陡峭的一面有一扇城堡后门，面向群山。于是他想到，在某个有利时刻大胆冲过去，便可以到达后门，从而让援军迅速进入城堡。他向战士们指出那个地方。"谁愿意跟随我，"他说，"冲向那扇后门？"在战争时期提出一个大胆的主张，从来都不缺少接受它的勇敢精神。有七十名坚决、果断的人站出来支持他。埃尔南多选定拂晓时采取行动，那会儿摩尔人刚睡醒，正在换岗，布置着早晨的种种事情。他们的这些行为以及此时懒洋洋的状态，对基督徒来说都很有利。于是，埃尔南多悄然稳步地靠近摩尔人的防线，多数随从带着石弓或火枪，然后，他们突然发起进攻，没等敌军发出警报他们已冲破了营地一处薄弱的环节，成功地打到那扇后门，里面的基督徒已经急切地把门打开迎接他们。

驻军得到这一意想不到的增援，精神又振作起来，得以进行更加有力的抵抗。然而，摩尔人明白城堡里极度缺水，他们高兴地想到额外增加的士兵不久将把蓄水池里的水用尽，不得不投降。埃尔南多听说了他们的希望，让人把一桶水从城垛上放下去，并虚张声势地把一只银杯朝摩尔人抛去。

的确，驻军部队口渴得非常厉害，而在自己难受时好像受到逗弄似的，他们注意到清澈丰富的溪水正蜿蜒着流过下面绿色的平原。他们开始担心一切增援会来得太迟，一天却忽然发现远处海上有一小队船只，不过它们只是面朝海岸停泊在那儿。最初基督徒有些怀疑它们是否是从非洲来的敌舰；但当船队靠近后，他们无比高兴地发现了卡斯蒂利亚的旗帜。

那是要塞司令拉米雷斯火速带来的一支援军。这支队伍在一座陡峭多岩的岛屿靠岸，此岛即从那块萨洛布雷纳的巨石前面平坦的沙滩边缘耸立起来。拉米雷斯让部队登上了这座岛，并牢固地驻扎在这儿，就像在要塞里一样。他的队伍人数不多，难以展开战斗，不过却有助于扰乱围攻者，转移他们的注意力。只要布阿卜迪勒对要塞发起攻击，在岛上登陆的拉米雷斯的部队就会从一边予以阻止，而自岩石上冲下来的弗朗西斯科的部队又会从另一边予以打击；同时，埃尔南多的人马也在城堡的每座塔楼和城垛上英勇地防卫着。

一段时间，摩尔王又把注意力徒劳地转移到企图解救阿德拉小海港上，它最近宣布支持布阿卜迪勒，可是让希阿亚和他的儿子阿亚再次替基督徒夺回去。这样，不幸的布阿卜迪勒处处都感到为难，丧失了一切迅速从格拉纳达出击所获得的有利条件。就在围攻极其顽固的堡垒时，他得知费迪南德国王正率领一支强大的军队全力赶来救援。再没有时间拖延了，于是他带领整个部队向城堡发起猛烈进攻，可是又被埃尔南多及其部下们打退。他只好绝望地放弃围攻，带领部队撤退，唯恐费迪南德国王阻止他返回首府。然而在回格拉纳达的路上，尽管刚遭到挫折，他仍感到一些安慰，因为他对最近让叔父扎加尔和希阿亚占去的部分领地掠夺、袭击了一番。他打败了他们的司令，摧毁了几座要塞，烧掉一些村庄，离开时给那些地方留下滚滚浓烟，以此进行了报复；并且他还带回了大量战利品，让自己静卧在阿尔罕布拉宫宫里。[1]

1　见普尔加所著《天主教君王编年史》第三部第一百三十一章；宫殿牧师所著《卡托尔国王史》第九十七章。——原注

第八十九章　费迪南德如何对待瓜迪克斯人？扎加尔怎样结束其帝王生涯？

布阿卜迪勒刚一躲藏到首府里，费迪南德国王就率领七千名骑兵和两万名步兵又出现在维加平原上。他本来是全速从科尔多瓦出发前去解救萨洛布雷纳的，但在行军途中得知围攻已被解除，他便转而对忠诚的格拉纳达周围再次予以摧毁。他的这次打击持续了十五天，这期间前次幸免的一切几乎都被破坏了，地面上简直没留下一点绿色东西或一只活物。摩尔人也经常出来拼命保护他们的田地，可是所有东西都已给毁掉，格拉纳达这座一度最为出类拔萃的园林城市，被包围在了一片荒漠之中。

紧接着，费迪南德对瓜迪克斯、巴萨和阿尔梅里亚的某个阴谋及时予以粉碎。这些不久前被征服的地方已经与布阿卜迪勒秘密勾结，请他率军前往他们那里，并答应将奋起反击基督驻军，夺取堡垒，让基督徒向他投降。比列纳侯爵已获悉这一阴谋，于是带领一支大部队突然进入了瓜迪克斯。他借口要检阅一下居民们，让他们到城前的田野去。待能够拿起武器的所有摩尔人都来到城墙外后，他下令把大门关上。然后他让他们再三三两两地进城，同时带上老婆、孩子和财物。没有住家的摩尔人，不得不待在城市周围的庭园和果园内的临时棚屋里。他们为这样被赶出住处大声嚷嚷着抱怨，但被告知必须耐心等待，直至对他们的指控受到调查并知道了国王的意愿为止。[1]

费迪南德到达瓜迪克斯时，发现不幸的摩尔人待在园子当中的棚屋里。他们痛苦地抱怨让人欺骗，恳求允许回到城里，在住的地方平平静静地生活，正如投降条款中所承诺的那样。

费迪南德国王通情达理地听着他们抱怨。"朋友们，"他回答，"我得到情报说，你们的人中间有个阴谋，要杀死我的司令和驻军部队，并站到我的敌人格拉纳达王一边。我要对这个阴谋彻底调查。凡是证明无辜的都将回到住的地方，不过有罪的人会因此受到惩罚。不过正如我所希望的，既要仁慈又要公正，所以我让你们选择——要么没有任何问题立即离开，在作出担保后愿意去哪里都行，同时带上你们的家人和财物；要么交出那些有罪的人，我向你们保证他们谁也逃脱不了惩罚。"

瓜迪克斯人听到这番话后，彼此商量着。由于多数人（可敬的阿加皮达说）都是有罪的，或者担心被视为有罪，所以他们接受了这个选择，带着妻子和孩子悲哀地离开。"这样，"用当时那位杰出的史学家贝纳尔德斯——即通常所称的宫殿牧师——的话说，"在瓜迪克斯七百七十年前被哥特人罗德里戈[2]时代的敌人占领后，终于让基督国王把它解救出来。这是咱们的君王的一个秘密，他不愿意让这座城市

---

1 见苏里塔所著：《阿拉贡王国史》第八十五章；宫殿牧师所著：《卡托尔国王史》第九十七章。——原注

2 罗德里戈（？—711），西班牙的最后一个西哥特国王，被穆斯林侵略军打败。

继续掌握在摩尔人手中。"这些话充满虔诚和智慧，可敬的阿加皮达引用时怀着特别的赞许。

对于巴萨、阿尔梅里亚和其他城市的摩尔人，凡是被指控参与了此次阴谋的，费迪南德国王均给予类似的选择，他们一般都宁愿放弃自己的家，而不愿冒险接受调查。他们许多人离开了西班牙，带着家人前往非洲，把西班牙看作是无法再安全自主地生活的国家。那些留下来的人，只好忍受着住在一座座村子里和墙壁也没有的地方。[1]

正当费迪南德这样在瓜迪克斯赐予公正与仁慈，并作为交换获得一座座城市时，老摩尔君王扎加尔出现在他面前。扎加尔一脸憔悴，满怀忧虑，几乎气愤得发狂。他发现自己小小的领地安达克斯和两千名臣民，就像人心涣散的格拉纳达王国一样难以控制。在他手持武器出现在费迪南德的旗下时，那种将他与摩尔人紧密联系在一起的护身符就破裂了。他带着只有两百人的小部队从可耻的战斗中返回，身后是格拉纳达人的诅咒，那些他带上战场的人也在暗中抱怨。他的臣民们一听到布阿卜迪勒胜利的消息就拿起武器，吵吵嚷嚷地聚集起来，宣布支持年轻的君王，并且威胁要扎加尔的命。[2]不幸的老国王好不容易才摆脱了愤怒的人们，而最后这次教训似乎足以把他当君王的狂热给治愈。他现在恳求费迪南德将先前答应给他的城镇、城堡和其他领地用低价买回去，同时恳求让他和他的随从平安地前往非洲。费迪

---

1 见加里贝所著《西班牙史简编》第十三卷第三十九章；普尔加所著《天主教君王编年史》第三部第一百三十二章。——原注

2 见宫殿牧师所著《卡托尔国王史》第九十七章。——原注

南德国王仁慈地满足了他的愿望，以五百万西班牙金币的价格，买下安达克斯和阿豪林山谷里的三十二座城镇和村子。扎加尔把在马拉哈拥有的一半的盐地或采盐矿给予了表弟希阿亚。在这样把自己小小的帝国和领地处置之后，他收拾起所有的、数量巨大的财物，带领不少摩尔家庭到非洲去了。[1]

在此让咱们把目光放得远一点，追溯一下扎加尔余下的生涯。他那短暂而狂暴的统治以及悲惨的结局，对缺乏原则的野心将给予一个有益的教训——假如并非所有类似的野心，对于言教与身教都注定视而不见的话。他到达非洲后，不仅没人对他友好同情，反而让非斯的哈里发[2]贝尼梅林抓住投进了监狱，好像扎加尔是他的一个诸侯。扎加尔被指控是造成格拉纳达纷争与崩溃的根源，这一指控得到了证实，使非斯国王深信不疑，因此他判处让不幸的扎加尔永远陷入黑暗。一只烧得红红的铜盆从他眼前烫过去，使他彻底失明了。扎加尔的财产——它大概是这些残酷手段的秘密动机所在——让迫害他的人没收夺走，他被抛弃到这个世上，双目失明，无依无靠，穷困潦倒。在悲惨的处境中，这位不久前的摩尔王一路摸索着走过了廷吉塔尼亚[3]地区，直至到达贝莱斯-德拉-戈默拉市。该市的埃米尔[4]以前曾是他的盟友，对他目前改变了的可怜处境感到有些同情。他给了扎加尔食物和衣物，使其平静地生活在自己的领地上。死神，常常让兴旺幸运的

1　见孔代所著《阿拉伯史》第四部第四十一章。——原注

2　伊斯兰教执掌政教大权的领袖的称号，或某国家对官员等的尊称。

3　罗马的一个省，位于非洲西北部。

4　某些国家的酋长（王子、长官）。

人正要品尝快乐时匆匆将他们带走，但在另一方面，却又让悲惨可怜的人喝干最后一杯苦酒。扎加尔在戈默拉市极其艰难地生活了许多年。他瞎着双眼，忧伤地四处漂泊，成为人们既嘲笑又同情的对象，同时在他的衣服上披着一张羊皮纸，上面用阿拉伯文写着："这是不幸的安达路西亚王。"[1]

---

1 见马莫尔著《摩洛族叛变》第一卷第十六章；帕德拉扎（Padraza）著《格拉纳达史》第三部第四章；斯奎雷兹（Suarez）著《瓜迪克斯与巴萨史》第十章。——原注

第九十章　格拉纳达准备负隅顽抗

啊，格拉纳达，你的魅力怎么已消失！啊，有着众多园林与喷泉的城市，你的美丽怎么已经枯萎，遭到劫掠！条条街道上一度兴旺的商业不复存在，商人不再忙碌地把异国他乡的奢侈品带进你的大门。一座座曾经向你进贡的城市被从你的统治下夺走。一度让比维瓦拉布拉大门显得壮观无比的骑士们，在许多次战役中倒下。阿尔罕布拉宫仍然于园林中央高耸起一座座红色的塔楼，但却在自己的大理石厅堂里不无忧郁地进行着统治，而君王则从高高的阳台上俯视下面荒凉的地方——它可曾经是茂盛壮丽的维加平原啊！

这便是摩尔作家们对可悲的格拉纳达所怀有的忧伤，它昔日的辉煌如今仅仅化为泡影。维加平原在短短的时间里，相继两次遭到掠夺，使得一年的物产被洗劫一空，农民们再没有了心思耕种土地，因为正在成熟的庄稼只是把掠夺者引到了门口而已。

冬季期间，费迪南德为将决定格拉纳达命运的战役积极准备着。由于发动这场战争纯粹是为了发扬光大基督信仰，所以他认为让敌人承担代价是恰当的。因此他在整个王国里，通过犹太教堂和行政区向犹太人全面征收款项，责成他们将收益交到塞维利亚市。[1]

1　见加里贝所著《西班牙史简编》第十八卷第三十九章。——原注

4月11日，费迪南德和伊莎贝拉前往摩尔人的边境，他们庄重地决定把格拉纳达紧紧包围，决不离开它的城墙，直到将基督的旗帜插在阿尔罕布拉宫的塔楼上。王国中很多贵族，尤其是那些远离战场的贵族，对艰苦的战争厌倦了，并预见到这将是一次长久而单调的围攻，需要耐性和机警而非只是用武器进行顽强的战斗；他们满足于派遣各个诸侯，自己待在原处看管好领地。不少城市出钱提供士兵，这样国王便有了四万名步兵和一万名骑兵投入战场。在这场战役中，跟随他的主要首领们有卡迪斯侯爵、圣地亚哥骑士团团长、比列纳侯爵、胜迪拉、西富恩特斯、卡夫拉和乌雷纳伯爵，以及阿隆索。

伊莎贝拉王后在儿子胡安和女儿胡安娜、玛丽亚及卡莎莉娜的陪同下，前往胜迪拉伯爵的山中要塞和堡垒阿卡拉。她留在这儿给部队提供物资，准备着一有需要就赶赴营地。

费迪南德的军队从各个山隘涌入低湿的平原，4月23日君王的帐篷扎在了洛斯村，这儿离格拉纳达约有一里格。不断受到困扰的居民们见大军压境，个个脸色苍白，甚至许多武士们都战栗起来，他们感到最后的拼死抵抗就在眼前。

布阿卜迪勒把军事委员会的人聚集在阿尔罕布拉宫，他们从窗口注意到基督骑兵涌入低湿的平原时，闪现在团团尘土之中。委员会顿时陷入极度的混乱和惊慌。许多成员被降临于家人的恐怖吓倒，建议布阿卜迪勒听命于基督君王的宽大处置；甚至有几位最为勇武的人，都提出有可能获得体面的条件。

本城的高官阿布·卡西姆·阿夫德尔·梅里克被召来，请他报告政府目前提供粮食和防卫的措施如何。他说粮食足可以供应几个月，而不需依靠商人和其他富裕居民手头可能拥有的。"可是，"他说，"基督君王的围攻没有止境，几个月的供应有什么用呢？"

他还列出可以拿起武器的人员。"数量是不小，"他说，"但是能指望这些纯粹的城市兵什么呢？他们在安全的时候又是吹嘘又是威胁，一旦敌人出现在远处就没人高傲自大了。而当战争的喧嚣在门口响起时，他们却害怕得躲藏起来。"

穆扎听到这些话时，非常激动地站起身。"我们有什么理由绝望？"他说，"那些杰出的摩尔人——西班牙的征服者们的血液仍然流动在我们的血管里。让咱们不要背弃自己吧，好运会再次来到我们一边。我们有一支经验丰富的军队，包括骑兵和步兵，他们是我们骑士中的精华，个个身经百战，在上千次战斗中留下不少创伤。至于广大的市民——你们谈到他们时不屑一顾——我们为啥要怀疑他们的勇敢呢？有两万名年轻人，他们正处于火热的青春期，我保证在保卫家乡的时候他们并不比最英勇的老将差。我们需要粮食吗？咱们的马速度超群，骑兵在掠夺中也勇敢无畏，让他们冲到已向基督徒投降、成为背叛的穆斯林信徒的土地上去，展开袭击吧。让他们打入敌人的领土。我们不久就会看见他们赶着大量牛羊回来，而对于一个军人而言，从敌人手中拼死夺来的食物才是最香的。"

布阿卜迪勒虽然缺乏坚定持久的勇气，但易于被瞬间的勇敢精神所打动。他从穆扎可贵的激情中获得了不小的决心。"需要怎么做就怎么做吧。"他对指挥官们说，"我把民众的安全交到你们手里了。你们是王国的捍卫者，在安拉的保佑下，将会为我们受到侮辱的信仰、死去的亲友和充满悲哀与痛苦的大地报仇。"[1]

于是他给每一位指挥官分派了职责。高官卡西姆负责武器、粮食和征兵。穆扎指挥骑兵，保卫城门，并带领部队出击与敌人展开遭遇战。纳伊姆·雷杜安和穆罕默德·阿文·扎德做他的副官。阿夫德尔·克里姆·扎格里和其他将领保卫城墙，阿尔卡桑巴和红塔[2]的司令们控制要塞。

现在唯一能听到的，就是武器的响动和忙碌备战的声音。摩尔人那种易于着火的精神立即被点燃，此时处在兴奋中的民众并不把基督徒的威力放在眼里。穆扎出现在城内各个地方，他将自己强烈的热情灌输到战士们的心中。年轻的骑士把他视为楷模，聚集在他周围；老武士们怀着一个军人的钦佩对他表示尊敬；普通民众跟随在后面，向他发出欢呼；无助的居民——年老的男女们——则极力祝福他们的这位保护人。

基督军队刚一出现城市的主要大门就关上了，并且用横木、门栓和大链加固。但穆扎命令把它们打开。"保卫城门的任务，"他说，"落到了我和骑士们肩上，我们将用自己的身体护卫它们。"他从最勇敢的战士中挑选出一支支坚强的卫队，分别驻守在每一道门旁。骑兵也始终全副武装，随时准备一声令下就上马出击：马厩里的一匹匹战马已经备好鞍、披上马衣，旁边放着长矛和圆盾。只要敌人一靠近，一队骑兵就会聚集在门内，时刻准备像雷雨中发出的闪电一般冲出去。穆扎既不徒劳无益地虚张声势，也不高傲自大地进行威胁。他的行动

---

1 见孔代所著：《阿拉伯史》。——原注

2 格拉纳达特有的一种建筑。

比言词更为可怕，其英勇无畏的行为，甚至连自高自大的人所吹嘘的都无法相比。这便是摩尔人当中出现在我们眼前的武士。假如他们拥有许多这样的武士，或者假如穆扎在战争的初期即掌握大权，那么格拉纳达就不致崩溃得这么快，而这位摩尔人也就会在阿尔罕布拉宫里长久称王了。

第九十一章　费迪南德慎重围攻，伊莎贝拉到达营地

尽管格拉纳达被夺去往日的辉煌，并且一切外援都几乎给切断了，但它那些庞大的城堡和坚固的壁垒似乎对一切攻击都不屑一顾。它是摩尔人政权最后的堡垒，其中聚集着一支支余下的部队，它们在侵略者逐渐征服此地的过程中曾一步步地与之抗争。剩下来的高贵骑士们全都来到这儿。所有忠诚爱国的志士，都受到共同危险激发，准备采取行动。格拉纳达这座城市长期徒劳地希望着获得安全，所以它总是迟迟按兵不动；但如今在面临绝望之时，它又显得令人生畏起来。

费迪南德看到，任何以主力部队征服城市的企图都是危险、残酷的。他历来在战略上十分慎重，喜欢智取而非强攻，所以此次也采用非常成功地战胜巴萨的策略，决定用饥荒的办法攻下城市。为此他的部队深入阿普卡拉斯中心，对山谷进行掠夺，把格拉纳达依赖提供粮食的城镇洗劫、烧毁。搜索队也在格拉纳达后面的山上巡逻，劫掠每一支临时护送粮食的队伍。随着摩尔人对自己的处境越来越绝望，他们也变得越来越勇猛。费迪南德以前从没遇到过这样猛烈的突击。穆扎带领骑兵在营地边上骚扰，甚至冲入营地当中突然抢劫掠夺一番，身后留下不少死伤的敌人。为了不让营地受到这些袭击，费迪南德派人挖掘深沟，修筑强大的堡垒。他把这些工事修成四边形，像城市一样划分成一条条街道，部队就驻扎在用矮树和树枝搭建的帐篷与棚屋

里。修筑完防御工事后，伊莎贝拉王后带领所有朝臣以及王子和公主正式来到围攻现场。其用意在于像先前那样，让被围攻者看到基督君王决心在营地住下来，直至城市投降，以此使敌人陷入绝望。王后一到达后就骑着马出去视察营地及其周围。无论她去哪里都有堂皇壮观的随从陪同，所有指挥官都竞相用隆重盛大的仪式来迎接她。从早到晚只听见欢呼、喝彩与响亮的军乐，所以摩尔人觉得好像基督营地里在不停举行庆祝、狂欢一样。

然而，王后的到来和长期围攻所带来的威胁，根本无法扑灭摩尔骑士心中的烈火。穆扎以最忠诚的英雄精神激励年轻的武士们。"我们现在只有为脚下的土地而战了，"他说，"一旦它失去后，我们的国家和名誉都将丧失。"

穆扎发现基督国王克制着并不发起攻击，便激励骑士们向基督部队中的年轻骑士挑战，和他们展开单独搏斗或局部的遭遇战。于是，在城市和营地附近每天都会发生这种勇猛的冲突。战士们穿着华丽的盔甲和服饰，以其卓越的本领彼此拼杀着。他们的拼搏更像在举行各种庄重的马上比武，而不是在进行战场上残酷的战斗。费迪南德不久发觉，这些比武给凶猛的摩尔人增添了新的激情和勇气，但却让许多他最勇敢的骑士付出生命。因此，他再次禁止接受任何个别的挑战，并命令避免一切局部的冲突。基督君王这一冷静而坚决的策略，把双方军队所具有的宽容、慷慨的精神极大地激发起来，不过却使摩尔人产生了愤怒，因为他们发现自己将被这种可耻的方式征服。"骑士精神和英勇行为有什么用呢？"他们说，"基督徒精明的君王在战争中是毫不宽容的，他想借着我们软弱的身躯征服我们，而对于我们心中的勇气却极力逃避。"

第九十二章 摩尔人塔非无礼的挑衅；埃尔南多英勇无畏的行为

摩尔骑士发现所有礼貌的挑战都无济于事时，便寻求种种方式挑动基督武士出来搏斗。有时他们中的某一队骑兵会突然跃上战马，飞奔着冲向营地边缘，看谁会把长矛投到营地的障碍物内最远处——长矛上刻着各自的名字，或者贴有一张标签，上面写着嘲笑性的挑衅言词。这些逞威风的行为引起基督徒极大愤怒，但西班牙武士们仍然遵守着国王的禁令。

在摩尔骑士中有一位名叫塔非的人，他因自己强大的力量和无畏的精神而闻名，不过他的勇敢带有凶猛、鲁莽而非武士的那种英勇气概。在一次出击中，当大家都在基督营地外边绕行时，这个傲然自大的摩尔人却骑着马从队伍里冲出去，越过障碍，飞奔到离君王的住地很近的地方，把长矛远远投过去——它落到君王的大帐篷旁边，在地上不住地抖动着。皇家卫队急忙去追击，可是摩尔骑兵已经冲出营地向城里奔驰而去，身后扬起一团尘土。基督徒把长矛从地里拔出来，发现上面有一张给王后的字条。

摩尔人对王后如此傲慢地虚张声势，进行无礼的侮辱，使基督武士们愤怒到极点。埃尔南多——别号"英勇无畏的人"——当时也在场，他决不允许让这个胆大妄为的异教徒在自己面前逞强。"谁愿意和我一起，"他说，"去拼死展开一次危险行动？"基督骑士们很清楚埃尔南多的勇猛中不无轻率，但是每一个人都毫不迟疑地站出来。他挑选了十五名战士，个个身强力壮，无所畏惧。

　　他的计划是在夜深人静时，从格拉纳达的一个摩尔叛徒告诉他的秘密通道深入城里——他给这个摩尔人施洗礼命名为佩德罗·普尔加，由此人做向导。他们将烧毁阿凯塞雷亚和其他重要建筑，然后全力撤退。到了指定时刻，这支冒险的队伍带着易燃物出发了。向导带领他们悄悄来到一条水道或达罗河的沟渠，组成一列纵队沿着它小心翼翼地前进，最后在皇家大门的一座桥下停住。埃尔南多在这里下了马，留下六名战士静静地待在此处守卫，其余的则仍然在摩尔叛徒的带领下，跟随他继续沿水道向前——它穿过城市下面一部分地方，他们因此得以进入街上而没被发现。一切又黑又静。在埃尔南多的指挥下，摩尔人带领队伍来到大清真寺。埃尔南多这位骑士既勇武又虔诚，他一下跪在地上，取出一卷羊皮纸——上面醒目地写着"万福马利亚"几个字——把它钉在清真寺的门上，从而将这座建筑转化成基督徒的教堂，把它奉献给了圣母马利亚。之后他迅速跑到阿凯塞雷亚那里要把它点燃。一切易燃物都放好了，但是负责火把的特里斯坦·德·蒙特马约却粗心地把它搁在了清真寺门口。要回去取已来不及。埃尔南多尽力用燧石和钢块在一团麻绳末端打火，突然巡逻的摩尔卫队走近了。他立即握紧剑，在勇敢的战士们协助下向惊讶的摩尔人发起攻击，把他们打得逃之夭夭。片刻之后整个城市响起警报，士兵们从各个方向慌忙地跑过一条条街。不过埃尔南多在向导的带领下，从达罗河的水道成功撤离到桥旁的战士们身边，所有人都骑上马飞奔回了营地。这是一次疯狂的、显然也是徒劳无益的袭击，摩尔人感到困惑，想象不出其用意何在。不过次日他们看见那个胆大无畏的战利品——即"万福马利亚"——如此虚张声势地出现在市中心时，个个气愤不已。这样，被埃尔南多大胆地"圣化"的清真寺，在格拉纳达沦陷后实际上成为了一座基督教堂。[1]

为纪念埃尔南多英勇无畏的战绩，查理五世几年后给这位骑士及其后代授予了萨拉侯爵的称号，并赐予他们于望大弥撒[2]时坐在唱诗班席位上的特权，还把当时埃尔南多跪下来钉羊皮纸的地方，指定为他的安葬地。埃尔南多也是一位文人，并且懂艺术，他把自己的战友科尔多瓦的贡莎尔沃取得的功绩，向查理五世写了一份概要。人们常把埃尔南多与埃尔南混淆，后者是伊莎贝拉王后的史学家和秘书（见普尔加所著《天主教君王编年史》第三部第三章，1780 年编，巴伦西亚）。

---

1 这儿关于埃尔南多英勇行为的叙述与本书第一版不同；它与名为《萨拉家族》的手稿中所记录的事实一致，此手稿存放于萨拉扎尔图书馆内，阿尔坎塔拉在其《格拉纳达史》中曾引用过。——原注
2 有焚香、唱诵和繁多隆重的仪式。

第九十三章 王后观看格拉纳达城，其好奇让不少基督徒和摩尔人付出生命

皇家营地离格拉纳达很远，只能看到这座城市大致的外貌——它优美地耸立在低湿的平原上，山腰上面布满宫殿和塔楼。伊莎贝拉早就认真地表示很想近距离看看这座城市，因其美丽闻名于世。卡迪斯侯爵以他那惯有的殷勤，为了能让王后以及宫廷的贵妇人们获得这一充满危险的满足，准备了一支强大的部队保护他们。

6月18日上午，一支威武雄壮的队伍从基督营地出发。先遣部队由骑兵组成，个个全副武装，看起来就像光亮巨大的钢块在移动。随后是国王和王后，以及王子、公主和宫廷的贵妇人们，他们由皇家卫队保护。卫队的士兵个个服饰华丽，他们都来自西班牙最显赫的家族。接着是后卫部队，这是一支由骑兵和步兵组成的强大队伍，因为这天出来的无不是军队的精华。摩尔人敬畏地注视着这支壮观的队伍，它将宫廷的堂皇与营地的恐怖融合在一起。它在嘹亮悦耳的军乐声中，光彩耀眼地一路穿过低湿的平原，那些旗帜、羽饰、丝绸头巾和富贵的锦缎，显得鲜艳华美，让潜藏在下面的残酷战争似乎也没那么凶险了。

部队朝着苏比亚村走去，它位于格拉纳达左面的山边，可以俯视

到阿尔罕布拉宫和城市最美丽的地方。他们接近村子时，比列纳侯爵、乌雷纳伯爵和阿隆索带领各自的队伍飞奔而去，他们不久即闪现在村子上方的山腰上面。与此同时，卡迪斯侯爵、胜迪拉伯爵、卡夫拉伯爵和阿考德雷特与蒙特马约的元老堂·阿隆索·费尔南德斯，在村子下面的维加平原上部署着，让部队排列成作战队形，用皇家骑士在君王与城市之间形成一道活的屏障。

在做了这样的安全防卫后，王室成员们便从车马上下来，进入村内的一座已准备好迎接他们的房子，并从平台屋顶上高兴地看到了城市全貌。宫廷的贵妇人们欣喜地注视着耸立于林子里的阿尔罕布拉宫的红塔，期待基督君王在里面登上王位、光彩耀眼的西班牙骑士出现于宫廷的时刻。"一直伴随在王后身边的高级教士和圣洁的修士们，"阿加皮达说，"心中不无满意地看着这座现代巴比伦[1]，欣赏着等待他们的胜利果实，那时一座座清真寺和尖塔都将成为教堂，令人惬意的牧师和主教将把那些异教神职人员取而代之。"

摩尔人注意到基督徒这样在低湿的平原上全面摆开阵势，以为对方在挑战，便立即迎战。不久王后看到一队摩尔骑兵冲入低湿的平原，骑手们令人钦佩地驾驭着飞奔的烈马。他们无不全副武装，服饰光彩照人，有刺绣的马衣也金光闪闪。这便是穆扎最为喜爱的骑兵中队，由格拉纳达年轻的骑士中最精锐的骑兵组成。其余的士兵跟在后面，有的带着重型武器，有的带着长矛和圆盾。最后出现的是大批步兵，他们手持火绳枪、石弓、标枪和短弯刀。

---

1 "现代巴比伦"是伦敦的别称。喻指奢华淫靡的大都市。

王后看到这支队伍从城里冲出来，便给卡迪斯侯爵传话，禁止对敌人进行任何攻击，或者有任何迎战的行为——她不愿意因为自己的好奇让一个人丧命。

侯爵答应服从命令，尽管这极其违背他的意愿，一个个西班牙骑士也感到难受，因不准他们拔剑出鞘，只好任敌人大胆挑衅。基督徒显然已经挑战，之后却没有行动，这让摩尔人无法明白其用意何在。他们几次从队伍中冲出来，在离基督徒很近的地方放箭，可对方仍然按兵不动。不少摩尔骑兵飞奔到基督队伍的近旁，挥舞着长矛和弯刀，向各位基督骑士一对一地挑战。可是费迪南德已严格禁止一切这样的决斗，在他眼皮底下他们不敢违抗命令。

然而，可敬的阿加皮达由于热切希望这场信仰之战取得胜利，便记录了如下一件事——我们担心当代任何一位严肃的编年史学家都不会认可，它只是来自于传说或某些诗人和剧作家的著作，他们在各自的作品中使这传说变得不朽。正当基督徒这一边阴阴郁郁、颇不情愿地保持安静时，阿加皮达说，从城门附近传来喊叫声和大笑声。一个摩尔骑兵全副武装冲出来，后面跟着一群民众，他们在他靠近危险地点时退了回去。这个摩尔人比一般的同胞更加强壮结实。他头盔的面甲紧扣着；手持一副大圆盾和一支很重的长矛；弯刀的刀刃产于大马士革，装饰华丽的匕首专门由非斯的一名技工制作。根据徽章可知他就是塔非，在穆斯林武士中最傲慢也最英勇——正是他把写给王后的字条别在长矛上并投入皇家营地。他骑着马慢慢地在队伍前面行进时，连两眼炯炯有神的战马也后足立地腾跃，鼻孔张开，似乎在向基督徒发出挑战。

不过西班牙骑士注意到，他将题写的"万福马利亚"——埃尔南多曾把这副字钉在清真寺的门上——系在战马的尾巴上面，一路在尘土中拖着跑，这时他们的心情如何呢！部队里顿时一片惊骇和愤怒。埃尔南多没在场保护他先前取得的功绩，但他有一位名叫加西拉索的年轻战友，此时策马朝苏比亚村飞奔而去；战友一下跪在国王面前，恳求允许他接受那个傲慢无礼的异教徒的挑战，为圣母马利亚受到的侮辱报仇。如此虔诚的要求是无法拒绝的。加西拉索又骑上了马，扣紧头盔——头盔上饰有四支黑黑的羽毛——握紧用佛兰德人的工艺制作的圆盾和韧性无与伦比的长矛，并在飞奔途中对傲慢的摩尔人不屑一顾。随即一场格斗在两军和卡斯蒂利亚宫廷的人面前展开。摩尔人有力地挥舞着武器，巧妙地驾驭战马。他的体格比加西拉索高大，武器装备也更完善，所以基督徒们替自己的斗士担忧。他们迎战时的撞击令人可怕，只见长矛颤动着，空中飞起撞碎的裂片。加西拉索被打回到马上，战马远远飞奔到一边，让他得以恢复过来，然后抓住缰绳继续搏斗。两人现在开始用剑交战。摩尔人在对手的外围奔跑着，像一只盘旋的老鹰随时准备从什么地方猛扑下去。战马无比敏捷地听从主人指挥。异教徒每次进攻，都好像让人觉得基督骑士一定会倒在他那把闪光的弯刀下。不过如果说加西拉索力量差一些，他在机敏上却高出一筹：对手的多次打击他都躲过了，其余的他则用佛兰德人的盾挡开，这副盾是能够抵抗住大马士革钢刀的。双方的武士都多处受伤，流出鲜血来。摩尔人见对手体力耗尽，凭借自己过人的力量抓住对方，极力要把他从马鞍上拖下去。两人都掉到了地上，摩尔人用一只膝跪在对手的胸口上，挥舞着匕首，要朝他的喉咙刺去。正当基督武士们发出绝望的叫喊时，他们却注意到摩尔人毫无生气地倒在尘土中。原来加西拉索收起了剑，就在对手举起手要刺下来时，他把剑刺入了对手的胸膛。"这是一个非同寻常的、奇迹般的胜利。"阿加皮达说。"不过基督骑士是靠神圣的事业武装起来的，圣母马利亚给了他力量，使他犹如另一个大卫[1]，杀死了异教徒中的那个大斗士。"

　　在整个搏斗中都遵循了具有骑士精神的规则，双方没有任何人干预。加西拉索这时在对手身上劫掠了一番，然后将神圣的题字"万福马利亚"从有失体面的处境中解救出来，把它高举于刀尖上，在基督军队狂喜的欢呼中将它作为胜利的标志，拿着它一路向前跑去。[2]

　　此时太阳正好升到头顶，在阳光的照耀下，眼见自己的斗士被打败，摩尔人热血沸腾。穆扎命令用两门火炮向基督徒射击，使得他们队伍中的某个部分陷入混乱。穆扎对部队的首领们高喊："别再浪费时间作无益的挑战了——向敌人发起冲锋吧；凡是在战斗中进攻的一方总会占据优势。"说罢他冲向前去，后面跟随着一大批骑兵和步兵。他们猛烈地向基督徒的先头部队扑去，以致把它逼到了卡迪斯侯爵的队伍那里。

　　这位英勇的侯爵现在认为不再需要服从王后的命令了。他发出攻击的指令，随即战线上响起"冲啊！"的喊声，然后他带领拥有一千二百支长矛的部队与敌人交战。其余的骑士们也以他为榜样，战

1　《圣经》中记载的古以色列国王。

2　上述事件在一些古老的西班牙民歌中得到了纪念，并且成为一出古老的西班牙戏剧某一场中所表现的主题，该剧有人认为是洛普·德·维加（Lope de Vega，1562—1635，西班牙的一位著名剧作家和诗人——译注）的作品。——原注

斗马上全面展开。

国王和王后发现部队这样冲上去战斗，一下跪在地上，恳求圣母马利亚保佑她忠诚的勇士们。在场的王子、公主、宫廷贵妇人、高级教士和修士也都纷纷跪下去，这些显赫、圣洁的人所作的祈祷立即体现出效果来。摩尔人发起攻击的那种狂热劲头突然冷却，他们展开小冲突倒是勇猛熟练的，但在广阔的战场上交锋却不是老练的西班牙人的对手。步兵一片惊慌，转身仓皇逃跑，穆扎及其骑士们极力把他们聚集起来，但毫无用处。有的在山里躲避着，不过大部分都慌乱不堪地逃向城里，以致相互撞倒，彼此踩踏。基督徒们一直把他们追击到城门口。有两千多摩尔人被打死打伤，或者被俘，那两门火炮也被作为战利品带走。这天每一支基督徒的长矛都沾满了异教徒的鲜血。[1]

这便是短暂而残酷的战斗，在基督勇士当中大家都知道它被称为"王后的遭遇战"，因为卡迪斯侯爵拜见陛下、为自己违背她的命令表示歉意时，把胜利完全归功于有她出现的原因。然而，王后坚持说这都是由于部队有了一位如此英勇的指挥官。陛下目睹极其可怕的血战场面后，至此还没有从震惊中恢复过来，尽管某些在场的老兵说，这场遭遇战与他们以前见到过的一样轻松有趣罢了。

然而到了傍晚，这种轻松有趣的交战局面却被猛然颠倒过来，所以受到一些影响。某些基督骑士——其中有乌雷纳伯爵、阿隆索及其弟弟贡莎尔沃、卡斯特雷罗、卡拉特拉瓦司令和其余五十人，留下来

---

[1] 见宫殿牧师所著《卡托尔国王史》第一百零一章；苏里塔所著《阿拉贡王国史》第二十卷第八十八章。——原注

埋伏在阿米拉附近，以为摩尔人夜里会到战场上来把死去的战友埋了。他们被一个爬上榆树侦察的摩尔人发现，此人急忙跑到城里报告说有埋伏。夜幕刚一降临，基督骑士们就发现被一支军队包围了，由于天黑看起来似乎有数不清的士兵。摩尔人极其狂暴地攻击他们，要为自己早上受到的耻辱报仇。基督徒勇猛地反击着，尽管处于不利之中——人数远没有摩尔人多，又不熟悉地形，被园林中的一片片灌木丛和一条条水道弄得不知所措（所有的水闸都打开了），即便撤退都是困难的。乌雷纳伯爵被敌人包围，面临危险，两个忠实的随从救了他，自己却献出生命。有几位骑士失去了马，自己也死在水道里。贡莎尔沃骑着马飞奔过来，但在昏暗的遭遇战中受到阻截。他落入一条水道，从里面挣脱出来，浑身是泥，加之受到身上的盔甲妨碍，无法撤退。他的一个名叫伊尼戈·德·门多萨的亲戚见他处于危险，主动把自己的马给他。"拿去吧，先生，"他说，"你不能靠走路救自己，我能够；不过假如我死了，请照顾好我妻子和女儿吧。"

贡莎尔沃接受了这一忠诚的奉献，他骑上马，刚跑出去几步就听见一声惨叫；他转过头去，看见忠诚的伊尼戈·德·门多萨已被几支摩尔人的长矛刺死。前面提到的四位首要骑士带领随从成功撤离，安全到达了营地。但是这个夜里出现的逆转，使早上取得的胜利黯然失色。贡莎尔沃记着忠诚的伊尼戈·德·门多萨临终前的话，给他的遗孀发放了抚恤金，并且向他的女儿们送了嫁妆。[1]

1　上述对这场夜里发生的事件所作的叙述，系根据彼得·马蒂尔所著《使徒书信》第九十章，以及普尔加所著《大将之功》第一百八十八页——阿尔坎塔拉在其《格拉纳达史》第四卷第十八章中有所引述。——原注

伊莎贝拉王后为纪念自己亲眼目睹的胜利，她后来在苏比亚村建了一座奉献给圣弗朗西斯科[1]的寺院，它至今仍然存在，其庭院中有一棵她亲自种植的月桂树。[2]

---

1 原文为 St.Francisco，待考。

2 国王和王后观看那场战斗所在的房子今天同样可见。它在从大平原进入村子右边的第一条街上，其天花板还画着一些皇家武器。住在里面的是一位可敬的农夫，名叫弗朗西斯科·加西亚（Francisco Garcia），他带笔者参观房子时怀着西班牙人那种真诚的尊严，拒绝一切补偿；相反，他还在属于自己的房间里招待客人。对于古老的、关于埃尔南多和加西拉索的功绩的西班牙民歌，他的孩子们都很精通。——原注

第九十四章　格拉纳达城前最后的掠夺

至此，格拉纳达低湿的平原尚有一小部分没在战争中遭到掠夺。一片绿色的花园和果园沿着赫尼尔河与达罗河延伸，在城市周围仍然十分茂盛。在城市居民更加幸福的日子里，它们曾给人们带来安慰和快乐，如今物资短缺时又给他们提供粮食。费迪南德决定最后再进行一次彻底的掠夺，直至城墙边上，这样就不会再留下一点给人、畜提供粮食的绿色东西。掠夺的行动定在 7 月 8 日。布阿卜迪勒从密探那里得知了基督君王的意图，准备不顾一切进行抵抗。埃尔南多·德·巴埃萨是一个基督徒，他当时作为翻译同王室成员们住在阿尔罕布拉宫，并在一部回忆录手稿中对布阿卜迪勒离开家人奔赴战斗的情况作了记述：在指定的 7 月 8 日这天，布阿卜迪勒早早地洗完澡，并给自己喷了香水——摩尔高官们在出发去冒生命危险时，都有这样的习惯。他穿戴好盔甲，在科马雷斯塔的前厅与母亲、妻子和妹妹告别。奥拉带着通常的尊严向他祝福，把手伸过去让他吻。他与儿子和女儿的分别则更加艰难，他们哭泣着紧紧缠住他不放。王室家庭中那些专门照看、陪伴少女的年长妇女[1]和女侍，也使得阿尔罕布拉宫的大厅里回响起

1　西班牙或葡萄牙家庭中雇请的一类人。

悲哀的声音。之后布阿卜迪勒骑上战马率领队伍出发了。[1]

　　基督部队紧逼到城边，正在摧毁花园和果园，这时布阿卜迪勒突然冲出来，身边都是格拉纳达尚存的精兵、骑士。世上有一个地方，即便是懦弱的人也会变得勇敢起来——那就是称为家的神圣之处。那么，当战争打到摩尔人的家门口时，这个总是充满了骑士精神的民族必然会表现出无比的英勇啊！他们在自己所热爱和喜欢的地方战斗着——这是他们从小生活的场所，是他们的家人常去的地方。他们在妻子和孩子、老人和年轻姑娘眼皮底下打仗，这些人都无依无靠，并且也都是他们最亲爱的人。所有格拉纳达的人们无不聚集在塔楼和城垛上，怀着颤抖的心目睹这重要的一天的命运。

　　从没有一场战斗如此变化多端：每一座花园和果园都成为殊死搏斗的战场；每一寸土地摩尔人都极其痛苦和勇猛地争夺，基督徒对夺得的每一寸土地都英勇地进行保卫，但是即便他们打得再激烈，或者付出再多血的代价，他们都无法再向前挺进。

　　穆扎的骑兵出现在战场上的每一处，只要他们一到来就会给战斗增添新的激情。那些又热又累、身负重伤的摩尔士兵尽管变得浑身无力，可一见到穆扎赶来就有了新的活力。即便在死亡的痛苦中奄奄一息的战士，见到穆扎经过时也会朝他转过脸去，微微发出欢呼与祝福的声音。

　　基督徒这时已占领了城市附近的一座座塔楼，他们在此受到石弓和火绳枪的困扰。摩尔人分散于战场各处，被基督徒紧逼着。布阿卜

1　见阿尔坎塔拉所著《格拉纳达史》第四卷第十八章所引埃尔南多·德·巴埃萨的记述。——原注

迪勒率领自己的骑士卫队投入到各个战场之中，极力给步兵鼓舞士气，但摩尔步兵是根本靠不住的。就在战斗进行到最激烈时他们陷入惊慌，仓皇逃跑，把君王及其少数骑士丢下，让他们去面对势不可当的敌人。布阿卜迪勒正要落入基督徒手中时，他和随从们忽然转身，用缰绳猛打战马的脖子，从而飞奔着冲进了城里躲藏起来。[1]

穆扎千方百计要挽回战斗局面。他冲到撤退的步兵面前，让他们转身继续为自己的家和家人战斗，为所有神圣、珍贵的东西战斗。可一切都白搭，他们已被彻底打垮，惊慌失措，骚乱中纷纷向城门逃去。穆扎本来想带领骑兵坚持战斗，可是这支忠诚的队伍在整个这场孤注一掷的战役首当其冲，所以人数大大地减少了，许多幸存下来的人都因受伤成了残废，十分衰弱。因此，他不情愿地慢慢向城里撤离，心中充满愤怒与绝望。进入城门后，他下令把城门关上，再用门闩和横木加固，因为他对驻守在里面的射手和火绳枪兵不再有任何信任，并发誓再也不带领步兵投入战场了。

同时，城墙上发出隆隆的炮火，使基督徒无法再前进一步。费迪南德国王于是命令部队离开，胜利回到营地，让美丽的格拉纳达城笼罩在战场和园林的硝烟里，并包围在它那些被杀死的孩子的尸体中。

这就是摩尔人为保卫自己可爱的城市所作的最后出击。法国大使目睹了这一场面，对穆斯林信徒所表现出的卓越本领与机敏勇敢深感惊讶。

的确，整个这场战争在历史上都是值得纪念的，它成为最为不屈不挠的意志的典范。战争持续了近十年之久，几乎从未停止过给摩尔

1　见苏里塔所著《阿拉贡王国史》第二十卷第八十八章。——原注

人的军队带去灾难。他们的城镇被一座接一座夺取，同胞被杀死或成了俘虏。但他们仍然争夺着每一座城镇、要塞和城堡，以及每一块石头，好像他们受到胜利的激励似的。不管在哪里，只要有展开战斗的立足之地，或只要能找到可以射箭的墙体、哨壁，他们都会为自己可爱的土地展开争夺。现在，虽然首府被切断一切外援，整个民族都在城门口发出震天响的威胁，但他们仍然坚持抗击，仿佛希望出现某个有利的奇迹。从他们顽强的抵御中（一位昔日的编年史学家说），可以看到他们放弃维加平原时的悲哀——那是他们的乐园和天堂。他们仿佛竭尽全力地拥抱这片最可爱的土地，无论创伤、失败还是死亡本身，都无法让他们与之分离。他们坚定地屹立在那里，用爱与悲伤凝聚起来的力量为之战斗，只要还有双手或者命运相助，他们就绝不后退。[1]

---

1 见阿瓦尔卡所著《阿拉贡王国史》第三章 R. 30, c. 3。——原注

第九十五章 基督营地的大火；修建圣达菲城

摩尔人这时悲观地把自己关在城墙里。他们再不敢大胆地从城门出击，即便用锣鼓和号角发出的军乐声——先前它不断回荡在战斗的格拉纳达城里——如今也很少听见从城垛里传出来。正当他们陷入深深的绝望时，基督营地里发生了一场灾难，从而暂时又给摩尔人的心中增添了一线希望。

时值 7 月 10 日，这是夏季里炎热的一天，落日灿烂地照耀在基督营地上——营地正忙着为次日的军事行动作准备，因基督徒计划对城市发起进攻。营地呈现出一片壮丽的景象。王室家庭和贵族随从们的各种帐篷，都用富丽的帷幔、豪华的徽章和贵重的设备装饰起来，仿佛是用丝绸和锦缎组建起来的一座小城；鲜艳的帐篷色彩各异，其顶端飘扬着各种各样的旗帜，它们与基督徒所包围的首府中的一座座圆屋顶和尖塔不相上下。

在这座华丽的小城里，王后高大的帐篷像一座富丽堂皇的宫殿高耸于其余帐篷中央。原来，卡迪斯侯爵礼貌谦恭地把自己的帐篷给了王后；在基督教界中，这座帐篷是最为完美华贵的，整个战争中侯爵都把它带在身边。营地中间耸立着一座东方风格的高贵帐篷，其华丽的帷幔用一些长矛支撑，上面饰以一幅幅军事图案。在这个中间的大帐篷（或叫丝绸塔）周围，是一个个分隔出来的小间，有的用彩色亚麻布加丝绸衬里做成，全部用帘子彼此隔开。它是一座"营地宫殿"，像周围的"帆布城"一样，瞬间搭建起来后又可以很快撤除。

随着傍晚的来临，营地里渐渐没有那么忙碌了。每个人都去休息，准备次日接受考验。国王也早早就寝，以便鸡叫时就起床亲自率领部队消灭敌人。在这片皇家营地里一切军事准备都已停止，不再有任何骚动：连吟游诗人们也都悄然无声，美丽的宫廷贵妇们的帐篷也没有了吉他的乐音。

王后已回到大帐篷最里面，并在私人圣坛前祈祷着：也许国王次日在进攻中将面临的危险使她有了比通常更多的虔诚。就在她这样祈祷时，突然冒出一道强光和一圈圈令人窒息的浓烟，随即整个帐篷燃烧起来。此时又卷起一阵大风，把明亮的火焰从一个帐篷卷到另一个帐篷，顿时整个营地被包围在火海之中。

伊莎贝拉立即冲出去才救了自己。她刚一跑出帐篷就想到国王的安全，急忙朝他的帐篷跑去，不过机警的费迪南德已经出现在帐篷门口了。他一得到警报后就从床上一跃而起，以为是敌人袭击，所以抓起剑和圆盾，衣服也没穿就冲了出去，只在胳膊上穿了护甲。

不久前还是光彩耀眼的营地，现在却成了一片混乱不堪的场所。大火不断从一座帐篷燃烧到另一座帐篷，把富贵的盔甲和金银器皿照得刺人眼目，它们好像于炽热的烈火中正在融化似的。许多士兵用干树枝搭起的棚屋和亭子，此时噼噼啪啪地燃起来，使迅速曼延的大火更加猛烈。宫廷的贵妇人们衣服也没穿多少，尖叫着跑出帐篷。锣鼓和号角发出警报，没能带上什么武器的男人陷入惊慌，在营地里跑来跑去。一个侍从已把王子胡安从床上很快弄下来，并送到位于营地入口处的卡夫拉伯爵的住地。这位忠诚的伯爵马上召集起自己和表弟德蒙特马约的人，在王子藏身的帐篷周围组成了一支护卫队。

最初基督徒以为是摩尔人用的计谋，这个想法不久就打消了，不过他们担心摩尔人会利用这场大火袭击营地。因此，卡迪斯侯爵率领三千名骑兵出发，以便阻止任何摩尔部队从城里出来。他们经过时，整个营地都陷入混乱与惊恐之中——有的一听到锣鼓和号角声就冲向各自的岗位；有的极力从帐篷中抢救出贵重财物和闪亮的盔甲；还有的则把受到惊吓、难以驾驭的马拖开。

他们从营地里出来时，发现整个天空都被照亮了。火焰旋转着升上去，形成长长的锥形光柱，空中充满了火花和灰渣。还可见到包头巾的人在每一屋顶上注视着，盔甲在城墙上闪闪发光，但是没有一个武士冲出城门；摩尔人怀疑基督徒这边用了什么计谋，所以一直静静地待在城墙内。火渐渐地熄灭，城市也看不见了，一切又变得黑暗平静，卡迪斯侯爵带领骑兵回到营地。

次日天亮时，只见先前有着许多美丽华贵的帐篷的基督营地，此时只剩下一堆堆还在闷烧的废墟，灰烬里有不少钢盔、盔甲和其他战争装备，以及大块大块已经熔化、亮光闪闪的金银。王后的衣橱被彻底烧毁，金银餐具、珠宝和其他贵重物品，以及奢侈的贵族们的华丽盔甲也损失惨重。这场大火，最初以为是有人背叛所致，但经过调查证实纯属偶然：王后继续做祈祷时，吩咐侍女把床旁点燃的蜡烛拿走，以免影响她入睡。由于不小心，那支小蜡烛放在了帐篷另一面的帷幔边，让一股风吹着后立即引起了火灾。

机警的费迪南德知道摩尔人性情残暴，急忙设法进行阻止，以免他们从基督徒前一晚的灾难中获得信心。拂晓时传来拿起武器的锣鼓声和号角声，一支支光彩显赫的基督部队从仍在冒烟的废墟中钻出来，他们扛着飘扬的旗帜，吹奏出悦耳的军乐，好像前一晚进行过热烈的欢庆，并没发生可怕的事情。

摩尔人惊讶而迷惑地目睹了这场大火。天亮时他们往基督营地看去，见到的只是一大片冒烟的黑东西。侦察兵带着令人喜悦的情报前去报告说，整个营地都成了废墟。在欢天喜地之时他们不无得意，希望这场大灾难将削弱围攻者们的士气——就像前些年一样，他们会在夏季来临时停止侵犯，并于秋雨到来前撤离。

费迪南德和伊莎贝拉所采取的措施，不久粉碎了摩尔人的希望。他们下令在营地上修建一座常规城市，让摩尔人确信这场围攻将一直持续到格拉纳达投降。西班牙有九座主要城市承担起这项惊人的任务，他们怀着为事业所应有的热情彼此竞赛，不甘示弱。"就好像有某种奇迹，"阿加皮达说，"在帮助这个虔诚的工作似的，一座令人生畏的城市迅速耸立起来，其中有坚固的建筑、厚实的墙体和高大的塔楼，而在它们的位置上，不久前还只可见到一些简陋的小帐篷和精美的大帐篷。这座城由两条大街成十字形从中穿过，终点有四道门分别面向东、西、南、北，中央是一个大广场，整个军队都可在此集合。最初有人提出给此城取名为伊莎贝拉，这个名字在部队和国民眼里都很亲切，不过虔诚的公主，"阿加皮达补充说，"让大家想到修建这座城所奉献的神圣事业，并给它取名为'圣达菲'（或曰'神圣信仰之城'）——时至今日，它依然是一座表现出基督君王的虔诚与荣耀的丰碑。"

商人们不久便经常从各地来到这儿。每天都可见到长长的骡队从城门进出。街道两旁处处是货仓，里面堆满了各种贵重、奢华的商品。一片繁忙兴旺的商业活动出现了，而不幸的格拉纳达却仍然把自己紧紧关起来，十分凄凉。

第九十六章　格拉纳达的饥荒与矛盾

被围攻的格拉纳达城开始遭遇饥荒带来的痛苦。它的一切供应都被切断。有一大队满载着钱财的牛羊和骡子，在从阿普卡拉斯山赶来救援时让卡迪斯侯爵给截获，在苦难的摩尔人眼皮底下被胜利地带到营地。秋季到了，可是丰收的庄稼已经被洗劫一空。严酷的冬季即将来临，而城里的粮食已十分匮乏。人们深深地感到悲观失望。他们回想起自己倒霉的君王出生时，占星家所预言的一切，以及扎哈拉沦陷时对格拉纳达的命运所作的预言。

城外不断聚集起来的危险、城内饥饿的人们大声的叫嚷，使布阿卜迪勒感到恐慌。他召集了一个会议，参会者有军队高官、要塞司令、城里德高望重的人和神职人员。他们聚集在阿尔罕布拉宫巨大的接见厅里，一个个脸上都显露出绝望的神情。布阿卜迪勒问面临目前的绝境该如何办，他们回答说"投降"。本城资深的地方长官卡西姆报告了城市不幸的处境："我们的粮仓差不多已空了，再也指望不到有谁能提供粮食。战马也像士兵一样需要食物，可是连马也被宰杀供人食用。有七千匹曾经可以奔赴战场的马，如今只剩下三百匹了。我们的城市有两万名老老少少的居民，每人都有一张可怜巴巴地要吃东西的嘴。"

那些德高望重的人和首要的市民，指出人们再也受不了艰难痛苦的防卫了。"防卫有什么用呢？"他们说，"因为敌人决心要围攻到底。除了投降或送死外，还有什么选择？"

这样的呼吁触动着布阿卜迪勒，他感到忧郁，沉默不语。他曾怀着一线希望，以为埃及的苏丹或巴巴里的各个强国会来救助，但现在无望了。即便他们派来了这样的救援，也没有可以登陆的地方。顾问们看到国王动摇了决心，便异口同声地极力劝他投降。

只有穆扎一人起来反对。"现在谈投降，"他说，"还为时过早。我们的办法并没有耗尽。我们还剩下一种力量，它发挥的作用是可怕的，常常取得最为重大的胜利——那就是我们的绝望。让我们唤起广大民众吧，让我们把武器交到他们手里，让我们与敌人战斗到最后，直至冲向他们的矛头。我已准备好带头冲进最密集的敌群。我非常愿意做一名为保卫格拉纳达倒下的人，而不愿把它交出去让自己得以幸存。"

穆扎的话毫无效果，因为它们是说给那些极度失望、缺乏勇气的人听的，或者也许是说给从悲哀的经历中学会了谨慎的人听的。他们和大家一样沮丧消沉，在这个时候，英雄与英雄主义不再受到尊重，老人和他们的忠告倒变得重要起来。布阿卜迪勒听从了大家的意见，决定向基督君王投降，并派资深的卡西姆前往营地，授权他去谈判投降的条件。

第九十七章　格拉纳达的投降条约

卡西姆这位老地方长官受到费迪南德和伊莎贝拉颇有礼貌的接待。他们得知他此行的目的后，准予从10月5日起休战六十天，并指定科尔多瓦的贡莎尔沃和国王的大臣埃尔南多·德·扎弗拉与布阿卜迪勒指定的特派员谈判投降条件。布阿卜迪勒于是指定卡西姆、元老科米克萨和大法官担当此任。作为真诚的保证，布阿卜迪勒把儿子当作人质交出来——他被带到莫克林，在那儿，他受到边境最高司令胜迪拉伯爵最为尊重与关心的款待。

双方的特派员在丘里拉村于夜深人静时一次次召开秘密会议，那些先到达开会地点的人，用点燃烽火或派遣密探的方式通知其余的人。经过多次讨论并克服不少困难后，于11月25日签订了投降条约。据此，格拉纳达将于六十天内交出，包括所有的大门、塔楼和要塞。

所有的基督俘虏都应释放，毋须交纳赎金。

布阿卜迪勒及其首要的骑士应臣服顺从，并宣誓效忠基督君王。

格拉纳达的摩尔人应成为西班牙君王的臣民，可以保留自己的财产、武器和马匹，只需交出火炮即可。在宗教信仰上他们应受到保护，有自己的法律——由有着他们自身信仰的法官具体执行，但法官由基督君王任命的地方长官管辖。三年内他们免交贡金，之后按照以前通常向本国君王交纳的数额，向基督君王交纳。

那些选择三年内前往非洲的人，应让他们及其财物免费通行，无论他们宁愿从哪个港口出去。

为了履行这些条款，投降之前需从首要的家庭中交出五百名人质，他们应受到基督徒很好的尊重和特殊的待遇，并在以后送还；格拉纳达国王的儿子和基督君王手中其余的人质，也将同时送还。

这便是由双方组成的委员会经过大量商讨后，一致同意的、影响公共利益的主要条款。然而，另外还秘密商定了一些涉及王室家庭的条款。这些条款使布阿卜迪勒、他妻子莫里玛、母亲奥拉、各个兄弟以及哈桑的遗孀佐拉亚所有地面上的财产——包括房屋、工厂、温泉浴场和其他构成皇家遗产的世袭财产——受到保护，他们因而有权在任何时候由自己或代理人卖掉。此外，布阿卜迪勒在格拉纳达内外的大量不动产也都受到保护；并且他和子孙将永远成为阿普卡拉斯的各个城镇、各片土地以及富饶山谷的领主，从而形成一个小小的主权地区。除了这一切，还规定在投降那天他应得到三万金币。[1]

投降条件最终获得特派员们同意后，卡西姆带着它们来到圣达菲的皇家营地，由费迪南德和伊莎贝拉签了字。然后，他在皇家大臣扎弗拉的陪同下回到格拉纳达，也要让摩尔国王批准。布阿卜迪勒将他的军事委员会的人召集起来，沮丧不堪地把投降条款摆放在大家面前——这是他们能从围攻的敌人那里得到的最好条款了。

委员会的成员们发现可怕的时刻到来——他们将要签章葬送自己的帝国，作为一个民族把自己彻底毁掉——这个时候他们再也坚定不起来，许多人流下了眼泪。只有穆扎还保持着坚定不移的态度。"你

1　见阿尔坎塔拉所著《格拉纳达史》第四卷第十八章。——原注

们这些长官们，"他喊道，"把这种无用的悲哀留给无助的妇女和孩子吧：我们是男人，拥有勇气，别流下软弱的泪水，让咱们流下一滴滴鲜血吧。我看见人们如此灰心丧气，不可能拯救王国了。然而对于高尚的人而言，还有一种选择，那就是光荣地死去！让咱们在为保卫自由、为替遭受灾难的格拉纳达报仇死去吧。我们的大地母亲会让自己的孩子投入她怀里，不会受到镣铐的束缚和征服者的压迫；或者，假如有谁得不到一块葬身的墓地，他将不会缺少一片覆盖他的天空。安拉不许说，格拉纳达的贵族害怕为保卫她去战死！"

穆扎不再说什么，众人陷入死一般的沉寂。布阿卜迪勒焦急不安地环顾一下，仔细看着每一张面容，不过他见到的只是饱经忧患的人们露出一脸焦虑；在他们的心里热情已经熄灭，对于一切充满骑士精神的呼吁他们都无动于衷。"安拉阿克巴尔啊！"他喊道，"世上没有上帝，只有安拉，而穆罕默德就是先知！我们城里再没有了军力，我们也没有了能够抵抗强大敌人的王国。与上天的意志作对是徒劳的。占星书上明确写着我要遭遇不幸，我统治下的王国将会毁灭。"

"安拉阿克巴尔！"一个个元老高官和神职人员回应道，"真主的意志实现了！"所以他们无不同国王一样认为这些不幸都是预先注定了的，要与之作对一点希望也没有，并且基督君王提供的条件再有利不过。

穆扎听到大家同意投降条约，气愤不已地站起身。"别欺骗你们自己啦，"他高喊道，"也别以为基督徒会信守承诺，或者他们的国王在征服中会宽宏大量，就像他在战争中因取得胜利而得意扬扬那样。[1]

1　意指取得胜利后会得意，但征服中却不会宽容。

死亡是我们最不害怕的。城市被掠夺和抢劫，清真寺受到亵渎，我们的家被毁灭，妻子和女儿遭到强奸，人们受到残酷的压迫，不容异说的偏执，鞭子与镣铐、地牢、烙铁、火刑，这些就是我们将看到和忍受的痛苦与屈辱。至少那些卑躬屈膝、害怕光荣地死去的人，会看到并忍受它们。就我而言，安拉啊，我决不愿见到它们！"

　　说罢他离开了议事厅，忧郁地经过狮子庭和阿尔罕布拉宫的外厅，也不屑对这些厅中一些谄媚的朝臣说话。他回到住处，把自己全副武装起来，骑上最宠爱的战马从埃尔韦拉大门出了城，从此再没人看见他或听说他的情况。[1]

1　见孔代所著《阿拉伯史》第四部。——原注

第九十八章　格拉纳达的骚乱

1481 年 11 月 25 日签订了格拉纳达的投降条约，从此双方激烈地进行了多年的战争突然停止。现在，可以见到基督徒和摩尔人一起礼貌地待在赫尼尔河与达罗河两岸，而几天前如果他们这样相遇，便会展开残酷的战斗。尽管如此，假如在规定的六十天内有援军从海外赶来，摩尔人就有可能马上被激发起来进行防卫；又由于他们始终是个轻率鲁莽、易于激动的民族，所以费迪南德对该城一直保持着警惕，不允许各种物品进去。海港的驻军和直布罗陀海峡的巡洋舰也得到命令，防止埃及的大苏丹或巴巴里的君王们派来任何增援。但根本不需要有这样的防范。那些列强们要么已深深地卷入自己的战争中，要么被西班牙军队的胜利彻底吓住，不可能再干预一件铤而走险的事，格拉纳达不幸的摩尔人只好听天由命了。

12 月快过去了，饥荒变得极度严重，在规定的投降期限内根本没有希望出现任何有利事件。布阿卜迪勒看出，坚持到规定的最终时间只会延长民众的痛苦。他得到军事委员会同意，决定于 1 月 6 日交出城市。因此他派科米克萨前往费迪南德那里，把自己的意图告诉国王，同时带去了礼品：一把华丽的短弯刀，两匹身披高级马衣的阿拉伯战马。

　　不幸的布阿卜迪勒注定始终要遭遇麻烦。就在次日，那位名叫萨拉克斯的隐士——就是他先前作出预言引起过骚动——突然出现了，谁也不知道他来自何处。人们谣传说他曾待在阿普卡拉斯山中和巴巴里海岸，极力鼓动穆斯林们去解救格拉纳达。他变得瘦骨嶙峋，眼窝里的眼睛像燃烧的煤一样发光，说的话比语无伦次的疯话好不了多少。他在街道和广场上向民众大声疾呼，对投降条约进行猛烈抨击，谴责国王和贵族们，说他们是徒有其名的穆斯林；他还号召人们冲出去抗击基督徒，说安拉已经判定他们将取得重大胜利。

　　有两万多民众拿起了武器，他们高喊着穿过街道。一家家商店、一座座房子都关上大门。国王自己不敢冒险出去，像囚犯一样待在阿尔罕布拉宫里面。

　　在整个白天和晚上部分时间里，狂暴的民众一直在城内游行、高呼和号叫着。饥饿与冬天的大风使得他们疯狂的劲头减弱，早晨到来时，那个带领他们的狂热分子便消失了。他是让国王的特使还是城里的首领处置的，不得而知：他的失踪一直是个谜。[1]

　　布阿卜迪勒这时在首要贵族们的陪同下，走出阿尔罕布拉宫并向民众发表讲话，企图说服他们。他谈到接受投降条约的必要性，指出城里如何面临着严重的饥荒，继续抵抗如何毫无意义，并且人质已经交到了围攻者的手里。

　　不幸的布阿卜迪勒在悲戚中，把国家的灾难归结到自己身上。"我违背父亲的意愿登上王位，这都是我的罪过，"他忧伤地说，"王国因

1　见马里亚纳相关著作。——原注

此遭遇了惨剧。不过安拉已经狠狠地让我受到惩罚。为了你们的缘故，我的臣民们，我才签订了这个条约，为的是让你们不会被杀死，你们的孩子不会挨饿，你们的妻子和女儿不会被强奸；为的是让你们在一个比倒霉的布阿卜迪勒更幸运的君王统治下，能够享有自己的财产、自由、法律和信仰。"

君王谦卑的行为使反复无常的民众受了感动，他们同意拥护投降条约，甚至有人轻轻喊出"不幸的布阿卜迪勒万岁！"然后人们全都非常平静地回家去了。

布阿卜迪勒立即给费迪南德国王送去信函，告知了这些情况，还说他担心再拖延下去会引起新的骚动。科米克萨大臣再次成为双方君王之间的特使。他受到费迪南德和伊莎贝拉异常礼貌周到的接待，彼此商定投降的日期为1月2日而非6日。关于投降的仪式，这时出现了一个新的困难。高傲的奥拉——越是遭遇不幸时她越是傲然——声明说，身为君王母亲的苏丹女眷，她决不会同意让儿子卑躬屈膝地去吻征服者的手；她将想方设法阻止这种带有侮辱性的投降，除非对这部分仪式做些修改。

这一反对意见使科米克萨深感麻烦。他了解不屈不挠的奥拉所怀有的傲然精神，以及她对自己不那么英勇的儿子所具有的影响，所以就此给朋友胜迪拉伯爵去了一封急信。伯爵把这个情况告诉了基督君王，他们针对这个问题召开了一个会议。西班牙人的骄傲与礼节，在一定程度上不得不向一位傲然的女人屈服。他们同意让布阿卜迪勒骑着马出去，在到达西班牙君王面前时微微做那么一下，好像要把脚从马镫里取出来，然后下马；不过这时费迪南德会阻止他那样做，并且，要用与布阿卜迪勒的尊贵地位和高贵出身相应的敬重来对待他。胜迪拉伯爵派了一位使者前去报告这一安排，这样傲然的奥拉所怀有的顾忌才得以消除了。[1]

1　见萨拉扎所著：《红衣主教史》第一卷六十九章第一页；阿尔坎塔拉所著《格拉纳达史》第四卷第十八章所引《马拉加谈话录》手稿。——原注

第九十九章　格拉纳达投降

在投降前的那天晚上，阿尔罕布拉宫里面充满了悲哀，布阿卜迪勒一家人准备着向自己可爱的住所永别。所有上等珍宝和最贵重的财物都被匆匆打包，放到一匹匹骡子上；一间间漂亮屋子让自己的居住者洗劫一空，他们流着眼泪，发出悲叹。天亮前，一支忧伤的队伍隐隐约约从阿尔罕布拉宫的一道后门出去，穿过城里一处最僻静的地方。他们是不幸的布阿卜迪勒的家人，他这样把他们秘密送走，以免被嘲笑者们看到，或者让敌人沾沾自喜。布阿卜迪勒的母亲，即苏丹女眷奥拉，默默地骑着马，沮丧中也带着一份尊严。不过他妻子莫里玛和家中所有的女人们，回头看见自己可爱的住所如今成了一片阴郁的塔楼城堡时，个个都止不住大声恸哭起来。她们由一些年纪不轻的家仆侍候着，另外还有一小队卫兵——这些人仍然忠诚于被推翻的君王，为了保卫他的家人会献出自己宝贵的生命。他们穿过城市静静的街道时，它还处在沉睡之中。门旁的卫兵流着泪打开大门让他们出去。他们没有停留，而是沿赫尼尔河岸继续一路前往阿普卡拉斯，直至到达一座离城市有些距离的小村，这时才停下来等候布阿卜迪勒。可以料到，在阿尔罕布拉宫一座座豪华的厅堂里如此悲观沮丧地度过的这一夜，在基督营地里却是欢欣鼓舞的。傍晚时已经宣布格拉纳达将于次日投降，整个部队得到了命令，要早早地聚集在各自的旗下。骑士、侍从和乡绅们也都得到指示，要求他们为这个重要的时刻穿上最富丽光彩的服饰，甚至王室一家也决定脱下最近穿上的丧服——因为伊莎贝拉公主的丈夫、葡萄牙王子突然死亡。在投降条约中有一条规定，前去接管的部队不应从城里穿过，而要从城墙外专门为此开辟的一条路爬上去进入阿尔罕布拉宫。这样做是为了不伤害痛苦的居民们的感情，避免他们和征服者之间发生愤怒的冲突。费迪南德极其严格地执行着这一防范措施，不允许士兵离开队伍擅自进入城里，违者处死。

初升的太阳刚刚将玫瑰色的阳光照耀在内华达山脉的雪山顶上，从阿尔罕布拉宫高耸的要塞里就发射出三声响亮的信号。这是双方商定好的信号，表示一切投降的准备都已就绪。基督军队随即从圣达菲城——或者说营地——出发，穿过低湿的平原。行进在最前面的是国王和王后、公子和公主，以及高官权贵和宫廷的贵妇人们，随同的有各个级别的僧侣和修士，他们由身穿华丽服饰的皇家卫队护送着。队伍缓缓地向前，并在阿米拉村暂时停下，这儿离城里半里格远。

与此同时，西班牙红衣主教冈萨雷斯由三千名步兵和一队骑兵护送，并在古铁雷司令和许多高级教士与绅士的陪同下穿过赫尼尔河，先一步爬上山前往阿尔罕布拉宫，以便接管这座皇家宫殿和要塞。那条专门为此开辟的路途经"米尔斯门"，沿着一条山道通往"烈士山"顶部的那片平坦空地。待这支分遣队到来时，摩尔王从阿尔罕布拉宫的一道后门出去，让科米克萨大臣交出宫殿。他出去的那道门通往外墙一座称为"七层塔"的高塔。他由五十名骑士陪同，步行来到红衣主教身旁，后者立即下马，极其尊重地走过去迎接他。两人朝一边走了几步，低声简短地交谈一下，然后布阿卜迪勒抬高声音喊道："去吧，先生，以强大的基督君王的名义接管要塞吧，上帝乐于赐给他们，以奖赏他们伟大的功绩，并惩罚摩尔人的罪过。"在布阿卜迪勒面临厄运时，红衣主教极力安慰他，主动提出任何时候对方逗留在营地都可以使用他自己的帐篷。布阿卜迪勒感谢他的好意，又说了些忧伤的话后便礼貌告辞，悲哀地继续前去拜见基督君王，也沿着红衣主教来的道路下去，到了低湿的平原。红衣主教则在高级教士和骑士们的陪同下，进入阿尔罕布拉宫，科米克萨司令把门给他们完全打开。同时摩尔卫队交出了武器，塔楼和城垛便由基督部队接管了。

在阿尔罕布拉宫及其附近进行这些交接时，基督君王同他们的随从和卫队留在离阿米拉村不远处，他们直盯住皇家要塞的塔楼，观察着约定的占领信号。自从先遣队出发后，已经过去的时间似乎超出了为此目的所必要的时间，这时焦急的费迪南德开始怀疑城里出现了某种骚乱。终于，他们看见银色的十字——这场十字军东征的大旗——高高地飘扬在"大瞭望塔"上，在阳光下闪闪发光。那是阿维拉主教塔拉韦把它插上去的。在它旁边竖立着光荣的使徒圣詹姆斯[1]的旗帜，全军高喊起"圣地亚哥！圣地亚哥[2]！"来。最后由纹章院长[3]升起皇家旗帜，人们高喊"卡斯蒂利亚！卡斯蒂利亚！为费迪南德国王和伊莎贝拉王后而战！"整个军队都回荡着这样的喊声，一阵阵欢呼声响彻低湿的平原。看见已经占领的信号，两位君王跪拜在地，感谢上帝让他们取得这个伟大的胜利。聚集在一起的军队也都像他们一样跪下，皇家教堂的唱诗班歌手随即唱起了神圣的《感恩赞美诗》。

1　指耶稣的十二门徒之一。

2　原文为 Santiago，应指"圣地亚哥骑士团"。系为了抗击西班牙的穆斯林，大约于1160年建立起来的基督教骑士队伍。此处是发出的一种呐喊。

3　一种负责管理司纹章的官，在英国最初权限不小。

这时国王在堂皇壮观的骑兵护送下、在号角声中，一直来到赫尼尔河岸附近的一座小清真寺，此处离"烈士山"脚下不远。这一建筑至今存在，它因曾经是圣塞巴斯蒂昂[1]的隐居地而变得神圣。国王在这儿见到了不幸的格拉纳达国王，他正带领一小队随从骑着马迎上来。布阿卜迪勒快靠近时，做了一个要下马的动作，但正如事先商定的，费迪南德赶忙阻止他那样。然后他要吻基督君王的手，按照安排这也同样被拒绝，于是他把身子俯过去吻了一下国王的右臂。同时他带着既悲哀又屈从的神情，交出了城市的钥匙。"这些钥匙，"他说，"是在西班牙的阿拉伯帝国留下的最后遗物。这些东西，啊！国王，就是我们的战利品，我们的王国，我们的人身[2]。这是上帝的意志！用您所承诺的仁慈接受它们吧——我们期待着在您手中得到这样的仁慈。"[3]

费迪南德国王克制住自己的喜悦，只是平静地显露出宽厚的神态。"请相信我们的承诺，"他回答，"也要相信我们的友谊会使你重新兴旺赶来——尽管这场战争的命运使你衰败下去。"

在得知虔诚的胜迪拉伯爵伊尼戈将成为格拉纳达城的司令官后，布阿卜迪勒从手指上取下一枚镶嵌着宝石的金戒指，把它送给伯爵。"这是我戴着掌管格拉纳达的戒指。拿去戴上它掌管这座城市吧，上

---

1 圣塞巴斯蒂昂（？—约288），早期的基督教徒。文艺复兴时期的艺术家们喜欢用他殉道的事迹作为创作题材。

2 因为格拉纳达最初是摩尔人从基督徒手中夺去的，所以是他们的战利品。"人身"二字，喻指现在他们的人身自由也交出来了。

3 见阿瓦尔卡所著《阿拉贡王国史》。——原注

帝会让你比我更幸运！”[1]

　　然后他继续前往阿米拉村，伊莎贝拉与她的护卫队和随从们仍然留在这里。王后也像丈夫一样不让他作出任何效忠的表示，像通常那样仁慈而亲切地接待了他。同时她将布阿卜迪勒的儿子交还给他——他儿子先前为履行投降条约充当了人质。布阿卜迪勒很疼爱地把儿子紧紧抱在怀里，似乎因遭遇不幸父子俩变得亲密起来。[2]

　　不幸的布阿卜迪勒与家人团聚后，继续前往阿普卡拉斯，以免看到基督徒们进入他的首府。那队忠诚的骑士们沮丧、沉默地跟随在后面，他们听见胜利的基督军队的欢呼声和狂欢的音乐顺风而来，从心里发出深深的叹息。

　　布阿卜迪勒与家人在一起后，便怀着沉重的心情前往普尔切纳山谷规定的住地。在离那儿两里格远时，正蜿蜒进入阿普卡拉斯边缘的队伍爬上一个可以最后俯瞰到格拉纳达的高处。这些摩尔人到达此处时不知不觉停下来，向可爱的城市告别，再往前走几步他们就永远见不到它了。格拉纳达在他们眼中看起来从没有这么可爱过。在纯净的空气里，阳光如此明媚，让每一座塔楼和光塔[3]清晰可见；它光辉灿烂地照耀在阿尔罕布拉宫高耸的城垛上，而低湿的平原则在下面展开它那光洁青翠的胸膛，同银波闪闪、弯弯曲曲的赫尼尔河一道熠熠生辉。

1　“这枚戒指一直在伯爵的后代手中，直到最后一位男继承人堂·伊尼戈侯爵去世——他1656年死于马拉加，没有留下孩子。由于疏忽，加之不知道戒指的价值，它后来就丢失了；当时侯爵的妹妹玛丽亚小姐又不在马德里。”——见阿尔坎塔拉所著《格拉纳达史》第四卷第十八章。——原注

2　见苏里塔所著《阿拉贡王国史》第二十卷第九十二章。——原注

3　指清真寺旁的一种塔。

摩尔骑士们默默地注视着自己美好的家园——那是他们喜爱和享乐的地方——感到既亲切又悲哀，痛苦不已。正当他们看着的时候，一团轻烟从城堡上升起，随即隐约传来隆隆的炮声，表明城市已被接管，穆斯林的王座永远失去了。布阿卜迪勒为自己的不幸丧失了勇气，他忧伤万分，再也无法控制。"安拉阿克巴尔啊！万能的主啊！"他说，但是这些屈从的话并没能说出，他突然哭了起来。

布阿卜迪勒无畏的母亲奥拉，对他的软弱很生气。"你做得真好，"她说，"为自己没能像个男人一样保护的东西，哭得像个女人。"

科米克萨大臣极力安慰他的母后，并对他说道："想想吧，先生，那些最大的不幸，常常像最辉煌的战绩一样使人闻名，只要能宽容地对待它们。"

然而，这位倒霉的君王无法得到安慰，泪水一直流着。"安拉阿克巴尔啊！"他高喊道，"谁的不幸有我的这样大呢？"

由此，这座离帕杜尔不远的山被取名为"菲格 - 安拉阿克巴尔"，不过西班牙人都知道，那个最后俯瞰到格拉纳达的地点叫"摩尔人最后的叹息"。

第一百章　基督君王如何接管格拉纳达

　　伊莎贝拉与国王会合后，这一对君王便率领胜利的军队从"烈士山"沿路走去，由这儿进入阿尔罕布拉宫的主入口。红衣主教在宏伟的"正义之门"高大的拱门下面恭候他们，随同的有古铁雷和科米克萨。费迪南德在此把交给他的钥匙交到王后手中，接着王后再交到王子胡安手中，王子又交给红衣主教，最后钥匙交给了胜迪拉伯爵，并由伯爵保管着——这位英勇的骑士已被任命为阿尔罕布拉宫的司令和格拉纳达的总司令。

　　君王第一次到阿尔罕布拉宫时没逗留多久，而是把一支强大的卫戍部队留给胜迪拉指挥，以便让宫殿和下面的城市保持稳定。然后，他们回到了圣达菲营地。

　　这座城市投降后，有个情况必须提及一下，它很好地表明了胜利者们的心情。当皇家军队颇有朝廷气派、威武雄壮地向前行进时，有一队截然不同的人走上前来迎接。他们是五百多名基督俘虏，许多人在摩尔人的地牢里关了多年，变得憔悴不堪。他们脸色苍白，身体衰弱，因胜利而满怀喜悦地把镣铐碰得叮当响，个个流下喜泪来。君王亲切地接待了他们。国王称他们是虔诚的西班牙人，向他们致敬。王后则亲自向他们分发丰富的救济品，然后这些俘虏从高唱大赦圣歌的队伍前面走了过去。[1]

君王一直等待着，要等到城市完全被部队占领、公众稳定下来时才正式入城。而这一切都是在胜迪拉伯爵机警的监督下进行的，由比列纳侯爵协助。城墙和壁垒上的钢盔与长矛发出亮光，一座座塔楼上飘扬着基督旗帜和区旗，令人敬畏，而这些都表明城市已彻底平息。那位改变了信仰的首领希阿亚，现在有了基督徒的名字堂·佩德罗·德·格拉纳达·瓦尼加斯[2]，他被任命为本城的警察长，负责管理摩尔居民；他儿子先前是阿尔纳亚首领，如今取名为阿隆索·德·格拉纳达·瓦尼加斯，并被任命为海军元帅。

在1月6日的"列王节"和"主显节"[3]这天，基督君王率领雄壮的军队胜利进入格拉纳达。我们知道，行进在最前面的是一支堂皇壮观的骑士护卫队，他们身穿闪亮的盔甲威武地骑在马上。王子胡安跟随在后面，他身上的珠宝、钻石闪闪发光。在他两边是骑着骡子、身穿紫袍的红衣主教弗洛里·埃尔南多·德·塔拉韦拉、艾尔拉主教和格拉纳达选定的[4]大教主。他们之后是王后和她的侍女们，国王则活泼愉快地（西班牙的编年史学家们说）驾驭着一匹精神饱满的战马。然后是排列成纵队、光彩耀眼的部队，它们高举飘扬的旗帜，吹奏出鼓舞人心的军乐。国王和王后（可敬的阿加皮达说）认为这一场合非

1　见阿瓦尔卡和苏里塔等相关著作。——原注

2　希阿亚也被任命为圣地亚哥骑士团骑士。他和儿子都与西班牙贵族结了婚，他们的后代中有一些孔波特加侯爵。在格拉纳达的格内拉里弗宫的一间展厅里可见到他们及其子孙的画像。——原注

3　每年1月6日纪念耶稣显灵的节日。

4　指当选而尚未就职的。

同寻常。可敬的神职人员们走了过去——这一光荣的征服，在很大程度上归功于他们的忠告与热诚——他们的内心充满了神圣的欢乐，不过看起来却似乎克制着，人人两眼向下，显示出富有教益的谦卑。而一个个强健的武士——他们头上的羽饰晃来晃去，身上的武器发出亮光——似乎严厉的表情中怀着喜悦，因为他们发现经过千辛万苦、重重危险之后，终于拥有了所争夺的城市。就在街道上回响起战马的脚步声和越来越响亮的音乐时，摩尔人无不深深地躲藏在住处。他们为自己的民族不再荣耀暗暗叹息，不过他们克制着，以免让敌人听见后更加得意。

这支皇家队伍来到大清真寺前，它已经圣化成了一座大教堂。君王在此祈祷感恩，然后皇家小教堂的唱诗班吟诵起胜利的赞美诗，这时所有朝臣和骑士都共同吟诵起来。虔诚的费迪南德国王对上帝所怀有的感激无与伦比（阿加皮达说），因为上帝使他得以将那个异教民族的帝国和名字从西班牙根除，并将十字架竖立在长期遵从穆罕默德的教旨的城市里。他满怀激情，恳求上天继续给予恩赐，让这一辉煌的胜利永垂不朽。[1]人们对虔诚的君王的祈祷作出回应，甚至敌人这次也对他的真诚深信不疑。

宗教仪式结束后，王室的人便朝上面堂皇富丽的阿尔罕布拉宫走去，从"正义之门"进入宫中。不久前还属于包着头巾的异教徒的大厅，此时一位位贵妇人和基督朝臣穿梭其中，发出沙沙的声音；他们满怀好奇地环顾这闻名遐迩的宫殿，对它那些青翠的庭院和不断涌出

1　阿加皮达的话，只是与可敬的马里亚纳产生了共鸣（见马里亚纳著：《西班牙史》第二十五卷第十八章。——原注）。

水来的喷泉、装饰着雅致的阿拉伯式图案和不乏种种碑文题字的厅堂以及金碧辉煌的天花板赞赏不已。

不幸的布阿卜迪勒有一个最后的请求——这显示出他对于自己命运的变迁感受多么强烈——任何人都不允许从阿尔罕布拉宫的大门进去或出来，他就是从那儿出去交出城市的。他的要求得到同意，于是这道大门被封存起来，至今如此——它成了对那次重大事件无声的纪念。[1]

西班牙君王将宝座定在宫殿的接见厅，它长期以来一直是摩尔王权的中心。格拉纳达首要的居民们时常来这儿效忠他们，吻他们的手，以示臣服；阿普卡拉斯——这个地方至此尚未交出——所有城镇和要塞的代表，也都以他们为榜样。

格拉纳达之战经过十年不断的争夺，就这样结束了，它在持续时

1　见加里贝所著《西班牙史简编》第四十卷第四十二章。这道大门的存在以及与它相关的故事，也许只有少数人知道，不过在为证实这段历史所作的研究中可以得到确认。此门位于一座塔楼底部，该塔楼离阿尔罕布拉宫的主体有一定距离。在法国人对这座堡垒进行劫掠时，该塔楼曾被炮火毁坏。周围还有大块大块的废墟半掩在葡萄树和无花果树当中。有一个名叫马特奥·希梅内斯（Mateo Ximenes）的穷人住在阿尔罕布拉宫的废墟中的一座厅堂内——他的家人在那儿已生活了许多代——把大门指给笔者看，这道门仍然用石头堵塞着。他记得曾听父亲和祖父说那儿始终是这样堵塞着的，布阿卜迪勒王交出格拉纳达时，即由此出去。我们可以追寻到，不幸的国王从这里穿过了"玛蒂尔斯门"修道院的庭院，走下那面的一个峡谷，穿过像吉普赛人的洞穴和小屋构成的街道，再通过"米尔斯门"一直来到"圣塞巴斯蒂昂院"。然而，只有古文物研究者才能对此追寻一番，除非你有本地那位卑微的"史学家"希梅内斯帮助。——原注

间上与闻名遐迩的"特洛伊围攻战"[1]不相上下，最终也像那座城市一样被夺取。而摩尔人在西班牙的统治也随之结束，这一统治从难忘的罗德里戈[2]——最后一位哥特族国王——在瓜达勒特两岸的失败开始，持续了七百七十八年。可信的阿加皮达在确定这一事件的时期上异常详尽细致。根据他的计算，这场圣战的伟大胜利是于公元1492年1月初取得的，根据希伯来人的计算，它距图巴尔[3]族长的西班牙后裔时代三千六百五十五年，距大洪灾[4]三千七百九十七年，距创世纪[5]五千四百五十三年。

1　指传说中的特洛伊战争——早期希腊人和特洛伊人在安纳托利亚西部发生的冲突，持续了十年之久。

2　罗德里戈（？—711），西班牙的最后一位西哥特国王。

3　《圣经·创世纪》中雅弗（诺亚的第三个儿子）的第五个儿子。

4　指《圣经·创世纪》中的洪水灭世，大流激。

5　《圣经》中指上帝始创天地之时。

附录

　　《征服格拉纳达》到此结束了，但读者也许很想知道一些主要人物后来的命运。

　　不幸的布阿卜迪勒同母亲、妻子、儿子、妹妹、大臣兼知心顾问科米克萨和许多其他亲友，引退到了普尔切纳谷，这儿有一片虽然面积不大但却十分富饶的地方归他享用——其中有阿普卡拉斯的几座城镇——包括这些城镇的所有权利与收入。在这儿，他周围有着顺从的封臣、忠诚的朋友和爱他的家人，并拥有足够财富过上习以为常的奢侈富贵的生活，所以一段时间里他都过得很平静，或许回顾他以前的帝王生涯时倒觉得它像是一场令人困惑不安的梦，而他已幸运地从中醒来。不过，他似乎为自己还有那么一点王权感到满意，时而在小小的领地内巡游一番，视察一下各个城镇，接受居民们表示的效忠，用高贵的手给他们以赏赐。然而，他主要的乐趣是森林中的各种运动，这当中有马、鹰和猎犬相伴——因为他非常喜欢犬猎和鹰猎，这样，他便可一连几周都在大山中狩猎。而即便在这些隐退的地方，心怀猜疑的费迪南德也没放过他。这位政治上虔诚的君王，不遗余力地劝导他信奉基督教，想让他在感情与意气上与新近的臣民分离。但是他仍忠实于祖先的信仰，而作为一名诸侯在基督君王的统治下生活，一定使他蒙受了极大的羞辱。

他在这方面的固执更增加了费迪南德的疑心，国王回想到摩尔人过去反复无常的行为，在自己刚征服的领地上无法感到十分安全——因为境内有一个人可能会向君王提出新的意图，并高举起代表它们的异教旗帜。他因此派人在被废黜的君王的隐居处对其警惕监视，并在他周围安插密探，报告他的一言一行。读者得知首要的密探竟然是科米克萨时，很可能会吃惊吧！自从科米克萨大臣的侄女被胜迪拉伯爵捕获并释放后，他就与那位贵族保持着友好的通信联系，从而渐渐被费迪南德争取过去了。一些文献逐渐浮出水面，使人们几乎不怀疑这位大臣被西班牙国王的贿赂和承诺所收买，并在格拉纳达的投降条约中，让自己的意见发挥了很好作用。毫无疑问，他后来从基督君王手里获得了大量财产。科米克萨一方面极其亲密友好地与布阿卜迪勒一起住在他隐居的地方；另一方面，又与住在格拉纳达的费迪南德的大臣扎弗拉秘密通信，报告布阿卜迪勒的一切行动，然后扎弗拉再写信报告给国王。这位大臣的一些信件仍然保存在萨马卡斯的档案室里，最近在未经编辑的文献集中得以出版。[1]

密探的信让费迪南德的疑心有增无减。他从那位前国王的狩猎活动与巡游中看到，阿普卡拉斯的摩尔人当中保持着一种士气和共同的意识，使他们将来有可能反叛。渐渐地，王国内的布阿卜迪勒的住处与费迪南德的安全感发生了矛盾。所以他暗中给密探指令，让他们极力说服被废黜的君王，劝他像扎加尔一样出于价值上的考虑，放弃西班牙的财产到非洲去。然而，布阿卜迪勒不听劝告，对于那些不忠的

---

[1] "布阿卜迪勒国王和他的随从们继续来到达里亚斯和维尔加部队的营地，虽然他在安达克斯有一个阵地；人们说他会在此停留一个月。"——见扎弗拉1492年12月写的密信。——原注（原文为西班牙语。）

顾问提出的迫切建议，他回答说自己已放弃了一个国王，以便过上安宁的生活；他根本无意去异国他乡，面临新的麻烦，还要受到那些好战的穆斯林的控制。[1]

费迪南德又继续努力，寻找一些更有效的办法做布阿卜迪勒的工作，渐渐使他愿意谈判了。在这件事上，好像科米克萨背地里积极帮助西班牙君王，作为布阿卜迪勒的大臣和代理人与基督君王在巴塞罗那相会。然而，布阿卜迪勒发现自己住在阿普卡拉斯让费迪南德猜疑和不安，便决定亲自去巴塞罗那与君王进行所有的协商谈判。费迪南德的大臣扎弗拉始终保持警惕，他从格拉纳达写了一封信把布阿卜迪勒的意图告诉国王，说布阿卜迪勒正在为此行做准备。国王收到回信，让他在不知不觉中阻止布阿卜迪勒去宫廷，或者至少推迟一下。[2] 精明的君王希望通过科米克萨这位布阿卜迪勒的大臣和代理人促成通过布阿卜迪勒本人不可能办到的事。这一策略性的计划得以实现，布阿卜迪勒在扎弗拉的安排下被留在安达克斯。与此同时，1493 年 3 月 17 日费迪南德和科米克萨达成了一项并不光彩的交易，其中规定后者——作为布阿卜迪勒的大臣和代理人，尽管并没有布阿卜迪勒的任何许可或授权——以八万达克特金币的价格，将摩尔王的领地和公主们的祖传财产出卖；科米克萨又保证让布阿卜迪勒前往非洲，同时力求让条件对自己非常有利。[3]

这项交易匆忙结束之后，科米克萨把钱驮在一些骡子上，前往阿普卡拉斯。在此他把钱摆放于布阿卜迪勒面前。"陛下，"他说，"我

1　见扎弗拉 1493 年 12 月 9 日写给君王的信。——原注

2　见君王 1493 年 2 月从巴塞罗那写给扎弗拉的信。——原注

3　见阿尔坎塔拉所著《格拉纳达史》第四卷第十八章。——原注

已看到只要你住在这儿，你就始终面临着危险。摩尔人都轻率易怒，他们会以高举你的旗帜为借口，突然进行某种造反，从而使你和朋友们彻底毁灭。我还看到你在悲哀中一天天消瘦下去，因为在这片土地上你会不断想到自己曾是它的君王，但你又绝不再希望统治它。我已终止了这些不幸，把你的领地卖掉了——请注意出让的价格！有了这些金钱你就可以在非洲买到远更多的领地，并过着体面安全的生活。"

布阿卜迪勒一听见这些话勃然大怒，拔出短弯刀，若不是随从们阻止，急忙把大臣带出去，他就当场将好管闲事的科米克萨杀死了。[1]

布阿卜迪勒的愤怒逐渐平息下去：他虽然看出自己被愚弄、被出卖，但也很清楚费迪南德的脾性，不可能希望对方收回这项交易，不管它多么不合法。他因此在对交易得到某些有利的修改之后同意了，然后便准备着与自己不久前的王国和故土永别。

必要的安排用了几个月时间，或者说由于布阿卜迪勒家里发生了一件严重的不幸而推迟启程。莫里玛——他温和而情深的妻子——因焦虑惊恐身体衰弱下去，终于进了坟墓，在悲哀中耗尽生命。她是在快到八月末时去世的。扎弗拉将这一对费迪南德国王意图有利的事通知了他，这事使得布阿卜迪勒乘船出发时少了一个阻碍——出发的时间现在定于九月。扎弗拉得到指示把被放逐的人员送出去，直至看到他们在非洲海岸上登陆。

然而，直到10月里的某个时间才启程。在阿德拉港已经为布阿卜迪勒及其最亲近的亲友们准备好一只大帆船；另一只大帆船和两只带帆的双排桨船上面乘了许多忠实的随从，据说共计一千一百三十人，

1　见马莫尔所著《摩洛族叛变》第一卷第二十二章。——原注

他们和自己的君王一起被流放。

昔日的一群臣民目睹着他上船。帆被打开了，让风吹得满满的，随即载着布阿卜迪勒的船便离开海岸；旁观的人本来要欢呼着向他告别，可他们不得不想到自己一度骄傲的君王现在却处于卑微的境地，因此他年轻时那个不祥的别号不知不觉、自然而然地脱口而出："再见了，布阿卜迪勒！安拉保佑你，'不幸者'！"这个倒霉的称号让被驱逐出去的君王十分难过，当格拉纳达的雪山顶渐渐从视线中消失时，泪水模糊了他的双眼。

他在亲戚穆勒·艾哈迈德的宫廷中受到欢迎——艾哈迈德是非斯的哈里发，正是此人在扎加尔被放逐时曾残酷对待他。布阿卜迪勒在这个宫廷中住了三十四年，得到无微不至的关怀；他还在非斯建造了一座宫殿或城堡，据说他极力仿效阿尔罕布拉宫里那些美丽可爱、令人喜悦的东西。

我们所能发现的关于布阿卜迪勒最后的记载，是在1536年，当时他跟随哈里发奔赴战场，以便抗击著名的赫雷弗斯家族的两兄弟入侵——这两兄弟率领北非柏柏尔人的部队夺取了摩洛哥城，并威胁着非斯。两支部队来到瓜达尔-霍威特——或称"奴隶河"——两岸位于巴库巴滩的地方，彼此相望。河水极深，岸边既很高又已破损，只能成一列纵队通过浅滩。三天时间里部队在两岸相互射击，谁都不敢贸然通过危险的浅滩。最后哈里发将部队分成三队：他让内弟和洛克萨老司令的儿子阿利亚塔指挥第一支部队；第二支部队由他亲自指挥；第三支则由他儿子非斯王子和布阿卜迪勒指挥，后者现在已是一位头发灰白的老将。第三支部队打头阵，官兵们勇敢地冲过浅滩，迅速爬上对岸，极力牵制住敌人，以便让另外两支部队过河。然而叛军猛烈地攻击他们，把非斯国王的儿子和几位最勇武的司令当场打死。众多的官兵被赶回到河里，而河中已经挤满了正在过去的部队。于是出现了一场可怕的混乱，骑兵踩在步兵身上，敌人又逼过来对他们进行凶猛残杀。那些没有被杀死的人却让河水给淹死了，河中堆满人和马的尸体以及部队七零八落的行装。布阿卜迪勒——他被称为"不幸者"确实不假——就是在这场可怕的残杀中阵亡的；那位古代的编年史学家说，这一例子说明了命运多么变幻莫测，令人耻笑——布阿卜迪勒在缺乏勇气为保卫自己的王国而献身之后，却为保卫他人的王国战死了。[1]

在这位编年史学家的中伤中，所包含的刻薄多于正确。在保卫格拉纳达的战斗中布阿卜迪勒从不缺乏勇气，他缺乏的是坚定与果断：从一开始他就被弄得困惑不堪，最后又为费迪南德的一个个计谋所困扰，那些他最信任的人的叛逆行为也让他极其苦恼。[2]

晨星佐拉亚

尽管这位年轻的苏丹女眷，与布阿卜迪勒颇有德行的母亲奥拉势不两立，并且她野心勃勃的密谋还导致了一些灾难，但宽容温和的布阿卜迪勒对她并没有永远怀恨在心。父王去世后，他对她既尊重又和

1　见马莫尔所著《非洲记述》第四十章，及其《摩洛族叛变》第一卷第二十一章。——原注

2　在修订这一关于布阿卜迪勒的命运的记述时，笔者参考了阿尔坎塔拉所著的《格拉纳达史》中最近发表的真相，这些真相使本问题中至此模糊不清的某些部分得以充分明了起来。——原注

蔼，对她的儿子卡达和纳萨尔也表现出兄弟般的情谊。在格拉纳达的投降条约中他照顾到她的利益，并将为她获得的财产存放在阿普卡拉斯山谷离自己不远处。然而，佐拉亚在伊莎贝拉女王的影响下回到了基督信仰上——那是她从小信仰的宗教——而且采用了伊莎贝拉这一西班牙人的姓。她的两个儿子卡达和纳萨尔接受洗礼后，分别取名为堂·费尔南多和唐璜·德·格拉纳达，同时可以拥有王子的头衔。他们与西班牙贵族子女通婚，居住在巴利亚多利德的格拉纳达公爵们便是唐璜（曾经是纳萨尔）的后裔，他们至今保存着国王祖先哈桑的徽章及其箴言：唯有上帝才是征服者。

科米克萨的命运

一部长期以来均为手稿的编年史，近些年以西班牙历史文献集的形式出版了，[1] 它让我们知道了不忠的科米克萨后来的命运。由于自己的背叛行为，他受到布阿卜迪勒的抛弃与鄙视，因此到了西班牙宫廷；又由于他信奉了基督教，在伊莎贝拉王后的主持下接受洗礼并取名为唐璜·德·格拉纳达[2]，所以他深受虔诚的王后青睐。他对自己新信奉的宗教满怀热情，甚至成为一名天主教圣芳济各会的修道士。但是渐渐地他那虚假的虔诚冷淡下来，那身修道士服也变得让他讨厌。他趁一些威尼斯人的船从阿尔梅里亚启航的机会，很快脱下修道士服，登上其中一只船前往非洲，穿着西班牙骑士的服饰上了岸。

---

1 见阿尔坎塔拉所引用的帕迪利亚 [Padilla（约 1500—1542），西班牙天主教教士。——译注] 所著《费利佩·埃尔·埃尔莫萨史》。——原注

2 与佐拉亚的一个儿子同名。

在与布加的摩尔王阿夫德拉曼的一次密谈中，他讲述了自己的整个经历，声称自己骨子里过去和现在一直是个真正的伊斯兰教徒。他颇善于让那位国王相信，并再次受到青睐，被任命为阿尔及尔[1]的市长。就在他享受着自己新的高位时，有一支西班牙队伍乘着四艘船，在著名的佩德罗·德·纳瓦罗伯爵的带领下，于1509年停泊在海港。科米克萨以市长身份礼节性地拜访了这支队伍，并多次宴请伯爵；在私下的谈话中，他将布加国王所有的情况告诉了伯爵，并提出如果伯爵带领足够的兵力回来，他会将这座城市交到对方手里，帮助征服整个地区。伯爵迅速返回到西班牙，把科米克萨意欲背叛的事告诉了时任西班牙首相的红衣主教希梅内斯。在随后的1月份里伯爵即率领三十只船和四千名士兵，被派去执行这一冒险任务。纳瓦罗的此次远征取得成功，他成为布加的首领，胜利地夺取了宫殿。不过，他却于宫殿中发现卑鄙的科米克萨倒在血泊中挣扎，因多处受伤奄奄一息。原来他的背叛行为被发现，布加国王为此进行报仇，结束了他那不忠不义的生涯。

卡迪斯侯爵之死

著名的庞塞，即集侯爵和公爵于一身的卡迪斯，在格拉纳达这场伟大的宗教战争中，无疑因为自己的热情、胆识与英勇而成为最卓越的西班牙骑士。他夺取了阿哈玛，从而开始了这场战争；在此期间，他几乎参与了每一次重大的袭击与围攻；首府投降时——这场征服从此结束——他也在现场。他所获得的名望，在他死后随之封存起来——

1　阿尔及利亚首都。

那是在他四十八岁时，差不多刚刚取得胜利，他桂冠上的叶子还没来得及枯萎。他于 1492 年 8 月 27 日去世于塞维利亚市的宅第中，这时格拉纳达投降才几个月；在这场难忘的战争中，他因经常遭受风险、过于疲劳而患病。那位正直可靠的编年史学家——即宫殿牧师贝纳尔德斯，他与侯爵是同时代的人——根据自己实际的了解和观察对侯爵作了生动描写。在骑士所具有的美德方面，他被普遍列举为（宫殿牧师说）那个时代最完美的楷模。他富有节制、朴素纯洁、极其虔诚，是一位仁慈善良的指挥官、保护属下的英勇卫士、十分热爱正义的人，也是所有奉承、撒谎、抢劫、叛逆和胆小的人的敌人。

他有着崇高的雄心。他凭借名扬四方的英勇行为，使自己和家人超凡出众；通过获得城堡、领地、诸侯和其他丰厚的财物，使自己祖传的遗产不断增多。他的娱乐也无不具有尚武的性质。他喜欢几何学，并把它运用到防御工事上面，用大量时间和钱财建造、修复要塞。他喜欢音乐，不过也是与军事有关的，比如，各种号角和战鼓。他像一位真正的骑士那样，任何时候都是女性的保护者，一个受到伤害的女人只要求助于他，总会得到补偿。他的勇武以及对女性表现出的礼貌，无人不知，所以宫廷的贵妇们随同王后去战场时，看见自己受到他的保护都很高兴。因为不管他的旗帜出现在哪里，摩尔人都害怕做出冒险的举动。他是一位忠实可靠的朋友，但又是令人敬畏的仇敌；因为他不会很快给予宽恕，他的报复持久而可怕。

这位仁慈善良、备受敬爱的骑士之死，让所有阶层的人都感到悲哀痛苦。他的亲戚、侍从和战友们为失去他穿上了丧服，其人数之多，以致半个塞维利亚都穿上了黑色的衣服。然而，对他的死最感到悲痛和真挚的，莫过于他的朋友和最好的同伴阿隆索。

　　葬礼举行得尤其庄严隆重。侯爵的遗体穿上了华贵的衬衫、锦缎紧身上衣、黑天鹅绒的长袍、具有摩尔人风格的长达脚部的织锦外衣，以及红色长袜。镀金华美的剑像他通常奔赴战场那样插在腰间。经过这番堂皇富丽的打扮后，他的遗体被放在了灵柩里，上面覆盖着黑色的天鹅绒，并用白色缎子点缀。然后，灵柩放在宫殿大厅中央一副豪华的灵柩架上。在这儿，公爵夫人面对丈夫的遗体放声恸哭，随后长长的一队年轻女子、侍从、听差、绅士和无数诸侯也和她一起哭泣。

　　傍晚过去时——就在"万福马利亚"[1]之前——出殡队伍从宫殿出发。灵柩周围有十面旗帜，它们是侯爵在费迪南德国王在开始格拉纳达之战前，凭借自己在各个军事行动表现出的英勇，从摩尔人那里夺得的特殊战利品。后来又加入了一大队主教、牧师和各类修士，以及社会和军队的权威人士，还有西富恩特斯伯爵率领的所有塞维利亚市的骑士——他此时是该市司令官；这样，出殡的队伍又大大增加了。它缓慢、庄严地穿过街道，时时停下来吟诵连祷文和应唱圣歌。二百四十支小蜡烛被点燃，把灵柩周围照得像白昼一般。一个个阳台上和一扇扇窗户里挤满了女人，她们在送葬的队伍经过时流下眼泪，而下层社会的妇女们则放声大哭，仿佛在为失去父亲或兄弟哀悼似的。到达圣奥古斯丁修道院时，修士们手持十字架、蜡烛和八只香炉走出来，将遗体引入教堂并让它庄重地放在那儿，直到各个阶层的人做完祝祷仪式。之后，遗体被埋入同一教堂的庞塞家族的墓地，那十面旗帜悬挂在坟墓上方。[2]

1　指对圣母马利亚献祷词的时刻。
2　见宫殿牧师所著《卡托尔国王史》第一百零四章。——原注

十面旗帜虽然渐渐腐朽了，但很长时间以来，凡是读到或听说过英勇的侯爵所具有的美德和取得的功绩时，无不对他的坟墓产生崇敬。然而在 1810 年，这座教堂遭到法国人劫掠，祭坛被推翻，庞塞家族的坟墓也被彻底破坏。现今的贝内文特女公爵——她是这个英勇著名的家族里值得尊敬的后代——将祖先的遗骨收集起来，并且修复了祭坛和教堂。可是一座座坟墓已被完全破坏：只在祭坛右边教堂的墙上有一些金字碑文，才表明了勇敢的宠塞·德·利昂的坟墓所在的位置。

阿隆索之死的传说

勇武的阿隆索是卡迪斯侯爵最好的朋友和战友，也是格拉纳达战争中一位最卓越的英雄，就那些对他的命运感兴趣的人而言，如下关于他那不同寻常的命运的几个细节，并非是无法接受的。

在征服格拉纳达几年后，这个地方仍然动荡不安。基督教教士极力使异教徒们改变信仰，政府也为此实行高压，这激怒了山上顽固的摩尔人。有几个传教士受到虐待，在达林镇曾有两位被抓住，摩尔人劝告他们信奉伊斯兰教，并进行种种威胁。见他们坚决拒绝，摩尔妇女和孩子们用棍棒和石头将他们打死，还把尸体烧成灰烬。[1]

由于此次事件，有八百名基督骑士在安达卢西亚聚集起来，没等到国王的命令就为两位死去的殉教者报仇，对摩尔人的一些城镇和村子进行掠夺和破坏。摩尔人逃到山里，他们所从事的事情，得到居住在崎岖的山区里许多本民族的人支持。反叛的风暴开始在阿普卡拉斯越聚越大，发出隆隆的声音。这些声音得到了龙达的回应，那儿时刻

1　见宫殿牧师所著《卡托尔国王史》第一百六十五章。——原注

都准备着叛乱；不过叛乱分子最坚固的堡垒在"红山"山脉一带，这里靠近大海，从直布罗陀即可看见那些原始、荒凉的岩石和悬崖。

费迪南德国王听说这些骚动后，宣布让叛乱地区的所有摩尔人十天内离开去往卡斯蒂利亚；不过他又秘密指示，凡是自愿信奉基督教的人可以留下。与此同时，他还命令阿隆索以及乌雷纳和西富恩特斯伯爵前去镇压叛乱者。

阿隆索接到国王的命令时正在科尔多瓦。"这次出征派给我们多少兵力？"他问。得知情况后，他感到兵力远远不够。"当一个人死后，"他说，"我们让四个人进屋去把他的尸体抬出来。现在我们是被派去严惩摩尔人，他们充满活力，身强力壮，公开反叛，并且隐藏在城堡里，而我们连一对一的兵力都没有。勇武的阿隆索说的这些话后来被人经常重复，不过尽管他看到这是一次铤而走险的任务，但仍然毫不犹豫地接受了。

阿隆索当时五十一岁，在这位武士身上青年人的激情尚未熄灭，尽管人生的经历使其有所缓和。他的大部分生活都在营地里和战场上度过，直至危险仿佛成了他习以为常的生命要素。他那强健的体格像铁一般坚固，并没因为年龄而变得僵硬。他的盔甲和武器似乎成为生命中的一部分，他骑在威武的战马上就像一位钢铁战士。

这次出征他把儿子堂·佩德罗·德·科尔多瓦也带上了，那是一个勇敢、大方的青年，正值青春年华——他像一位年轻的西班牙骑士那样武装起来，穿着华丽的服饰。科尔多瓦的民众看见老将父亲——一位身经百战的武士——带领儿子奔赴战场时，他们想到了其家族的称号。"注意，"他们喊道，"那只鹰要教它的幼崽飞啦！英勇的阿吉拉尔家族万岁！"[1]

阿隆索及其战友们的勇武在整个摩尔人的城镇无人不知。所以他们到达后很多摩尔人都屈服了，赶紧跑到龙达去信奉了基督教。可是在那些山民中有许多甘杜勒斯人，他们是来自非洲的一个部落，十分傲然，绝不会受人束缚。他们的首领是本-埃斯特帕家族的一个名叫埃尔·菲雷的人，以其力量和勇气而闻名。在他的鼓动下，随从们把家人和最贵重的财物聚集起来，让骡子驮着，同时赶走一群群牛羊，抛弃山谷，沿着"红山"陡峭的山道往山上撤离。山顶上有一片肥沃的平地，周围是岩石和悬崖，形成了一个天然要塞。菲雷把所有妇女、孩子和财物安顿在这里。根据他的命令，随从们将一块块大石头放在俯视山隘和陡峭山坡的岩石和悬崖上，准备着保卫每一条通往他们的藏身之地的道路。

基督指挥官们赶到后，在莫纳达镇前面安营扎寨，该镇是个十分坚固的地方，设防奇特，它位于"红山"最高处的脚下。基督徒们在此停留了几天，无法迫使摩尔人投降。一个深深的峡谷或沟壑将他们与山边隔开，其底部流动着一条小河。菲雷指挥的摩尔人从山顶上下来，在小河对面防守着一条通往他们据点的道路。

一天下午，不少基督士兵纯粹是鲁莽地抓起一面旗帜，他们过了河并爬上对岸，向摩尔人发起攻击。他们后面跟随着战友，有的是给予援助，有的是争强好胜，但大多希望获得战利品。随即山腰上展开了激烈的战斗。摩尔人在数量上有巨大优势，并且占据着有利地形。乌雷纳和西富恩特斯伯爵注意到这场冲突时，问阿隆索意见如何。"我

---

1 "阿吉拉尔"，西班牙人指鹰。——原注

的意见，"他说，"在科尔多瓦就表明了，现在也一样：这是一次铤而走险的行动。而摩尔人就在眼前，他们假如猜疑到我们软弱，就会增添勇气，使我们面临更多危险。那么就去打吧，我相信上帝会让我们取得胜利的。"说罢，他带领部队投入了战斗。[1]

山腰上有几块像露台一样平坦的地方，基督徒们在这儿勇猛地进攻摩尔人，占据了上风。不过后者又退回到陡峭、崎岖的高处，由此朝进攻者投掷飞镖和石头。他们勇敢地保卫着一条条山隘要道，直至撤退到山顶那片平地，他们的妻子和孩子就藏身在此。他们在这儿顽强抵抗着，但阿隆索和他儿子带领三百名战士狠狠地冲杀，打得他们逃之夭夭。就在基督徒乘胜追击逃跑的敌人时，部队其余的人心想已经取得了胜利，便在小小的平地上四处搜寻战利品。他们追击发出尖叫的女人，扯下她们的金制项链、手镯和脚镯；他们发现这儿堆积了很多各种各样的财宝，于是丢开盔甲和武器，让自己身上满满地带上战利品。

傍晚渐渐过去。基督徒一心要夺取财物，已停止追击摩尔人。摩尔人在逃跑中听见妻子和孩子们的叫声，便停下了，首领菲雷冲到他们面前。"朋友们，战士们，"他喊道，"你们往哪里跑呢？你们能跑到哪里去躲藏，让敌人追不到呢？你们的妻子和孩子在后面——转过身去保护他们吧。你们根本不可能有安全的地方，只有拿起武器抗击。"

听到他的话后摩尔人转过了身。他们注意到基督徒四处分散在平地上，许多人身上没有盔甲，所有人都拖累着战利品。"时机到了！"菲雷高喊道，"一边冲杀一边夺回你们的财物吧。我会为你们开辟一

---

1 见贝莱达所著《西班牙中的摩尔人克罗尼卡》第二十六章。——原注

条路来。"说罢他带领摩尔人冲过去展开袭击，他们的呐喊和吼叫回荡在山里。零零散散的基督徒顿时惊慌不已，他们丢下财物往四面八方逃窜。阿隆索高举起旗帜，极力把他们团聚在一起。他发现马在这些多岩的高地上毫无用处，便从马上下来，让自己的人也这样做；他身边只有一小队可靠的随从，他带领他们勇敢地迎击摩尔人，号召散乱的部队聚集在后面。

夜色已完全笼罩下来。尽管作战的基督徒不多，可是摩尔人无法看清；阿隆索和他的骑士们非常猛烈地战斗着，所以在黑夜里他们的人数似乎是本来的十倍。不幸的是，有一小桶火药在战场旁边爆炸，把整个平地和每一处的岩石与悬崖都照着了，虽然时间短暂但却很明亮。摩尔人吃惊地注意到与他们作战的敌人很少，大部分都在从战场上逃跑。因此他们大声地发出胜利的呐喊，有的继续用双倍的热情展开战斗，有的则追击逃跑的敌人，向他们投掷石头和飞镖，发射出雨点般的箭。许多基督徒由于恐惧，不熟悉山的情况，一头从悬崖边上冲下去，摔得粉身碎骨。

阿隆索仍然坚守阵地，可是有些摩尔人从正面攻击他时，其他的又从悬崖上向他投射各种武器。有些骑士看见这样打下去没有希望，建议放弃高处往山下撤离。"不，"阿隆索自豪地说，"阿吉拉尔家族的旗帜在战场上从没撤退一步。"他刚说出这些话儿子就倒在脚旁。一块石头从悬崖上猛投下来，打掉了他的两颗牙齿，一支长矛抖动着刺穿他的大腿。青年努力爬起来，一只膝盖跪着在父亲身边还击。阿隆索发现他受了伤，催促他离开。"快跑吧，儿子。"他说，"咱们别孤注一掷了。做个虔诚的基督徒，活着让你母亲得到安慰，为她增光。"

见儿子仍不离开，阿隆索让几位骑士强行把他带走。他的朋友——堂·弗朗西斯科·阿尔瓦雷斯·德·科尔多瓦——双手抱起他，把他带到乌雷纳伯爵所在的位置，后者已在离战场一定距离的高处停下，以便把逃跑的士兵聚集起来，给他们以救援。几乎就在同时，伯爵注意到他自己的儿子堂·佩德罗·吉龙被抬了起来，伤势严重。

就在同时，阿隆索带领两百名骑士坚持着并非势均力敌的战斗。他们被敌人团团围住，一个个阵亡，就像许多牡鹿被猎人团团围住似的。现在只剩下阿隆索一人了，他没有战马，也差不多没有盔甲，胸衣敞开了，胸部的伤口很深。但他仍然勇敢地面对敌人，退到两块岩石之间英勇地自卫着，面前是一大堆尸体。

在退避的地点，他受到一个力量过人、凶猛无比的摩尔人攻击。搏斗持续了一些时间，难以决定谁胜谁负，不过阿隆索头部和胸部都已受伤，使他站不稳身子。他与敌人肉搏着，紧紧抓住对手，彼此打得十分激烈，直至这位基督骑士因受伤耗尽体力仰面倒了下去，但抓住敌人的双手仍未松开。"别以为，"他叫道，"你轻易就把我得手了。知道我是阿隆索吗，阿吉拉尔家族的人！""假如你是阿隆索，"摩尔人回答，"知道我是本-埃斯特帕家族的菲雷吗？"两人继续殊死搏斗着，都拔出匕首来，可阿隆索因身受七处致命伤一点力气也没有了：他在搏斗当中英勇的灵魂离开了躯体，断气时还抓住摩尔人不放。

阿隆索就这样倒下了，他是安达卢西亚骑士团的楷模——在气度、血统、地位和职权上，都是西班牙最卓越的贵族之一。四十年来他成功地战胜了摩尔人——小时候是依靠家人和随从，长大后则凭借自己的威力、智慧和英勇。他的旗帜总是处在最危险的前方。他担任过部队的将军、安达卢西亚的总督，是一次次光荣任务的指挥官——在这当中一些国王被征服，一个个势力强大的司令和武士被打倒。他亲手杀死了许多穆斯林首领，其中有洛克萨著名的阿塔，他们曾在赫尼尔岸边短兵相接。他的判断、审慎、宽厚和正义，与其勇武一样出色。他是自己尚武的家族里，在与摩尔人作战中阵亡的第五位贵族。

"人们认为，"可敬的阿瓦尔卡说，"他的灵魂升天了，以便去接受一位颇富基督精神的首领获得的奖赏。因为就在那天，他已经拥有了进行忏悔和交流这样的圣礼。[1]

摩尔人为取得的胜利扬扬得意，一直把逃跑的基督徒往下面的山隘和山腰上追去。乌雷纳伯爵好不容易让剩余的部队撤离了那个带来灾难的高处。幸运的是，他们在下面的山坡上发现西富恩特斯伯爵带领的后卫部队——它已过了小河和沟壑，前来援助他们。见逃跑的士兵可怕地一头冲下山，伯爵费了很大力气不让他们惊恐地退却，也不让他们忙乱地过河。不管怎样他让部队恢复了秩序，把逃跑的人聚集起来，阻止了摩尔人疯狂的攻击。然后他来到一块岩石高地上，一直坚守到早晨，有时抵抗敌人的猛烈进攻，有时还冲过去攻打敌人。天亮时摩尔人停止了战斗，退回到山顶上面。

基督徒这时才得以喘息一下，看看自己所遭受的惨重损失。在许多阵亡的英勇骑士里就有拉米雷斯，他是整个格拉纳达战争中的炮兵总司令，凭借其英勇机智为此次著名的征服作出了巨大贡献。但是人们在为阿隆索的命运所怀有的担忧中，一切其他的悲哀和焦虑都给忘记了。他的儿子被非常艰难地从战场上带下来，以后成为普里戈侯爵。

---

1 见阿瓦尔卡所著《阿拉贡王国史》第二章。——原注（"忏悔"和"交流"在此是宗教术语。"交流"指思想、感情方面的沟通。此处指现在阿隆索在宗教信仰上达到了一定的境界。——译注）

可对于阿隆索的情况人们却一无所知——只知道他与少数骑士留在后面，英勇地抗击势不可当的敌人。

冉冉升起的太阳把各个悬崖照得红红的，战士们一双双焦急的眼睛观察着，看他们的旗帜是否会飘扬在什么悬崖或山隘上，但根本见不到这样的踪影。集合的号声反复吹响，然而传来的只是空洞的回音。山顶上一片沉寂，表明殊死的搏斗已经结束。时而，会有一个受伤的勇士拖着无力的步子从峭壁和岩石里钻出来，但被问及时他总是悲哀地摇摇头，丝毫说不出自己的指挥官命运如何。

远在格拉纳达的费迪南德国王，获悉了这一惨败和幸存者们的危险处境，立即率领宫中的所有骑士奔赴龙达山。他率领的强大军队不久即将叛乱平息下去。一部分摩尔人得到允许将自己赎回，然后去非洲。在基督传教士遭到残杀的那个镇的摩尔人，则被作为奴隶卖掉。从被打败的摩尔人口中，终于查明了阿隆索可悲而壮烈的结局。

在这场战斗结束后的早晨，摩尔人去死者身上搜取财物并把它们埋掉，这时他们在两百多名随从里发现了阿隆索的尸体，其中有很多杰出的司令和骑士。尽管摩尔人对阿隆索的容貌非常熟悉，因他在和平与战争时期都相当著名，但是由于他遍体鳞伤，完全变了模样，所以费了很大力才辨认出来。他们极其小心地把他保护好，投降时交给了费迪南德国王。随后，阿隆索的遗体被庄严地送到科尔多瓦，整个安达卢西亚的人无不悲哀流泪。送丧的行列进入了科尔多瓦，居民们见到灵柩——里面装着他们特别喜爱的英雄的遗骨——以及那匹披戴着丧服的战马——前不久他们还看见他骑着它冲出大门——这时全城的人突然悲痛不已。阿隆索的遗体被庄严隆重地埋葬在了圣伊波利托教堂里。

　　许多年以后，阿隆索的孙女卡塔莉娜夫人——她也是普里戈女侯爵——派人对他的墓进行修复。在检查他的遗骨时，人们发现其中有一只矛头，无疑是他最后殊死搏斗时被刺的。这位出类拔萃的基督骑士的名声，总是成为编年史学家和诗人喜爱的主题，它通过不少关于本国的历史民谣和歌曲而珍藏在人们的记忆里。很长时间以来，科尔多瓦的人都对勇敢的乌雷纳伯爵感到愤怒，他们认为乌雷纳在阿隆索处于绝境时抛弃了他。但基督君王宣告他无罪，不应受到任何类似的指责，并让他继续享有殊荣，担任要职。事实证明，由于天黑无论他还是属下都无法援救阿隆索，或甚至知道他的危险。有一支悲哀的西班牙小民谣或浪漫曲对此表达了人们心中的忧伤，而那些看见乌雷纳伯爵回到科尔多瓦的民众，则用其中两句充满哀怨、带有责备的民谣质问他：

　　乌雷纳伯爵！乌雷纳伯爵！
　　告诉我们，阿隆索在哪里！[1]

（完）

1　见贝莱达所著《西班牙中的摩尔人克罗尼卡》第二十六章。——原注